FIONA PALMER | Den Himmel im Herzen

Zum Buch

Die 26-jährige Cathy Wishart hat kein leichtes Leben. Schuld daran ist vor allem ihr Vater. Früher war er ein Spitzendad, doch seit einem Unfall vor zehn Jahren trinkt er und ist nicht mehr derselbe. Seitdem arbeitet Cathy, um die Familie finanziell zu unterstützen. Sie begleitet ein Scherteam von einer großen Schaffarm zur nächsten, sammelt und sortiert die Wolle. So lernt sie Lindsay kennen, der ihr das Scheren beibringt – und sie verliebt sich in ihn. Endlich genießt Cathy ihr Leben. Bis Lindsay sich schwer verletzt und nicht mehr arbeiten kann. In seinem Kummer zieht er sich von ihr zurück. Doch Cathy ist fest entschlossen, für ihr Glück zu kämpfen.

Zur Autorin

Fiona Palmer wuchs in dem kleinen Ort Pingaring in Western Australia auf und verbrachte ihre Wochenenden auf der Farm ihrer Tante und ihres Onkels. Sie arbeitete u. a. als Traktorfahrerin, Sekretärin und Farmarbeiterin, bevor sie sich dem Schreiben zuwandte. *Den Himmel im Herzen* ist ihr zweiter Roman, zuvor erschien bereits *Das Glück der roten Erde*.

FIONA PALMER

Den Himmel im Herzen

Australienroman

Aus dem Englischen von Christine Frauendorf-Mössel

Diana Verlag

Die Originalausgabe erschien 2011 unter dem Titel
Heart of Gold bei Michael Joseph in der Penguin Group (Australia)

MIX
Papier aus verantwortungsvollen Quellen
FSC® C014496
FSC
www.fsc.org

Verlagsgruppe Random House FSC® N 001967
Das für dieses Buch verwendete FSC®-zertifizierte Papier
Holmen Book Cream liefert Holmen Paper, Hallstavik, Schweden.

Deutsche Erstausgabe 07/2013

Redaktion | Lisa Scheiber
Umschlaggestaltung | t.mutzenbach design, München
Umschlagmotive | © Peter Lavery/masterfile; shutterstock
Satz | Christine Roithner Verlagsservice, Breitenaich
Druck und Bindung | GGP Media GmbH, Pößneck

Printed in Germany 2013

ISBN 978-3-453-35725-9

www.diana-verlag.de

Für meine Eltern.
Ihr seid meine ganz persönlichen Schutzengel.

Kapitel 1

Die Sonne stand erst eine Handbreit über dem Horizont. Der blassblaue Himmel war wolkenlos. Wieder einer dieser klaren Sommermorgen, dachte Cathy, klappte die Tür ihres Pick-ups zu und ging zum Scherstall. Gewöhnlich war um diese Zeit alles ruhig, nur die rosa und grau gefiederten Kakadus kreischten in der kühlen Morgenluft in den Eukalyptusbäumen. An diesem Morgen jedoch bellte ein Hund in der Nähe, und Cathy hörte das Getrappel von Schafen auf staubiger Erde, begleitet von protestierendem Blöken. Die Luft schwirrte schon von Fliegen und erwärmte sich schnell.

Fast jede Farm besaß einen solchen Scherstall – rechteckig und aus silberfarbenem Wellblech. Wie ein großes, glänzendes Raumschiff auf Stelzen. Schafpferche auf der einen und ein Dixi-Klo neben einem fünfzig Meter entfernten Eukalyptusbaum auf der anderen Seite. Cathy wandte sich in Richtung Schafpferche und ließ im Gehen die Hand über die oberste Stange des Gatters gleiten. Das Metallgeländer unter ihren Fingern war noch kühl.

Catherine Jean Wishart erweckte ganz den Eindruck einer vor Energie sprühenden Sechsundzwanzigjährigen und war dennoch tief im Inneren müde und zerrissen. Sie hob reflexhaft die Hand und berührte den schmerzenden Bluterguss in ihrem Gesicht, der unter der Schwellung vom

Vorabend noch leicht pochte. An diesem Morgen hatte sie jeden Blick in den Spiegel vermieden. Sie nicht zu sehen machte die wunde Stelle allerdings nicht ungeschehen. Verletzungen dieser Art waren nicht damit zu erklären, man sei gestolpert und gefallen. Und doch hatte sie diese Ausrede schon zigmal benutzt, oder wahlweise: gegen die Tür gerannt, Tritt von einem Schaf abbekommen, Bekanntschaft mit dem Ellbogen eines Scherers gemacht. Sich immer neue Geschichten auszudenken, war für eine Weile fast zu einer Art Zeitvertreib geworden. Inzwischen machte sie sich nicht mehr die Mühe. Was die Leute dachten, war ihr mittlerweile egal.

Cathy winkte Jim zu. Er war der Besitzer der Clearview Farm, der die eben eingetroffene Nachhut seiner Herde in die Sammelpferche scheuchte.

»Morgen, Jim!«, rief sie ihm im Vorbeigehen zu. Cathys Jeans umfingen ihre langen Beine wie ein zweite Haut, sie saßen einfach perfekt. Ihre Arme waren schmal und doch muskulös, die Haut gebräunt.

»Wie geht's … so?« Jim geriet ins Stottern, als sein Blick auf den großen, runden Bluterguss fiel. Es sah aus, als habe jemand ihr eine Scheibe Rote Bete ins Gesicht geklatscht. Er schüttelte den Kopf. »Wird wieder ein heißer Tag heute«, fuhr er fort, lüftete seine speckige John-Deere-Schirmmütze und kratzte sich den schütter werdenden Haaransatz.

»Keine Frage«, antwortete Cathy und ließ Jim bei seinen Schafen zurück. Der besorgte Ausdruck in seinem altersweisen Gesicht war nicht zu übersehen. Sie war froh, dass er so viel Feingefühl besaß, keine Fragen zu stellen.

Noch vier Schritte und sie war im Scherstall. Drinnen

umfingen sie kühle Dunkelheit und der Geruch nach Wolle und Maschinenöl. Linker Hand führte ein breites Podest über die Länge der Scherhalle. Ein Segen für die Rousies, die Hilfskräfte, die sich beim Aufsammeln der Vliese und Aussortieren der unerwünschten Wollpartien nicht den Rücken krumm machen mussten. Oben auf dem Podest gab es sechs Scherplätze, und dahinter lagen die Wartepferche für die Schafe. Das hallenartige Gebäude war ein Highlight unter den Scherställen. Die meisten kleineren Scherschuppen hatten nur vier Scherplätze zu bieten.

Die Schafe schnaubten und scharrten dicht zusammengedrängt in ihren kleinen Pferchen, bereit für die Schur. Vor Cathy standen der Wolltisch mit Lattenrost und etwas weiter rechts davon die Sortierbehälter und die Hydraulikpresse für die Wollballen. Die fertigen Ballen des Vortags waren an der Rückseite des Schuppens gestapelt. Hier befand sich auch ein breites Tor, durch das der Farmer seine Ballen auf den Laster verladen konnte.

Cathy zog das karierte Hemd aus, das sie über ihrem Unterhemd trug, warf es auf den Sortiertisch und ging zu dem Stapel qualitativ hochwertiger Vliese hinüber, während sie ihr braunes, lockiges Haar zu einem Pferdeschwanz hochband. Sie hob schwungvoll einen Armvoll Vliese auf und trug sie zur Wollpresse. Der Wollgeruch, beißend vom Lanolinfett, mit einem Schuss Maschinenöl, stieg ihr in die Nase. Cathy sog ihn genüsslich in sich auf. Sie liebte Wolle. Sie war so weich, besonders im Unterfell schneeweiß und rein. Die kleinen Kringellocken erinnerten sie an das Haar ihrer Schwester Emily, das sie für eine Kinderdisco mit dem Lockenstab eingedreht hatte, als sie noch klein gewesen waren.

Das Pressen der Wollballen war eigentlich nicht ihr Job, aber der Wollpresser war krank. Cathy machte das nichts aus – sie liebte die Arbeit im morgendlich ruhigen Scherstall. Sie war der Wollklassierer des Teams. Ihre Aufgabe war es, die Qualität eines jeden Vlieses zu begutachten, es für die Wollpresse zu separieren und die Ballen anschließend mit ihrem Gütestempel und dem Namen des Farmbetriebs zu versehen. Fand man daher beim Öffnen des Ballens falsch klassierte Wolle vor oder enthielt die Wolle Verunreinigungen, fiel das auf sie zurück. Aber so weit hatte sie es bisher nie kommen lassen.

Das Morgenlicht fiel schimmernd durch die Löcher in den Wellblechwänden, und das Schmatzen der Hydraulikpresse beim Pressen der Ballen hallte durch den leeren Raum. Die Arbeit in einem Scherschuppen war nicht unbedingt jedermanns Traumjob. An manchen Tagen war es hier so unerträglich heiß, dass man sich schon Mitte des Vormittags nach einem eiskalten Bier verzehrte und Knochen, Gelenke und Muskeln bei der Arbeit wie Feuer brannten. Zu Anfang war es für Cathy nur eine Möglichkeit gewesen, ihren Lebensunterhalt zu verdienen. Mittlerweile konnte sie sich nichts Schöneres vorstellen. In den Scherställen fühlte sie sich zu Hause. Sie waren ihre Zuflucht, gaben ihr Halt und Sicherheit.

Sie hatte bereits einen Ballen gepresst und markiert, als der weiße Minibus draußen vorfuhr. Das restliche Team ergoss sich aus der seitlichen Schiebetür wie Fische aus einem leckgeschlagenen Wassertank. Die Hälfte der Teammitglieder waren Kiwis. Immer mehr Neuseeländer kamen auf der Suche nach Arbeit nach Australien. Die hoch bezahlten Jobs in den Minen hatten ganz offenbar Bewegung in den australischen Arbeitsmarkt gebracht. Cathys Boss, Doug, verlor aufgrund des Bergwerkbooms ständig Scherer an die Minen. Mit den Löhnen dort konnte er nicht mithalten.

Cathy nickte, als das Team an ihr vorbei in die Scherhalle strömte, Handtücher über den Schultern, Wasserflaschen in der Hand. Sie packte einen Handhaken und schlug ihn kräftig in den fertig gepackten Ballen. Ihre Armmuskeln zuckten unter der Haut angesichts des Gewichts.

»Bin froh, dass ich nicht an deinem Haken hänge.«

Sie drehte sich um. Marty stand hinter dem Ballen und schob angestrengt. Er grinste, und ihr Magen rebellierte. Marty war so grundverdorben wie das Hinterteil eines von Fliegenmaden befallenen Schafs. Mit einem Meter achtzig hatte er Cathys Größe, und seine Augen waren so schwarz wie sein Haar. Ein schmieriger Zeitgenosse, der ihr geradezu körperlich zuwider war. In seinem düsteren, fast finsteren Blick lag die Begehrlichkeit einer Raubkatze auf dem Sprung.

Cathy fühlte sich unvermittelt an die Zeit erinnert, als sie Sam, ihren geliebten Hund, bekommen hatte. Sams Vater hatte jahrelang unter Misshandlungen gelitten und nach einem Fußtritt schließlich seinen Herrn angefallen. Der Farmer hatte daraufhin zum Gewehr gegriffen und gedroht, ihn zu erschießen, im letzten Moment jedoch davon abgesehen. Der Border Collie war immerhin sein bester Zuchtrüde. Cathy, die lediglich ihren Welpen hatte abholen wollen, war unfreiwillig Zeuge des Vorfalls geworden und versucht gewesen, den Hundebesitzer seinerseits an die Kette zu legen und ihn daran verrotten zu lassen. Stattdessen jedoch kaufte sie die letzten, übrig gebliebenen drei

Welpen, um ihnen weitere Qualen zu ersparen. Zwei der Welpen hatte sie weiterverkauft und Sam behalten. Sam, ihren prächtigen, schwarz-weißen Collie.

Sie fragte sich, ob Marty möglicherweise eine schlimme Kindheit gehabt hatte. Es gab Gerüchte, dass sein alter Herr immer wieder im Gefängnis gelandet war. Über die Gründe kursierten etliche Versionen. Einmal hatte er jemanden umgebracht, dann wieder war er ein Dieb oder Drogenkurier gewesen. Niemand wusste, was schiefgelaufen oder ob an den Geschichten überhaupt etwas dran war.

Es war so ziemlich das einzige Mal, dass sie einen mitfühlenden Gedanken an Marty verschwendete. Sie versuchte seit Wochen vergeblich, sich seiner Annäherungsversuche zu erwehren. Allmählich ging er ihr auf die Nerven.

»Danke«, sagte Cathy und versuchte, dabei nicht den falschen Eindruck zu erwecken.

Martys Blick glitt über ihren Körper und verharrte viel zu lange bei ihren Brüsten. »Stets zu Diensten, meine Schöne.«

Cathy verfluchte stumm die von ihrer Mutter geerbte Oberweite. Am liebsten wäre sie jetzt flach wie ein Brett gewesen.

Martys Blick war mittlerweile zu dem Bluterguss in ihrem Gesicht weitergewandert. Sein Grinsen verschwand, und er schien unwillkürlich zusammenzuzucken. Flammte so etwas wie Mitleid oder gar Verständnis in seinen Augen auf? Jedenfalls blinzelte er kurz, und der Eindruck war vorüber.

Cathy schüttelte sich vor Ekel und wäre am liebsten in einem Ballensack verschwunden. Sie war nicht interessiert. So viel hätte ihm mittlerweile klar werden müssen. Aber Marty versuchte immer, seinen Kopf durchzusetzen. Sie rückte ihr blaues, loses Top zurecht, das ihre Formen jedoch nur unzureichend verbergen konnte.

»Hi, CJ. Hat dich die Krake wieder mal angemacht?«

Cathy lachte angesichts des Spitznamens, den sie und Irene Marty gegeben hatten. Ihrerseits wurde sie von Irene und dem restlichen Scherteam CJ genannt. Irene war sozusagen ihre beste Freundin und Verbündete im Team. Sie war zweiundzwanzig Jahre älter, kleiner als Cathy, aber ebenso schlank. Sie war mit siebzehn von Neuseeland nach Australien gekommen und geblieben.

»Ich hasse es, mit ihm zu arbeiten«, seufzte Cathy. »Der Tag ist dann für mich gelaufen.«

Gemeinsam gingen sie zum CD-Player und kramten das musikalische Angebot durch.

Irene hielt eine CD von Midnight Oil hoch. »Die oder AC/DC?« fragte sie. »Weißt du schon, dass Doug Ersatz für Duncan gefunden hat?«

»Nimm AC/DC. Nein, weiß ich noch nicht.«

Irene legte die CD ein. »Er heißt angeblich Lindsay. Zu kennen scheint ihn hier niemand. Wird sich allerdings bald rausstellen, mit wem wir es zu tun haben – Doug teilt ihn uns zu.« Irene steckte ihr blond gefärbtes Haar hastig zu einem lässigen Knoten auf.

Cathy verdrehte die Augen. »Na großartig! Wieder so ein Babysitterjob. Wir sollten Erziehungsgeld kriegen.«

»Da hast du verdammt recht.« Irene lachte.

Cathy fühlte Irenes Blick auf ihrem Veilchen und las die Gedanken der Freundin in deren grünen Augen.

»Mach dir deswegen keinen Kopf«, murmelte Cathy und berührte die Stelle leicht mit den Fingerspitzen. »Halb so wild.«

Irene nickte. Ihre Miene blieb sorgenvoll.

»Ich kann damit umgehen, Irene. Das weißt du doch. Also mach keinen Stress.«

Irene drang nicht weiter in sie. Sie wusste, dass Cathy reden würde, sobald ihr danach war.

Die Schafscherer ölten ihre Schergeräte und zogen die wartenden Schafe aus ihren Pferchen, während die Rousies mit ihren Fußbodenschabern hantierten und vor den Scherern an der Rampe warteten. Cathy sah zur Uhr auf, als der Zeiger auf sieben Uhr sprang. Im Scherschuppen wurde es schlagartig laut. Sechs elektrische Handschergeräte sprangen an, und ihr Surren erfüllte die Halle wie ein großer Bienenschwarm.

Cathy beugte sich zu Irene hinüber. »Hoffen wir, dass dieser Lindsay Marty ersetzt, wenn wir zu den kleineren Farmbetrieben weiterziehen. Wäre mir verdammt lieb, wenn die Krake 'ne Weile in einem anderen Team verschwindet.«

»Mit ein bisschen Glück ist der neue Typ sogar ganz in Ordnung und du könntest endlich mal wieder mit einem Kerl ausgehen.« Irene zwinkerte ihr zu.

Cathy schüttelte den Kopf. »Mein Leben ist kompliziert genug.« Die Geschichte ihrer Dates mit Scherern war eine Serie von Pleiten, Pech und Pannen – was allerdings für ihre Beziehungen mit Männern im Allgemeinen galt.

»Warten wir's ab«, sagte Irene. Damit ging sie und positionierte sich vor dem nächstbesten Scherer, der gerade mit dem Kamm die letzten Scherstriche über die Rückenpartie des Schafes ausführte.

Cathy folgte Irene hinüber zum Wolltisch. Sie wusste, dass das erste Vlies von Dave, dem groß gewachsenen, bulligen Maori am anderen Ende des Scherpodests kommen würde. Er arbeitete gut, und sie sah ihm gern beim Scheren zu. Allerdings ging seine Schnelligkeit auf Kosten der Genauigkeit. Stets blieben Hautfetzen am Vlies hängen. Kate, die junge Hilfsarbeiterin, nahm das Vlies hoch und warf es auf den Wolltisch. Es sank herab wie eine weiße Wolke, und Cathy begann sich auf ihre Arbeit zu konzentrieren. Der Tag hatte begonnen.

Zur Mittagspause griff Cathy sich ein paar Schinken-Salat-Sandwiches und ging hinaus zu den Schafpferchen. Die anderen Arbeiter blieben zurück, versammelten sich in einer Ecke des Scherstalls, wo ein Sammelsurium an unterschiedlichen Stuhlmodellen und ein braunes Sofa standen.

Vermutlich hielt man sie für arrogant oder eigenbrötlerisch. Trotzdem blieb Cathy gern für sich. Sie aß ihre Sandwiches lieber allein und beobachtete dabei Sam, der die Schafe aus dem Schatten in die Sonne trieb, oder plauderte mit Irene, wenn der Farmer keine Hilfe brauchte. Damals, als sie angefangen hatte, hatte sie sich unter die Scherer und die anderen Hilfsarbeiter gemischt – was ihr allerdings bei dem permanenten Personalwechsel auf die Dauer zu kompliziert geworden war. Irene war die Einzige, die mit ihr zusammen dauerhaft in Dougs Teams arbeitete. Davon abgesehen hatte sie, besonders am Anfang, als sie frisch von der Schule gekommen war, zu viele Vollidioten getroffen. Für sich zu bleiben, war schlicht einfacher. Ihre Erfolgsbilanz mit Kerlen war miserabel. Einer der Scherer, mit dem sie sich eingelassen hatte, hatte längst eine Freundin und Kinder gehabt. Was allerdings erst herauskam, als diese eines Tages unerwarteterweise früher zu Hause aufgetaucht waren. Ein anderer hatte nur gekifft und getrunken. Der nächste Typ, ein Wollklassierer, war ein Kontrollfreak gewesen, der sie auf Schritt und Tritt, ja sogar bis zur Toilette verfolgt hatte. Sie schien seltsame Vögel unter den Männern anzuziehen wie das Licht die Motten. Es war ihr schleierhaft, wieso ausgerechnet sie immer an diese Nieten geriet. Hatte sie ein Schild auf der Stirn, auf dem stand: Idioten Australiens – meine Tür steht immer offen?

Irene behauptete, Cathys Pechsträhne sei vorüber. Das sagte sie mittlerweile seit vier Jahren. Und tatsächlich: Ihre Pechsträhne *war* vorbei. Allerdings nur, weil sie seither mit keinem Kerl mehr zusammen gewesen war. Aufgrund der vielen Fehlschläge und ihrer familiären Probleme war das Thema Männer für sie durch. Ihr Bedarf war für immer, oder zumindest für eine lange Zeit, gedeckt. Sie ging niemandem mehr auf den Leim. Und eine schwache Frau war sie schon gar nicht. Ihre Muskeln waren durchtrainiert. Sie kannte sich aus. Ihre Hände waren rissig und schwielig von der harten Arbeit. Sie sahen nicht aus wie die Hände einer Frau. Aber Cathy hatte nicht vor, einen Schönheitswettbewerb zu gewinnen.

Sehr zum Entsetzen ihrer Mutter, hatte sich Cathy seit ihrem achten Lebensjahr geweigert, Kleider, Röcke oder pinkfarbene Klamotten zu tragen. Selbst jetzt bestand ihr Ausgeh-Outfit aus einer neuen Jeans, einem Hemd oder Top und blanken Stiefeln. Ihre Mutter hatte sie – so wie übrigens alles andere im Leben – längst aufgegeben.

Cathy biss in ein Sandwich und beobachtete Sam, wie er Schafe vor sich her in Richtung Scherstall trieb. »Zurück!«, befahl sie und schickte Sam in einem weiten Bogen hinter die Schafherde, damit auch die Nachhut den Weg in den schmalen Gang zwischen den Gattern fand.

Jim wartete, bis das letzte Schaf im Scherstall war. Dann schloss er die Schiebetür aus Metall und rief nach seiner alten Kelpie-Hündin. Sie lag im Schatten der Mallees, strauchwüchsiger Eukalyptusgehölze, die entlang der Schafpferche wuchsen.

»Danke für die Hilfe. Die arme alte Sylvie kommt allmählich in die Jahre«, sagte Jim und ging mit der Hündin, jetzt treu an seiner Seite, auf Cathy zu. Jims Jeans reichten ihm bis unter die Brust, in der Taille wurden sie von einem breiten Ledergürtel gehalten, über den sein Wanst hing. Sein Lächeln war herzlich und offen.

»Keine Ursache, Jim. Schätze, du bist froh, dass du die letzten endlich drin hast.«

»Darauf kannst du wetten, Schätzchen. War eine verdammt lange und heiße Woche. Nächste Woche fahren ich und meine bessere Hälfte runter an die Küste. Kann's kaum noch erwarten, mir eine kühle Brise um die Ohren wehen zu lassen.« Jim lehnte sich zur Seite. Offenbar bereitete ihm seine Hüfte Schmerzen.

Cathy lächelte. »Wette, eine gute Stelle zum Angeln gibt's da auch, was?«

Seite an Seite gingen sie in den Scherschuppen zurück.

»Hm«, murmelte Jim. »Soviel ich höre, hat Duncan endlich das Handtuch geworfen?«

»Richtig. Jill hat ihn seit Jahren bearbeitet, aus dem Schergeschäft auszusteigen. Und als der kleine Laden im Süden zu haben war, haben sie die Gelegenheit ergriffen. Er ist zu alt für diese Schinderei. Ich bin froh, dass er sich zur Ruhe setzt. Tut den beiden verdammt gut.« Cathy ging durch die Halle zu den Wartepferchen und rief Sam zu sich. »Der Neue fängt nächste Woche an. Wenn wir rüber zu Phil Robinsons Farm weiterziehen. Hoffentlich kann er mithalten.«

Jim nickte und sah zu Sam hinüber. »Meinst du, dein Hund gehorcht mir?«

»Klar doch«, erwiderte Cathy.

»Zurück!«, befahl Jim dem Collie. Sein Blick und sein Lächeln sagten Cathy, dass Jim von der Reaktion ihres Hundes beeindruckt war.

»Gut. Sam und ich machen das schon. Warum legst du vor dem letzten Durchgang nicht eine Pause ein?«

Cathy warf ihm einen Blick zu.

»Na los, mach dich vom Acker! Keine unnötige Fürsorglichkeit. Ruh dich aus. Du bist genauso schlimm wie dein Vater«, fügte Jim lächelnd hinzu.

Cathy lächelte ebenfalls. Sie ging zu den Wollballen hinüber und setzte sich. Fünf Minuten lang entspannte sie ihre Glieder. Der Geruch von Wolle und Schafkot vermischte sich mit dem Geblöke der Schafe und dem Getrappel ihrer Hufe auf den Holzplanken des Hallenbodens, als Sam und Jim sie hereintrieben. Cathy schloss die Augen und dachte, wie nett es jetzt wäre, ein kurzes Nickerchen zu halten. Aber dann brachten der Klang schlurfender Schritte und das metallische Klicken beim Auswechseln der Schermesser sie schon nach wenigen Minuten in die Wirklichkeit zurück. Bevor Cathy aufstehen konnte, ließ sich Irene auf das andere Ende des Ballens plumpsen.

»Was ist? Kommst du zu Duncans Abschiedsfeier?«, wollte Irene wissen. Sie sah Cathy an, deren Haut vom Lanolin der Vliese glänzte und an deren blauem Arbeitshemd kleine Wollfetzen klebten. Cathy kannte diesen provokanten Ausdruck in Irenes Augen. Sie wollte sie drängen, Ja zur Party zu sagen, die Enge ihrer Familie und all die Verantwortung für einen Abend über Bord zu werfen.

»Ja, aber nur weil's Dunc ist.«

»Prima. Packen wir's an! Ich helfe dir, einen neuen Ballen anzufangen. Hoffentlich geht's John morgen besser. Hast du das Pressen dieser Dinger nicht satt?«

Cathy zuckte die Achseln. »Ist halb so schlimm. Besonders wenn du hilfst.«

Irene packte Cathy bei den Schultern und schüttelte sie sanft. »Ich weiß nicht, wie's dir geht, aber ich bin verdammt gespannt auf diesen Typen namens Lindsay. Irgendwie habe ich da ein gutes Gefühl.«

Cathy stöhnte und ließ demonstrativ den Kopf hängen. »Irene, ich weiß nicht, was ich von deinen Eingebungen halten soll. Waren nicht immer Volltreffer.«

Irene nahm einen Stapel Vliese und hob ihn auf. »Unsinn, Kleine! Diesmal bin ich sicher.«

»Das hast du auch schon beim Letzten behauptet«, murmelte Cathy leise mit einem Grinsen.

Kapitel 2

Eine neue Woche und ein neuer Scherstall. Cathy traf wie immer früh bei Phil Robinsons Scherstall ein, um sich in Ruhe auf den Tag vorzubereiten. Doug war bereits dort. Er hatte die Wollpresse gebracht. Nachdem er die Maschine installiert hatte, kam er zu ihr.

Cathy wusste sofort, dass etwas im Busch war. Sein Gang und die verlegene Miene verrieten es.

»Was gibt's?« Cathy nahm unwillkürlich eine abwehrende Haltung ein.

»Tja also … mir fehlt diese Woche eine Hilfsarbeiterin. Deshalb habe ich Tim angeheuert.« Er stemmte seine großen Hände in die breiten Hüften. Sein blondes Haar war zerzaust. Der Blick aus seinen blauen Augen signalisierte Resignation und Stress.

Cathy schüttelte den Kopf. Es war nicht das erste Mal, dass Doug so mit ihr umsprang. »Keine Chance, Doug.« Sie mochte diesen Mann. Er war wie ein Onkel für sie. Was sie allerdings nicht hinderte, wütend auf ihn zu sein.

Doug stieg die Röte ins Gesicht. »Bitte, CJ. Tim springt nur ein, wenn er klassieren kann.«

»Und was ist mit mir? Ich habe dir schon beim letzten Mal gesagt, dass ich mich nicht mehr einfach ausbooten lasse. So was ist Bullshit, und das weißt du.«

Doug war so groß wie Cathy und für einen Mann, der das

Scheren aufgegeben hatte, erstaunlich schlank geblieben. Er leitete jetzt von ihm zusammengestellte Scherteams. Als Boss war er wirklich in Ordnung – von Missgriffen wie der Sache mit Tim einmal abgesehen. Cathy arbeitete inzwischen schon so lange für Doug, dass sie inoffiziell als eine Art Stellvertreterin galt. Er erwartete von ihr, dass sie jedes Team, dem sie zugeteilt wurde, gut in den Griff bekam. Glaubte er an den Weihnachtsmann? Die meisten Leute machten heutzutage sowieso, was sie wollten. Sie wussten nur zu gut, wie schwierig es war, neue Scherer, Woolhandler oder Rousies zu finden. Also ließen sie die Muskeln spielen.

Doug hatte Cathy von der Schule weg nach der zehnten Klasse engagiert. Ihre Familie konnte es sich nicht leisten, sie weiter zur Schule zu schicken – auch wenn sie das gewollt hätte. Cathy musste arbeiten, damit Emily auf der Schule bleiben konnte. Gestört hatte sie das nicht. Cathy wünschte ihrer kleinen Schwester einen besseren Start ins Leben.

Doug hatte gewusst, dass Cathy bereits als Rousie in den Scherhallen gejobbt hatte, denn ihr Vater war in seinen besten Zeiten Scherer gewesen, und daher hatte er sie mit sechzehn eingestellt. Als kleines Mädchen schon hatte die Mutter sie mit in die Scherställe genommen, in denen der Vater arbeitete. Niemand hatte sich je an dem Kind gestört. Sie half dem Farmer beim Eintreiben der Schafe oder ging den Hilfskräften zur Hand. Stundenlang hatte sie ihrem Vater beim Scheren zusehen können. Hatte bewundert, wie das Vlies mit wenigen eleganten Zügen des Handstücks in einem Stück abgeschoren wurde. Das war in einer Zeit gewesen, bevor alles den Bach runtergegangen war.

Jetzt bestand das Leben nur aus Arbeit, Arbeit und noch mehr Arbeit.

»Tim hat gedroht, zu kündigen, wenn er unter dir als Rousie arbeiten muss. Er meinte, er würde sich damit zur Lachnummer machen«, versuchte Doug zu erklären. »Und offenbar hatte er noch ein anderes Jobangebot.«

»Mann, Doug! Tim verarscht dich! Er weiß doch genau, wie er dich rumkriegt. Warum sollte er diesen Scheißjob hier annehmen, wenn er nächste Woche was Besseres kriegen kann?« Cathy stemmte zum Nachdruck die Hände in die Hüften.

Doug zog die Augenbrauen über der Nasenwurzel zusammen. »Komm schon, CJ! Lass dich doch nicht so lange bitten!«

»Du bist ein Arschloch, Doug. Dann zahl mir wenigstens meinen Lohn als Klassierer. Ich sehe nicht ein, weshalb ich wegen Tim auf Geld verzichten soll.«

Dougs Mund verzog sich zu einem flüchtigen Lächeln. Er wusste, dass er gewonnen hatte. Er ging zu seinem Truck.

»Douglas Taylor, du zahlst mir gefälligst meinen vollen Lohn, oder ich schmeiß hin und arbeite für Stumpys Team. Und das ist mein voller Ernst!«, schrie sie ihm nach.

Cathy sah, wie Dougs Schritt kurz stockte, bevor er weiterging. Gut! Sie wusste, er würde es sich überlegen. Immerhin war sie seine beste Klassiererin.

Eine halbe Stunde später stand der erste Scherdurchgang an.

Irene versuchte, ihren Bodenschaber mit Klebeband zu reparieren. »Na, hast du dich wieder beruhigt?«

Cathy lehnte sich mit dem Hintern an die Kante der

Rampe. »Ich bin ziemlich angefressen. Aber was soll ich tun?«

»Nicht zu fassen, was Doug dir zumutet«, bemerkte Irene und schüttelte ungläubig den Kopf.

»Ja, so sind sie, die Kerle! Ich bin genauso qualifiziert wie Tim. Ich arbeite schon länger für Doug als er. Aber mich lässt er die Drecksarbeit machen, damit Tim den Klassierer geben kann.«

»Ist ja nicht so, als könnte Tim sich nicht den Rücken krumm machen. Er ist erst neunundzwanzig«, fügte Irene hinzu.

Cathy verzog verächtlich das Gesicht.

»Du hast schon genug an der Backe. Da muss Doug dir nicht auch noch dumm kommen«, fuhr Irene fort. »Ich schätze, du hast ihm nicht mal richtig die Meinung gegeigt, oder?«

Cathy warf Irene einen finsteren Blick zu. »Was hätte das wohl gebracht? Nichts. Doug geht's momentan dick ein. Kann nicht leicht sein, Teams zu organisieren, wenn der Arbeitsmarkt nichts hergibt.«

»Vermutlich hast du recht. Ach, sieh mal an …« Irene brach mitten im Satz ab.

Cathy folgte ihrem Blick zur offenen Tür des Scherstalls und zu einer hochgewachsenen Gestalt, die aus dem blendenden Sonnenlicht in die Halle trat. Ryan Reynolds war gegen den Neuankömmling ein müder Abklatsch. Der Neue war schlank und verdammt sexy. Er hatte strahlend blaue Augen mit einem Stich ins Graue, die ihr einen wohligen Schauer über den Rücken jagten. Vor Irene ließ sie sich jedoch nichts anmerken.

Lindsay schwang sich zum nächstgelegenen unbesetzten

Scherplatz auf das Podest und stellte sich den anderen Scherern vor.

»Jetzt wär ich gern zwanzig Jahre jünger«, flüsterte Irene. »Komm schon! Sagen wir Hallo.«

Ausgerechnet das hätte Cathy lieber vermieden. Aber Irene zog sie bereits quer durch die Halle. Verdammt!

»Morgen! Du bist doch sicher Lindsay, oder? Ich bin Irene. Meine Freundin CJ und ich sind dir heute als Rousies zugeteilt.« Irene streckte den Arm aus und schüttelte Lindsay die Hand.

Na toll, dachte Cathy. Jetzt musste sie dasselbe tun, wenn sie nicht als Snob gelten wollte.

»Hi«, sagte sie und hielt ihm die Hand hin. Cathy versuchte, jeden Augenkontakt zu vermeiden, und konzentrierte den Blick auf die Hand des Neuen. Es war eine bemerkenswerte Hand, an einem auffallend gut geformten Arm, wie sie sofort registrierte. Sie schluckte schwer.

»Schön. Freut mich. Entschuldigt, wenn ich mir eure Namen nicht sofort merken kann. Ist alles noch neu für mich.«

Seine Stimme hatte den Schmelz eines Karamellbonbons, unterlegt mit einem faszinierend rauen Timbre. Cathy musterte ihn flüchtig, kaum dass er den Blick von ihr wandte und sich auf seine Schafschuranlage konzentrierte. Eine Minute später war es Punkt sieben, und im Scherstall wurde es laut und lebendig.

Cathy drehte sich um, positionierte sich vor Dave, wartete auf die erste Bauchwolle und versuchte, nicht mehr an diese funkelnden blauen Augen zu denken.

Vor dem zweiten Scherdurchgang frage Irene Cathy, was sie von Lindsay hielt.

»Also ehrlich, keine Ahnung. Scheint eher der zurückhaltende Typ zu sein. Das zumindest hat er Marty voraus. Und das is 'ne Menge.«

»Yeah. Unserem Marty passt dieser Lindsay bestimmt nicht in den Kram. Auf die Konkurrenz kann er sicher verzichten.« Irene lachte, drehte sich um und warf verfilzte Wollteile in eine Tonne.

Cathy wusste, wie schnell Marty ausrastete. Widerspenstige Schafe kriegten mehr als nur einen Hieb mit dem Scherhandstück über die Schnauze. Gelegentlich schlug er sie blutig und halb bewusstlos. Auch die Hunde handelten sich häufig einen Tritt ins Hinterteil ein, wenn er schlechter Laune war. Und Cathy hatte ihn schon häufig bei Prügeleien auf der Abschlussfeier nach einer Schur erlebt.

Sie seufzte und lief zum Behälter mit den Wollabfällen hinüber und sprang hinein, um die Wolle festzutreten. Lindsay ging an ihr vorbei. Aus den Augenwinkeln beobachtete sie, wie er elegant auf das Podest sprang und damit begann, die Schermesser seines Handstücks auszuwechseln und zu ölen. Keine Frage, er sah verdammt gut aus. Und nicht nur das. Er hatte das gewisse Etwas. Er war sexy. Sie wusste nicht weshalb, aber irgendetwas an ihm kam ihr bekannt vor, so als wäre sie ihm schon einmal begegnet. Dass sie ihn vergessen haben sollte, war allerdings schon wegen seiner langen, braunen Arme und der kräftigen, schön geformten Hände kaum vorstellbar. Cathy hatte eine Schwäche für schöne Männerarme. Und die von Lindsay erreichten auf einer Skala von zehn die höchste Punktzahl. Das Blut in ihren Schläfen begann zu pochen, was ihr Denkvermögen zu beeinträchtigen drohte. Gut gebaute Männer tauchten hie und da in den Scherhallen auf.

Das lag am Job. Aber es gab auch reichlich Kerle mit dicken Bierbäuchen – oder eingebautem Airbag, wie Dunc zu sagen pflegte.

Lindsays Arme allerdings waren bisher definitiv ein absolutes Highlight. Sein kurzes, blondes Haar passte gut zu seiner energischen Kinnpartie, und seine graublauen Augen waren ein Hingucker. Unwillkürlich ging ein Schauer durch ihren Körper. Sie kletterte aus der Tonne. Die Musik aus den Lautsprechern läutete den nächsten Schergang ein. Mit den Gedanken an Lindsay im Hinterkopf wartete sie auf das erste Vlies.

Lindsay hielt ein Mutterschaf fest zwischen seinen Beinen und begann die Bauchwolle abzuscheren. Es war sein erster Tag in diesem Job, und die Dinge liefen ganz gut. Er war Doug dankbar, dass er ihm so kurzfristig Arbeit gegeben hatte. Es kam schließlich nicht jeden Tag vor, dass man der elterlichen Farm den Rücken kehrte. Aber es war schlicht die einzige Möglichkeit gewesen, Abstand zu seinem Vater, Des, zu gewinnen. Des hatte das natürlich nicht sonderlich beeindruckt. Nur konnte er nicht viel dagegen tun. Lindsay war achtundzwanzig und hatte seinen eigenen Kopf. Im Grunde hätte er die Farm schon vor Jahren verlassen müssen. Ohne den Streit mit seinem Vater hätte er vermutlich nie den Mut dazu aufgebracht. Vielleicht kehrte er eines Tages zurück. Aber vorerst war daran nicht zu denken. Vor allem nicht, solange er nicht mit sich im Reinen war und verdaut hatte, was ihm sein Vater im Streit gesagt hatte. Lindsay hatte sich auf der Farm abgerackert. Jetzt war sein kleiner Bruder an der Reihe. Und James war sowieso der bessere Farmer.

Lindsay merkte, dass zwei Rousies ihn beobachteten. Er stöhnte innerlich auf. Zuerst war es einfach nur aufregend gewesen – er hatte seine Wirkung auf Frauen genossen. Mittlerweile hatte er dieses oberflächliche Geplänkel satt. Lindsay hatte gehofft, die Frauen würden ihn in Ruhe lassen, wenn er sich reserviert gab und für sich blieb. Aber auch bei den beiden war nicht zu übersehen, wie sie tickten. Er kannte genügend Scherställe von innen, um diese Sorte Frauen zu durchschauen. Einige arbeiteten hart, so viel musste man ihnen lassen. Aber die meisten waren vordergründig darauf aus, Männer aufzureißen. Lindsay hatte es schon vor Jahren aufgegeben, eine Frau zu finden, die ihn interessierte.

Bevor er wusste, wie ihm geschah, trat eine große, junge Frau vor das Podest und schnappte sich das Vlies seines Schafs in dem Moment, als es zu Boden fiel. Sie hatte es aufgefangen, bevor die beiden anderen Rousies ihren Hintern in Bewegung setzen konnten. Er grinste schadenfroh angesichts der Enttäuschung auf ihren Gesichtern und folgte der groß gewachsenen Woolhandlerin mit Blicken. Wie war doch gleich ihr Name … CJ? Als er ihr die Hand geschüttelt hatte, war diese so rau gewesen wie die eines Scherers. Ihre superschlanke, durchtrainierte Figur war umwerfend. Sie kam ihm vor wie die weibliche Version von Michelangelos David. Ihre Züge waren fein modelliert, der Teint frisch – ohne Make-up, eine natürliche Schönheit. Gern hätte er ihre Augen gesehen, doch sie hielt sie unter langen, dichten Wimpern verborgen.

Irgendetwas schien sie wütend zu machen. Das zeigte sich daran, wie sie bei der Arbeit zur Sache ging: hart zupackend und schnell. Lindsay war ähnlich gestrickt. Wenn sein Dad wütend auf ihn gewesen war, weil er die Farm verlassen wollte, um als Scherer zu arbeiten, eine Show oder einen Scherwettbewerb zu bestreiten, hatte er seine Wut stets beim Scheren ausgelassen. Je heftiger der Streit, desto schneller die Schur – was dann allerdings zulasten der Sauberkeit ging.

Gegen Ende des Scherdurchgangs, als sie sein nächstes Vlies aufsammelte, hörte er plötzlich ihre Stimme. Sie hatte einen sanften, unverbildeten Klang, ließ keinen Zweifel daran, dass ihre Bemerkung als Kompliment gemeint war.

»Du arbeitest geschickt und sauber. Gut gemacht.« Im nächsten Moment hatte sie sich wieder abgewandt. Lindsay blieb nachdenklich zurück. Er musste unwillkürlich lächeln. Es war das erste Mal, dass eine Woolhandlerin überhaupt registrierte, wie er arbeitete. Er war motiviert und für den Rest des Tages besser gelaunt. Vielleicht tat ihm diese Veränderung letzten Endes gut.

Kapitel 3

Cathy schloss leise die Tür ihrer kleinen Hütte am Rand der großen, struppigen Grasfläche auf der Rückseite des alten Backsteinhauses mit Ziegeldach, das ihrer Familie gehörte. Sie sperrte die Tür sorgfältig ab. Das Letzte, womit sie sich auseinandersetzen wollte, war ein ungebetener Besucher, der ihr Schlafzimmer auf der Suche nach Bargeld auf den Kopf stellte. Sie drehte sich um, blieb kurz stehen und atmete tief durch. Es war noch dunkel, die Luft war frisch und roch nach Morgentau und Eukalyptus. Sie zog ihr langärmeliges Baumwollhemd gegen die morgendliche Kühle enger um sich und schnallte den Gürtel ihrer Scherhose fester, einer Arbeitshose aus fester Baumwolle, die einst ihrem Vater gehört hatte.

Mit einen Pfiff rief sie Sam zu sich und ging zu ihrem Auto. Sie erteilte ein kurzes Kommando und beobachtete, wie Sam geschmeidig über die Seitenbande ihres alten Eintonner-Pick-ups glitt. Er setzte sich und wartete geduldig, während sie ihn an seine kurze Kette legte.

»Guter Junge, Sam.«

Ihre langen Beine schienen den gesamten Fußraum einzunehmen, als sie hinter das Steuer kletterte. Cathy strich sich das Haar mit ihren kräftigen Händen zurück und band es zu einem Pferdeschwanz hoch. Sie würde nie begreifen, warum Frauen morgens so viel Zeit für ihre Frisur verschwendeten. Dann fiel ihr Lindsay und sein perfekter Haarschnitt ein, und sie fuhr sich automatisch erneut über das Haar und steckte ein paar lose Strähnen fest. Okay, vielleicht war es ihr doch nicht so unwichtig.

Sie fuhr rückwärts aus der Auffahrt und hielt beim Briefkasten an, der randvoll mit Post war. Sie blätterte den Stapel hastig durch. Es handelte sich ausschließlich um Umschläge mit Sichtfenstern. Mit einem Seufzer warf sie alle auf den Beifahrersitz. Rechnungen mussten bis zum Abend warten. Sie nahm den Fuß von der Bremse, wendete rückwärts auf die Straße, legte den ersten Gang ein und fuhr aus der Stadt.

Cathy liebte diese Zeit des Tages. Sie legte den Arm in das geöffnete Seitenfenster, und unter dem kühlen Fahrtwind bildete sich eine Gänsehaut auf ihrem gebräunten Teint. Sie liebte Lake Moore – mit etwas mehr als sechshundert Einwohnern plätscherte das Leben hier angenehm ruhig dahin. Das Städtchen war umgeben von Salzseen, die die ebene Weide- und Buschlandschaft wie mit einem Fleckenmuster überzogen. Der Pub war eine Erwähnung wert. Eine gute Kneipe als sozialer Mittelpunkt durfte in keiner Kleinstadt fehlen. Lake Moore besaß außerdem noch zahlreiche Sportstätten, wie zum Beispiel ein neues Hockeystadion – leider hatte sie keine Zeit zu spielen!

Cathy stellte den CD-Spieler an, den sie mittels eines selbst gefertigten Metallrahmens auf das Armaturenbrett geschraubt hatte. Die Anlage war vielleicht etwas primitiv, funktionierte jedoch tadellos. »Holy Grail« von den Hunters & Collectors plärrte aus den winzigen, im Takt vibrierenden Lautsprechern und ließ feine Staubkörnchen durch die Luft wirbeln.

Cathy nahm das Gas weg und bog von der Asphaltstraße in einen schmalen Schotterweg ein, immer auf der Hut vor Kängurus. Der Frontschutzbügel ihres Pick-ups hatte sie im Laufe der Jahre schon häufiger vor Schaden bewahrt. Vor zwei Wochen erst war ein großes, rotbraunes Känguru unvermittelt aus dem Busch gebrochen und hätte bei voller Fahrt beinahe das Beifahrerfenster durchschlagen. Seither ließ sich die Beifahrertür nicht mehr öffnen, und eine Reparatur konnte sie sich nicht leisten. Ihr Pick-up war keine Versicherungspolice wert. Und Sparen war in ihrer Situation praktisch unmöglich.

Sie warf einen flüchtigen Blick durch den Rückspiegel auf Sam, der sich für die halbstündige Fahrt auf der Ladepritsche einzurichten versuchte. Er starrte in die Fahrerkabine des Pick-ups – warf einen prüfenden Blick in ihre Richtung. Zweifellos. Cathy lächelte. Sam war der Teil ihres Lebens, auf den sie sich verlassen konnte. Sie hoffte inständig, dass heute alle Rousies in voller Zahl antraten. Sie hatte es satt, den Lückenbüßer zu spielen. Sie hoffte, dass alle Scherer nüchtern und einsatzbereit waren, denn sie wollte diesen Scherauftrag Ende der Woche abgewickelt haben.

Zwanzig Kilometer später stellte sie ihren Pick-up unter einem Baum ab. »Auf geht's, Sam!«, sagte sie und schlug mit der flachen Hand gegen ihren Schenkel.

Ein Auto näherte sich in einer Staubwolke. Cathy starrte auf den alten, gelben Land Cruiser und versuchte zu erkennen, wem er gehörte. Ja, das war typisch. Auf dem Land war man neugierig. Hier draußen kannte jeder jeden, die Autos eingeschlossen, und sobald ein neuer Wagen auftauchte, begegneten ihm fragende Blicke, und es folgte eine langwierige Diskussion darüber, wem er gehören könnte.

Cathy konnte den Pick-up nicht zuordnen, erkannte jedoch umgehend den Arm, der im offenen Fenster lehnte. Lindsay parkte und sprang heraus. An diesem Morgen trug er ein schwarzes Unterhemd und eine verspiegelte Sonnenbrille. Ihr Herz setzte einen Schlag aus, als sie den starken Duft von Aftershave und Seife einatmete.

»Keine Lust gehabt auf den Bus?«, fragte sie.

Lindsay schlug die Autotür zu, nahm die Sonnenbrille ab und warf sie mit einer eleganten, schnellen Bewegung in den Wagen zurück. Er sah aus, als sei er dem Film *Top Gun* mit Tom Cruise entsprungen. Er zuckte die breiten Schultern. »Ich wohne draußen auf einer Farm. War einfacher, das eigene Auto zu nehmen.«

Er griff nach seiner Wasserflasche und dem Handtuch, und gemeinsam gingen sie in den Scherstall. Cathy versuchte zu verdrängen, dass sein schön geformter Arm sich gefährlich dicht neben dem ihren bewegte. Ihre Haut prickelte. Lindsay war fast einen Kopf größer als sie, was nicht häufig vorkam.

Lindsay sah Cathy für einen Moment an. »Du bist früh dran.«

»Yeah. Dachte, ich kann noch ein paar Ballen pressen. Tim ist im Rückstand.«

Lindsay beobachtete, wie sie die Presse anwarf und zu einem Stapel Vliese ging, ein paar Felle herauszog und die Qualität prüfte. Er grinste und kicherte unterdrückt.

»Ah, jetzt kapier ich«, murmelte er und merkte gar nicht, dass er laut gesprochen hatte.

Ihre Kraft und Energie faszinierten ihn. Er war an Frauen mit schlanken, perfekt geformten Armen gewöhnt – nicht, dass Cathys Arme etwas zu wünschen übrig gelassen hätten.

Was ihn betraf, waren sie vollkommen perfekt. Diese Kraft und Energie verrieten ihm eine Menge über ihre Persönlichkeit. Die Attribute mutig und entschlossen kamen ihm in den Sinn.

»Entschuldige! Aber ich habe gerade erst begriffen, dass du Klassierer bist. Jetzt ist mir klar, warum dir meine Vliese aufgefallen sind.«

Sie lächelte, und er fühlte, wie es in seinen Nackenhaaren wohlig prickelte.

»Wieso arbeitest du dann in diesem Scherstall nicht als Klassierer?« fragte er.

Cathy warf ihm einen Blick wie eine Gewitterwolke zu. »Da liegt der Hund begraben. Wenn wir zusammen in einem Scherstall arbeiten, kriegt immer Tim von Doug den Job als Klassierer.« Sie seufzte hörbar.

Lindsay hatte das bestimmte Gefühl, dass Doug nicht der Einzige in Cathys Leben war, der Ärger machte.

Während er beobachtete, wie Cathy mit einem weiteren Armvoll Vliese vorbeiging, fiel ihm seine gute Erziehung ein, und er bot seine Hilfe an.

»Kein Problem, ich schaff das schon. Trotzdem danke«, wehrte Cathy ab und schenkte ihm erneut ein Lächeln.

Er fühlte, wie seine Lippen es erwiderten. Die Wirkung war durchschlagend, wenn sie lächelte, und es faszinierte ihn, wie eine Haarsträhne, die sich aus dem Pferdeschwanz gelöst hatte, aufreizend über ihr Ohr fiel. Von der Locke glitt sein Blick automatisch über die seidig schimmernde Haut ihres Halses zur schönen Kinnpartie und ihren rosaroten, vollen Lippen. Ihre Augen waren blau wie seine, jedoch dunkler und schimmerten wie tiefes, saphirblaues Wasser.

Er hängte sein Handtuch auf und zog seine Schermokassins an, konnte jedoch den Blick nicht von ihr wenden. Ihre Bewegungen an der Wollpresse waren beinahe anmutig, und nur die Art und Weise, wie sie mit dem Handhaken hantierte, war eine Warnung, sie nicht auf dem falschen Fuß zu erwischen.

Lindsay lehnte sich rücklings gegen das Gatter des Wartepferchs, und die Schafe hinter ihm wichen mit scharrenden Hufen zurück. Er holte tief Luft und sah sich in der Scherbaracke um, die in der goldenen Morgensonne erglühte. Er betrachtete die in den Sonnenstrahlen flirrenden Staubpartikel, die durch die Fenster und das offene Tor hereinfielen. Draußen machte es sich C Js Hund unter ihrem Pick-up bequem, wehrte lässig die Fliegen ab, die mit der Sonnenwärme aufgestiegen waren.

Der Minibus fuhr vor, und der Rest des Teams kam herein. Er beobachtete mit Adleraugen, wie Marty stehen blieb und mit C J flirtete. Martys lüsterne Blicke und die Art, wie er sich zu dicht an sie drängte, missfielen ihm, und er wandte sich unwillkürlich ab und konzentrierte sich auf den Pferch mit Merinoschafen. Er sollte bald versuchen, das Tempo zu steigern und täglich ein paar Schafe mehr unter die Schermesser zu nehmen. War schon eine Weile her, dass er seine Grenzen ausgetestet hatte. Vielleicht war heute der Tag dafür gekommen.

In der Mittagspause trug Irene einen Teller mit Sandwiches zu Cathy hinüber, die gerade zusammen mit Sam die Wartepferche aufgefüllt hatte.

»Komm und iss gefälligst was, Mädchen«, forderte Irene sie mit grimmigem Blick auf.

Cathy wusch sich hastig die Hände in dem kleinen Waschbecken draußen vor dem Scherstall und ging zu Irene, die bei den Wollballen saß. »Danke, Renie«, sagte sie zu der Freundin, die ihr ein paar Sandwiches reichte.

Irene war schmal und drahtig und eine ausgezeichnete Woolhandlerin. Cathy versuchte noch immer, sie zu überreden, die Klassierer-Prüfung abzulegen, doch Irene war niemand, der sich gern auf unbekanntes Terrain begab. Außerdem plauderte sie lieber mit den Scherern, anstatt an den Wolltisch gefesselt zu arbeiten. Irene wäre die Erste, die Cathy sich aus Dougs Teams herauspicken würde. Für einen alten Hasen arbeitete sie noch immer mit bedingungslosem Einsatz, und dafür bewunderte Cathy sie.

Cathy und Irene lehnten sich gegen die Wollballen und aßen Sandwiches mit Hühnchen und Salat. Das Woolhandling in den Scherställen war beinharte körperliche Arbeit, und zur Mittagszeit hatten sie einen Bärenhunger.

Cathy hob den Blick und merkte, dass Irene etwas beschäftigte. Ihr fiel auf, dass sie an diesem Tag ungewöhnlich still gewesen war.

»Was ist los, Renie? Was geht dir im Kopf rum?«

Irene konnte normalerweise kaum etwas aus der Ruhe bringen; abgesehen von gelegentlichen Streitereien mit ihrem Lebensgefährten Paul. Die beiden lebten mittlerweile seit zwei Jahren zusammen, und Cathy war froh, dass Irene nicht mehr allein war. Soviel sie wusste, war Irenes Leben vor Paul sehr einsam gewesen. Viel hatte sie allerdings nie erzählt. Vermutlich war Einsamkeit einer der Gründe gewesen, weshalb sie sich Cathy angeschlossen hatte. Sie waren mittlerweile wie eine Familie. Irene bemutterte Cathy gelegentlich, sorgte dafür, dass sie aß, passte auf sie auf und machte sich Sorgen, wenn sie zu hart arbeitete. Die meiste Zeit jedoch waren sie einfach nur enge Freundinnen. Cathy störte es nicht, bemuttert zu werden, denn ihre eigene Mum schien nur noch wie ein Roboter zu funktionieren, ohne nachzudenken oder Gefühlsregungen zu zeigen. Allerdings war das nicht immer so gewesen. Früher, als sie noch eine glückliche Familie gewesen waren, war sie eine treu sorgende, fröhliche, liebevolle Mutter gewesen. Bevor der Mann alles zerstörte, den sie einst so sehr geliebt hatte.

Irene räusperte sich. »Gestern Abend habe ich einen Anruf bekommen. Von meinem Sohn.«

Cathy sah abrupt auf, die Augen weit aufgerissen.

»Du hast richtig gehört. Ich habe einen Sohn.«

»Mein Gott, Renie! Warum hast du mir das nie erzählt? Wow! Ich kann's kaum fassen.« Cathy legte die Hand auf Irenes Arm, ermunterte sie stumm, fortzufahren.

»Ich weiß. Tut mir leid, CJ. Er heißt Chris und ist nur ein paar Jahre älter als du.« Irene holte tief Luft. »Ich war kaum achtzehn, als ich gemerkt habe, dass ich schwanger bin. Damals hatte ich nur ab und zu beschissene Jobs und war mit einem Typ zusammen, der das Weite gesucht hat, als das mit dem Baby zur Sprache kam. Ich hatte niemand, der mich unterstützt hätte, keine Familie, aber ich war entschlossen, das Baby zu kriegen. Dachte, es würde all meine Probleme lösen. Himmel, war ich naiv!«

Cathys Finger umschlossen Irenes Hand fester.

»Ein Baby, verstehst du, war die Chance gewesen, auf Dauer Liebe in mein Leben zu bringen. Meine Eltern waren eine absolute Fehlbesetzung, und mein Bruder steckte bis zum Hals in einer Gang, also bin ich allein aufgewachsen und abgehauen, sobald ich konnte. Australien war meine

Hoffnung auf ein besseres Leben. Ich erinnere mich noch genau an den Tag, an dem er geboren wurde: an den süßen Duft seiner Haut, sein dichtes, braunes Haar, sogar an die Wandfarbe des Zimmers in der Klinik.« Irene hielt inne. »Aber als ich da lag und meinen entzückenden Jungen im Arm hielt, da ist etwas in mir zerbrochen.

Ich wusste, ich kann ihm kein gutes Leben bieten. Ich hatte keinen Job, lebte in einer Bruchbude, konnte es mir gar nicht leisten, ihm die Dinge zu kaufen, die er brauchte, und Hilfe war nicht in Sicht. Ich hatte ihn so lieb und wollte sein Leben nicht zerstören, wollte nur das Beste für ihn. Also habe ich ein wunderbares Paar gefunden, das bereit war, ihn zu adoptieren. Er sollte all das bekommen, was ich als Kind nie hatte – liebevolle Eltern, die ihn mit Respekt und Anstand erziehen würden. Meine Eltern waren viel zu sehr damit beschäftigt gewesen, auf einer alten Matratze zu liegen und sich mit Dope vollzudröhnen oder irgendwo Geld zu verzocken.«

»Warum hast du mir nie von deinen Eltern erzählt?«

Irene versuchte ein Lachen. »Was gibt's da schon zu erzählen? Ist mir peinlich, über sie zu sprechen, und ich habe mir eingeredet, jeder Gedanke an sie sei Zeitverschwendung. CJ, Kinder sollten nicht in so einer Welt aufwachsen. Ich hatte Drogen vor der Nase und tagelang nichts zu essen oder keine saubere Kleidung. Ich habe mir geschworen, niemals so zu werden. Als Chris da war, hatte ich keine Ahnung, wie ich uns beide durchbringen sollte, und … das wollte ich ihm ersparen.«

»Großer Gott! Irene, das klingt schrecklich. Es macht mich ganz krank, wenn ich daran denke, was du durchgemacht hast.« Cathy schüttelte den Kopf. »Du bist ein verdammt starker Mensch, du hast es geschafft, dich durchzuboxen und dir ein neues Leben aufzubauen. Das bewundere ich. Und ein Kind aufgeben zu müssen … das ist brutal!«

»Ich wünschte, meine Eltern hätten so gehandelt. Es war mein Traum, in eine andere Familie zu kommen, aber der ist nie wahr geworden.« Irene sah zu, wie sich eine Fliege auf einen Wollballen in der Nähe setzte. »Sie haben ihm seinen Namen gelassen, weißt du, den Namen, den ich ihm gegeben hatte. Ich konnt's kaum fassen – nach dreißig Jahren ruft er mich an. War mein einziger Wunsch, seit ich ihn weggegeben habe.« Irene fummelte an einem losen Faden ihrer Trainingshose herum.

Cathy beobachtete Irene, wie sie mit stoischer Entschlossenheit die Tränen zurückhielt. Jetzt begriff sie, warum Irene so stark war und weshalb sie nur selten jemand an sich heranließ. Cathy war der Meinung, dass Irene sich endlich erlauben sollte zu weinen – was sie durchgemacht hatte, war einen Ozean von Tränen wert. Und der Gedanke, dass sie das alles allein durchstehen musste, erinnerte Cathy nur immer wieder daran, wie stark ihre Freundin tatsächlich war.

»Ich habe nicht erwartet, je etwas von ihm zu hören. Ich wusste ja nicht mal, ob die Eltern ihm überhaupt gesagt hatten, dass er ein Adoptivkind ist, auch wenn sie es mir versprochen hatten. Sie wollten keine Geheimnisse vor ihm haben. Ich wusste, dass sie großartige Eltern sind. Das konnte ich daran erkennen, wie sie Chris angeschaut haben – einfach nur voller Bewunderung. Und ich hatte viel zu viel Angst, Kontakt mit ihm aufzunehmen. Was hätte ich getan, wenn er mich gar nicht hätte sehen wollen?«

»Oh, Irene, ich bin so froh, dass er dich angerufen hat. Du bist eine unglaubliche Frau. Du wärst eine großartige Mutter gewesen, und er kann froh sein, dich kennenlernen zu dürfen.«

Irene drückte zustimmend Cathys Hand.

»Und Sorgen brauchst du dir keine zu machen. Er hat dich angerufen«, fuhr Cathy fort. »Also … was hat er gesagt? Wollt ihr euch treffen?«

Irene zuckte die Schultern und hielt blinzelnd die Tränen zurück. »Wir haben über alles Mögliche geredet. Er ist ein Zahlenmensch und Buchhalter. Nicht verheiratet, momentan ohne Freundin. Er hat gefragt, ob er mich wieder anrufen darf. Ich hoffe, wir treffen uns irgendwann. Wäre schön.«

»Weiß Paul Bescheid?«

»Klar. Paul war prima. Wir wissen beide, dass es für uns zu spät ist, eine eigene Familie zu gründen, aber wir hoffen, Chris nimmt uns in seine Familie auf, wenn er mal Kinder hat.«

Kate, eine junge Rousie, berührte im Vorübergehen Irenes Schulter. »Hey, Renie«, sagte sie. »Du bist dran! Such die Musik aus.«

Cathy warf einen Blick auf die Uhr. »Mann, die Zeit ist wie im Flug vergangen!«

»Wem sagst du das? Noch zwei Durchgänge, dann ist Feierabend«, bemerkte Irene.

Cathy und Irene tauschten ein Lächeln. Sie würden die Unterhaltung ein andermal fortsetzen.

Cathy schnappte sich einen Fußbodenschaber, um zusammen mit Kate unter dem Wolltisch aufzuräumen. Kate war erst neunzehn, klein und zierlich, und alle nannten sie

Happy, denn es verging kein Tag ohne ein Lächeln auf ihrem Gesicht. Kate tat jedem Team gut. Sie schien vor Tatendrang zu sprühen und war eine bessere Hilfskraft als die beiden Intrigantinnen Deanne und Sarah.

Kurz darauf wurden Schafe aus den vollen Pferchen gezogen, und die Schergeräte sprangen surrend an. Cathy ging zu den Scherern hinüber und fing die Bauchwolle, die Lindsay abgeschoren hatte und nun abwarf, im Flug auf. Sie hatte gerade die Stelle mit dem nassen Pissfleck aus der Bauchwolle entfernt, als Lindsay laut »Shit!« rief. Es war das Kommando, das Rousies gut kannten: Es bedeutete, dass sie aufwischen mussten, bevor die Bescherung ins Vlies eindringen konnte. Cathy benutzte blitzschnell das eben aussortierte Stück Wolle als kleinen Lappen, wischte damit den Kot des Mutterschafs auf und hatte alles in der Mülltonne entsorgt, noch bevor Lindsay sein Schaf in eine andere Position wenden konnte.

Cathy wischte sich die Kotreste an den Händen an ihren Jeans ab. Sie sah auf und beobachtete, wie Lindsay die letzten Züge über die Rückenpartie des Schafes ausführte.

»Für einen Neuling hältst du dich beachtlich, bist wirklich gut. Doug wird beeindruckt sein«, sagte Cathy und beugte sich zu ihm. Sie konnte in den Ausschnitt seines Scherhemds blicken, der weit aufklaffte, als er sich über das Mutterschaf beugte. Die glatte, muskulöse Brust, die sie zu sehen bekam, war eine Augenweide. Sie musste sich zwingen, nicht die Hand auszustrecken und seinen Arm zu berühren, der schweißnass glänzte. Sie hob den Blick und sah ein merkwürdiges Glitzern in Lindsays graublauen Augen, begleitet von einem angestrengten Lächeln auf den Lippen. Er sagte kein Wort, aber sie hatte das seltsame Gefühl, ihn beleidigt zu haben, was ganz und gar nicht in ihrer Absicht gelegen hatte.

Sie brauchte nicht lange, um hinter den Grund zu kommen. Ungefähr sechs Schafe später merkte sie, dass er die Vliese in wachsender Geschwindigkeit abwarf. Und gegen Ende des Scherdurchgangs registrierte sie verlegen, dass Lindsay seinen Ausstoß derart steigerte, dass sogar Marty das Nachsehen hatte. Durch die Geschwindigkeit, die er vorlegte, trieb er alle Scherer zu Höchstleistungen an. Cathy sah sich mit ihrer Annahme, er sei ein Neuling, eines Besseren belehrt. Lindsay arbeitete sauber, schnell und mit spektakulärer Technik.

»Was hast du zu ihm gesagt? Man könnte denken, jemand hat ihm einen Silvesterkracher in den Hintern gesteckt. Dem muss doch bald die Luft ausgehen«, flüsterte Irene Cathy ins Ohr.

»Wem sagst du das?«

Die Scherer arbeiteten alle an ihrem letzten Schaf, und Cathy trat vor, um Lindsays letztes Vlies aufzusammeln und sich zu entschuldigen.

»Tut mir leid, was ich vorhin gesagt habe«, begann sie und fühlte, wie die Röte auf ihrer Haut prickelte.

Lindsay sah zu ihr hinüber und stellte sich taub.

»Ich sagte, tut mir leid«, wiederholte Cathy lauter und beugte sich so über das Podest, dass ihr Mund dicht an sein Ohr heranreichte. »Ich habe dich unterschätzt. Und, ja – du bist recht schnell«, fügte sie mit einem frechen Grinsen hinzu.

Lindsay stand der Schweiß auf der Stirn. Die Schweißperlen waren der einzige Hinweis darauf, dass er sich den Arsch aufgerissen hatte. Weder atmete er schwer, noch war sein Gesicht rot angelaufen. Als er fertig war, zog er an der Schnur, die neben der Gelenkwelle herabbaumelte, schaltete damit den Antriebsmotor der Scheranlage aus und schob das Schaf über die Rampe. Er hakte sein Handstück aus und kniete neben Cathy nieder.

Sie verschluckte sich fast, als sich ihre Blicke trafen. Aus dieser Nähe blies sein Atem eine lose Haarsträhne gegen ihre Wange, und ihr Blick versank in den grauen Sprenkeln seiner Augen, die wie zarte Wolkenfetzen das Blau durchzogen. Mit einem Zwinkern flüsterte er: »Das war noch gar nichts. Nur eine Aufwärmrunde.«

Cathy kam sich vor wie ein Schulmädchen. »Prima.« Am liebsten wäre sie nervös auf der Stelle auf und ab gehüpft. Sie beugte sich näher zu ihm. Ihre Haut kitzelte, als sie schon fast seine Bartstoppeln fühlen konnte. »Marty hält sich für so was wie den Hecht im Karpfenteich, und er hat sich die Seele aus dem Leib gearbeitet, um mit dir mithalten zu können«, wisperte sie. »Aber wenn du noch mehr draufhast, dann bin ich gespannt, wie er sich da rausmanövriert. Kann's kaum erwarten, was passiert, wenn du ihn nach Strich und Faden versägst.« Sie kicherte unterdrückt. »Jedenfalls danke«, fügte sie etwas lauter hinzu. Sie versuchte die Wirkung zu leugnen, die seine maskuline Ausstrahlung auf sie ausübte. Schweiß, Lanolin und ein Hauch von Deodorant. Alles machte sie an – er war stark, männlich und bestimmt wahnsinnig gut im Bett. Hm, wie hatte sich nur dieser Gedanke eingeschlichen? Das Letzte, was sie jetzt brauchen konnte, war, ihn sich nackt vorzustellen.

»Wofür?« fragte er.

»Ähm …« Cathy hatte den Faden verloren. »Oh, dafür,

dass du für mich und Irene den Tag zum besten hast werden lassen, den wir seit Langem erlebt haben. Hat Spaß gemacht.« Damit zeigte sie ihm strahlend weiße Zähne. Sie drehte sich um, trug das Vlies zum Wolltisch und warf es mit einer so eleganten und abgezirkelten Bewegung hoch, dass es sich in der Luft auffaltete und in perfekter Lage auf dem Lattenrost landete. Wie eine Überdecke auf ihrem Bett, mit Lindsay darunter. Verdammt, jetzt schien sie diesen Gedanken den ganzen Tag nicht mehr loszuwerden.

Zehn Minuten später stand sie vor dem CD-Player, kramte durch die CD-Sammlung, während sich die anderen nach der Zigarettenpause vor dem letzten Durchgang nach und nach wieder im Scherstall einfanden.

»Irgendwelche Wünsche?«, fragte sie Lindsay, als er an ihr vorbeischlenderte. »Was bringt dich auf Touren, schneller zu scheren?«

»Die CD vom Sender Triple-J wäre gut oder Birds of Tokyo. Wem gehören die CDs?«, wollte er wissen.

»Happy … Ich meine, Kate. Sorry, aber du kennst vermutlich noch nicht alle Namen hier, geschweige denn die Spitznamen.«

»Stimmt«, pflichtete Lindsay ihr bei. »Ich weiß zum Beispiel nicht, wer Tweedledee und wer Tweedledum ist.«

Cathy lachte. »Schätze, das ist der Zweck der Übung. Merke dir einfach Deanne ist Dee und Sarah die andere. Manchmal genügt auch einfach ein ›Hey, du!‹«

Lindsay musterte sie nachdenklich. »Wofür stehen die Buchstaben C J?«

Sie drohte ihm mit dem Finger und lachte. »Tut mir leid. Für eine Antwort kenne ich dich noch nicht gut genug.«

Er trat grinsend einen Schritt zurück. »Ich kriege das

auch so raus«, sagte er, ohne ihren Blick loszulassen, drehte sich dann um und ging zu seinem Scherplatz zurück.

Von mir erfährt er es jedenfalls nicht, dachte sie. Sie wurde im Team schon seit einer Ewigkeit CJ genannt, sodass kaum noch jemand ihre richtigen Vornamen kannte.

Cathy ging zu Irene, die mit einem kleinen Holzsplitter am Wolltisch ihre Fingernägel reinigte.

»Ihr beide hattet ja einen netten Plausch da drüben«, bemerkte Irene.

Cathy streckte ihr die Zunge raus. »Lass den Unsinn! Du weißt, Männer interessieren mich nicht.« Nicht mal so tolle Kerle wie dieser Lindsay, dachte sie. Verdammt, sie würde sich nicht darauf einlassen. Männer waren für sie tabu. »Lindsay sagt, dass er noch zulegen kann. Wird interessant sein, wie Marty reagiert.« Cathy rieb sich die Hände.

»Armer Lindsay«, flüsterte Irene. »Tweedledum und Tweedledee haben schon die Jagd auf ihn eröffnet.«

Sie folgte Irenes Blick. Lindsay sah aus wie ein in die Enge getriebenes Känguru, als die beiden Frauen ihm wie sabbernde Windhunde auf die Pelle rückten.

»Haben die überhaupt kein Schamgefühl?« Cathy schüttelte den Kopf angesichts der beiden. Lindsay tat ihr leid – und vielleicht war sie ein bisschen eifersüchtig.

Marty beobachtete die Szene ebenfalls, die Züge verzerrt, Wut im Blick.

Musik plärrte aus den beiden kleinen Lautsprechern über dem tragbaren CD-Player und läutete damit die nächste Arbeitsrunde ein, sodass sich Irenes und Cathys Wege trennten. Cathy kam es so vor, als habe sie sich kaum warmgelaufen, als von Lindsay das Kommando zum Nachschub »Sheep ho!« ertönte. Sie war sicher, dass es Marty die Schuhe auszog, als er merkte, dass Lindsays Wartepferch bereits leer war. Sie sprang auf das Podest, öffnete hastig das Gatter und scheuchte mehr Schafe in den Pferch. Als dieser voll war, ging sie an Lindsays Scherplatz vorbei und fragte bleiläufig: »Kannst du das Tempo durchhalten?«

Ohne aufzusehen, stieß er den Scherkamm durch die dicke, dichte Nackenwolle des Mutterschafs. »Yep, aber so sauber wie sonst wird's nicht zugehen«, antwortete er gelassen.

Cathy, die einen Augenblick damit beschäftigt gewesen war, seinen wohlgeformten Hintern zu bewundern, nickte hastig und sagte: »Wie auch immer, wenn du die Geschwindigkeit hältst, bist du rekordverdächtig.« Sie kletterte vom Podest, ging zu Jules hinüber, dem kleinsten Scherer des Teams, und sammelte das Vlies ein, das er gerade abgeworfen hatte.

Bei Lindsays Geschwindigkeit und durch Martys Bemühen, auf Hochtouren zu arbeiten, um ihn zu schlagen, hatten die Helferinnen schließlich alle Hände voll zu tun. Cathy war sich sicher, dass die anderen vier Scherer ebenfalls in den Wettstreit eingetreten waren.

»Du liebe Güte, ich hatte in diesem Durchgang nicht mal Zeit, mich am Hintern zu kratzen«, stöhnte Irene und wischte sich den Schweiß von der Stirn. »Sogar Happy ist das Lächeln vergangen, so beschäftigt war sie.«

Cathy nahm einen tiefen Schluck aus ihrer Wasserflasche. »Wem sagst du das! Dafür ist die Zeit wie im Flug vergangen. Möchte wissen, wie viele Schafe Lindsay bei diesem Durchgang geschafft hat. Muss Rekord gewesen sein. Er ist der schnellste Scherer, mit dem ich je gearbeitet habe.«

»Da hast du recht. Wie, zum Teufel, hat Doug es geschafft, so jemanden an Land zu ziehen? Er reibt sich die Hände, wenn er's erfährt.« Irene strich sich das feuchte Haar aus der Stirn. »Mann, heute Abend brauche ich dringend einen Drink!«

Es war ein guter Tag gewesen, einer, der definitiv einen Drink wert war.

Als sie mit Sam an ihrer Seite zu ihrem Pick-up eilte, kreuzte sie Lindsays Weg.

»Also deine Talente habe ich wirklich unterschätzt. Du bist nicht schlecht – bei der Schur, meine ich. Hast du Wettkämpfe bestritten?«, wollte sie wissen, um ihre Verlegenheit zu überspielen.

Lindsay schlüpfte in ein langärmeliges Hemd. »Ja, ein paar … ab und zu. Jetzt habe ich vielleicht Gelegenheit, mehr Wettkämpfe zu bestreiten.«

»Wo kommst du eigentlich her? Ich kann mir nicht vorstellen, dass es ein Scherteam gibt, das dich gern ziehen lässt.«

Lindsay zuckte die Achseln. »Ich habe auf der Farm meiner Familie gearbeitet. Ist das erste Mal, dass ich einen Vollzeitjob in einem Scherteam habe.« Er wandte sich seinem Pick-up zu und hob die Hand. »Bis morgen, ja?«

»Ja, bis dann«, erwiderte Cathy mit einem halbherzigen Winken.

Sie sollte es einfach genießen, Lindsay in ihrem Team zu haben.

Kapitel 4

In ihrer winzigen, aus einem Raum bestehenden Hütte ließ Cathy sich auf ihr Doppelbett fallen und musste dabei aufpassen, sich nicht an der Rückwand aus Wellblech den Kopf zu stoßen. Ihre Beine schmerzten, und ihre Fingerspitzen waren von den Dornen in der Wolle wund und geschwollen. Sie hob die Hände und zog eine Grimasse angesichts von Blut, Schmutz, Öl und Schafkot, die sich unter ihren kurzen Nägeln gesammelt hatten. Sie wusste, sie sollte duschen, aber dazu hätte sie rüber ins Haus gehen müssen, und sie wollte eine Begegnung noch eine Weile vermeiden. Ihre Mutter war inzwischen bei der Arbeit. Sie übernahm stets die Nachmittagsschicht am örtlichen Krankenhaus, arbeitete in der Küche und in der Putzkolonne. Viel Geld verdiente sie dabei nicht, aber zusammen mit Cathys Lohn reichte es für die laufenden Ausgaben.

Sam kam zu ihr, stupste mit der Schnauze ihre Hand an und ließ sich dann auf seinem dicken Teppich in der Ecke des Schuppens nieder. Sie sah sich um. Es war eng, aber seit einigen wenigen Jahren immerhin ihr Zuhause. Ein klappriger, wackeliger Kleiderschrank, ein Schreibtisch und ihr Bett waren die einzigen Möbel. Mehr hatte nicht Platz. Ein kleiner Fernseher und die Stereoanlage standen auf dem Schreibtisch, wurden jedoch kaum genutzt. Daneben lagen ein paar Ausgaben der Landwirtschaftszeitschrift *Elders*;

in der sie nachlesen konnte, welche Summen die Vliese der Scherställe, die sie bearbeitet hatte, einbrachten. An den meisten Abenden jedoch ging sie hinüber ins Haus und sah mit ihrem Dad fern, vorausgesetzt er benahm sich oder er schlief.

Nachdem sie das Unvermeidliche lange genug hinausgezögert hatte, griff sich Cathy ein sauberes Trikot und eine Trainingshose und machte sich auf zur Dusche. Sie ließ sich Zeit, wusch sich die Haare, säuberte die Fingernägel und lehnte sich dann einfach gegen die geschmacklosen, braunen Siebzigerjahrefliesen an der Wand und ließ mit dem heißen Wasser ihre Sorgen an sich abgleiten. Schließlich trat sie aus der Dusche, zog sich an und eilte leise in die Küche. Manchmal stellte die Mutter ihr eine Mahlzeit zum Aufwärmen bereit, aber wenn es zu hektisch oder schwierig gewesen war, gab es etwas von der Tankstelle oder eine Instantsuppe. Am Wochenende bereitete Cathy ein Pfannengericht oder Spaghetti Bolognese zu, doch unter der Woche war sie zu faul, um einzukaufen und zu kochen.

Im Hintergrund dröhnte der Fernseher in voller Lautstärke, als sie den alten Kühlschrank öffnete und nach etwas Essbarem suchte. Ihr Dad schien entweder allmählich taub zu werden oder war auf dem Lautstärkeregler der Fernbedienung eingeschlafen. Cathy verharrte einen Moment bewegungslos, fühlte die kalte Luft aus dem Kühlschrank auf der Haut, bis ihr Herz einen Schlag aussetzte. Ihr Dad hatte die beiden unteren Kühlschrankfächer mit Bier zugestellt. Cathy stöhnte auf. Verdammt! Wie war er an das Geld für Bier gekommen? Wieder ein Problem, das gelöst werden musste. Genau das war der Grund gewesen, weshalb sie vor langer Zeit hinaus in die Gartenhütte gezogen war und diese, nachdem er sie geplündert hatte, stets verschlossen hielt.

Cathy hatte von den Jobs, die sie annahm, wenn Doug sie nicht brauchte, Bargeld gespart und es in einer alten Keksdose verwahrt. Ihre Mutter brachte es dann für sie zur Bank. Sie hatte zwei Tage gebraucht, bis sie merkte, dass der Lohn des letzten Jobs verschwunden war, und mittlerweile hatte der alte Bastard alles in Räusche investiert und eine Runde nach der anderen an der Bar geschmissen. Nie war sie so wütend gewesen, hatte sich so hilflos gefühlt. Es war ihr Weg in die Freiheit gewesen, ihre Fahrkarte raus aus dem Schlamassel. Jedenfalls hatte sie sich das damals eingeredet, wobei längst nicht klar war, ob sie je den Mumm aufbringen würde fortzugehen. Sie hielt die Familie zusammen. Sie war diejenige, die den Absturz verhinderte.

Cathy zog einen Teller mit einem Rest Curry aus dem Kühlschrank und stellte ihn in die Mikrowelle. Dann spähte sie um die Ecke und sah nach, in welchem Zustand ihr Dad im Wohnzimmer saß. Der Raum war einigermaßen groß, der Boden mit einem altmodischen, braunen Teppich bedeckt, der aussah wie ein Muster aus Pissflecken. Holzverschalungen und sämtliche Türrahmen waren in einem stumpfen Dunkelbraun gestrichen, und die Möbel wirkten, als hätten sie ihr Leben in einem Junggesellenhaushalt gefristet. Nur dass nicht ein betrunkener Junggeselle, sondern ihr Vater bewusstlos auf der Couch lag. All das Geld, das sie für eine Renovierung sparen hätten können, hatte der Vater in den vergangenen zehn Jahren in der Kneipe versoffen. O Gott, es war eine gefühlte Ewigkeit her, seit sie eine glückliche Familie gewesen waren! Eine Ewigkeit, seit sie frei gewesen war, ihr eigenes Leben ohne Sorgen zu leben, eine Ewigkeit, in der sie die Krankenschwester spielte und als Ernährerin der Familie fungierte. Cathy versuchte, nicht weiter an die Vergangenheit und die Sammlung leerer Bierflaschen zu denken, und kehrte zur piependen Mikrowelle zurück.

Sie setzte sich an den kleinen, runden Furniertisch und aß, umgeben von losen Papierblättern in sämtlichen Formen und Farben. Deprimierenderweise forderten alle dasselbe: Geld. Cathy hatte schon in jungen Jahren gelernt zu haushalten, da ihre Mutter mit Zahlen nicht umgehen konnte und sie dem Vater das Scheckbuch nicht mehr anvertrauen konnten. Vor dem Unfall hatte er stets die Rechnungen bezahlt. Es ist erstaunlich, was ein geplatzter Reifen auf Schotter bewirken kann. Ihr Dad hatte sich mit dem Wagen überschlagen und war in einem Graben gelandet. Einer dieser idiotischen Unfälle, für die niemand die Schuld trug. Seither war seine Wirbelsäule so gründlich ramponiert, dass er unter ständigen Schmerzen litt. Sie hatten alles versucht.

Cathy sortierte die Rechnungen nach »sehr wichtig« – Strom, Telefon, Wasser, Medikamente – und »weniger wichtig«. Letztere waren diejenigen, deren Bezahlung sie hinausschieben konnte, ohne größere Probleme befürchten zu müssen. Sie schob ihren leeren Teller beiseite, begann Schecks auszustellen und diese in einen Umschlag zu stecken, den ihre Mutter am darauffolgenden Tag zur Bank bringen sollte. Es war eine bittere Aufgabe. Sie versuchte ständig nachzurechnen, wie viel Geld noch verblieb, damit keiner der Schecks platzte, doch hin und wieder geschah dennoch genau das. Die Lage war allerdings jetzt, da Emily die Schule beendet hatte und ihre Miete selbst bezahlte, nicht mehr so kritisch. Cathy wollte für ihre Schwester nur das Beste, aber das Schulgeld hatte sie doch massiv unter Druck gesetzt.

Nachdem sie alles erledigt hatte, war ihre Nackenmuskulatur so eingerostet wie die Heckklappe ihres Pick-ups. Sie räumte das Geschirr weg, nahm leise sämtliche Flaschen Bier aus dem Kühlschrank und verbarg sie unter einer Plane in ihrem Auto. Sie wollte versuchen, sie Doug zu verkaufen oder sie Irene für Paul zu geben. Mit etwas Glück glaubte ihr alter Herr, er habe seinen gesamten Biervorrat bereits konsumiert. Cathy griff nach dem Telefon, setzte sich wieder an den Tisch und rief Emily an. Es war gegen acht. Emily sollte zu Hause sein.

»Hallo?«

»Hey, Em. Wie geht's?«

»Cathy! Hey, Schwesterherz. Was gibt's?« Ems Stimme klang sanft, heiter und energiegeladen. Sie passte zu ihrem geschmeidigen, blonden Haar und den funkelnden blauen Augen. Emily war die Lebensfreude in Person, und Cathy tat ihr Bestes, sie vor all den harten Realitäten des Lebens zu schützen, mit denen sie selbst leben musste.

»Wollte nur mal anrufen und sehen, ob du noch lebst. Du meldest dich ja nie.«

»Ich hab so viel zu tun – mit der Arbeit und so, weißt du … Meine Schichten im Hotel sind der Wahnsinn. Außerdem habe ich Angst, dass Dad ans Telefon geht.«

»O ja, das wäre natürlich schrecklich«, bemerkte Cathy sarkastisch. »Du solltest ihn jetzt mal sehen, er liegt stockbesoffen auf der Couch.« Cathy hörte andere Stimmen und wusste, dass Emily gar nicht mitbekam, was sie sagte.

»Ja, ja«, stimmte Emily zu, ohne eine Ahnung zu haben,

worum es ging. »Hey, Schwester, ich würde ja gern mit dir plaudern, aber die Mädels sind hier, und wir gehen zu einem Konzert. Ruf mich morgen Abend an, dann erzähle ich dir alles. Bis dann!«

»Ist okay, wo ich doch sowieso kein Privatleben habe«, sagte Cathy, aber die Leitung war bereits tot. Ihr kamen die Tränen. Sie liebte Emily, aber das Mädchen hatte keine Vorstellung davon, wie hart das Leben sein konnte. Fast jeden Penny, den Cathy verdiente, verschlangen Rechnungen und die Bedürfnisse anderer. Emilys Geld floss in Partys und Konzerte. Noch nie hatte sie etwas nach Hause geschickt, aber warum sollte sie auch? Dad war nicht ihr Problem. Gut, Cathy hatte etwas Geld gespart, aber nur weil sie knauserte und nicht ausging, nicht trank und sich nichts gönnte. Das einzige Mal, dass sie Lake Moore verlassen hatte, war der Tag gewesen, an dem sie Emily beim Umzug half. Sie liebte Emily, und trotzdem machte sie Cathy verdammt wütend. Das ganze Leben machte sie wütend, vorausgesetzt, sie ließ es zu. Sie atmete fünfmal tief durch, um sich zu beruhigen, und rieb sich die Augen. Ihre Mutter würde erst in ein paar Stunden nach Hause kommen. Sie wusste, sie sollte das Wohnzimmer aufräumen und Dad ins Bett bringen, sonst setzte Mum wieder diese Miene auf. Sie hatte dann diesen traurigen, fast verlorenen, abwesenden Blick. Cathy hasste diesen Gesichtsausdruck. Er gab ihr das Gefühl, mit schuld zu sein, auch wenn sie nicht wusste, warum. Sie konnte ihn jedenfalls einfach nicht ertragen.

Cathy ging ins Wohnzimmer, sah dort ihren Vater, Tom Wishart, auf der Couch und erschauderte. Er war eingeschlafen und hatte den Kopf zur Seite geneigt, Speichel tropfte aus einem Mundwinkel. Eine leere Bierflasche steckte zwischen seinen Beinen, dahinter spannte sich sein rot kariertes Hemd stramm über seinem prallen Bierbauch. Wie er dort in ausgeleierter Trainingshose und Badelatschen saß, musste Cathy unwillkürlich an die Zeiten denken, als ihr Dad noch ein gut aussehender, sportlicher Mann gewesen war. Als er noch auf sein Äußeres achtete und gern seine Zeit mit ihr verbrachte, sie Dinge lehrte. Sie war ungefähr neun gewesen, als sie in der Schule anfingen, sie zu hänseln. Ihr Dad hatte das gemerkt und Cathys Selbstbewusstsein auf die einzige Art und Weise gestärkt, die er kannte. Er hatte ihr draußen hinter dem Haus das Boxen beigebracht. Zuerst war es nur darum gegangen, wie man sich verteidigte, wie man Schläge abduckte, aber dann war sie so gelehrig gewesen, dass er sie lehrte, wie man die Führhand einsetzte und einen rechten Haken schlug. Während sie jetzt auf den alten Mann hinunterstarrte, dessen Körper und Haut alle Symptome eines jahrelangen Alkoholmissbrauchs zeigten, spürte sie ein Gefühl des Verlusts. Wenn nur der Unfall nie geschehen wäre, es wäre alles so anders!

Cathy seufzte. Sie hatte viel zu viele Jahres damit vergeudet, wütend auf das Schicksal zu sein, das ihnen das eingebrockt hatte, und verdrängte die Gedanken. Ihr Dad allerdings war noch immer wütend, würde es bleiben bis zu seinem Tod. Nicht dass sie nicht versucht hätten, ihm zu helfen. Ihre Mutter, Dot, und sie selbst hatten Tom Mut zugesprochen – hatten ihn schließlich sogar angefleht, aber er wollte davon nichts wissen. In seinen Augen war dieses ganze unnötige Gelaber nur etwas für Frauen und Schwächlinge. Männer taten so etwas nicht. Cathy wollte nicht wie er enden. Sie hatte noch ihre ganze Zukunft vor sich.

Sie schaltete den Fernseher aus und rüttelte den Vater sanft am Arm, versuchte ihn zu wecken. Cathy fühlte sich wie ein kleines Mädchen, das ein großes Ungeheuer aufwecken wollte, ohne im Voraus zu wissen, ob sie nicht gefressen werden würde. Seltsamerweise erinnerte sie sich dabei an eine Geschichte, die Dad ihr und Emily stets vorgelesen hatte und die *Mia and Grizzly the Bear* hieß.

Mit einem trunkenen Schnarchen bewegte er den Kopf und schlug mühsam die Augen auf. Sie waren so blutunterlaufen, dass ihr eigentliches Blau fast nicht mehr zu sehen war. Das war kein gutes Zeichen. Mum hatte sicher dafür gesorgt, dass er seine Arznei nahm, bevor sie am Nachmittag zur Arbeit gefahren war. Und die vertrug sich nicht gut mit diesen Unmengen von Bier. Verdammt, jetzt ging das schon wieder los!

»Komm schon, Dad! Zeit ins Bett zu gehen«, sagte sie leise.

Er hatte Mühe, den Blick auf sie zu richten. Sie brauchte alle Kraft, um ihm von der Couch zu helfen.

Tom brüllte vor Schmerz und hielt sich mit beiden Händen den Rücken.

»Geschieht dir recht! Warum musst du dich auch so besaufen. Dann wirkt das Medikament nicht mehr.« Cathy stand vor ihrem Vater, hin- und hergerissen zwischen Mitleid und Ekel.

»Was willst'n, du kleiner Scheißer?«, lallte Tom und versuchte sie mit Blicken zu fixieren. »Willst stänkern, was?« Er wischte sich mit dem Rücken seiner großen Hände die Spucke aus dem Mundwinkel, bevor er sie zu Fäusten ballte, bereit für den Kampf.

»Dad, ich bin's, Cathy.« Sie hob beide Hände, um ihn zu

beruhigen, aber er nahm dies als Aufforderung und ließ seinen linken Arm vorschnellen. Dem Schlag allerdings fehlte die Kraft und er war zu kurz bemessen.

»Meinst wohl, du kannst den ollen Tom schlagen, was?« Er blinzelte ein paarmal mühsam und schüttelte den Kopf, während seine Fäuste auf und ab ins Leere stießen. Seine Züge wurden schlaff, und seine Tränensäcke rutschten noch tiefer.

Cathy sah seine Rechte lange im Voraus kommen und machte einen Schritt zurück, um ihr auszuweichen. Sie hatte das schon oft getan, aber jetzt trat ihr linker Fuß zuerst ins Leere und dann auf eine Bierflasche. Sie fühlte, wie sie über den Flaschenkörper abrutschte. Ihr Knöchel knickte schmerzhaft um, und sie fiel nach vorn, direkt in die vorschnellende Faust. Sie fiel und fiel und ging in schwindelerregendem Nebel vornüber zu Boden.

Auf dem Boden ausgestreckt, schlug sie die Augen stöhnend wieder auf. Sie schüttelte den Kopf und sah ihren Vater über sich stehen.

»Steh auf un' kämpf wie ein Mann!« Toms Stimme klang tief und holprig, und Spuckefetzen landeten auf ihren nackten Armen.

Cathy wusste nicht, wonach sie zuerst greifen sollte – nach ihrem schmerzenden Knöchel oder ihrem pochenden Gesicht. Sie fühlte etwas Feuchtes an ihrem Kinn, wischte es mit dem Handrücken ab, der plötzlich rot vor Blut glänzte. Sie blutete aus der Nase.

»Oh, Dad! Schau, was du angerichtet hast.« Ein stechender Schmerz schoss durch ihren Knöchel. Sie kroch aus seiner Reichweite, zog sich an der Couchlehne hoch und kam unsicher auf die Beine. »Du bist ein Arschloch!«

Sie hielt sich die Nase, humpelte in die Küche und griff sich ein paar Papiertaschentücher. Sie schob ein Stück Papiertuch in das Nasenloch, um die Blutung zu stoppen, bevor sie ins Wohnzimmer zurückkehrte. Sie sah, wie ihr Vater sie durch seinen Alkoholnebel anstarrte. Nur noch ein trauriger Schatten seiner selbst.

»Cathy … dein Gesicht … oh«, stöhnte er bei der Erkenntnis, dass er das getan hatte. Tom rieb sich die Schläfe. »Shit … ich … es tut mir …« Aber die Entschuldigung kam ihm nicht weiter über die Lippen.

Cathy war wütend. Am liebsten hätte sie zurückgeschlagen, aber das brachte nichts. Ihr Vater taumelte ein paar Schritte zurück.

»Geh und wasch dir das Gesicht und leg dich ins Bett, bevor du noch mehr anrichtest!«, schrie sie. »In dem Zustand kann ich nicht mit dir reden.«

Cathy holte tief Luft und seufzte, sah zu, wie er durch den Raum schlurfte und beim Rausgehen gegen den Türrahmen krachte. Sie war sicher, einen Anflug von Traurigkeit in seinem Blick gesehen zu haben, als ihm klar geworden war, dass er sie geschlagen hatte. So war es sonst immer. Das erste Mal, als er ihr ein blaues Auge verpasst hatte, war er entsetzt gewesen und hatte nicht aufgehört zu beteuern, dass er das nicht gewollt habe. Aber jetzt – tja, jetzt war es nichts Neues mehr.

Sie fürchtete, dass bald nichts mehr von dem alten Tom übrig wäre. An manchen Tagen blitzte der Vater kurz auf, der er einmal gewesen war. Manchmal, an einem schönen, sonnigen Wochenende saß er dann da und erzählte von seiner längst vergangenen Zeit als Scherer. Für Cathy waren diese Momente kostbar. Sie wurden jedoch immer seltener.

Cathy brauchte zwei Mülltüten, um das Zimmer aufzuräumen. Als sie sämtliche Flaschen eingesammelt, das Blut vom Fußboden aufgewischt und zwei Schmerztabletten geschluckt hatte, hörte sie ihren Dad laut in seinem Schlafzimmer am Ende des Flurs schnarchen. Dot hatte ihn schon lange aus ihrem Zimmer verbannt, und mit ihm die Liebe, die sie für ihn empfunden hatte.

Morgen würde sie den Vater fragen, woher er das Geld für das Bier gehabt hatte. Seine alten Freunde wussten, dass sie Tom kein Geld geben durften; sie alle waren schon vor Jahren vergrault worden. Keiner von ihnen kam je wieder in ihr Haus. Selbst Irene blieb fort, was Cathy nur recht war – sie wollte nicht, dass Irene sah, wie schlimm es geworden war. Außerdem wusste sie, dass Irene versuchen würde, sie zu überreden auszuziehen, aber das brachte sie nicht fertig. Einer musste bleiben.

Cathy ging ins Badezimmer. Der Anblick ihres Spiegelbilds schockierte sie längst nicht mehr so wie früher. Verkrustetes Blut bedeckte die untere Hälfte ihres Gesichts und hatte sich wie bei einem akuten Fall von Masern fleckig über ihren Hals ausgebreitet. Zusammen mit dem roten Bluterguss um ein Auge, der sich bis hin zur Nase zog, würde sie kaum einen Schönheitswettbewerb gewinnen, so viel war klar. Das Leben wäre um einiges leichter für sie, wäre ihr Vater ein schlechterer Boxer gewesen. Vielleicht war es Zeit, in Make-up zu investieren. Der Gedanke, mit einem zweiten Bluterguss, so schnell nach dem ersten, bei der Arbeit zu erscheinen, machte ihr Kummer. Normalerweise gelang es ihr, Toms Fäusten ausweichen; wenn nicht, fühlte sie sich wie eine Versagerin.

Sie wusch sich, ging zum Zimmer ihrer Mutter und

schloss auf. Dot würde erst später nach Hause kommen, aber Cathy wusste, dass sie verstehen würde, wenn sie sie in ihrem Bett vorfand. Nach einer schlechten Nacht mit Tom gaben sie einander in der Dunkelheit Halt. Dot strich Cathy dann übers Haar, um den Schmerz zu lindern, und wenn Dot in die Schusslinie geraten war, nahm Cathy die Mutter in die Arme und wiegte sie in den Schlaf. An diesem Abend brauchte sie ihre Mum. Sobald die Mutter neben ihr ins Bett kroch, würde sie sich so weit entspannen können, dass sie ihre Träume überstehen konnte.

Kapitel 5

Tom Wishart strich sich mit der Hand über das Gesicht und zog seine faltige Haut glatt.

»Oh, mein Gott«, stöhnte er. Er versuchte die Augen zu öffnen, sah jedoch alles nur verschwommen. Bin ich tot?, fragte er sich. Er fühlte, wie die Depression sich in dem Moment seiner Seele bemächtigte, als sein Blick aufklarte und er die schmutzige, von Spinnweben bedeckte Decke seines Schlafzimmers erkannte.

Oh, Shit. Ich bin noch immer verteufelt lebendig. Tom versuchte, sich zu bewegen, aber sein Kopf wog ungefähr eine Tonne. Er fühlte sich an, als ob ihn jemand mit dickem Paketband am Ende des Bettes festgeschnürt hätte. Er beschloss, liegen zu bleiben. Es gab keinen Grund aufzustehen, und außerdem hatte er das Gefühl, in einem Wasserstrudel festzustecken. In einem nicht enden wollenden Waschgang.

Tom leckte sich die rissigen Lippen und schmeckte einen Hauch von Blut. Blut? In seinem Gehirn machte es klick, ein Gedächtnisblitz mit einem Bild von Catherine tauchte auf, die auf dem Boden lag, und einer Menge Blut. Sein Herz setzte einen Schlag aus. Hatte er sie umgebracht? War er diesmal zu weit gegangen? Seine Hände begannen zu zittern, und seine Gehirnwindungen pulsierten vor Anstrengung, während er sich zu erinnern versuchte.

Plötzlich atmete er aus. Eine bruchstückhafte Erinnerung tauchte auf: Catherine, die ihn beschimpfte oder etwas in der Art. Er brachte die Worte nicht mehr zusammen – er war sicher, dass sie »Arschloch« gesagt hatte, aber es war der traurige, verzweifelte Ausdruck in ihren Augen, den er nicht vergessen konnte. Er wusste, irgendwo tief in seinem Inneren liebte er seine Familie noch immer, aber das schwarze Loch, das ihn verschlungen hatte, erlaubte es ihm nicht, dies auch zu zeigen. Er wusste nicht mehr, wer er war. Er fühlte nicht mehr wie Tom. Der Tom, der die Arbeit als Scherer und das Boxen und die Spiele mit seinem Mädchen geliebt hatte, schien in weite Ferne gerückt zu sein.

Tom war schon so lange Zeit wütend, dass er sich nicht wirklich erinnerte, wer er einmal gewesen war. Und bei den seltenen Gelegenheiten, bei denen er sich erinnerte, musste er diese Bilder gewöhnlich in Alkohol ertränken; das Wissen, nie wieder so sein zu können, war zu schmerzlich. Und genau das hatte gestern den Anstoß gegeben. Dot war in einer der großen Abstellkammern gewesen, hatte wer weiß was gesucht und die Tür offen gelassen. Im Vorübergehen war sein Blick auf das rote Lederbündel im obersten Regalfach gefallen. Seine alten Boxhandschuhe. Das Leder hatte so gut gerochen und augenblicklich eine Flut glücklicher Erinnerungen ausgelöst, von Kämpfen, die er gewonnen hatte. Endlich einmal hatte er sich wieder lebendig gefühlt.

In einem Anflug von Abenteuerlust hatte er sie aus dem Fach gezogen und mit in die Garage genommen. Er hatte die abgestandene Geruchsmischung aus Schweiß und Leder eingeatmet, bevor er seine großen Hände hineingesteckt hatte. Sie passten perfekt, und er wunderte sich über die

Gefühle, die sie in seiner Brust auslösten, fast wie bei einem Herzinfarkt, nur war da statt Schmerz Freude. Sein Boxsack hing noch immer in der Ecke, wo er ihn zurückgelassen hatte, mittlerweile eingehüllt in Staub und Spinnweben.

Tom hatte die Augen geschlossen, sich an seine Kämpfe erinnert. Rechte kurze Gerade, linker Haken. Damals hatte er Willy Langdon nach den ersten fünf Minuten niedergeschlagen, ihn mit seiner harten Rechten auf die Bretter geschickt. Mann, war das ein großartiges Gefühl gewesen! Die Menge hatte gejohlt, und der Kampfrichter hatte Willy ausgezählt. Er hatte sich noch an den Seilen hochgehangelt, aber Tom hatte gewonnen. Tom Thunder hatten sie ihn genannt, wenn sie ihre Wetten platziert hatten. Setz mein Geld auf Tom Thunder! Es war die verdammt beste Zeit seines Lebens gewesen – bis er Dot getroffen hatte.

Es dauerte nicht lange, bis er den Rhythmus wieder gefunden hatte. Er mochte vielleicht etwas wackelig auf den Beinen stehen, aber das Wesentliche verlernte man nicht. Tom fühlte sich fit, versuchte eine Viererkombination.

Bum, bum … *Mist*! Krampfartige Schmerzen durchzuckten seinen Rücken. Wütend hatte er erneut die Fäuste erhoben, diesmal noch entschlossener, in der Hoffnung, es erzwingen zu können. Er war der große Tom Thunder. Nur wenige Augenblicke später hatte er mit krampfartig zuckenden Rückenmuskeln auf dem Boden gelegen und gewusst, dass er geschlagen war, wie er im Ring nie geschlagen worden war. Sein keuchender, schwerer Atem wirbelte den Staub vom Betonboden auf, als die Dunkelheit wieder in ihm aufstieg und sich gemeinsam mit dem Schmerz ihren Weg durch seinen Körper bahnte. Er fühlte, wie sie nach ihm lechzte.

Der Schmerz hatte bereits von seiner Seele Besitz ergriffen. Und er wünschte, er würde ihm endlich auch das Leben nehmen und allem ein Ende setzen.

In diesem Moment hatte er sich daran erinnert, dass er einen Drink brauchte – und zwar schnell. Er war einer Eingebung gefolgt und hatte, getrieben von Verbitterung und Wut, seine Boxausrüstung an den neuen Jungen am Ende der Straße verkauft. Damit hatte er genug Geld gehabt, um ein paar Kisten Bier zu kaufen und sich gründlich und bis zur Bewusstlosigkeit zu betrinken.

Tom hatte jedes Zeitgefühl dafür verloren, wie viele Stunden er schon an diese Zimmerdecke mit den Wasser- und Schimmelflecken starrte. Jedes Mal überlegte er, wie er alldem ein Ende machen konnte. Allein, ihm fehlte der Mut. Das – und außerdem wollte er nicht, dass Catherine oder Dotty ihn fanden. Er war eine Bürde, die schon schwer genug auf ihnen lastete, da wollte er den beiden nicht noch weitere schmerzende Narben zufügen. Eines Tages musste er dennoch einen Weg finden. Seine Uhr tickte …

Lindsay kam spät zur Arbeit, er hatte den Wecker falsch gestellt, und im Scherstall war die Arbeit bereits voll im Gang. Er lag ein Schaf zurück, holte jedoch schnell auf. Er hatte sein viertes Mutterschaf geschoren, schob es über die Rampe, hob den Kopf und sah Cathy, die sein Vlies aufsammelte. Er starrte sie eine lange Sekunde an, bis sie errötete und ihm einen guten Morgen wünschte. Er murmelte eine Erwiderung, konnte jedoch den Blick nicht von ihrem Gesicht wenden, er war entsetzt über die Schwellungen und Hautverfärbungen. Als er das nächste Schaf aus dem Pferch zog, hatte er Mühe, sich zu konzentrieren. Der Bluterguss war riesig, noch immer geschwollen, und wirkte in ihrem schönen Gesicht wie ein Fremdkörper. Sein erster Gedanke war: Wer? Ein Veilchen von diesem Ausmaß holte man sich nicht, indem man gegen einen Türpfosten knallte. Wer, zum Teufel, brachte es fertig, eine Frau zu schlagen? Zorn pumpte das Blut auf Hochtouren durch seine Adern. So etwas hatte niemand verdient, und ganz besonders keine harmlose Frau wie Cathy. Schließlich fand er seinen Scherrhythmus wieder, aber jedes Mal, wenn sie eines seiner Vliese einsammelte, versuchte er, mehr in ihren Augen zu lesen. Er wollte ergründen, ob sie verletzt war – nicht physisch, sondern psychisch. Aber alles, was er erkennen konnte, war ein Ausdruck gespenstischer Leere im tiefen Blau ihrer Augen.

»Shit, das muss verdammt wehgetan haben«, sagte er zu ihr am Ende des Scherdurchgangs und versuchte, ihren unsteten Blick festzuhalten.

Cathy zuckte die Schultern. »Ach wo, alles schon wieder gut. Keine Sorge.« Dann wechselte sie das Thema, sagte, dass sie helfen wolle, die Schafe einzutreiben, und verschwand umgehend.

Im Lauf des Tages wurde Lindsay immer unruhiger. Der Bluterguss war nicht das Einzige, das ihm Sorgen machte. Er hatte das Gefühl, dass niemand ihre Verletzung auch nur bemerkt hatte. Niemand starrte sie so an wie er, und soweit er sah, fragte auch keiner nach der Ursache. Alle verhielten sich, als wäre nichts passiert. Vielleicht war es ja nicht das erste Mal. Er beschloss, nach Ende der Schicht mit Doug zu sprechen. Er kannte sonst niemanden gut genug, und Cathy gegenüber wollte er das Thema nicht erwähnen. Sie litt ganz offenbar schon genug.

Als Lindsay später an diesem Tag vor dem Haus von Doug und Tessa anhielt, hatte er kaum einen Fuß aus seinem Pick-up gesetzt, als bereits die begeisterten Willkommensschreie seiner Lieblingsnichten ertönten. Bonnie, mit sieben Jahren die Ältere, warf sich als Erste in seine Arme. Er hob sie hoch und drehte sich mit ihr im Kreis. Bonnie war das Ebenbild von Teresa, ihrer Mutter, mit langem, glattem, seidig-schwarzem Haar und braunen Augen. Das Einzige, was sie von Doug geerbt hatte, war dessen Gemüt, das jedoch bei einer Siebenjährigen wesentlich amüsanter wirkte. Mittlerweile zupfte die vierjährige Tara an seiner Arbeitshose und versuchte seine Aufmerksamkeit zu erregen. Tara hätte ebenso gut Lindsays Kind sein können; sie hatte mit ihrem blonden Haar und den blauen Augen sämtliche Taylor-Gene geerbt. Die beiden Mädchen hätten nicht unterschiedlicher sein können – und waren sich doch auch ähnlich.

»Na, was macht meine kleine Tara Bell?«, wollte er wissen, als er sie auf den Arm hob und sie ebenfalls im Kreis herumschwenkte. Er hatte schnell begriffen, dass er das, was er für die eine tat, auch für die andere tun musste. Im nächsten Moment entschieden sie, er müsse schnell hereinkommen und mit ihnen und ihren Barbies eine Tasse Tee trinken, und indem jede eine seiner Hände nahm, zogen sie ihn die Einfahrt hinauf.

Doug empfing ihn an der Haustür. »Hallo, Lindsay! Wie geht's?«

»Daddy, Onkel Lindsay trinkt jetzt Tee mit uns«, verkündete die kleine Tara aufgeregt und hüpfte auf der Stelle, ohne Lindsays kleinen Finger loszulassen.

Doug lachte. »Wie wär's, wenn Onkel Lindsay erst mal

bei mir bleibt und ich ihn vielleicht überreden kann, mit uns zu Abend zu essen?«

Beide Mädchen strahlten, wobei Bonnie zahlreiche Zahnlücken entblößte, bevor sie gemeinsam in ihr Spielzimmer liefen.

»Möchtest du ein Bier?«, fragte Doug und ging in Richtung Küche.

»Gern, danke!« Lindsay folgte Doug und zog einen der Hocker vor der Frühstückstheke zu sich heran.

»Na, wie läuft's im Team? War heute alles in Ordnung mit CJ?«, erkundigte sich Doug vorsichtig.

»Warum?« Lindsay runzelte die Stirn. Er fragte sich, ob Doug bereits von dem Veilchen wusste.

»Es ist nur …« Er hielt inne. »Ich musste sie als Rousie einsetzen, was einer Herabstufung gleichkommt. Sie hat das nur schwer geschluckt. Und ich hoffe, sie hat es inzwischen verdaut. Sie ist meine beste Klassiererin.« Doug musterte Lindsay ernst. »Erzähl ihr bloß nie, dass ich das gesagt habe.«

»Vielleicht solltest du sie dann lieber nicht verärgern. So hätte ich dich eigentlich nicht eingeschätzt«

Doug kratzte sich am Kinn. »Ich weiß, aber ich saß in der Klemme, und außerdem bezahle ich ihr den vollen Lohn«, sagte er.

Lindsay spielte mit dem Etikett seiner Bierflasche. »Sie … Also sie ist heute mit einem Hammer von einem Veilchen im Gesicht erschienen. Weißt du was darüber?«

»Ah!« Doug stellte sein Bier ab. »Das geht mich nichts an. CJ ist ein prima Mädchen, gehört schon fast zur Familie, aber sie kann selbst auf sich aufpassen und tut das auch schon seit vielen Jahren. Mach dir deshalb keine Sorgen.«

»Aber Doug, du hast sie nicht gesehen. Sah verdammt übel aus.«

Doug hob abwehrend die Hand. »Vertrau mir, Schlaumeier. Ist besser, du kümmerst dich nicht darum. Sie ist ziemlich verschlossen, bleibt für sich und macht ihr Ding. Das solltest du respektieren.« Dougs Blick verdunkelte sich für einen Moment, dann hellte sich seine Miene auf. »Was ist? Bleibst du zum Essen? Tess hat einen Schweinebraten im Ofen.«

Lindsay nahm den Themenwechsel zur Kenntnis und ließ die Sache auf sich beruhen, zumindest vorerst.

»Wo ist übrigens Tess?« Er sah sich um und merkte, dass es bei Doug aussah wie nach einem Orkan. Tess hielt normalerweise alles stets peinlich in Ordnung. »Du spielst hier Kindermädchen, was?«, bemerkte Lindsay lachend.

»So ist es. Tess ist bei einer Tupperwareparty. Sie kommt erst in einer halben Stunde. Ich habe also auch den Braten in meiner Obhut.«

Lindsay zog eine Grimasse. »Dann verschieben wir das mit dem Abendessen vielleicht lieber«, frotzelte er, bevor er das Trappeln von Kinderfüßen im Flur hörte.

»Daddy, kann Onkel Lindsay jetzt mit uns spielen?«, fragte Tara.

Doug verdrehte die Augen und musterte Lindsays schmutzige Arbeitskleidung. »Geht mit ihm nach draußen. Eure Mutter kriegt einen Anfall, wenn sie ihn erwischt, wie er mit euch in Arbeitsklamotten auf dem Teppich rumtollt.«

»Du klingst, als wäre ich der Hofhund«, sagte Lindsay lachend. »Kommt, Mädels! Was wollen wir spielen?«

»Verstecken!«, schrien sie im Chor.

Kapitel 6

»Danke, dass du heute Abend zu Hause bleibst, Mum!«, sagte Cathy und legte die Hand auf Dots schmale Schulter. Ihre Mutter wirkte sehr zerbrechlich in der schwarzen Trainingshose und ihrer alten Bluse, die einmal weiß gewesen war und nun einen Grauschleier angenommen hatte. Cathy hatte ihre Größe definitiv von ihrem Vater geerbt, doch der Spiegel verriet, dass sie die feinen Züge ihrer Mutter hatte. Mehr als einmal hatte ihr Vater erzählt, wie er Dotty kennengelernt, wie ihre Schönheit ihn verzaubert hatte. Offenbar war jeder Mann in der Stadt hinter Dot her gewesen, aber nur Tom hatte bei ihr landen können. Die Mutter behauptete immer, die Tatsache, dass Tom sie praktisch ignoriert habe und er der Mann mit der besten Figur in der ganzen Stadt gewesen sei, habe den Ausschlag gegeben. Als Kind hatte Cathy diese Geschichten geliebt. Mittlerweile waren die Gesichtszüge ihrer Mutter von Angst und Anspannung gezeichnet, und sie wirkte immer erschöpft und teilnahmslos. Die Zeit der hübschen Lidschatten und Lippenstifte war vorbei. Sie war zusammen mit dem Sinn für alle anderen Äußerlichkeiten verflogen.

»Tut mir leid, ich weiß, wie gern du zur Arbeit gehst, trotzdem bin ich dir dankbar.« Sie fühlte sich mies, weil sich die Mutter den Abend freigenommen hatte, damit sie ausgehen konnte. Allerdings kam das nicht häufig vor.

»Schon in Ordnung. Geh du nur und amüsier dich. Du arbeitest viel zu hart«, sagte Dot und sah zu ihrer Tochter auf, und beide erkannten den Schmerz im Gesicht des jeweils anderen. »Übrigens hat Burt heute für dich angerufen. Er meinte, es sei Zeit, dass du mal Pause machst und ihn besuchst.«

Cathy lachte. »Er meinte wohl eher, dass ich seine Einkäufe erledigen und etwas für ihn kochen soll, der alte Fuchs. Aber es stimmt, ist 'ne Weile her, dass ich bei ihm war. Danke, Mum.«

»Viel Spaß, und mach dir um uns keine Sorgen«, murmelte Dot nervös und sah Cathy nach, die zur Tür ging.

»Ich versuch's.« Cathy kannte die Angst im Blick der Mutter. Panik vereitelte ihren Versuch zu lächeln. Cathy fühlte sich miserabel – sie wusste, wie sehr ihre Mutter es hasste, mit Tom allein bleiben zu müssen. Jedes Mal, wenn Tom versuchte, mit Dot zu kommunizieren, zog sie sich ein wenig weiter in sich zurück, und Cathy fürchtete, dass die Mutter einer abgestreiften Schlangenhaut immer ähnlicher wurde. Cathy allerdings konnte sich dieses Verhalten nicht leisten. Irgendjemand musste die Verantwortung übernehmen und Stärke zeigen.

Dot berührte den blauen Stoff von Cathys Top und folgte mit dem Blick dem tiefen Ausschnitt. »Das steht dir fantastisch.«

Cathy nestelte an dem blauen Satinband, das sie um die Taille gebunden hatte. »Ist das nicht zu aufgetakelt?«

»Nein, du siehst großartig aus, Sweetheart. Du solltest so was öfter tragen.«

»Okay, danke, Mum.« Sie umarmte Dot, trat aus der Tür und in die warme Abendluft hinaus. »Bis später!«

Dot stand auf der Schwelle und sah Cathy nach, bis sie aus ihrem Blickfeld verschwunden war.

Die Partybeleuchtung malte Lichterkreise in sanften Farben in Dougs kleinen Scherstall. Scherer, Rousies und Freunde aus der Stadt saßen auf Stühlen und Milchkisten entlang der Wellblechwände und unterhielten sich lautstark, um die Musik zu übertönen. Cathy war gerade auf dem Weg zur Toilette, als Lindsay von außen die Tür zur Scherbaracke aufstieß. Ihr blieb die Luft weg. Frisch geduscht, in Jeans und Hemd roch er nach teurem Eau de Cologne und sah noch umwerfender aus als sonst. Nicht, dass sie genau gewusst hätte, wie teures Eau de Cologne roch, aber dieser Duft war sehr viel angenehmer als die Sorte, die ihr Dad benutzt hatte. Sie fühlte seinen Blick prickelnd auf ihrer Haut, sanft, prüfend und tastend. Sie fühlte sich plötzlich unwohl in ihrem Outfit. Mist, warum musste Lindsay auch so gottverdammt sexy aussehen? War da jemand dort oben, der sie bestrafen wollte – nur weil sie den Männern abgeschworen hatte?

»Geht's hier zur Party?«, fragte er.

»Hm, ja. Fühl dich wie zu Hause!« Cathy duckte sich an ihm vorbei und lief zum Haus, brennende Röte im Gesicht.

Eine Stunde später saß sie auf einem Barhocker neben Irene und Paul, der den Arm lässig um Irenes Schultern gelegt hatte. Paul war ein gut genährter Mann, neben dem Irene noch schmaler und hagerer wirkte. Dass er Irene liebte, war unübersehbar; Liebe sprach aus seinen braunen Teddybäraugen, wann immer er sie ansah. Cathy freute sich stets, die beiden zusammen zu sehen. Sie verstanden sich so gut und schienen auf einer anderen Ebene zu kommunizieren. Sie fragte sich, ob sie je so eine Beziehung führen würde.

Paul Stayton erzählte ihnen von seiner Beförderung zum Leiter eines Geschäfts, das Geräte und Zubehör für die Landwirtschaft und Schafschur verkaufte. »Ich habe Irene gesagt, dass sie jetzt aufhören kann zu arbeiten«, sagte er. »Ich kann für uns beide sorgen.«

»Und wie ist die Diskussion für dich ausgegangen, Paul?« Cathy lachte.

Paul lächelte flüchtig. »Sie hat geantwortet, dass sie sich ohne Arbeit gleich ihr Grab schaufeln könnte und außerdem deine Gesellschaft vermissen würde.«

Irene berührte sanft Pauls Arm. »Ich bin einfach nicht das Heimchen am Herd. Ich bin ein Arbeitermädchen, und das ist einer der Gründe, weshalb du mich liebst.«

Paul nickte. »Yeah, da hast du recht.«

Cathy war froh. Die Arbeit ohne Irene konnte auch sie sich nicht vorstellen.

Eine laute Stimme übertönte die Musik. »Hey, CJ, willst du noch einen?«

Ihr Blick fiel auf Marty, der vor der geöffneten Kühlschranktür neben der Bar stand. Er trug Jeans und ein blaues Hemd, das zu tief aufgeknöpft war, und hob eine Dose Jim Beam hoch.

Sie schüttelte den Kopf. »Nein danke. Ich hab alles.« Für einen flüchtigen Moment sah sie Ärger in seinen Augen aufblitzen.

»Komm schon! Bring dich in Stimmung«, drängte er und strich sich seine schwarze Haarmähne mit aufreizender Geste aus der Stirn.

Sie bekam eine Gänsehaut, und ihr Magen verkrampfte sich, denn die Anmache war an sie adressiert. Das hätte durchaus sexy wirken können, dachte sie, wäre es ein anderer Mann gewesen. Sie schüttelte den Kopf und wandte ihm den Rücken zu.

»Das ist schon der dritte Drink, den er dir heute Abend anzudrehen versucht«, bemerkte Irene leise.

»Tja, aber darauf kann er lange warten«, erwiderte Cathy.

Sie entdeckte Duncan und Jill hinter Paul. Die beiden umarmten sich und lachten mit Dave und Lindsay über etwas.

Cathy beobachtete die vier wehmütig, versuchte, nicht zu häufig in Lindsays Richtung zu sehen, um Irene keinen Grund für Spekulationen zu geben. »Sehen Duncan und Jill nicht großartig aus?«, bemerkte sie. »Die Veränderungen haben sich offenbar schon positiv ausgewirkt.« Duncan war ein bulliger Mann mit breiten, runden Schultern, freundlichen Augen und gutmütigem Gesicht. Er fand schnell Freunde, und Jill vergötterte ihn. Jill war ebenfalls untersetzt, jedoch kleiner, und hatte ein Engelsgesicht, das stets in einem Lächeln zu erstrahlen schien.

»Ich weiß. Ich glaube, ich habe Jill noch nie so glücklich gesehen. Sie wirkt beinahe erleichtert«, sagte Irene.

Paul lachte. »Vermutlich, weil die Schinderei im Scherstall Dunc nicht mehr vorzeitig ins Grab bringen kann.«

»Lindsay ist ein heißer Typ, findest du nicht?«, kam es von Irene.

Cathy stützte den Kopf in beide Hände und schüttelte ihn leicht. Der Mann wusste sich zu kleiden, das musste man ihm lassen. Seine dunklen Jeans saßen perfekt, und das Hemd spannte leicht über seiner muskulösen Brust.

»Komm schon, CJ. Ist vermutlich wirklich Zeit, dass du dir einen netten Kerl suchst, der dich verwöhnt«, warf Paul ein.

»Ich kenne nur einen netten Kerl, und du bist schon vergeben«, frotzelte Cathy. »Und außerdem – glaubst du wirklich, ich könnte einen Kerl mit zu mir nach Hause nehmen?« Das war ein weiterer Grund, warum sie den Männern abgeschworen hatte. Ihr Leben war einfach zu kompliziert, und die Art, wie Lindsay den Frauen den Kopf verdrehte ... Zum Teufel, das fehlte ihr gerade noch. Nicht schon wieder so einen Windhund; von der Sorte hatte sie genug gehabt.

Irene schüttelte den Kopf. »Die meisten würden es verstehen, CJ.«

»Hm, vielleicht«, seufzte sie und warf einen Blick auf die Uhr. »Hey, Leute, ich muss gehen und den Mädchen Gute Nacht sagen. Das habe ich versprochen.«

Kaum hatte sie die Hintertür zum Haus geöffnet, landeten zwei vor Vergnügen quietschende, pinkfarbene Gestalten in ihren Armen. Cathy ließ sich fallen und wälzte sich spielerisch mit ihnen auf dem Fußboden. Sie hielt inne, als sie Taras trauriges Gesicht sah. Für einen Moment erinnerten sie die bezaubernden Züge des kleinen Mädchens an etwas. Sie kam jedoch nicht darauf, was es sein konnte. »Was ist los, Tara?«

Tara sah mit ihren großen, blauen Augen zu ihr auf und sagte leise: »Wir haben nicht gedacht, dass du noch kommst.«

Bonnie schubste Tara leicht an der Schulter. »Du meinst, du hast es nicht geglaubt. Ich wusste, dass du uns nicht vergisst, CJ«, behauptete Bonnie sehr erwachsen.

»Natürlich vergesse ich euch nicht. Ihr beide seid doch meine Besten.« Cathy hob die beiden auf und stapfte mit je einer unter jedem Arm zu deren Schlafzimmer. Dabei begegneten sie der Mutter der beiden.

»Nehmt CJ nicht zu lange in Beschlag, Mädels. Heute Abend gibt's nur eine Geschichte, okay?«, mahnte Tessa.

Cathy lächelte. »Schon gut, Tessa. Du weißt, dass ich lieber bei ihnen bin als mit der lärmenden Menge draußen in eurem Scherstall.«

»Mit der Einstellung findest du nie einen Freund.«

»Wer sagt, dass ich einen will?«, rief Cathy ihr über den Korridor nach, als sie das gemeinsame Zimmer der Kinder erreicht hatte. Sie hörte Tessa lachen, als diese in die Küche ging, um die Essensvorräte aufzufüllen.

»Also rein mit euch ins Bett«, befahl Cathy. Sie warf die Mädchen jeweils in das falsche Bett, was natürlich noch mehr kreischendes Gelächter auslöste.

Zuerst las sie aus Taras Buch vor, deren zarte Augenlider zugefallen waren, bevor sie geendet hatte. Bonnie war noch wach und wartete geduldig, bis sie an die Reihe kam.

Als sie das Ende von Aschenbrödel erreicht hatten, machte Bonnie ein ernstes Gesicht. »Wieso willst du keinen Freund?«, fragte sie.

Cathy musste unwillkürlich lachen. Kinder schnappen einfach alles auf, dachte sie. Sie musste in Zukunft in ihrer Gegenwart aufpassen, was sie sagte.

»Oh, Bonnie, ich hätte schon gern einen Freund.« Eines Tages, bevor ich sterbe, dachte sie. »Ich kann nur keinen finden, den ich mag, und eigentlich habe ich auch keine Zeit für so was.«

Bonnies braune Augen funkelten vor Aufregung. »Du

kannst meinen Onkel haben«, verkündete sie. »Er ist der Beste. Den magst du bestimmt.«

»Meinst du? Aber jetzt musst du schlafen, Missy.« Sie gab Bonnie einen Kuss auf die Stirn, bevor sie die Nachttischlampe ausknipste.

»Nacht, CJ.«

»Gute Nacht, Bonnie. Träum was Schönes, Prinzessin.« Cathy schlich auf Zehenspitzen aus dem Zimmer und eilte den Korridor entlang. Dabei blickte sie zu einem großen Foto an der Wand auf, an dem sie schon tausendfach vorbeigegangen war. Aber dieses Mal wandte sie den Kopf und riskierte einen zweiten Blick. Sie blieb mit offenem Mund davor stehen. Dort im schwarzen Rahmen erkannte sie Lindsay. Er stand neben Doug und hatte ein blaues Band mit dem Aufdruck »Perth Royal Show« umgehängt. Er hatte einen Scherwettbewerb gewonnen.

Das war nur logisch, dachte sie. Immerhin war er der beste Scherer, den sie seit Langem, vielleicht der Beste, den sie je erlebt hatte. Ihre beiden lachenden Gesichter sahen auf sie herab, waren ihr seltsam vertraut, während ihr Verstand unablässig Fragen produzierte, für die sie keine Antworten hatte.

»Das war ein guter Tag.«

Die Stimme kam von hinten, und sie wäre vor Schreck beinahe an die Decke gegangen. Sie wirbelte herum. »Lindsay!« Sie legte eine Hand auf ihr Herz, das ihr aus der Brust zu springen drohte.

»Entschuldige. Ich wollte eigentlich den Mädchen Gute Nacht sagen, aber du hast das so fabelhaft gemacht, dass ich nicht stören wollte.«

Cathy fühlte, wie ihre Wangen zu brennen begannen.

Wie lange hatte er ihnen schon zugehört und sie beobachtet? »Sind verdammt süße Kinder«, stammelte sie. Sie wandte sich hastig wieder dem Foto zu, versuchte, ihre Verlegenheit zu verbergen. Sie wollte sich keine Blöße geben. Er war jetzt so nah, dass sie sein aufregendes Rasierwasser riechen konnte.

»Doug ist mein Onkel. Das Foto ist vor ein paar Jahren entstanden«, sagte Lindsay.

Cathy machte den Mund auf, versuchte, ihre Überraschung nicht zu zeigen. »Deshalb kamst du mir bekannt vor.« Die Ähnlichkeit zwischen Doug und Lindsay war deutlich zu erkennen: dieselbe energische Kinnpartie und die auffällig blauen Augen. Tara war sein Ebenbild. Die Taylor-Gene waren stark. Sie drehte sich hastig zu ihm um und musterte ihn unverhohlen, während ihr ein Schauer über den Rücken lief. Sie bewunderte Lindsays frisch rasiertes Kinn und ließ ihren Blick zu seinen Koteletten und dem dichten, blonden Haar schweifen. Ihre Finger zuckten, als die Versuchung, sie in seinem Haar zu versenken, übermächtig zu werden drohte.

»Doug hat im Lauf der Jahre viel für mich getan.«

Lindsays Atem glitt bei jedem Wort wie eine Liebkosung über ihre Haut.

Ihr Blick verweilte auf der Öffnung seines Hemds, das die Sicht auf glatte, goldbraune Haut freigab. Ihre Kehle war wie zugeschnürt. Es war Zeit, hier zu verschwinden, bevor sie eine Dummheit beging.

»Hm, ich seh lieber mal nach, ob Tess Hilfe braucht.« Und mit einer schnellen Drehung ließ sie Lindsay stehen, lief den Flur entlang und rang, tief atmend wie eine Erstickende, nach Luft.

Lindsay sah ihr nach. Es war eine Überraschung gewesen, sie bei den Mädchen vorzufinden. Tess hatte ihn ohne Vorwarnung zu ihnen geschickt. Sie dabei zu beobachten, wie sie seine kleinen Cousinen geküsst und ihnen so liebevoll vorgelesen hatte, hatte ihn tief bewegt. Plötzlich war sie keine Fremde mehr, der er bei der Arbeit begegnet war. Sie war ganz offensichtlich eine Freundin seiner Familie.

Er war vor der Kinderzimmertür stehen geblieben, hatte ihr vergnügtes Spiel gesehen und wie gebannt auf ihre Stimme gehört. Es war ein sehr intimer Moment gewesen, und vermutlich hätte er sie nicht belauschen dürfen, aber dazu hatte ihn diese für ihn neue CJ viel zu sehr fasziniert. Er war heute Abend zweimal überrascht worden. Einmal durch die Tatsache, sie im Scherstall zu sehen. Die Beleuchtung im Hintergrund hatte ihr eine engelsgleiche Aura verliehen, und sie hatte ausgesehen wie ein Model aus einer Jeanswerbung. Er war an ihr Arbeitsoutfit gewöhnt, und jetzt sah sie wirklich wie verwandelt aus. Er spürte ihre bewusste Zurückhaltung ihm gegenüber, empfand sie jedoch nicht als negativ. Es gab genug Frauen, die hinter ihm her waren. Eine Frau als Freund zu haben, wäre eine nette Abwechslung.

Er wandte sich wieder seinem Foto mit Doug zu. Manchmal war Doug viel eher ein Vater für ihn, als es sein Dad je hatte sein können. Vielleicht war der geringere Altersunterschied der Grund. Doug hörte zu, sagte ihm nie, wie er leben sollte, und war stolz auf ihn, egal was er tat. Dougs stolzes Lächeln auf dem Foto nach dem Sieg war Beweis genug. Es war ein großartiger Tag gewesen, mit diesem Sieg und einem neuen Rekord. Die Jobangebote waren von allen

Seiten auf ihn zugekommen, und er hatte sie alle ablehnen müssen. Damals hatte er sich, im Gegensatz zu heute, noch nicht gegen seinen Vater durchsetzen können.

Mit einem Seufzer kehrte er zur Party zurück. Morgen wollte er sich um die Mädchen kümmern.

Aus dem CD-Player dröhnte Adam Brand und brachte mit jedem Beat die Wellblechwände zum Schwingen. Eine Gruppe Jugendlicher tanzte wie in seliger Trance über den Betonboden. Cathy saß mit Jill und Dunc am Rand und beobachtete, wie Paul Irene auf die Tanzfläche zog. Sie lachte, als Paul sich wie ein übergroßer Hahn zu bewegen begann und sich einen Klaps von Irene einhandelte. Ihr Lachen erstarb, als Marty sich dazugesellte und Cathy bedeutete, zu ihm auf die Tanzfläche zu kommen. Sie unterdrückte den Impuls, sich vor Ekel abzuwenden, als er die Hand nach ihr ausstreckte.

»Nein danke. Ich möchte nicht tanzen.« Er war nicht nur betrunken. Sein glasiger Blick verriet, dass er Dope geraucht und wahrscheinlich noch irgendetwas eingeworfen hatte.

»Komm schon! Wird Zeit, dass wir zwei's miteinander versuchen.« Marty packte sie am Arm und zog sie auf die Füße.

Cathy entzog ihm ihren Arm. »Ich habe Nein gesagt, Marty.« Jules und ein anderer Arbeitskollege hörten auf zu tanzen und sahen in ihre Richtung. Marty streckte erneut die Hand aus und packte brutal zu. Einem Impuls folgend, schlug sie seine Hand so heftig beiseite, dass er stolperte. Im Scherstall wurde es still, als die Partygäste stehen blieben, um zu sehen, was als Nächstes passieren würde. Ein paar Lacher hallten durch die Baracke und gossen Marty Öl ins Feuer.

Cathy trat hastig einen Schritt zurück. Die Dinge wurden ihr zu heiß. Es war Zeit zu gehen.

»Schätze, für mich war's das. Bis demnächst.«

Paul und Irene nickten verständnisvoll, und andere riefen ihr über die Musik Abschiedsgrüße zu. Sie bahnte sich ohne einen Blick zurück den Weg zum Ausgang.

Ihre Schritte knirschten auf der Auffahrt, und sie atmete befreit die frische Luft ein. Die Sterne glitzerten, und ein voller Mond stand am Nachthimmel. Sie ging gerade an ein paar Autos vorbei, die in der Auffahrt parkten, als sie Schritte hinter sich hörte. Sie blieb stehen und merkte, dass die Schritte schneller wurden. Ein Schauer lief über ihren Rücken. Noch vor ihrem nächsten Atemzug packte eine Hand sie am Arm und wirbelte sie brutal herum. Sie fand sich dem vor Wut schäumenden Marty gefährlich dicht gegenüber. Seine Haltung war leicht vornübergebeugt und drohend, und sein Atem ging schnell und keuchend.

»Niemand beleidigt mich vor meinen Freunden. Hast du gehört?«

Der Jähzorn in seiner Stimme und sein brutaler Griff schüchterten sie etwas ein.

»Lass los, Marty! Du bist betrunken«, sagte sie gezwungen ruhig. Aber das glitt an ihm ab. Er hielt sie mit beiden Händen fest und zog sie näher. Er war stark und hielt ihre Arme seitlich an ihren Körper gepresst. Sie unterdrückte einen Anflug von Panik.

»Du bist mir was schuldig.« Marty beugte sich zu ihr, um sie zu küssen, und unter seinem alkoholisierten Atem wandte sie angeekelt den Kopf ab. Seine Bartstoppeln kratzten über ihre Wange und hinterließen ein beißendes Prickeln.

Sie hob die Hände und zwickte ihn in die Haut in seiner Taille, denn die Reichweite ihrer Arme war durch seinen Griff, der sie wie in einem Schraubstock hielt, begrenzt.

Marty stieß einen Schrei aus und stieß sie von sich. »Du Miststück!«

Cathy merkte, dass sich ein Dritter zu ihnen gesellt hatte.

»Was ist hier los? Mit dir alles in Ordnung, CJ?«

Lindsays Worte legten sich wie eine warme Decke um ihre Schultern. »Ja, ich bin okay«, antwortete sie ruhig, war jedoch froh um seinen Beistand.

Marty machte mit ausgestrecktem Finger einen Schritt auf Lindsay zu. »Hau gefälligst ab! Kümmere dich um deinen eigenen Kram!« Dann verpasste er Lindsay einen Stoß, dass dieser rücklings zu Boden fiel.

Blitzschnell wandte sich Marty wieder zu ihr herum, packte ihren Arm und versuchte sie wegzuzerren, doch sie wehrte sich und stemmte ihre Füße in den staubigen Boden. Mit einem wütenden Knurren holte Marty aus, um ihr eine Ohrfeige zu verpassen.

Cathy sah den Schlag kommen und duckte sich wie ein erfahrener Profi im Ring nach links weg. Dann richtete sie sich wieder auf, legte die Hände auf Martys Schultern und rammte ihm ihr Knie zwischen die Beine. Marty gab ein keuchendes Stöhnen von sich. Er fiel rücklings gegen einen grünen Pick-up.

»Wenn ich Nein sage, dann meine ich Nein.« Damit trat sie zurück, und Marty glitt entlang der Autotür zu Boden und hielt sich gekrümmt die Lenden. Ihr Atem ging schwer, und ein Zittern ging durch ihren Körper. Das waren die Nerven.

Lindsay führte sie fort in Richtung Hauptstraße. Dankbar für seine Hilfe stützte sie sich auf seinen Arm. Der Stoff seines Hemds unter ihren Fingern fühlte sich weich und eindeutig teuer an.

»Du solltest jetzt schleunigst nach Hause gehen. Für den Fall, dass er sich wieder aufrappelt«, sagte Lindsay. Sie drückte seinen Arm und bedankte sich, ließ dann die Hand sinken und setzte damit dem elektrisierenden Gefühl, das sie in ihrem Arm spürte, ein Ende.

»Himmel, wofür bedankst du dich?«

Unter dem Licht der Straßenlaterne sah sie, wie er lächelte. »Dafür, dass du mir gefolgt bist, dich vergewisserst hast, dass mit mir alles in Ordnung ist. Hätte leicht anders enden können«, murmelte Cathy heiser. Sie starrte auf ihre Füße und konnte das leichte Zittern in ihrer Stimme nicht unterdrücken. Sie fühlte, wie eine Hand zärtlich ihr Kinn berührte und ihr Gesicht zum Nachthimmel aufhob.

Lindsay beugte sich dicht zu ihr hin, bis sich ihre Nasen beinahe berührten. Sie übte einen seltsamen Zauber auf ihn aus. Sie war für ihn schwer zu deuten, und er wollte erfahren, was sich unter ihrem harten, schützenden Panzer verbarg. Sie faszinierte ihn mehr als jede andere Frau zuvor.

»Ich glaube kaum, dass es irgendwie anders hätte enden können. Du scheinst durchaus in der Lage, dich zu verteidigen«, sagte er.

Ihre Lider flatterten kurz. Er sah Schmerz aufblitzen, und es blutete ihm das Herz.

»Schon, aber mit der Zeit ist man es leid«, erwiderte sie.

In diesem Moment hätte er sie am liebsten schützend in die Arme genommen, aber er fürchtete, sich dadurch nur einen Tritt in seine Kronjuwelen einzuhandeln. Er fühlte den Druck gegen seine Hand, als sie versuchte, den Blick abzuwenden, doch er hielt ihr Gesicht so, dass sie zu ihm aufsehen musste. Sie war stark und doch so zerbrechlich. Er würde es nicht zulassen, dass sie sich vor ihm versteckte. Aber ihr Blick verriet Angst, und er wusste, dass sie noch nicht bereit war. Sie hatte ihm in diesem einen kurzen Satz bereits sehr viel verraten. Er streichelte ihr mit dem Daumen über die Wange, dann ließ er die Hand sinken.

»Soll ich dich nach Hause begleiten? Für den Fall, dass er hinterherkommt?«, fragte er.

Cathy lächelte, und ihre Zähne leuchteten im schwachen Lichtschein. »Nicht nötig. Marty ist so gefährlich wie ein sturer Schafsbock.« Damit lief sie zur Straße und rief über die Schulter: »Bis bald, Linds.«

Lindsay wusste, dass er begann, die Kontrolle über sich zu verlieren. Diese Frau ging ihm unter die Haut, und dagegen war er machtlos.

Cathy genoss den Heimweg. Sie fühlte sich voller Energie, wenn auch vielleicht nur vorübergehend, aber als sie nach Hause kam, wusste sie sofort, dass etwas nicht stimmte. Es war erst zehn Uhr abends, und das Wohnzimmer war leer. Normalerweise lag ihr Vater dann noch auf der Couch, sah fern oder schnarchte. Sie sah in seinem winzigen Zimmer nach, doch es war leer, sein Bett unberührt. Seine Bücher lagen unter einer dicken Staubschicht und gaben dem Raum den Anschein von Verlassenheit. Ihr Dad hatte sich nach dem Unfall mit Lesen abgelenkt. Aber damit war es in dem Moment zu Ende gewesen, als er realisiert hatte, dass er sich nie wieder erholen, nie wieder gesund und schmerzfrei sein würde.

Als Nächstes ging sie zum Schlafzimmer ihrer Mutter und fand die Tür verschlossen. Sie nahm den Schlüssel aus seinem Versteck in einem nahe gelegenen Schrank, schloss lautlos auf und spähte hinein. Cathy lächelte, als ihr Blick auf ihre im Doppelbett eingekuschelte, gleichmäßig atmende Mutter fiel. Ihre Näharbeit hing über dem Holzstuhl in der Ecke, und die Schuhe standen ordentlich vor dem Bett. Leise zog sie die Tür wieder zu.

Sie drehte den Schlüssel im Schloss und seufzte tief. Es gab nur eine Möglichkeit, wo er sein konnte. In der verdammten Kneipe!

Cathy marschierte die beiden Blocks entlang bis zum Pub, verfluchte den Vater und fürchtete sich davor, in welchem Zustand sie ihn wohl vorfinden würde. Sie erwog ernsthaft, ihn in Zukunft einzusperren. In diesem Moment hasste Cathy ihr Leben, hasste es, dass sie diejenige war, die sich um alles kümmern musste, und hasste das Gefühl, so verdammt allein zu sein. Warum war sie nicht die Zweitgeborene, damit Emily sich mit alldem abgeben musste? Emily hätte es vermutlich geschafft, ihn in einem Pflegeheim unterzubringen, wo die Insassen eingeschlossen werden konnten. An Tagen wie diesen fühlte sie sich mutterseelenallein, ertrank in Selbstmitleid. Sie stapfte noch energischer weiter, als die Kneipe in Sichtweite kam.

Dieser Scheißkerl! Hatte er noch mehr Geld gefunden, etwas gestohlen, oder spendierte Abe Wilson ihm wieder einmal die Drinks? Was für eine wilde, chaotische Nacht sollte das noch werden?

Lindsay lehnte sich rücklings gegen die Wand und lachte. Jules war ein lustiger Typ, wenn er einen im Tee hatte. Sein Kiwi-Humor war so komisch wie seine dünnen Beine, und Dave lachte so schallend, dass er sich an seinem Bier verschluckte und sein Wanst im Rhythmus dazu auf und ab hüpfte.

Sie waren noch nicht lange in der Kneipe. Nach Cathys Abgang hatte sich auch der Rest der Gäste allmählich verabschiedet, und eine kleine Gruppe war in die Kneipe weitergezogen. Deanne und Sarah hatten sich zu ihnen gesellt, aber sie spielten Billard und flirteten mit Neuankömmlingen, die für sie willkommenes Frischfleisch waren. Lindsay hatte nichts gegen Deanne und Sarah, solange sie nicht mit ihm flirteten. Deanne war hübsch, hatte jedoch eine recht markante Nase, Sarah war kleiner, mit Beinen wie Krautstampfer. Beide waren harmlos. Lindsay genoss diesen Abend abseits der Arbeit, den Plausch mit Jules und Dave, und die Möglichkeit, über andere Dinge zu reden als darüber, wie viele Schafe sie schoren und welche Geräte sie benutzten. Jedes Mal, wenn einer der beiden Kiwis eine neue Runde Bier holte, sagte der anderere in seinem neuseeländischen Slang »Cheers, bro«, »Thanks, cuz« oder »Sweet as«, und Lindsay konnte sich dann nicht mehr halten vor Lachen. Sie erzählten ihm, dass sie beide von der Südinsel kamen. »Wir sind keine Schweinepriester wie die Nordlichter«, klärte Dave ihn lachend auf.

»Hey, da ist ja CJ.« Jules reckte das Kinn in Richtung Tür. »Dachte, sie hätte für heute genug.«

Lindsay drehte sich hastig um und sah, wie Cathy die Glastür aufstieß, das Haar wie ein Fächer über den Schultern. Sie ging mit langen, energischen Schritten geradewegs zur Theke. Sie sieht wütend aus, dachte er. Jules und Dave hatten ihre Unterhaltung wieder aufgenommen, aber Lindsay war zu abgelenkt, um zuzuhören. Er wollte sie schon zu sich rufen, doch das Wort blieb ihm im Hals stecken. Die Hände in die Hüften gestemmt stand sie hinter zwei alten Säufern an der Bar.

»Du verdammter Idiot, Abe«, hörte er sie sagen. »Du solltest es besser wissen.«

Der Kerl namens Abe hatte hässliche, faltige und krankhaft verfärbte Haut – zweifellos das Ergebnis jahrelangen Alkoholmissbrauchs und schlechter Leberfunktion. Seine trockenen Lippen waren nikotinfleckig und von Herpesbläschen übersät.

Er zuckte die Schultern, bevor er Cathy antwortete: »Mit wem sonst sollte ich denn saufen?«

Cathy warf die Hände in die Luft. »Da gibt's 'ne ganze Menge Leute, Abe. Die verdammte Kneipe ist voll davon. Du weißt genau, dass sich Schnaps nicht mit Toms Medikamenten verträgt. Irgendwann bringst du ihn damit um. Willst du das auf dein Gewissen laden? Ah, vergiss es! Du hast ja keins.«

Sie bemühte sich, Tom vom Barhocker zu ziehen. Der alte Bursche sah nicht sonderlich begeistert aus, als er versuchte, den letzten Schluck Bier herunterzustürzen, wie ein Kind, das den verbotenen Lolly hastig noch verputzte. Nachdem das Bierglas leer war, drehte er sich um. Er war groß und selbst im betrunkenen Zustand eine beeindruckende Erscheinung.

»Lass mich in Ruhe, dumme Göre!« Seine Stimme war sonor und laut. Er hob den rechten Arm und holte zum Schlag gegen Cathy aus.

Lindsay sprang auf, als Cathy den Punch mit Leichtigkeit abduckte. Allmählich zählte er eins und eins zusammen. Jules und Dave waren verstummt, hatten sich umgedreht, beobachteten die Szene, als Tom, dessen Schlag das Ziel verfehlt hatte, ins Straucheln geriet und der Länge nach krachend auf dem Boden landete.

Cathy mühte sich, den Vater aufzuheben, bis jemand ihr zu Hilfe kam. Sie hob den Kopf und entdeckte zu ihrem Entsetzen Lindsay. Irene würde behaupten, es sei ein Zeichen, Lindsay zweimal an einem Abend zu begegnen.

Er hatte den Arm um Tom gelegt, versuchte ihn aufrecht auf den Beinen zu halten, doch sein Blick war auf Cathy gerichtet. Er blickte weder urteilend noch fragend, wartete lediglich auf ihre Anweisungen. Sie erwiderte den Blick in stummer Bewunderung, während Tom schlaff zwischen ihnen hing. Lindsay sah sie mitfühlend an und schenkte ihr ein zaghaftes Lächeln.

»Brauchst du Hilfe?«

»Ja, bitte. Frische Luft hilft vielleicht«, antwortete sie und nickte in Richtung Tür.

»Ein andermal, Tom, altes Haus!«, brüllte Abe.

Cathy ging unbeirrt weiter. »Abe Wilson, wenn du Tom noch einmal auch nur einen Tropfen Alkohol einflößt, dann sorge ich bei Gott dafür, dass du in der Kneipe Hausverbot kriegst.«

Gemeinsam bugsierten sie Tom in ihrer Mitte durch den Seiteneingang hinaus in die frische Nachtluft. Cathy holte tief Luft, um sich zu beruhigen, bevor sie sich Lindsay zuwandte.

»Kannst du mir helfen, ihn nach Hause zu bringen? Es sind nur zwei Blocks.« Sie hasste es, ihn um Hilfe bitten zu müssen. Bitte mach, dass Dad nicht auch noch kotzt oder sich nass macht, betete sie. Sie kannte den bedauernswerten Kerl kaum, und trotzdem half er ihr, ihren betrunkenen Vater nach Hause zu verfrachten. Was sollte er jetzt nur von ihr denken?

»Kein Problem«, antwortete er.

»Danke. Ich hätte große Lust, ihn unter einem Busch liegen und ihn dort seinen Rausch ausschlafen zu lassen.« Ihr Vater war so sternhagelvoll, dass er ihre Worte nicht erfasste. Langsam bewegten sie sich in Richtung Fußweg und nach Hause.

»Oh, übrigens, Lindsay, das ist mein Vater, Tom«, stellte Cathy ihn sarkastisch vor. »Tut mir leid, dass du ihn so, in seiner ganzen Herrlichkeit kennenlernen musst. Gewöhnlich lasse ich ihn nicht oft von der Kette.«

»Keine Sorge. Er gebärdet sich auch nicht anders als mein verrückter Onkel Cal nach einer durchzechten Nacht.« Lindsay lachte, und Cathy entspannte sich etwas.

»Normalerweise passe ich auf ihn auf.« Cathy seufzte. Sie wollte nicht, dass Lindsay einen schlechten Eindruck von ihrem Vater bekam. Er hatte keine Ahnung, was Tom durchgemacht hatte. »So was passiert nur, wenn er zu seinen Medikamenten auch noch Alkohol trinkt. Ich versuche, ihn von dem Zeug fernzuhalten, aber ich bin nicht immer da, um es zu verhindern.«

Lindsay wollte etwas sagen, machte jedoch den Mund wieder zu.

Cathy erriet seine Frage. »Dad hatte vor fast zehn Jahren einen Autounfall und hat sich dabei die Wirbelsäule schwer verletzt. Ohne Schmerzmittel geht nichts mehr. Er hat seither nicht mehr viel vom Leben gehabt.«

Lindsay sah sie jetzt unverhohlen prüfend an, und sie erkannte die Betroffenheit in seinen Augen. Im nächsten Moment verwandelte sich diese in Mitleid, was sie noch trauriger machte.

»Und du kümmerst dich ganz allein um ihn?«, fragte er.

»Nicht ganz allein. Untertags ist Mum bei ihm, aber ich glaube, sie hat Angst vor ihm. Er ist nicht mehr der Mensch, der er einmal war.« Cathy versuchte ihren Arm in eine andere Stellung zu bringen, um ihren Vater besser stützen zu können. »Er ist mal ein guter Vater gewesen.« Sie hielt inne, als müsse sie sich selbst von ihren Worten überzeugen. »Er war ein erstklassiger Scherer, aber andere behaupten, er sei ein noch viel besserer Boxer gewesen. Ich hab ihn allerdings nie im Ring gesehen. Kurz nach meiner Geburt hat er aufgehört, keine Kämpfe mehr bestritten. Seit seinem Unfall hasst er sein Leben und lässt seine Wut an uns aus.«

»Er hat noch immer einen guten Punch, selbst wenn er betrunken ist.«

»Wem sagst du das?« Cathy sah Lindsay an. »Sorry, ich rede zu viel. Unsere Probleme interessieren dich bestimmt nicht. Dort drüben ist eine Bank. Da können wir eine Pause einlegen und die Seiten wechseln.«

»Keine Sorge, unkooperative Väter sind etwas, das wir gemeinsam haben.«

Mit vereinten Kräften schoben und zogen sie Tom auf die alte Bank am Wegrand. Sie traten einen Schritt zur Seite, setzten sich und ließen Tom los. Cathy reckte ihre langen Arme und merkte, dass Lindsay dasselbe Bedürfnis hatte.

Die Stille der Nacht hüllte sie ein; das einzige Geräusch war das sanfte Flattern der Mottenflügel, die über ihnen die Straßenlaternen umschwirrten. Cathy fragte Lindsay nicht nach seinem Privatleben. Stattdessen beobachtete sie ihn aufmerksam. Im nahen, fahlen Lichtschein zeichneten sich seine kraftvolle Kinnpartie und die kantigen Linien seiner Backenknochen deutlich ab, und ihr Herz geriet ins Schlingern. Lindsay sah zu ihr herüber, und seine blauen Augen ruhten mit einer Mischung aus Betroffenheit und Hilflosigkeit auf ihr. Sie fühlte sich sofort wie magnetisch eingesogen in die Tiefe seines Blicks, neugierig auf die Gefühle, die sie darin erkannt hatte. Welche Geheimnisse barg das Leben dieses Schönlings? Die Antwort lag auf der Hand. Die teure Kleidung und das extravagante Eau de Cologne waren ihr schon aufgefallen. Sie konnte wetten, dass schöne Frauen vor seinem Bett Schlange standen. Sein Leben war vermutlich ein leichtes Spiel.

Tom entfuhr ein Schnarchen, das sie beide zusammenzucken ließ und dem Blickkontakt ein Ende setzte.

Lindsay fuhr sich mit der Hand durchs Haar. »Mein Dad hat die fixe Idee, dass unbedingt der älteste Sohn einmal unsere Farm übernehmen muss. Ich halte das für eine dumme Tradition und habe keine Ahnung, weshalb er glaubt, daran festhalten zu müssen – aber das hat sich jetzt sowieso erledigt«, fügte er leise hinzu. »Ich habe mich nie als Farmer gefühlt. Nur zur Scherzeit war ich glücklich. Ich wollte fort und dasselbe tun wie mein Onkel Doug. Deshalb hat er sich gegen alles, was ich wollte, nur noch mehr gesträubt. Dad und Doug haben sich nie gut verstanden. Mein Bruder James ist der geborene Farmer. Deshalb sollte die Farm ihm gehören, und er ist derjenige, der sie wirklich haben möchte. Aber Dad ist da anderer Meinung.«

»Komisch«, sagte Cathy mit einem Lächeln. »Mein Vater hört auch schon lange nicht mehr auf mich. Aber jetzt arbeitest du doch bei uns als Scherer. Hast du denn eure Farm verlassen?«

Lindsay stand auf und sah sie an. »Yeah, habe ich. Endlich.« Er wirkte, als wollte er mehr sagen, konnte es aber nicht.

»Und? Wie ist das jetzt für dich?«, fragte sie und riss ihn aus seinen Gedanken. Sein breites Lächeln, das ein winziges Grübchen in seiner Backe sichtbar machte, sagte ihr alles. »Was ist? Können wir jetzt die Seiten wechseln?«

Tom schnarchte noch immer, sodass Cathy ihm den Ellbogen in die Rippen stieß, um ihn zu wecken. »Komm schon, Dad! Zeit, weiterzugehen.« Sie halfen dem schweren Mann auf die Beine und setzten den Weg fort. Cathy fühlte Lindsays Arm an ihrem, und ein wohliges Kribbeln kroch bis zu ihrer Schulter hinauf. Auf ihrem mühsamen Weg folgten sie dem warmen Schein des Vollmonds, der sie auf den dunklen Strecken zwischen den Straßenlaternen leitete.

»Warum hast du nicht deinen Pick-up genommen?«, fragte Lindsay mit einer Kopfbewegung in Richtung des Wagens, der in der Auffahrt vor dem Haus parkte.

»Vor einiger Zeit ist mir ein Känguru in den Wagen gelaufen, und seitdem klemmt die Beifahrertür. Außerdem wirkt ein Fußweg meistens etwas ausnüchternd auf Dad. Ich hoffe, er weckt Mum nicht auf.«

Cathy öffnete die Haustür und deutete auf Toms Zimmer. »Hier durch.« Nachdem sie Tom auf seinem Bett abgeladen hatten, führte Cathy Lindsay ins Wohnzimmer zurück.

An der Tür blieb Lindsay stehen. Sein durchdringender Blick traf sie ins Mark.

»Kommst du zurecht, CJ?«

Der sanfte, fürsorgliche Unterton in seiner Stimme rührte sie. »Na klar. Ist ja leider nichts Neues. Hey, danke noch mal für deine Unterstützung. War mir eine große Hilfe.« Cathy fühlte, wie brennende Röte in ihr Gesicht stieg. Lindsay hatte sich unglaublich freundlich und entgegenkommend verhalten. Er sammelte dicke Pluspunkte bei ihr.

»Freut mich, dass ich helfen konnte.«

Er ging ein paar Schritte die Auffahrt entlang, blieb stehen, drehte sich um. Cathy hatte im Türrahmen ausgeharrt und stumm seinen Körper bewundert. In dem Moment, als sie den Kopf hob, fing er ihren Blick auf.

»Hey, was hältst du davon, nächste Woche eine Fahrgemeinschaft zu bilden? Dann können wir uns auf dem Weg zum neuen Scherstall beim Fahren abwechseln. Ich fahre lieber selbst als mit dem Minibus. Ich meine, es geht doch zu … den … ähm … Attsons?«

»Atkinsons«, verbesserte sie ihn. »Ja, keine schlechte Idee. Das heißt, wenn du nichts dagegen hast, früh aufzustehen. Ich bin gern schon eine Weile vor den anderen da.«

»Kein Problem, passt mir gut. Außerdem kannst du mir ja den Weg zeigen. Dauert noch 'ne Weile, bis ich mich hier in der Gegend zurechtfinde«, fügte er hinzu und lachte. »Also, dann hole ich dich Montag um sechs Uhr ab?«

»Ich werde warten. Noch mal danke«, sagte sie und winkte ihm zum Abschied zu. Lindsay erwiderte den Gruß und ging im Mondschein die Auffahrt hinunter. Cathy machte die Tür zu und lehnte sich mit dem Rücken dagegen. Sie lächelte. Es war ein seltsames Gefühl festzustellen, dass sie Lindsay vertraute. Sie hatte sich so lange gegen jedes Gefühl abgeschottet, aber bei dem Gedanken daran, einen Freund zu haben, jemand, dem sie sich anvertrauen konnte – und der auch noch in ihrem Alter war –, war sie den Schmetterlingen in ihrem Bauch hilflos ausgeliefert.

Toms Schnarchen hallte durch das Haus. Es konnte nicht schnell genug Montag werden.

Kapitel 7

Im örtlichen Supermarkt war es so früh am Sonntagmorgen ruhig. Genau so, wie Cathy es mochte. Sie hatte alles, was Burt ihr aufgetragen hatte, besorgt, und dazu noch einige andere Dinge, von denen sie wusste, dass er sie mochte. Es war zu einem unumstößlichen Ritual geworden, dass sie bei jedem Besuch eine Packung Schokoladenkekse mitbrachte, die dann zum Tee auf den Tisch kamen. Nichts war komischer, als Burt zu beobachten, wie er versuchte, seinen Tee wie durch einen Strohhalm durch seinen Keks zu schlürfen. Zum Schluss war sein Mund verschmierter als der eines Zweijährigen mit einem Schokoladeneis. Burt besaß knapp so viele Zähne wie ein Zweijähriger und auch das kindliche Temperament, was für einen über Achtzigjährigen beachtlich war.

Während sie den Einkauf auf Burts Rechnung setzen ließ, prüfte sie ihre Liste. Es fehlte nur noch der große Rinderbraten vom Metzger nebenan, dann hatte sie alles beisammen.

Cathy stand an Sonntagen gern früh auf. Ihre Eltern schliefen so lange wie möglich – ihr Dad, um der Welt aus dem Weg zu gehen, und Mum, um Dad aus dem Weg zu gehen. Auf die Weise hatte sie diese Zeit für sich allein. Normalerweise werkelte sie ein wenig herum, erledigte Dinge, die liegen geblieben waren, und gönnte dann entweder Sam oder ihrem Pick-up eine Wäsche. Als Alternative fuhr sie hinaus zu Burts Farm oder besuchte Irene und Paul. Meistens jedenfalls traf sie sich mit Älteren.

Cathy genoss die ruhige Normalität ihrer Gesellschaft. Das Chaos in ihrem Alltagsleben war anstrengend genug, da brauchte sie sich nicht zusätzlich in wilde Abenteuer mit ihren Altersgenossen zu stürzen. Sie kannte das alles, hatte es für sich abgehakt, und eine Wiederholung war nicht erwünscht.

Vor einiger Zeit hatte es ein Jahr voller Katastrophen gegeben, in dem sie sich gegen den Verfall ihres Vaters und ihres Familienlebens aufgelehnt hatte. Sie hatte sich betrunken und dann Rennen mit Mülltonnen auf der Hauptstraße veranstaltet, die überall Gummiabriebspuren hinterlassen hatten. Sie hatte sich mit einigen schlimmen Typen eingelassen, Drogen genommen und jede Selbstachtung über Bord geworfen.

Der absolute Tiefpunkt war erreicht, als sie sich wegen einer Nichtigkeit mit einem anderen Mädchen geprügelt hatte. Sie hatte die Beherrschung verloren und weiter zugeschlagen, auch als die Kontrahentin bereits am Boden lag. Sie zuckte unwillkürlich zusammen, als sie sich erinnerte, wie sie dem Mädchen ein paar Tage später begegnet war, das Gesicht grün und blau, wie eine riesige Maulbeere anstatt eines Kopfes. Cathy konnte kaum fassen, dass sie dazu fähig gewesen sein sollte, und hatte sich im Rosengarten vor dem Gebäude der Kriegsveteranen übergeben, nachdem das Mädchen die Straßenseite gewechselt hatte, um ihr auszuweichen. Toms Boxtraining hatte zu gut gefruchtet. Cathy war keinesfalls stolz auf diese Aktion, und sie hatte ihr die Augen dafür geöffnet, wie sich ihr Vater fühlen musste.

Nichts auf der Welt sollte sie dazu bringen, so zu werden wie er. Damit stand ihr Entschluss fest, Partys und vor allem übermäßigen Alkoholgenuss zu meiden und erwachsen zu werden. Seither hatte sie die Rolle der Erwachsenen, des Haushaltsvorstands, übernommen. Sie hatte keine andere Wahl.

Heute war ihr Tag mit Burt Kelly. Der Tag, an dem sie sich als besonderer Mensch fühlte, erwünscht und frei. Burt lebte zehn Autominuten außerhalb der Stadt auf seiner Farm Rosevale. Die Fahrt dorthin dauerte jedoch gefühlt nur eine Minute, da Cathys Gedanken um den Abend zuvor kreisten – und um Lindsay. Sie konnte es kaum erwarten, Irene von dem Zwischenfall mit Marty zu erzählen, ganz zu schweigen von Lindsays Liebenswürdigkeit.

So viele Emotionen stürmten auf sie ein, dass sie fast die Abzweigung zu Burts Auffahrt verpasst hätte. Sie riss den Pick-up heftig herum und schleuderte knapp durch das Gatter und über das Viehgitter und hoffte, dass Sam das Manöver hinten auf der Ladepritsche heil überstanden hatte.

Sie fuhr am altersschwachen Namensschild von Rosevale vorbei, das im Wind klapperte. Man erzählte sich, Burts Vater habe diesen Teil der Farm nach seiner Frau Rose benannt, als Burt noch in Windeln gelegen hatte. Seine Familie lebte schon seit vielen Jahren in der Gegend und besaß große, fruchtbare Ländereien. Viele Farmer hielten Burts Bewirtschaftungsweise für Verschwendung wertvollen Bodens, da er es als Letzter der Familie vorzog, das Land allein und nur mit Joes Hilfe zu bearbeiten. Im Lauf der Jahre war die Farm allerdings tatsächlich allmählich heruntergekommen. Cathy versuchte zu helfen, wann immer sie konnte. Und Burt nahm von niemandem außer Joe und ihr Hilfe an.

Cathy hielt vor dem weitläufigen alten Wohngebäude. Seine Mauern waren aus Natursteinen und Ziegeln, umgeben von einer überdachten Veranda in verblichenem Rot. Verwilderte Pflanzen breiteten sich auf der Suche nach Schatten über den Weg und bis auf die Veranda aus. Für Gartenarbeit hatte Burt keine Zeit oder wollte sich dafür keine Zeit nehmen. Dennoch war noch immer zu erkennen, wie prächtig der Garten einmal gewesen sein musste. Nach einem ausgedehnten Regenschauer blühten Rosen und Sträucher auf, und der Rasen trieb wieder aus, was verriet, wie viel mit etwas liebevoller Pflege möglich gewesen wäre.

Cathy hastete mit zahllosen Plastiktüten den Weg zum Haus hinauf. Eine große Tannenzapfenechse huschte vor ihr her, versuchte hektisch das schützende Gestrüpp eines dürren Lavendelbuschs zu erreichen. Sam strich mit seinem schwarz-weißen Fell an ihren Beinen vorbei, als er die Witterung der Echse aufgenommen hatte.

»Lass sie in Ruhe, Sam! Los! Such lieber Burt oder den guten alten Scabby!« Burts Hund Scab hatte seinen Namen bekommen, weil er als Welpe vom Pick-up gefallen war und sich die Haut an der Schnauze böse aufgeschürft hatte. Die Wunde war eine Ewigkeit mit *scab*, also Schorf, bedeckt gewesen. Der alte Hund war alles, was Burt geblieben war – mit Ausnahme von Cathy natürlich.

Cathy zog mit dem kleinen Finger die Tür mit dem Fliegengitter auf. Dahinter befand sich eine große Holztür mit einem bunten Glasfenster im oberen Teil, geschmückt mit Hinterglasmalerei, das zwei Elstern in einem Eukalyptusbaum zeigte. Linda, Burts verstorbene Frau, hatte es selbst gefertigt. Drinnen stellte Cathy die Einkäufe auf dem Esstisch ab.

»Jemand zu Hause, Burt?« Cathy warf einen hastigen Blick durch die Hintertür zu den beiden silbergrauen Schuppen, konnte seinen Pick-up jedoch nirgends entdecken. Sie sah nur Sam, der schnüffelnd um die Gerätschaften herumlief und sämtliche Stellen markierte, wo Scabby sich aufgehalten hatte.

Burt füttert wahrscheinlich die Schafe, überlegte sie. Auch gut. Damit hatte sie Zeit, im Haus sauber zu machen, ohne dass er sich beschwerte.

Sie füllte den Wasserkessel, stellte ihn an, bevor sie die Einkäufe verstaute. Die ganze Zeit über fühlte sie Lindas Blicke auf sich gerichtet, die jeden ihrer Handgriffe von einem gerahmten Foto an der Wand verfolgte.

»Morgen, Linda«, sagte Cathy zu der Frau mit dem langen schwarzen Haar und dem markanten ovalen Gesicht.

Cathy hatte Linda nie kennengelernt, jedoch im Lauf der Jahre viele Geschichten über sie gehört. Linda war Tierärztin gewesen und einst auf die Farm gekommen, um einen von Burts preisgekrönten Schafböcken zu verarzten. Burt hatte damals schon etliche Jahre als Junggeselle auf der Farm gehaust. Der Tag, an dem Linda ihren Fuß auf sein Land setzte, war für ihn ein Glückstag. Linda war eine starke Frau, die sich in der von Männern dominierten Welt der Farmer behaupten konnte, und damit für Burt die perfekte Partnerin.

Sam begann hinter dem Haus zu bellen, und Cathy hörte einen Pick-up näher kommen. Das musste Burt sein. Sie öffnete einen der Schränke neben dem Spülstein und nahm einen tiefen Bräter heraus.

»Hallo, Liebes!«, ertönte Burts knarrende Stimme durch den Flur, noch bevor die Tür aufschwang.

Cathy ließ das prächtige Stück Rindfleisch in den Bräter gleiten.

»Jesus! Das nenne ich mal einen Braten!«, sagte Burt.

»Ein Prachtstück, was?«

Burt lehnte sich gegen den Türrahmen, seinen Lieblingsplatz, wenn er ihr beim Kochen zusah. Mit seiner wuchtigen, muskulösen Figur und seinen dunklen, tief liegenden Augen wirkte Burt fast wie ein Kinderschreck. Unter der rauen Schale jedoch verbarg sich der liebevolle Mensch, den Cathy so gut kannte. Seine Haut war von der Sonne dunkel gegerbt und faltig. Von seiner einstigen Haarpracht war nur noch weicher, grauer Flaum übrig, der die untere Schädelhälfte ringförmig umgab – der Grund, weshalb er stets einen blauen Schlapphut trug, der beinahe so alt war wie er selbst. Andere Leute hielten ihn für einen verrückten alten Einsiedler, die Sorte Mann, die mit einem Schrotgewehr im Anschlag jeden Fremden von seinem Land verscheuchte. Tatsächlich kokettierte Burt gern mit diesem Image. Aber Cathy liebte ihn heiß und innig.

Sie trat zu ihm und gab ihm einen Kuss auf die Backe. Seine Haut verströmte feinen Tabakduft. »Komm und setz dich. Ich habe Teewasser aufgesetzt.«

Während Cathy Tee kochte, berichtete sie Burt von den Eskapaden ihres Vaters, umsichtig darauf bedacht, Lindsay nicht zu erwähnen. Sie wollte vermeiden, dass er voreilige Schlüsse zog. Burt lag ihr immer in den Ohren, sich endlich einen Partner zuzulegen, da die Jahre mit Linda seine besten gewesen waren. Cathy wusste, er wollte vermeiden, dass sie für den Rest ihres Lebens einsam und allein blieb.

Als sie Burt seine Teetasse reichte, wanderte sein Blick zu den Einkaufstüten. Er suchte die Kekse. Mit einem Lächeln zog sie die Packung heraus.

»Verdrück sie nicht alle auf einmal!«

Burt begann Cathy von all den Arbeiten zu erzählen, die er auf der Farm erledigt hatte. »Joe hat Urlaub genommen. Ich bin also für eine Weile mit Scabs ganz allein.«

Joe Hines war ungefähr so alt wie Cathys Vater und bei Burt angestellt. Er war ein wortkarger Mann, der hart arbeitete und seinen Job erledigte, ohne dass Burt ihm dreinredete. Alle wussten, dass Joe der Hauptgrund dafür war, dass die Farm noch funktionierte. Er hauste allein in einem alten Wohnwagen in einem der alten Schuppen hinter der Farm.

»Vergiss nicht, mir zu sagen, wenn ich dir helfen kann. Ich will nicht, dass du dich zu Tode rackerst.«

Burt zwinkerte ihr zu. »Ach, dabei fällt mir ein: Wie wär's, wenn du bleibst und mir beim Entwurmen der Schafe hilfst?«

»Kein Problem. Sam freut sich über den Auslauf.«

»Hey, ich hab übrigens endlich einen Mieter für das alte Haus gefunden. Der Kerl scheint ganz in Ordnung zu sein. Hat angeboten, mir hie und da zur Hand zu gehen.«

»Wie ich dich kenne, bittest du ihn nie um Hilfe.« Cathy runzelte die Stirn. »Hoffentlich knöpfst du ihm einen Hunderter als Miete ab.« Sie sah, wie Burt den Kopf etwas sinken ließ. »Burt, jetzt sag bloß nicht, dass du nur fünfzig verlangst? Ich habe dir schon beim letzten Mal gesagt, dass das nicht genug ist.«

Burt hob den Kopf und straffte die Schultern. »Nein, ich verlange achtzig.«

»Na ja. Geht in Ordnung, schätze ich, besonders wenn er mal zupackt. Irgendwann musst du mehr verlangen – das Haus ist es wert. Und wenn man bedenkt, in welchem Zustand es dieses dämliche Pärchen hinterlassen hat, ist es Zeit, dass du eine Kaution verlangst.«

»Du bist ja ein ganz harter Knochen.«

»Nur in deinem Interesse. Du bist der Sturkopf, der nichts von seinem Land verpachten will. Sonst könntest du ein sorgloseres Leben führen und müsstest nicht so verdammt hart arbeiten.« Cathy schnitt den Braten an einigen Stellen ein und spickte ihn mit frischem Knoblauch.

Burt stand auf, räumte sein Teegeschirr beiseite und stellte den alten, großen Backofen an. »Yeah, und ich habe dir schon tausendmal gesagt, dass das so bleibt, bis ich in der Kiste liege.«

Cathy umarmte Burt. »Und bis dahin ist hoffentlich noch lange Zeit«, sagte sie, sah auf und in seine weisen braunen Augen.

Das erinnerte sie an den Moment, als sie sich vor beinahe acht Jahren kennengelernt hatten. Dougs Team war zum Scheren zu Burt geschickt worden, und Cathy wusste noch genau, wie sie vor seinem alten Scherstall geparkt hatte. Sie war spät dran gewesen, denn Emily hatte aus der Schule angerufen, und sie hatten sich heftig gestritten. Emily wollte mit ihren Freundinnen in ein Schulcamp fahren.

»Bitte, Cathy. Ich will nicht die einzige Dumme sein, die nicht mitfahren kann.«

»Aber du kannst nicht fahren, Em. Wir haben das Geld nicht.«

»Mein Gott, sind doch nur fünfhundert läppische Dollar. Bitte, Cathy!«

»Em, du hörst mir nicht zu. Du fährst nicht. Wir haben das Geld nicht.«

»Aber du hast mir erzählt, dass du dir gerade erst ein Paar neue Stiefel gekauft hast.«

»Emily, die Stiefel brauche ich zur Arbeit, und zwar täglich, denn damit verdiene ich das Geld, um unsere Rechnungen zu bezahlen.«

»Ja, ja, wie auch immer. Wenn's nach dir geht, soll ich einfach nur keinen Spaß haben.«

»Em, benimm dich nicht wie eine verwöhnte Zicke …«, hatte Cathy gebrüllt, aber Emily hatte bereits aufgelegt. Cathy war wütend und gekränkt gewesen und zu spät zur Arbeit gekommen. Als sie schließlich auf Burts Farm eingetroffen war, hatte sie sich das Hemd in der Autotür geklemmt und zerrissen. Tränen schossen ihr aus den Augen. Sie hätte sich am liebsten für den Rest ihres Lebens in einer Höhle versteckt. Plötzlich hatten sie zwei kräftige Arme umschlossen, und ein Duft von Tabak und Rasierwasser war ihr in die Nase gestiegen.

»Alles gut, Mädel. Was ist denn los?« Burts Stimme hatte wie Balsam geklungen, sodass sie ihm von ihrem Krach mit der Schwester, von Tom und den nicht enden wollenden Rechnungen erzählt hatte. Für eine Achtzehnjährige war das ein Berg von Verantwortung, den sie abarbeiten musste. Aber Burt hatte auf liebevolle, großväterliche Art ihrem Weinen ein Ende gesetzt. Sie hatte Burt zuvor nur flüchtig gekannt, aber von diesem Tag an war er ein wesentlicher Teil ihres Lebens geworden. Er hatte sie später zum Sonntagsbraten bei sich zu Hause eingeladen, und von da an hatte es zahllose dieser Sonntage gegeben. Auch wenn sie nie über ihre Freundschaft sprachen, war beiden klar, wie viel sie ihnen bedeutete. Beide hatten in dem anderen jeweils Vater oder Tochter gefunden und damit den Platz desjenigen Menschen ausgefüllt, den sie verloren hatten.

Cathy musste bei der Erinnerung daran unwillkürlich lächeln und schob den Braten in das Backrohr. Burt winkte sie zur Tür, und gemeinsam gingen sie hinaus, um die Schafe einzutreiben. Cathy nahm Burts Motorrad, und mit Sams Hilfe hatten sie in einer halben Stunde die Herde in den Pferchen.

»Komm schon, Sam! Bring sie rein!« Cathy schwenkte die Arme und scheuchte die Schafe durch den Treibgang auf den Behandlungsstand zu, wo Burt bereits die entsprechende Dosis in die Eingabespritze gefüllt hatte. Sie hatte Burt schon oft geholfen und wusste aus Erfahrung, dass man ihm bei diesen Arbeiten die Führung überlassen musste. Sie sah ihm dann aufmerksam zu, und sobald er genug hatte, war sie bereit zu übernehmen. Nur so funktionierte es.

Burt hatte die Hälfte geschafft, als sie merkte, dass es ihm immer größere Mühe bereitete, die Schafe festzuhalten.

»Hey, Burt! Darf ich mal?«

Er sah zu Cathy auf und nickte. »Wenn du unbedingt willst«, grummelte er, doch in seinem Blick lag Erleichterung.

Burt nahm den Kunststoffbehälter mit dem Tragegurt vom Rücken und reichte Cathy seine Ausrüstung. »Oh, da fällt mir ein, Burt, macht's dir was aus, das Gemüse zum Braten in die Reine zu geben? Bitte.«

»Lady, du kommandierst einen ganz schön rum. Sonst noch Wünsche?«, fragte er mit einem frechen Grinsen.

Cathy grinste ebenfalls, als der Wind sich in ihren Haaren verfing und sie fühlte, wie ihr der schwarze Staub aus den Pferchen ins Gesicht wehte und auf ihrem verschwitzten Gesicht haften blieb. Sie schickte Burt ins Haus und steckte dem wartenden Schaf die Eingabespritze ins Maul.

Kapitel 8

Lindsay hielt am Dienstag vor CJs Haus an. Da er etwas zu früh dran war, ging er zur Haustür und klopfte. Ihre Fahrgemeinschaft funktionierte ausgezeichnet. Sie sparten eine Menge Benzin, und CJ war selbst um sechs Uhr morgens eine amüsante Beifahrerin.

Sie öffnete die Tür und murmelte durch eine große Scheibe Toast zwischen den Zähnen hindurch undeutlich »Morgen«. Sie nahm den Toast aus dem Mund. »Komm rein. Ich muss nur noch den Frühstückstisch abräumen.«

Lindsay trat ein und schloss die Tür, während CJ zurück in die Küche lief.

Sekunden später tauchte sie mit einer Wasserflasche in der Hand wieder auf. »Hier, kannst du die nehmen? Ich muss nur noch ein Hemd holen.«

Er nahm ihr die Wasserflasche ab, und sie verschwand durch die Hintertür des Hauses. Er ging zu der Kommode an der Wand und betrachtete die gerahmten Fotos. Er entdeckte eines von Tom und Dot an ihrem Hochzeitstag und stellte erstaunt fest, wie attraktiv und glücklich beide aussahen. Er war ihnen inzwischen begegnet, als er CJ zu Hause abgesetzt hatte. Es war bedrückend. Sie sprachen nie ein Wort, schlurften nur teilnahmslos durchs Haus. Wie CJ das aushielt, war ihm schleierhaft.

Beim Anblick des nächsten Fotos musste er lächeln.

CJ sah darauf aus wie dreizehn oder vierzehn und schor ein Schaf. Tom stand hinter ihr, führte ihre Hand und strahlte vor Stolz. Sie war mager und schlaksig, doch die Art und Weise, wie sie entspannt das Schaf und das Schergerät hielt, beeindruckten ihn. Sie wirkte wie ein Naturtalent.

»Ich bin so weit. Gehen wir.« CJ hastete an ihm vorbei und riss die Tür auf. Nach zehn Minuten Fahrt warf Lindsay ihr einen Seitenblick zu. »Ich habe das Foto von dir gesehen, wie du als Teenager das Schaf geschoren hast.«

Sie zog eine Grimasse und blinzelte.

»Wie alt warst du?«

»Hm, so ungefähr dreizehn. Es ist mein Lieblingsfoto, aber nicht wegen mir. Ist das letzte gute Bild, das wir von Dad vor seinem Unfall haben.«

»Hat er dir das Scheren beigebracht?«

»Nein, nicht wirklich. Ich habe ihm immer zugesehen, und eines Tages hat er mich aufgefordert, es selbst zu versuchen. Das war typisch Dad. Mum fand, dass er mich wie einen Sohn behandelte, aber in Watte gepackt hat er mich tatsächlich nie. Ich bin ihm dankbar, dass er mich dazu erzogen hat, tough und zupackend zu sein.«

»Klingt, als hättet ihr mal ein gutes Verhältnis gehabt. Mein Vater war mir immer fremd. Vermutlich war ich meinem Onkel Doug zu ähnlich, und das hat ihn geärgert. Oder er mochte mich einfach nicht. James ist der Goldjunge.«

»Kommt ihr miteinander klar, du und dein Bruder?«

»Ja. Er ist ein paar Jahre jünger, aber unser Verhältnis ist gut. James ist der geborene Farmer. Er liebt Traktoren und die Erntearbeit. Wir kommen viel besser miteinander zurecht als Dad und Doug früher, aber die sind acht Jahre auseinander.« Lindsay warf ihr erneut einen Seitenblick zu. »Hast du Geschwister?«

Sie ließ sich mit der Antwort einige Sekunden Zeit. »Ich habe eine Schwester, Emily. Sie lebt jetzt in Perth. Wir sehen sie selten.«

»Dann kommt sie nicht nach Hause und hilft dir?«

»Schön wär's. Aber wenn ich sie wäre, würde ich mich auch rarmachen.«

»Und da ist niemand sonst, der dir unter die Arme greifen könnte? Keine anderen Verwandten?«

Sie seufzte. »Die wollen nichts mit uns zu tun haben. Mums Familie ist weggezogen, als ich noch ein Kind war, und Dad hat's als Scherer hierher verschlagen. Wir hatten nur Freunde, aber Dad hat die auch bald vergrault. Ist vermutlich einfacher so. Ich weiß jedenfalls, wie ich ihn anpacken muss.«

»Wie lange kannst du das noch alleine machen?«

Sie zuckte die Achseln, sah aus dem Fenster und konzentrierte sich auf einen Punkt in der Ferne. Er vermutete, dass sie selbst keine Antwort darauf wusste. Sie war noch jung, hatte sich noch kein eigenes Leben aufgebaut. Genauso hatte er sich zu Hause auf der Farm gefühlt. Er war jeden Morgen mit der Hoffnung aufgestanden, der nächste Tag würde besser werden, aber mit dem Vater, der ihn bedrängte, und der Farm, die ihn einengte, wurde er zunehmend verzweifelt. Er hatte sich wie eine Marionette gefühlt, die tat, was ihr gesagt wurde, während er von einem ganz anderen Leben träumte. Aber er hatte zumindest James an seiner Seite gehabt. Wen hatte CJ? Lindsay wusste, dass James jederzeit für ihn da sein würde, falls er Hilfe brauchte. Emily dagegen schien mit der Familie nichts zu tun haben zu wollen. Das war eine Schande, denn CJ wäre ihr sicher eine großartige Schwester.

Der dritte Scherdurchgang am letzten Tag auf Atkinsons Farm war fast beendet, und die Aussicht, früh Schluss machen zu können, hatte alle in Hochstimmung versetzt. Roger Atkinsons Scherstall war alt und mit lediglich vier Scherplätzen – von denen Lindsay, Dave, Jules und Marty jeweils einen innehatten – recht klein. In der Zwischenzeit waren die übrigen Scherer anderen Teams zugeteilt worden. Es handelte sich um ein klassisches Scherstallmodell mit durchgehendem Bretterboden ohne rückenschonendes Podest für die Rousies, was Cathy weniger kümmerte, da sie in dieser Woche wieder als Klassiererin arbeitete.

Sie nahm das Vlies mit einer Leichtigkeit vom Wolltisch auf, als ob es Zuckerwatte wäre. Sie entfernte einen Fetzen Haut und warf ihn in die Tonne hinter sich, bevor sie ein Wollbüschel herauszupfte und es prüfend betrachtete, um die Qualität festzustellen. Sie hatte von Farmern gehört, die einige ihrer Schafe mit Decken schützten, um die Wolle sauberer zu halten und damit teurer verkaufen zu können. Hier draußen im Outback war Cathy dergleichen noch nicht untergekommen. Bestimmt war die Methode viel zu kostenintensiv. John, der Wollpresser, nahm das eingerollte Vlies und steckte es sofort in die Presse. Cathy stützte die Handflächen auf den Wolltisch, ein Gestell mit Gitterrost, durch dessen Zwischenräume die kleinen Wollreste zu Boden fielen. Sie fühlte die Fett- und Schmutzschicht unter ihren Händen. Über die Jahre hatte sich schwarze Schmiere gebildet und überzog die Tischoberfläche. Das Wollfett war überall, und gelegentlich drangen winzige Wollpartikel durch ihre Haut und reizten ihre Lunge. Dennoch liebte sie ihren Job. Die Gerüche und die Harmonie der Arbeitsgänge in einem Scherstall waren für sie etwas ganz Besonderes. Den Schmerz nach getaner Arbeit in den Gelenken zu spüren, zu wissen, dass man hart gearbeitet hatte, war zutiefst befriedigend. Cathy fühlte sich hier lebendig. Immerhin sollte physische Bewegung Endorphine ausschütten, und davon brauchte sie so viele, wie sie nur kriegen konnte.

Lindsay tauchte an ihrer Seite auf. Er lächelte, und sie erwiderte sein Lächeln. Sein kurzes blondes Haar war am Haaransatz schweißnass, und seine Arme glänzten bronzefarben. Etwas stimmte nicht, aber sie war von Lindsays körperlicher Nähe so abgelenkt, dass sie Minuten brauchte, um zu registrieren, was es war.

»Was machst du eigentlich hier unten? Solltest du nicht scheren?«

Lindsay betrachtete sie mit einem Ausdruck, der nur Übermut bedeuten konnte. Er hob einen langen Finger und wischte sich die Schweißperlen von der Stirn. »Dachte, ich beende den Durchgang früher und lass dich mal ran.«

»Woran?«

»Du sollst ein Schaf scheren. Ich schätze, du kannst das ganz gut.«

Cathy zog die Augenbrauen hoch und griff nach dem Bleistift, um den nächsten Ballen zu beschriften.

»Oder bist du zu feige?«, stichelte er und zog herausfordernd die Mundwinkel herab.

Cathy dachte kurz nach. »Nein, ich versuch's. Aber ich warne dich. Schön wird's nicht.«

Sie folgte Lindsay zu seinem Scherplatz. Jules beendete die Schur seines letzten Schafs. Dave hantierte mit seinem

Schergerät, und sie hörte Marty kichern, der in die Pause ging. Cathy warf einen Blick in Martys Wartepferch, wo in der hintersten Ecke ein einsames Mutterschaf stand. Sie ging zu ihm, packte es und zog es an den Vorderläufen rückwärts aus dem Pferch. Dann nahm sie es zwischen die Beine, wie sie es bei den Scherern gesehen hatte. Lindsay stand zu ihrer Linken und beobachtete sie stumm.

»Also, hilfst du mir, oder muss ich da allein durch?« erkundigte sie sich.

»Lass dich überraschen«, antwortete Lindsay mit einem Augenzwinkern.

Cathy schob einen Vorderlauf des Schafs durch ihre Beine, bis er an ihrem Hinterteil lag. Lindsay nickte beifällig.

Sie hob sein Schergerät vom Boden auf, zog an der Schnur, und es sprang an.

»Das kann ja interessant werden, Herzchen«, sagte Irene, die sich vor ihr positionierte, während das übrige Team den Scherstall für eine nachmittägliche Zigarettenpause verließ.

»Wenn du schon zuschaust, dann halt bitte den Mund.«

Irene deutete einen Pfadfindergruß an und versuchte ernst zu bleiben.

Cathy begann mit dem Bauchfell. So viel wusste sie. Man beobachtete nicht jahrelang Leute beim Scheren, ohne ein oder zwei Dinge mitzukriegen. Allerdings war es eine Weile her, seit sie ein Schergerät in der Hand gehalten hatte; es fühlte sich ungewohnt und schwer an, und das Vibrieren des Motors übertrug sich kribbelnd bis in ihre Knochen. Vorsichtig zog sie die Haut des Schafes glatt und stieß Kamm und Messer des Scherhandstücks durch die Bauchwolle. Sie zuckte immer wieder unsicher, hoffte, dem Schaf keine Schnittverletzungen zuzufügen. Die Wolle fühlte sich warm an, während sie das Handstück tiefer hineinführte, fast wie Seide, die über ihre Haut strich. Lindsay beugte sich über sie und legte seine Hand auf ihre Hand, um das Schergerät zu führen und den Druck zu regulieren. Sie hatte das Gefühl, dass das Zittern in ihren Beinen eher von seiner Berührung kam als von der neuen Schererfahrung. Irene nahm die Bauchwolle ab, als Cathy die Weichteile zwischen den Beinen erreicht hatte und dann das rechte Hinterbein schor. Sie wusste, dass sie zu vorsichtig und etwas ungeschickt arbeitete, aber das Schergerät lag mit jedem Scherstrich schwerer in ihrer Hand. Lindsay gab Anweisungen bezüglich ihrer Fußstellung und half ihr, die Züge sicher entlang der Hinterbeine zu führen. Bald kam sie zur Kopfwolle und verpasste dem Mutterschaf einen militärischen Haarschnitt.

»Also, der Hals ist eine der schwierigsten Stellen beim Scheren, wegen der ausgeprägten Hautfalten der Merinos«, erklärte Lindsay und zeigte ihr, wie sie den Kiefer des Schafes mit der freien Hand nach hinten ziehen sollte, um die Haut zu straffen.

Cathy merkte, dass sie viel zu vorsichtig war und den Kamm nicht nahe genug an der Haut aufsetzte. Das Schaf würde grauenvoll aussehen. Sie versuchte näher an der Haut zu scheren – das sah schon besser aus, aber sie ritzte die Haut des Schafes an einigen Stellen, und es blutete. Sie entschuldigte sich umgehend. Das Mutterschaf beschloss in diesem Moment, dass es genug hatte, und begann auszuschlagen, sodass Lindsay eingriff und ihr half, das Tier unter Kontrolle zu bringen. Bis dahin hatte das Schaf allerdings die Wolle losgetreten, und das Vlies hatte sich verwickelt, womit es schwieriger wurde, es korrekt auf den Wolltisch zu werfen. Cathy setzte erneut an und fuhr fort, das Gesicht des Schafs und die letzte Schulter über die Flanke bis zum verbleibenden Hinterbein zu scheren. Mittlerweile waren Dave und Jules in den Scherstall zurückgekehrt, um ihr zuzusehen. Sie blies sich eine Haarsträhne aus der Stirn, die ihr ins Gesicht hing. Als sie das letzte Stück Wolle abschor, zog Lindsay für sie an der Schnur, sodass sie das Handstück ablegen und das Schaf über die Rampe in den Pferch schieben konnte.

»Das war gar nicht mal schlecht«, bemerkte Lindsay mit einem süffisanten Grinsen.

Cathy sah auf den verdrehten Wollberg hinunter, den Irene zu entwirren versuchte. »Findest du? Sieht doch ziemlich scheiße aus.«

»Keine Sorge. Für jemanden, der sonst nicht schert, war's gut. Ich war ehrlich gesagt beeindruckt. Du musst das doch schon mal gemacht haben, oder?«

»Ist Jahre her und war damals einfach nur zum Spaß.«

»Trotzdem hast du dich gut gehalten. Komm schon. Waschen wir uns die Hände und machen eine Zigarettenpause.« Lindsay gab Cathy einen Klaps auf den Rücken.

»Danke. Hat Spaß gemacht. Aber ich helfe erst Renie, das Vlies zu sortieren. Schließlich habe ich das Chaos angerichtet.«

Lindsay nickte und ging durch die Schiebetür hinaus ins Freie, während sie neben Irene an den Wolltisch trat.

»Also, was hat dich geritten, das zu machen?«, fragte Irene neugierig.

»Lindsay hat das Kinderfoto von mir bei der Schafschur

gesehen. Offenbar war er der Meinung, eine Wiederholung wäre amüsant.« Cathy hielt inne. »So schlecht war's gar nicht.«

»Ihr beide scheint euch ja gut zu verstehen. Eure Fahrgemeinschaft, er bei dir zu Hause und so weiter. Klingt nach jungem Glück.«

»Lass das, Irene.«

Irene sagte kein Wort mehr, aber der amüsierte Ausdruck in ihren grünen Augen war nicht zu übersehen.

Der letzte Durchgang des Tages verging wie im Flug, und Cathy ertappte sich dabei, wie sie Lindsay beim Scheren beobachtete. Sie bewunderte, wie er mit seinen langen, muskulösen Beinen das Schaf ruhig hielt und das Schergerät über die Haut gleiten ließ. Er war ein begnadeter Scherer, bei dem die Arbeit fast wie Zauberei aussah. Mehr als zweihundert Schafe pro Tag waren bei Lindsay die Norm. Sie registrierte seine Fußstellung und versuchte zu rekapitulieren, was er ihr gesagt hatte. Er wäre ein großartiger Lehrer; ruhig, geduldig und methodisch. Cathy wurde klar, wie viel Spaß ihr das Scheren gemacht hatte. Sie erinnerte sich, wie ihr Dad sich auf die gleiche Art wie Lindsay über sie gebeugt und ihr aufmunternde Worte ins Ohr geflüstert hatte. »Schau dir meine Tochter an«, hatte er zu einem Kumpel gesagt. »Ist sie nicht ein Naturtalent?« Cathy eilte zum Waschbecken und hielt den Kopf tief gesenkt, um die Tränen zu verbergen, die ihren Moment der Schwäche zu verraten drohten.

Am Ende des Scherdurchgangs kam der Farmer mit seinem Vorarbeiter, um das Ende der Schur zu feiern. Mr. Atkinson deutete auf den Kühlschrank, wo die Sitzgelegenheiten und Tische standen, und forderte sie auf, sich zu bedienen. Fünf Minuten später saßen sie, jeder mit einer Bierflasche in der Hand, um den Tisch. Dave, Jules und Irene hatten sich auf einem alten braunen Sofa niedergelassen, während Cathy und Lindsay auf alten Stühlen mit Kunstledersitzen saßen. Kate und Dee stritten sich um einen schwarzen Hocker, und Marty setzte sich neben den Farmer und seinen Vorarbeiter auf einen Wollballen. Cathys Blick schweifte mit einem Lächeln über die Gesichter der Crew und ließ nur Marty aus. Sie erinnerte sich an den verächtlichen Ausdruck in seinem Gesicht, als er sie mit dem Schergerät in der Hand gesehen hatte.

Alle tranken genussvoll das kalte Bier, während die nachmittägliche Brise durch den Scherstall wehte und Abkühlung brachte.

»Verdammt guter Scherstall«, sagte Kate zu Lindsay. »Ein Fünfsterneschuppen.«

Cathy lachte. »Sessel, Sofa, Tisch, gut bestückter Kühlschrank …«

»Toiletten, Wasserkocher, Mikrowelle …«, fiel Kate ein.

Lindsay sah Cathy noch immer scheinbar verständnislos an.

»Hast du noch nie in einer Bruchbude von Scherstall gearbeitet?«, wollte sie wissen. »Vor Kurzem hatten wir einen ohne Toilette oder fließend Wasser.«

»Richtig, das war ein Einsterneschuppen«, stimmte Kate ihr zu. »Und den einen Stern hat er nur gekriegt, weil's einen Kühlschrank fürs Bier gab. Aber viel schlimmer war der, in dem wir vor einigen Jahren arbeiten mussten – der bekam eine Fünf minus.«

Lindsay lachte. »Wie geht denn das?«

»Ganz leicht«, antwortete Cathy. »Wir landeten in diesem Schuppen von einem kleinen Farmer mitten im Nirgendwo. Wir kamen rein, und uns schlug ein übler Gestank entgegen. Ich meine, es stank bestialisch. Und bald stellte sich auch raus, weshalb. Im Wartepferch lag ein totes Schaf.«

»Ja – und unter seiner Haut bewegten sich die Maden«, fügte Kate hinzu und zog eine Grimasse.

»Krass«, sagte Lindsay.

»Und …« Cathy legte die Hand auf Lindsays Arm, zuckte jedoch zurück, als es sie wie ein Stromschlag durchfuhr. Sie verlor den Faden. »Hmm … ja. Und wir haben uns gestritten, wer es wegbringen sollte. Johnny hat es dann geschafft, es durch die Hintertür rauszuziehen, bevor er sich übergeben musste. Mann, das war der schlimmste Arbeitsbeginn, den wir je erlebt haben. Wir konnten's kaum erwarten, wieder abzuhauen.«

Kate lachte. »Und da sind wir auch nie wieder hin. Das kannst du mir glauben.«

Cathy ging zum Kühlschrank und verteilte die nächste Runde Bier. Lindsays hob sie sich bis zuletzt auf. Als er die kalte Flasche Bier entgegennehmen wollte, hielt sie diese noch einen Moment fest und sah ihm in die Augen.

»Danke … für heute. Du wärst ein prima Lehrer.«

»Tja, und du eine großartige Schülerin«, antwortete er verlegen. »Hast du mal daran gedacht, Scherer zu werden? Ich könnte dir helfen.«

Cathy verschluckte sich an ihrem Bier, und Flüssigkeit rann aus ihrer Nase. Sie wischte sie mit dem Ärmel ab, als Lindsay ihr auf den Rücken klopfte. Zum Glück stellte Kate ihm eine Frage, sodass Cathy nicht antworten musste, aber seine Worte kreisten in ihrem Kopf und begannen Wünsche zu wecken. Ob sie schon daran gedacht habe, Scheren zu lernen? Das Scheren des Schafes an diesem Tag hatte Adrenalin freigesetzt. Sie hatte sich unbesiegbar und stark dabei gefühlt, etwas zu versuchen, das sie als Kunstform betrachtete. Konnte sie das wirklich tun?

Als es Zeit war, nach Hause zu fahren, waren sie beide schweigsam und mit ihren Gedanken weit weg, bis sie vor Cathys Haus anhielten. Sie wollte gerade aus Lindsays Pick-up aussteigen, als er sie am Arm zurückhielt. Seine langen Finger hatten sich in einer sanften Liebkosung um ihr schmales Handgelenk gelegt, schwarze Schmutzränder unter den kurzen Nägeln.

»Das vorhin … war mein voller Ernst, musst du wissen. Du wärst eine verdammt gelehrige Schülerin, und ich würde dir das Scheren sehr gern beibringen.« Er sah, wie es in ihr arbeitete, als er ihren Arm losließ. »Denk an das Geld, das du zusätzlich verdienen könntest. Ich schere fast dreihundert Tiere pro Tag, und das bringt eine Menge Geld, wenn du's schaffst. Vermutlich dauert es 'ne Weile, bis du so weit bist, aber zweihundert dürftest du recht schnell erreichen. Und ich könnte dir an den Wochenenden Unterricht geben. Die Arbeit würde also nicht darunter leiden.« Er wusste, dass Cathy sich niemals freinehmen würde, denn er vermutete, dass die Familie auf ihren monatlichen Scheck angewiesen war. »Bist du interessiert? Die Kondition hast du. Ich hatte einen prima Lehrer, und ich bin sicher, du kannst mit mir zufrieden sein.«

Cathy erwiderte Lindsays Lächeln. »Ja, ich bin sicher, dass du ein guter Lehrer bist, Linds. Daran zweifle ich keine Sekunde. Du bist der beste Scherer, der mir in zehn Jahren

Arbeit in den Scherställen untergekommen ist. Ich hab bisher nur nie daran gedacht, es selbst zu probieren.«

»Okay, denk darüber nach und sag mir Bescheid. Ich wollte sowieso eines Tages als Lehrer arbeiten. Wäre also auch eine gute Übung für mich. Und ich glaube, mir ist da was eingefallen, wie wir zum Üben Schafe zur Verfügung haben. Dann müssen wir's nicht am Ende eines jeden Scherdurchgangs machen wie andere. Also überleg's dir. Wir sehen uns morgen früh. Okay?«

»Ja, gebongt«, antwortete Cathy. Sie kletterte aus seinem Pick-up, holte Sam von der Ladefläche und sah dem davonfahrenden Wagen nach. Ich, ein Scherer, dachte sie. Warum, zum Teufel, eigentlich nicht?

Kapitel 9

Cathy saß am Esstisch, ihre Mutter zur Rechten, ihren Vater zur Linken, und starrte versunken in ihren Lammeintopf, als erschlössen sich ihr auf diese Weise auch die feinsten Bestandteile der Soße. Das einzige Geräusch war das saugende Schmatzen ihres Dads, der mit den wenigen ihm verbliebenen Zähnen zu kauen versuchte. Einige fehlende Zähne waren dem Boxen geschuldet, andere hatte er verloren, als er betrunken auf der Straße gestürzt und mit dem Gesicht auf den Rinnstein geschlagen war. Eine Prothese mit sechs falschen Zähnen lag auf seinem Nachttisch, unter einer einen Zentimeter dicken Staubschicht. Sie sehnte sich nach dem Hintergrundgeräusch aus Fernseher oder Radio – nach allem, was das Geräusch des mahlenden Zahnfleischs ihres Vaters übertönen konnte. Sie warf einen Blick auf ihre Mum, die aussah, als würde sie jeden Bissen die empfohlenen dreißig Mal durchkauen, bevor sie ihn hinunterschluckte. Ihr Vater sah aus wie immer: kariertes Hemd und schwarze Sporthose, schütterer Haaransatz und ausgemergelte Züge, Bierbauch – der jetzt auf seinen Oberschenkeln ruhte – und denselben abwesenden, leeren Ausdruck im Gesicht. Tiefes Schweigen. Wer auch immer behauptet hatte, Stille könne ohrenbetäubend sein, hatte recht gehabt.

»Schön, dass du zum Abendessen zu Hause bist, Mum«, bemerkte Cathy.

Dot richtete schleppend langsam einen Blick aus ihren müden blauen Augen auf ihre Tochter und zuckte die Schultern.

»Wieso musstest du die Schicht wechseln?«

Dot seufzte, als bereite ihr jedes Wort Schmerzen. »Betty musste auf eine Feier.«

Damit wurde es wieder still, bis auf Toms Kaugeräusche. Sie hätte ihm gern gesagt, er solle damit aufhören – hör auf, oder iss woanders.

»Wisst ihr was?«, begann sie mit einem Seufzer und ahnte, dass die beiden ihr vermutlich nicht zuhörten. »Ich spiele mit dem Gedanken, Scheren zu lernen. Lindsay will mir's beibringen.«

»Das ist doch nett, Liebes«, sagte die Mutter ein wenig zu hastig, und dann merkte Cathy, dass ihr jetzt erst klar wurde, was sie gesagt hatte. Cathy sah die Sorge – vielleicht sogar Angst – in Dots Blick. Bedeutete das weniger Zeit zu Hause? Mehr Zeit für sie allein mit Tom?

Sie sah zu Tom hinüber, war neugierig auf seine Reaktion. Was hielt er davon, dass sie scheren wollte wie er? Machte es ihn eifersüchtig? Kümmerte es ihn überhaupt? Sie betrachtete prüfend die Runzeln um seine Augen, suchte nach dem winzigstens Anzeichen von Verstehen und Emotion. Seine Backen hingen schlaff herab wie alte Lammkoteletts, und Soßentropfen klebten an seinem Kinn.

Cathy gab auf und konzentrierte sich wieder auf ihr Essen. Schmatz, gnatsch, schmatz. Sie hielt das nicht länger aus.

Tom steckte den nächsten Bissen in den Mund und kaute vor sich hin. Er hasste es, am Tisch zu sitzen, zog es vor, sich mit seinem Teller auf das Sofa vor dem Fernseher zurückzuziehen, wenn Dot ihm das Essen auf den Tisch gestellt und das Haus verlassen hatte. Er warf Dot einen verstohlenen Blick zu. Ihr Haar stand ihr wie eine wirre Drahtbürste vom Kopf ab, und ihr einst so schimmernder Porzellanteint war von Falten durchzogen, an denen er nicht ganz unschuldig war.

Tom sah zu seiner Tochter hinüber, ohne den Kopf zu bewegen. Er hatte Mühe, sie noch als seine Tochter zu erkennen. Sie war zu einer eher lästigen Person geworden, die ihm jeden Spaß verdarb. Er wusste nicht, wo die Jahre geblieben waren, aber die Frauen an seiner Seite – er kannte sie längst nicht mehr. Vielleicht wollte er sie auch nicht kennen. Als er die Gabel zum Mund führte, kam ihm blitzartig in den Sinn, wie er Cathy gezeigt hatte, wie man ein Schaf schor. Er erinnerte sich, wie stolz er damals gewesen war, doch nun fühlte es sich an wie ein Messer, das sich immer tiefer in sein Herz bohrte, bis nichts mehr davon übrig war. Er wünschte, er könnte sagen: »Das mit dem Scheren ist großartig, Cathy«, oder: »Danke für das Essen, Dot.« Die Worte waberten durch sein Bewusstsein, ohne je seine Zunge zu erreichen.

Cathy stand hastig auf, stellte ihren Teller in das Spülbecken und murmelte etwas von ihrem Pick-up, den sie reparieren müsse. Er hatte sie geliebt, und vielleicht tat er das tief in seinem Inneren noch immer, aber es war, als habe sich ein anderer seines Körpers bemächtigt. Er war zu einem Monster geworden, und während das Monster in ihm gewachsen war, hatte es ihm all seine Erinnerungen und Gefühle genommen und in einem schwarzen Loch versenkt.

Kapitel 10

Cathy stand vor dem Wolltisch, ein breites Lächeln im Gesicht. Jules arbeitete am letzten Scherstand und sang aus vollem Hals zu »Khe Sanh« mit. Es war sein Lieblingssong, und er glaubte, wenn er ihn laut und inbrünstig mitsang, mache ihn das eher zu einem Aussie als zu einem Kiwi. Cathy sah nur, wie sein Gesang das Schaf immer unruhiger und schwerer zu handhaben machte, und konnte sich trotzdem das Lachen nicht verkneifen.

An diesem Tag hatte sie sämtliche Scherer und deren Techniken beobachtet. Es machte ihr Spaß, die Unterschiede im Stil herauszuarbeiten und zu vergleichen. Keiner schor allerdings so sauber wie Lindsay oder hatte seine Geduld und Eleganz im Umgang mit den Schafen. Es war, als spürten die Schafe Lindsays innere Ruhe, die sie entspannte und unter seinen Händen gefügig machte wie Marionetten.

Lindsays Angebot beschäftigte Cathy unaufhörlich. Sie errechnete, dass sie über hundert Schafe pro Tag scheren müsste, um genug Geld zu verdienen. Wenn sie bis zu zweihundert schaffte, wäre sie im siebten Himmel. Es bedeutete fast den doppelten Lohn wie bisher.

Sie fühlte, wie eine Schulter ihren Arm streifte, als sie ein Wollbüschel aus dem Vlies zupfte, das vor ihr lag. »Hey, du!«

Sie sah in Lindsays Augen und konnte ihrem Gedankenfaden nicht weiter folgen. Sie waren blau wie die Weite des Himmels an einem strahlenden Sonnentag und ebenso uferlos.

»Was sollte das denn?«, fragte sie scherzhaft.

»Ich bin mit meinem Durchgang fertig«, erklärte er.

Cathys Blick schweifte durch den Scherstall. Jules eilte zum Waschbecken, um sich die Hände zu waschen, und Happy wartete auf Martys Vlies, während Tweedledum und Tweedledee mit ihren Schabern durch die Gegend wirbelten.

»Ach?« Sie klassierte hastig das Vlies und warf es in eine der Sortiertonnen. »Und was jetzt?«

Lindsay lehnte sich gegen den Wolltisch, die Arme verschränkt, die Muskeln gespannt. »Hast du über mein Angebot nachgedacht?«

Sie lächelte, als Happy das vorletzte Vlies des Scherdurchgangs durch die Luft warf. »Gib's zu! Die Frage brennt dir auf der Zunge, seit du mich heute Morgen abgeholt hast. War dir anzusehen, wie angestrengt du sie dir verkniffen hast«, sagte Cathy. »Und um ehrlich zu sein, habe ich an nichts anderes gedacht.« Sie warf ihm einen verstohlenen Blick zu und erntete ein zustimmendes Lächeln.

»Es hat dich gepackt, was?«, fragte Lindsay.

»Ein wenig«, erwiderte sie mit aufgeregter Stimme. »Ich musste euch alle heute beim Scheren beobachten und hätte am liebsten selbst wieder zum Schergerät gegriffen.«

Lindsay machte Platz, damit sie das Vlies einrollen und ablegen konnte. »Und? Hast du was gelernt?«

Der Scherstall hatte sich mittlerweile geleert. Nur das Hufgetrappel war noch zu hören, als der Farmer die Pferche für den nächsten Durchgang füllte.

»Ich hab's versucht.«

»Also heißt das jetzt, dass ich meine erste Schülerin kriege?«, wollte er mit einem Funkeln in den Augen wissen. Er schien sich ihrer Antwort sicher zu sein.

Cathy wischte ihre schmutzige Hand an ihrer Jeans ab und hielt sie Lindsay hin. »Ich würde sagen, ja. Es wäre eine Ehre für mich, wenn du mich unterrichten würdest.«

Lindsays große Hand mit den langen Fingern umschloss die ihre. Ein elektrisierendes Kribbeln schoss durch ihren Arm, aber das war nur die Aufregung, sagte sie sich. Und die durchdringende Art, wie er sie jetzt musterte, jagte ihren Blutdruck in die Höhe. Aber sie würde seinem Charme nicht erliegen. Nein danke, das Leben war schwierig genug. »Und wie soll das gehen?«, murmelte sie und versuchte, konzentriert zu bleiben.

»Hm, mach dir deshalb mal keinen Kopf. Halte dir die Wochenenden und die Tage zwischen den einzelnen Scheraufträgen frei. Dann können wir scheren. Ich habe schon einen Plan. Wenn du willst, fangen wir diesen Samstag an.«

Cathy wandte sich ab, um das letzte Vlies abzulegen, und hoffte, er würde ihre Angst nicht merken. Dieses Wochenende. So bald schon. Was, wenn sie nicht gut genug war? Sie holte tief Luft und versuchte, Haltung zu bewahren, bevor sie mit Lindsay zum Waschbecken hinüberging.

Lindsay tippte ihr leicht auf die Schulter, als ihm ein Gedanke kam. »Das heißt natürlich, wenn du an den Wochenenden nichts vorhast.« Vielleicht hatte sie ja einen Freund. Es ärgerte ihn mit einem Mal, dass er es nicht wusste. Er musterte sie aufmerksam.

»Nein. Normalerweise bin ich einfach zu Hause, erledige Rechnungen oder besuche Irene. Ich bin also zu allem bereit, wenn's dir recht ist.«

»Dann stehle ich dir nicht die Zeit, die du sonst mit deinem Freund verbringen würdest?«, drängte er.

Cathy antwortete ihm mit einem wenig damenhaften Schnauben, als sie sich an ihrem Lachen verschluckte. »Meinst du das ernst?«

»Wieso, was ist daran so komisch?«

Sie lächelte. »Das ist wirklich nett von dir, aber jetzt bleib mal auf dem Teppich. Du hast doch erlebt, wie mein Leben verläuft. Männer passen da einfach nicht ins Muster.« Sie schüttelte den Kopf. »Außerdem verwende ich meine ganze Freizeit darauf, das Schafscheren zu lernen. Ich kann's kaum erwarten.« Sie wippte hin und her wie ein aufgeregtes Schulmädchen, das darauf wartete, dass seine Lieblingsband die Bühne betrat.

Lindsay war bisher noch keiner Frau begegnet, die nicht auf der Suche nach einem Mann gewesen war, er war in gewisser Hinsicht sowohl erleichtert als auch enttäuscht. Er registrierte die gespannte Vorfreude in Cathys Zügen und teilte unwillkürlich ihre Aufregung. Ihre blauen Augen funkelten, und ihr Gesicht glühte vor ungebremster Energie, von der er hoffte sie nutzen zu können. Ihre Brust hob und senkte sich in schneller Folge, und es war nicht zu übersehen, dass ihr Herz raste. Dabei konnte er den Blick kaum von der Wölbung ihrer Brüste unter dem blauen Top wenden und senkte die Lider, bevor sie ihn ertappte. Sie hatte etwas, das ihn auf beängstigende Weise magnetisch anzog. Es war die Art, wie sie sich stets im Hintergrund hielt, ohne zu ahnen, wie stark ihre Präsenz tatsächlich war. Ihre Selbstsicherheit bei der Arbeit, wie sie ihren Job erledigte, ohne sich je darum zu kümmern, was andere von ihr dachten.

Und während der gemeinsamen Arbeit in den vergangenen Wochen hatte er viel über sie erfahren. Sie hatten denselben Sinn für Humor, und er hatte nicht ein Mal das Gefühl gehabt, Abstand zu brauchen. Cathy griff nach der Seife und wusch sich die schwieligen und schmutzigen Hände. Es waren die Hände einer hart arbeitenden Frau, und Lindsay war selbst erstaunt, wie sehr sie ihn faszinierten. Sie erzählten eine Geschichte, im Gegensatz zu den samtweichen, sorgfältig manikürten Händen der Mädchen, die ihm seine Mutter aus ihrer Kirchengruppe stets vorstellte. Sie waren ihm zu höflich und oberflächlich, plapperten über Dinge, die ihn nicht interessierten. Sie waren alle gleich.

Als er sich die Hände wusch, dachte er an all die Dinge, die er erledigen musste, bevor der Unterricht am Samstag beginnen konnte. Er hatte sich bereits die Notizen durchgelesen, die er sich während seines Schafschurlehrgangs gemacht hatte. Er wollte Schafe organisieren und sie in den Schuppen neben seinem Haus bringen. Vorerst benötigte er nur eine kleine Herde. Er wollte Cathy nicht überfordern, wusste jedoch, dass sie sich besser halten würde als so mancher Kerl, ohne sich je zu beklagen. Andere jammerten, wie heiß der Tag sei oder wie sehr ihre Muskeln schmerzten. Cathy war noch nie eine Klage über die Lippen gekommen. Und verlockend waren diese Lippen obendrein.

»Also, was hältst du davon, wenn ich dich am Freitag nach der Arbeit mitnehme und dir zeige, wo wir arbeiten werden. Dann könntest du mir helfen, ein paar Schafe für den nächsten Morgen in die Pferche zu treiben.«

Cathy trocknete sich die Hände an dem abgewetzten, orangen Handtuch ab, das an einem alten Nagel neben dem

Waschbecken hing. »Klingt gut. Kann nur sein, dass ich Dad in seinem Zimmer einschließen muss.«

An Tom hatte Lindsay gar nicht mehr gedacht, und er fragte sich kurz, ob es zu viel für CJ werden würde. Er hätte sie beinahe darauf angesprochen, überlegte es sich jedoch anders. Sie hatte eine Pause von Tom dringend nötig, und vielleicht war genau das das Richtige für sie.

Kapitel 11

Cathy und Lindsay bogen am Mittwochabend um kurz vor sechs in die alte, betonierte Auffahrt zu Cathys Haus ein. Lindsay hielt den Pick-up an, die Hände am Lenkrad, einen Ellbogen in das offene Fenster gelehnt, lässig und sexy zugleich. Sie merkte, wie er sie beobachtete. Ihre Blicke trafen sich, und sie konnte die Augen nicht abwenden. Las sie Spott in der graublauen Tiefe seiner Augen? Das andauernde Schweigen machte sie nervös.

»Möchtest du noch auf ein Bier reinkommen, bevor du nach Hause fährst?«, platzte sie spontan heraus. Verdammt! Sie hatte noch nie jemand auf ein Bier zu sich nach Hause eingeladen.

Lindsay lächelte nur hintergründig. »Gern. Warum nicht?«

Ja, warum nicht, dachte sie. Ich könnte ihm Wagenladungen von Gründen nennen, warum nicht. Weil mein Vater ein unberechenbarer, schlägernder Säufer ist, meine Mum so hohl und zerbrechlich wie ein Osterei, unser Haus ein Albtraum aus den Siebzigerjahren des letzten Jahrhunderts und weil ich zu allem Übel auch noch in einer Bruchbude hinter dem Haus lebe, um nur einige zu nennen.

Aber Lindsay kletterte bereits aus dem Pick-up. Jetzt gab es kein Zurück mehr. Sie griff sich ihr Handtuch und die Wasserflasche und lief zur Tür, betete stumm, dass heute nicht einer jener Tage war, an denen ihr Vater sie in der Unterhose auf dem Sofa empfing.

Als sie die Tür aufstieß, hörte sie als Erstes ihre Mutter.

»Bitte nicht!«, flehte Dot.

»Miststück! Ich habe dir gesagt, du sollst das lassen!«, fluchte Tom.

Dot kauerte vor ihm, die Hände erhoben, bereit, ihr Gesicht zu schützen. Cathy wollte ihrer Mutter zu Hilfe eilen, war jedoch wie gelähmt. Sie sah wie durch einen Nebel Toms Arme vorschnellen und Dot rücklings durch das Zimmer fliegen. Sie hörte ein hässliches Knirschen und das Bröckeln von Putz, als Dot gegen die Wand prallte und zu Boden sank. Cathy kam das Mittagessen hoch.

Ihre Wasserflasche fiel zu Boden, und Cathy hörte eine ihr fremde Stimme »Mum!« kreischen. Dann stürzte sie sich auf ihren Vater. »Du verdammter Mistkerl! Was hast du getan? Du bist ein verdammtes Arschloch!« Sie schlug ihm mit beiden Händen heftig vor die Brust und stieß ihn zurück. Cathy schäumte vor Wut. Ihr Verstand setzte aus, sie war außer sich. Sie verpasste ihm einen kräftigen Faustschlag. »Na, wie gefällt dir das?«, schrie sie und drückte ihn gegen die gegenüberliegende Wand. Tom sackte zu Boden, den Kopf gesenkt, und wischte sich mit dem Handrücken das Blut ab, das aus seiner Nase rann. Cathy lief zu Dot. Sie kauerte neben ihr nieder und versetzte der umgekippten Whiskyflasche einen Tritt. Lindsay war bereits an Dots Seite, hielt ihre Hand.

»Mum, ist mit dir alles in Ordnung? Mum?« Cathy legte die Hand an Dots Wange, sie hatte die Schwellung bereits gesehen. Der Bluterguss begann sich rot auf ihrer trockenen, faltigen Haut abzuzeichnen.

Dots Lider flatterten. Sie schlug die Augen auf. »Bist du es?«, fragte sie.

»Alles okay, Mum. Ich bin jetzt bei dir.«

»Heben wir sie vorsichtig hoch.«

Cathy registrierte verwirrt Lindsays Stimme an ihrer Seite. Sie hatte seine Anwesenheit völlig vergessen und war verwundert, dass er nicht entsetzt die Flucht ergriffen hatte.

»Schon gut. Ich hab sie schon«, blaffte sie, und ein pochender Schmerz durchzuckte ihre Finger, als sie ihm die Hand ihrer Mutter entriss.

»Wir sollten sie ins Krankenhaus bringen oder den Notarzt rufen«, sagte Lindsay und zückte sein Handy.

»Nein, das ist nicht nötig«, fauchte Cathy unwillkürlich. Cathy sah Lindsay in die Augen. »Du kannst jetzt gehen. Ich habe alles unter Kontrolle.« Sie stieß ihn sanft zurück und sah, wie sein Blick flüchtig ihre roten, geschwollenen Handknöchel streifte.

»CJ, warum willst du das allein regeln? Lass mich dir helfen. Bitte.«

Cathy wand sich unter Lindsays Worten. Aus irgendeinem Grund wollte sie ihn nicht hierhaben, konnte keine Hilfe annehmen, denn – nun, wenn sie es jetzt tat und diese Hilfe dann irgendwann ausblieb, musste sie doch wieder allein zurechtkommen. Um zu überleben brauchte sie allein die Kontrolle. »Bitte geh einfach!«, flehte sie. Cathy ertrug die Bestürzung und den Schock in seinen Augen nicht. Es machte sie verlegen.

Lindsay öffnete den Mund, machte ihn wieder zu und verließ leise das Haus.

Cathy hörte, wie ihr Dad sich zu bewegen versuchte, und schnellte herum. »Rühr dich nicht vom Fleck! Hast du gehört? Sonst verpass ich dir noch eine, so wahr mir Gott helfe.« Sie war dieses schamerfüllte, manchmal sogar reuige, aber immer häufiger völlig ausdruckslose Gesicht, das ihr entgegensah, leid.

Cathy half Dot auf die Beine, führte und trug sie halb in die sichere Zuflucht ihres Zimmers.

»Mum, alles in Ordnung? Wo tut es weh?«

»Ist hauptsächlich die Schulter, aber sonst bin ich okay.« Ihre Stimme war schwach. Sie zitterte am ganzen Körper, während der Schock allmählich nachließ. Vorsichtig legte sie sich auf ihr Bett, und Cathy holte ein zusätzliches Kissen aus dem Schrank. Dot schlug die Hände vors Gesicht und begann lautlos zu weinen.

Cathy konnte es nicht ertragen. »Ich hole Schmerztabletten und dein Schlafmittel.«

Dot riss die Augen weit auf. »Lass mich nicht allein!«

Cathy hielt der Mutter die Hand und massierte sie. »Schon gut, Mum. Ich bin gleich wieder da.«

Die beruhigenden Worte verfehlten ihre Wirkung nicht. Dot machte die Augen wieder zu, und Cathy schlich aus dem Zimmer.

Im Wohnzimmer lag Tom noch immer seitlings auf dem Fußboden und atmete schwer. Cathy hätte ihn am liebsten draußen auf dem Randstreifen neben der Straße abgelegt und darauf gewartet, dass ihn die Müllabfuhr entsorgte, die donnerstagmorgens immer kam.

Cathy holte ein Glas Wasser und Tabletten und kehrte in Dots Zimmer zurück.

Nachdem Dot die Pillen geschluckt hatte, stellte Cathy das Glas Wasser auf den Nachttisch, legte sich neben die Mutter und strich über ihren Arm. Dusche und Abendessen konnten warten. Sie würde die Mutter erst wieder allein lassen, wenn diese fest eingeschlafen war. Der Appetit war ihr sowieso vergangen.

Am nächsten Morgen war es schon spät, als Cathy duschte und sich fertig machte. Ihre Mutter schlief noch, aber Cathy hatte ihr eine Nachricht hinterlassen und sie gebeten, zum Arzt zu gehen, falls sie Schmerzen hatte, oder zu Betty, wenn sie Gesellschaft brauchte. Sie hatte gerade eine Schüssel Cornflakes gelöffelt, als es an die Tür klopfte. Sie öffnete vorsichtig, denn ihr Vater lag noch immer hinter ihr auf dem Fußboden.

»Was willst du denn hier?«, zischte sie leise durch die Zähne.

»Na ja … dich zur Arbeit abholen wie immer.« Lindsay zog die Schultern hoch. Sein blaues, langärmeliges Hemd war nicht zugeknöpft. Ein viel zu netter Anblick für diese frühe Morgenstunde.

Cathy hatte ihn nicht erwartet. Sie dachte, er würde sich wie alle anderen zurückziehen. Oder wäre zumindest zur Polizei gelaufen. Aber Lindsays Ausdruck war überhaupt nicht wertend. Er wirkte einfach nur müde und besorgt. Aus unerfindlichem Grund stieg mit einem Mal Ärger in ihr auf. Wollte sie damit ihre Scham über das, was er gesehen hatte, verbergen?

»Okay«, sagte sie. Sie packte ihre Sachen und folgte ihm zu seinem Pick-up.

Während der Fahrt herrschte größtenteils beharrliches Schweigen, denn beide dachten an das, was geschehen war, wollten jedoch nicht darüber sprechen. Cathy wollte nicht, dass er eine große Sache daraus machte. Er machte ein paarmal den Versuch, etwas zu sagen, blieb dann jedoch stumm.

Erst als sie vor dem Scherstall geparkt hatten und ihre Sachen zusammensammelten, fanden sie ihre Sprache wieder. Lindsay hielt ihr ihre Wasserflasche hin, ohne sie jedoch loszulassen, als sie danach griff. Sie fühlte seinen Blick auf sich gerichtet, der ihre Aufmerksamkeit forderte. Schließlich blickte sie auf und sah in seine hellblauen Augen, die dunkler als sonst wirkten und von einer Entschlossenheit zeugten, die sie verunsicherte.

»Ich bin da, falls du mich brauchst, okay?«, sagte er.

Sie erkannte Mitgefühl und seinen Wunsch, sie zu beschützen, und spürte einen Stich in der Magengrube. Sie konnte nur nicken und sich nicht losreißen von den Untiefen dieser blauen Augen. Sie hatte das Gefühl, als öffnete er ihr seine Seele. Als er schließlich den Blick abwandte, fühlte sie sich beinahe einsam und verlassen. Seite an Seite gingen sie dennoch zum Scherstall, und ihre Stiefel knirschten im Staub. Im Inneren des Schuppens trennten sich ihre Wege.

Es dauerte nicht lange, und Irene gesellte sich zu Cathy, die mit leiser Stimme erzählte, was am Vorabend geschehen war.

»Das ist einfach nicht fair«, bemerkte Irene mit belegter Stimme. »Und Lindsay hat es auch gesehen?«

»Ja. Vermutlich hält er uns alle für verrückt.«

Irenes Blick fiel auf Cathys Hand. »Mein Gott, geht das auf das Konto deines Dads?« Sie begutachtete die wunden und geschwollenen Knöchel.

»Nein. Ich habe ihm einen Haken verpasst, ich war so verdammt wütend.« Cathy schluckte schwer und wandte das Gesicht ab. Dann lächelte sie Irene flüchtig zu. »Das Leben ist wie eine Pralinenschachtel. Man weiß nie, was man bekommt.«

»Du bist eine bessere Frau als die meisten, CJ. Wir sprechen uns später«, schloss Irene und lief davon, um einen Schaber zu holen.

Cathy war für den Frieden dankbar. Die lärmende Geräuschkulisse im Scherstall mit dem Surren der Handstücke, dem Schmatzen der Wollpresse und den dröhnenden Bässen aus dem CD-Spieler übten eine beruhigende Wirkung auf sie aus. Es waren die Geräusche, die sie liebte, und es ging ihr noch besser, als das erste Vlies auf dem Wolltisch landete und sie ihre Finger in die warme, weiche Wolle versenken konnte. Sie stürzte sich in die Arbeit, glücklich über die Ablenkung, die die endlose Zahl der Vliese bringen würde.

An diesem Nachmittag bog Lindsay in die Auffahrt zu CJs Haus ein. Die warme Luft hatte winzige Mücken aufgescheucht. Statt weiterzufahren, schaltete er den Motor des Pick-ups aus und öffnete die Fahrertür.

»Was hast du vor?«

»Ich habe mein Handy gestern hier vergessen. Ist es okay, wenn ich reinkomme und es hole?«

Die deprimierende Szene des Vortages hatte ihm zugesetzt. Zu erfahren, dass Tom betrunken seine Tochter geschlagen hatte, war schlimm genug, aber selbst Zeuge zu werden, wie er eine Frau, wie er Dot schlug, hatte ihn in seinen Grundfesten erschüttert. Sein Vater mochte ein Ärgernis sein, aber er würde niemals die Hand gegen eine Frau erheben. Am liebsten hätte er Tom mit einer Geraden niedergestreckt, doch CJ war ihm buchstäblich zuvorgekommen. Kein Wunder, dass ihre Hand wund und geschwollen war. Er hätte am liebsten die Polizei geholt, hatte dann jedoch davon abgesehen, um ihr nicht noch mehr Probleme zu bereiten. Vermutlich konnte sie auf seine Einmischung verzichten.

Er sah jetzt die nackte Angst in ihrem Blick und die Zerbrechlichkeit, die sie so energisch zu verbergen versuchte. Dann nickte sie, und sie gingen zusammen ins Haus. CJ verschwand in der Küche, um nach ihrer Mutter zu sehen. Lindsay ging lautlos an Tom vorbei, der auf der Couch saß und fernsah, und nahm sein Handy vom Beistelltisch.

»Wer bist du?«, fragte Tom.

Lindsay hatte sich eigentlich vorgenommen, ihn zu ignorieren, doch dann setzte er sich auf die Sofalehne.

»Ein Freund von CJ, der sich um sie und ihre Mutter Sorgen macht.«

Tom zuckte. Seine blutunterlaufenen Augen versanken noch tiefer in den Höhlen.

»Dot ist Ihre Frau, die Frau, der Sie versprochen haben, sie zu lieben und zu schützen … und das alles auch noch vor CJ …« Lindsay ballte die Fäuste. »Auch wenn Sie unter Schmerzen leiden, können Sie das nicht an denen auslassen, die Sie lieben sollten. Vielleicht sollte ich Sie daran erinnern, was für eine großartige Tochter Sie haben. Und Sie werfen das alles einfach weg. Denken Sie mal darüber nach«, schloss Lindsay ruhig, bevor er aufstand und in die Küche ging.

»Hallo, Mrs. Wishart«, sagte er, als er sie am Tisch sitzen sah. Dot versuchte ihr Gesicht zu verbergen, und da er ihr die Peinlichkeit ersparen wollte, trat er hastig wieder den Rückweg an. »Ich habe mein Handy, CJ, und bin dann weg.«

CJ folgte ihm hinaus bis zu seinem Pick-up, als er plötzlich ihre Hände auf seinen Armen fühlte. Er drehte sich um, und ihre Hände glitten ab. Er wünschte, sie hätte sie dort gelassen. Sie trat unruhig von einem Bein aufs andere, und er versuchte, ihre Gedanken zu erraten, als sie ihn mit ihren dunkelblauen Augen fixierte.

»Was du da drin gerade getan hast, das war verdammt nett …« Sie starrte auf ihre Schuhspitzen. »… aber sinnlos. Damit änderst du ihn nicht. Ich hab's versucht.«

Lindsay wartete, bis sie aufblickte. »CJ, es ist kaum zu übersehen, wie sehr es dich verletzt. Du musst nicht immer Stärke zeigen und versuchen, deine Gefühle zu verbergen. Warum tust du so, als wolltest du die Last der Welt auf deinen Schultern tragen? Wird's dir nicht mal zu schwer?«, wollte er leise wissen. Ihre Tränen bewiesen, wie verzweifelt sie war, was sich in ihr aufgestaut hatte. Ohne nachzudenken, zog er sie eng an sich und legte die Arme um sie. Er fühlte, wie sie ihre Arme fest um ihn schlang, und musste unwillkürlich lächeln. Doch im nächsten Moment wich sie zurück. Sie klappte ihr schützende Visier wieder herunter, der Augenblick war vorbei.

»Danke. Wir sehen uns morgen, ja?«

Sie winkte ihm zu und lief ins Haus zurück. Er wünschte sich nichts mehr, als ihr helfen zu können.

Eine ganze Weile, nachdem sie die Tür hinter sich geschlossen hatte, stieg er in sein Auto und fuhr nach Hause. Er dachte auf der Fahrt an sie, erinnerte sich, wie sie sich in seinen Armen angefühlt hatte und wie sie sich ihm geöffnet hatte, auch wenn es nur für Sekunden gewesen war.

Kapitel 12

Am Freitagnachmittag sprangen Lindsay und Cathy in Lindsays Land Cruiser und ließen so schnell wie möglich den Scherstall hinter sich. Sie wollten die Schafe eintreiben, bevor es zu dunkel wurde, und Lindsay freute sich bereits darauf, ihr alles zu zeigen. Auf der Fahrt lachten sie über den Streich, den Dave Lindsay am Morgen gespielt hatte. Als er gekommen war und seine Schermokassins anziehen wollte, musste er feststellen, dass jemand sie auf dem Fußboden festgenagelt hatte. Es dauerte eine Weile, bis Lindsay es schaffte, die Nägel herauszuziehen, ohne seine Arbeitsschuhe zu beschädigen. In der Zwischenzeit hatten die anderen längst mit dem Scheren begonnen. Aber genau das war natürlich Daves Absicht gewesen: den schnellsten Scherer auf diese Weise auszumanövrieren. Lindsay fand bald heraus, dass Dave dahintersteckte. Der große Mann konnte sich ein hämisches Grinsen nicht verkneifen und kicherte vor sich hin, während er Lindsay dabei beobachtete, wie er sich abmühte, die Nägel herauszuziehen. Aber Lindsay rächte sich, indem er Dave trotzdem den Rang ablief und den Schergang mit einem Vorsprung von zehn geschorenen Schafen vor ihm beendete. Es war alles ein großer Spaß gewesen, und Cathy begriff schnell, dass Lindsay Humor hatte. Hätte jemand Marty so übel mitgespielt, wäre die Sache anders ausgegangen. Sicher wäre er mit dem

Schergerät auf denjenigen losgegangen, in der Absicht, ihm ein Ohr abzuschneiden.

»CJ, du musst mir helfen, das Dave heimzuzahlen«, sagte Lindsay, als er den Pick-up über die Schotterstraße lenkte.

»Hm, da fällt uns bestimmt was ein.« Cathy war froh, dass sie zu einem lockeren Umgangston zurückgefunden hatten und ihr Vater vergessen schien. Sie mochte es, wenn Lindsay zu Späßen aufgelegt war. Sie war gut gelaunt, denn es war Freitag, und sie war vor ihrem ersten Unterricht am folgenden Tag voll rastlosem Tatendrang.

Cathy starrte aus dem Fenster und sah, wie das Sonnenlicht durch die hohen Eukalyptusbäume flimmerte. Ihr Blick fiel auf einen Pick-up, der am Straßenrand parkte, und sie erkannte den alten roten Toyota und Scabs, den Hund, auf der Ladepritsche. Der arme Burt versuchte, einen Reifen zu wechseln. Lindsay war bereits vom Gas gegangen und hielt an. Sam begann beim Anblick seines alten Freundes Scabs laut zu bellen.

»Hallo, Burt. Lass mich das mal machen«, erbot sich Lindsay, stieg aus und packte den Ersatzreifen.

Cathy blieb abrupt stehen und sah befremdet von Burt zu Lindsay.

Burt stand unsicher auf und gab Lindsay den Wagenheber. »Tu dir keinen Zwang an, Kumpel. Diese verdammte Radmutter ist sonst mein Sargnagel.«

Cathy schüttelte den Kopf. »Ihr kennt euch?« Und seit wann, überlegte sie, ließ Burt jemanden an seine Sachen?

»Hey, CJ!« Burt kam zu ihr und gab ihr einen Kuss auf die Stirn. Cathy merkte, dass Lindsay die zärtliche Begrüßung interessiert verfolgte. »Natürlich. Lindsay hat mein altes Farmhaus gemietet. Ich hatte auch keine Ahnung, dass ihr beide euch kennt.« Burt lehnte sich gegen Lindsays Frontschutzbügel.

Cathy beobachtete noch immer leicht verwirrt, wie Lindsay schnell und scheinbar spielend den Reifen wechselte. Mit seinen großen Händen sah es aus, als setze er ein Legoauto zusammen. Er blickte neugierig zu Cathy auf, und sie registrierte erneut betroffen, wie gut er aussah. Und erst dieses unglaublich freche Grinsen! Sie war versucht, seinen einladenden Mund zu küssen.

»Was habt ihr beide eigentlich vor?«, fragte Burt.

Lindsay stand auf. »Sie ist die Rousie, aus der ich einen Scherer machen will. Wir sind auf dem Weg, ein paar Schafe für morgen in den Scherstall zu treiben.«

Burt kratzte sich die trockene, faltige Haut an seinem Arm. »Dann hast du die ganze Zeit von CJ geredet?« Burt warf Cathy einen Blick zu, die Augen vor Bewunderung geweitet. »Heiliger Strohsack! Eine bessere Schülerin hättest du nicht finden können. Sie ist erste Sahne. Lernt, als wär's nix«, fügte er hinzu und schnippte mit den Fingern. Er warf sich stolz in die Brust.

Cathy fühlte, wie ihr die Röte heiß ins Gesicht stieg, starrte zu Boden und trat mit der Schuhspitze gegen einen Stein.

»Okay, kommt mit, ihr beiden Grünschnäbel! Ich helfe euch. Danke fürs Reifenwechseln«, sagte Burt und warf den defekten Reifen auf die Ladefläche des Pick-ups.

»Du musst den Reifen reparieren lassen, Burt. Dein Ersatzreifen ist nämlich auch schon fast schrottreif«, warnte Lindsay.

Burt machte eine wegwerfende Handbewegung und kletterte in seine rostige Klapperkiste.

Cathy stieg in den Land Cruiser und wandte sich an Lindsay. »Er ist ein alter Knauserer«, lachte sie.

»Dann kennst du ihn also recht gut? Ich habe ihn eigentlich für einen Einsiedler gehalten.«

»Ist er auch. Im Grunde hat er nur mich. Die Leute halten ihn für ein bisschen verdreht, aber ich mag ihn verdammt gern. Er arbeitet mit allen erdenklichen Tricks, aber im Grunde ist er ein Softie.«

»Ja, das wird mir allmählich klar. Und es macht die Sache noch einfacher – weil Burt nichts dagegen hat, dass wir seinen Scherstall nutzen. Und ich habe ein Ersatz-Schergerät, mit dem du üben kannst. Jetzt haben wir eine Sorge weniger.«

Cathy betrachtete Scabs, der fröhlich auf der Pritsche von Burts Pick-up saß, dem sie hinterherfuhren. »Danke für alles, Lindsay. Ich hoffe, ich kann das irgendwann mal wiedergutmachen.«

Cathy fing für einen Moment seinen Blick auf. Es waren nur Sekundenbruchteile, doch sie fühlten sich an wie Minuten.

Die Sonne ging hinter Cathy unter, während sie eine kleine Horde Schafe zu Fuß vor sich hertrieb. Sie warf einen Blick zurück, blinzelte in das schwindende Licht und konnte nur die dunklen Silhouetten von Lindsay und Burt erkennen. Staub wirbelte unter den Hufen der Schafe auf, und gelbe und orangefarbene Glut überzog den Horizont im Hintergrund. Ein fantastisches Bild, dachte Cathy: Burts gebeugte Körperform neben Lindsays großer und muskulöser Gestalt. Sie hatte nie erlebt, dass Burt sich von jemandem so eingenommen gezeigt hatte wie von Lindsay. Sie war ein wenig eifersüchtig und doch froh, dass Lindsay die guten Seiten in Burt weckte.

Sie überließ es Sam, die Herde die letzten Meter in die Pferche zu treiben, und wartete, bis die beiden Männer sie einholten.

Burt kam mit schleppenden Schritten auf sie zu, wie üblich den breitkrempigen Schlapphut auf dem Kopf, und tätschelte ihre Schulter.

Er deutete mit dem Kinn in Richtung Lindsay. »Ich mag den Burschen, CJ. Er hat wenigstens keine gequirlte Scheiße im Hirn.«

Lindsay grinste, und Cathy bewunderte unwillkürlich das goldene Licht der untergehenden Sonne auf seinen markanten Zügen.

»Was hast du nur mit ihm gemacht, Lindsay? Hast du ihn etwa mit einem Fass Scotch bestochen?«, sagte sie und lachte.

Burt spitzte die Ohren. »Hast du Scotch gesagt? Großartige Idee. Kommt ihr Grünschnäbel noch auf einen Schluck mit ins Haus?«

Cathy verdrehte die Augen und sah Lindsay fragend an.

»Keine schlechte Idee, Burt«, sagte Lindsay. »Oder musst du nach Hause, CJ?«

Einerseits fühlte Cathy sich verpflichtet, nach Hause zu fahren, um nach Tom und ihrer Mutter zu sehen, aber eine fremde, neue Cathy hatte den Nachmittag mit den beiden so sehr genossen, dass sie bleiben und den beiden zuhören wollte, wie sie von der Schafschur und den guten alten Zeiten erzählten.

»Ach was. Vergiss es. Wo hast du den Scotch versteckt, Burt?«

Burts Lachen kam wie ein Grollen aus der Tiefe seines Bauches. Er nahm Cathy in die Arme.

»Das ist ganz meine CJ! Los, bringt die Schafe in den Scherschuppen! Ich muss mal für große Jungs. Dann erwarte ich euch mit ein paar wohlverdienten Drinks im Haus.«

»Charmant!«, sagte Cathy amüsiert.

Eine Stunde später saßen sie um den Küchentisch aus Jarrah-Holz und hatten ihr zweites Glas Whisky-Cola schon fast geleert. Cathy prüfte nachdenklich den Coca-Cola-Anteil in ihrem Glas, denn ihr Drink schmeckte wesentlich stärker als der erste.

Burt redete sich bei seinen Geschichten über das Schafscheren immer mehr in Rage. Er lehnte sich zurück, sein Holzstuhl ächzte, und er gestikulierte wild.

»An diesem einen Morgen haben sie den Motor unter dem Vorwand ausgeschaltet, Benzin auffüllen zu müssen, und das nur wenige Minuten vor Beginn, aber der Übeltäter hatte ihn schon kurzgeschlossen, und der Motor sprang wieder an. Dadurch haben die Gelenkwellen überdreht, und sämtliche Handstücke und Antriebsriemen sind durch die Gegend geflogen. Das Chaos war komplett.

Und dann war da der Farmer, der einen Wettkampf im Vlies-Werfen mit den Rousies inszeniert hat. Er hatte gesehen, wie einer der Scherer auf dem letzten Schurstand anfing, ein völlig verfilztes Vlies abzuscheren. War so verklebt das gute Stück, dass auch ein Blinder mit dem Krückstock den Wolltisch damit hätte treffen können. Der Farmer jedenfalls ist losgerannt, um sich das Ding zu schnappen. Aber in dem Moment hat sich Dodgy weit vorgebeugt, um den letzten langen Zug zu landen. Der Farmer hat Dodgy mit dem Knie erwischt und k. o. geschlagen. Den armen Dodgy mussten sie wegtragen, damit er wieder zu sich kommen konnte, und der Farmer musste den Scherdurchgang für ihn beenden. Hinterher gab's großes Palaver um die Anzahl der Bierkisten, die der Farmer berappen musste, um seinen Frieden mit Dodgy zu machen.«

Cathy hatte Mühe, Burts Erzählungen zu folgen, der immer aufgeregter wurde – aber allein die Art, wie er erzählte, war unglaublich unterhaltsam.

Beim dritten Glas begann Lindsay, von der Farm seiner Familie und der Enttäuschung zu erzählen, die er für seinen Vater darstellte, weil er Schafscherer und kein Farmer sein wollte. Cathy las die Qual in seinen Augen bei der Erinnerung daran und vermutete, dass das nicht alles war. Sie fragte sich, ob er ihr je anvertrauen würde, wovor er tatsächlich weggelaufen war.

»James würde dir gefallen«, sagte Lindsay. »Wir sind mal auf Kängurujagd gewesen, hatten ein Tier vor einem Weidezaun in die Enge getrieben, da ist James mit einem Satz hingesprungen und hat es am Schwanz gepackt. Das Känguru hat versucht wegzuspringen, und James ist mit ihm auf und ab gehopst wie ein Jojo. Dabei hat er geschrien: ›Verdammt, was soll ich jetzt mit dem Vieh machen?‹ Wir haben uns halb totgelacht.«

»Kann ich diesen Bruder vielleicht mal kennenlernen?«, erkundigte sich Cathy.

Lindsay schüttelte bedächtig den Kopf. »James lasse ich nicht mal in deine Nähe. Er vernascht dich zum Frühstück.«

Sie kicherte. »Ich kann ganz gut auf mich aufpassen.«

Lindsay sagte einen Moment nichts, dann lachte er so

laut auf, dass er sich beinahe an seinem Scotch verschluckt hätte.

»Das kann man wohl sagen. Hey, Burt – hat sie dir je erzählt, wie sie Marty ihr Knie in seine kostbaren Weichteile gestoßen hat?« Daraufhin rollte Lindsay die Geschichte wieder auf. »Ich habe selten jemand so bewundert wie dich an jenem Abend«, fügte er hinzu, nachdem er geendet hatte.

Cathy hatte das Gefühl, dass er das nie gesagt hätte, hätte der Scotch ihm nicht die Zunge gelöst.

Burt räusperte sich und begann mit theatralischer Pose zu deklamieren:

Pilbara hat das Eisenerz,
das Great Barrier Reef den Korallenschatz,
die Schaffarmer haben Schlafsäcke als Betten,
die schneeweißen Vliese in den Schurstätten.

»Die Strophe erinnert mich an dich, CJ, wie du in den Scherställen stehst und tagein, tagaus die schneeweißen Vliese klassierst.«

Lindsay drängte Burt, noch mehr alte Gedichte aufzusagen, während Cathy sich wohlig entspannt zurücklehnte.

Es war Jahre her, seit sie ihre eiserne Zurückhaltung aufgegeben und sich so gut unterhalten hatte. Sie konnte sich nicht erinnern, wann sie das letzte Mal so beschwipst und glücklich gewesen war. Als sie auf die Uhr sah, stellte sie erstaunt fest, dass es mittlerweile fast Mitternacht geworden war.

Lindsay hatte offenbar ihren Schreck bemerkt. »Soll ich dich in die Stadt zurückbringen?«, fragte er.

Sie standen beide so abrupt auf, dass die Stühle über den Holzboden schrappten. Cathy schwankte leicht, und Lindsay legte den Arm um ihre Taille.

»Burt, wie stark hast du diese Dwinks – ich meine diese Drinks – gemacht?«, verbesserte sie sich zwischen zwei Lachanfällen.

»Einen Spritzer Coke auf einen Schuss Scotch, genau so, wie sie mein Großvater gemixt hat«, antwortete Burt.

»Schätze, in diesem Fall kriegen wir dich doch nicht nach Hause«, sagte Lindsay.

»Ist auch nicht nötig. Du kannst über Nacht hierbleiben. Das Gästezimmer ist immer für dich bereit, CJ. Ich rufe Dot an und sag Bescheid. Sie müsste mittlerweile von der Arbeit zu Hause sein, oder?«

»Gut. Danke, Burt.« Cathy war nicht in der Stimmung, mit Dot zu sprechen, für den Fall, dass Tom sich danebenbenahm. Dieses eine Mal wollte sie nichts davon wissen.

Lindsay stand wieder auf und schüttelte Burt die Hand. »Danke für den großartigen Gutenachttrunk, Kumpel. Verdammt nett, dass wir deinen Scherstall und alles benutzen können.«

»Keine Ursache. Nehmt und benutzt alles, was ihr braucht. Sie ist meine Familie, dieses Mädchen.«

Burt warf Cathy einen Blick zu, dann ging er aufrecht den Korridor entlang zum Telefon.

»Donnerwetter! Er verträgt den Schnaps besser als wir. Muss das jahrelange Training sein«, sagte sie. »Komm schon. Ich geh mit dir raus.«

»Du meinst wohl, du schwankst raus, was?« Lindsay lachte.

Gemeinsam gingen sie zur Hintertür. Lindsay hielt sie für

Cathy auf, und sie konnte nichts gegen das Herzflattern tun, als er ihr Lächeln erwiderte. Sie versenkte ihren Blick in seinen graublauen Augen und erkannte Verlockung in ihnen – zumindest hoffte sie, dass sie den Ausdruck richtig deutete. Sie machte einen Schritt vorwärts, aber ihr Fuß trat ins Leere, und sie stolperte die Verandastufen hinunter. Zum Glück fing Lindsay sie mit einem Griff um ihre Taille auf, sodass sie das Gleichgewicht wiederfand, während sein starker Arm sie unerwartet eng an sich gepresst hielt. Ein köstliches Gefühl durchflutete sie wie heiße, flüssige Schokolade über kalter Eiscreme. Sie folgten dem Lichtschein der Veranda zu seinem Pick-up. Zu ihrer Freude hielt er sie weiterhin in seinem Arm.

»Muss doch dafür sorgen, dass sich meine Schülerin nicht verletzt, stimmt's?«, rechtfertigte er sich.

Vor dem Wagen blieben sie stehen, seitlich aneinandergeschmiegt. Ihr Arm glitt um seine Mitte. War es nur eine freundschaftliche Umarmung oder bedeutete es mehr? Aber ihr Verstand war viel zu schwammig, um den Gedanken zu Ende zu denken.

»Es hat mir gefallen, dich so entspannt und vergnügt zu sehen. Du bist sehr unterhaltsam, wenn du nicht so ernst bist.« Er musterte sie. Er wusste, dass er nun vermutlich seinen Arm wegnehmen sollte, denn sie hatte klargemacht, dass sie an Männern oder Beziehungen nicht interessiert war. Er wollte das, was sie verband, nicht zerstören. Ein warmes Prickeln lief über seinen Rücken, und er fragte sich, wie viel davon Burts Scotch geschuldet war und wie viel ihrer Nähe, ihren weiblichen Formen und ihrem betäubenden, erdigen Duft. Sie sah zu ihm auf, ein Lachen umspielte ihre Augenwinkel, und sein Atem stockte unter der Intensität ihres Blicks. Er hatte das Gefühl, als stünden sie Stunden so nebeneinander, beobachteten sich und wurden sich der unsichtbaren elektrischen Spannung zwischen ihnen bewusst. Ihre Hand streichelte unbewusst über seinen Rücken, und das erregte ihn. Verdammt. Er musste sich verabschieden, bevor es zu offensichtlich wurde. Langsam löste er seine Hand von ihrer Taille und strich eine Haarsträhne aus ihrer Stirn, bevor er ihre zarte Haut küsste. Für ihn war es in diesem Moment das Richtige, ein natürlicher Instinkt. Er stieg in seinen Geländewagen, unfähig, sich von ihr zu verabschieden.

Eine nächtliche Brise verfing sich in ihrem Haar, blies es um ihr Gesicht, und ihm war klar, dass er in dieser Nacht von ihr träumen würde.

Sie hob die Hand und winkte ihm zu. »Bis morgen um sieben, ja?«

»Bis sieben«, krächzte er, als er seine Stimme wiederfand.

Er startete den Motor und fuhr langsam zu Burts altem Farmhaus, zwei Weiden weiter nördlich.

Die Gefühle, die sie bei ihm entfachte, die Art, wie sein Körper auf ihre Nähe reagierte, beschäftigten ihn. Er hatte lange nicht mehr so empfunden. Einmal hatte er geglaubt, sein Glück gefunden zu haben, bei Tanya, seiner früheren Freundin, die er heiraten wollte. In Wirklichkeit war sie nur diejenige gewesen, von der seine Mum sich gewünscht hatte, dass er sie heiratete. Irgendwann war ihm das klar geworden. Und seither hatte er nie wieder solche Gefühle für eine Frau gehabt. Bei CJ war das anders. Sie war so ein bewundernswerter Mensch und wurde mit weitaus größeren Problemen fertig, als was man anzog und wann man zum Friseur ging.

Er konnte sich kaum vorstellen, wie hart ihr Alltagsleben seit dem Unfall des Vaters gewesen war. Wie sie sich durchgebissen und die Familie zusammengehalten hatte. Und wie sie mit Marty fertiggeworden war! Verdammt, sie hatte Mut! Er hatte die Angst in ihren Augen gesehen, aber sie kämpfte entschlossen dagegen an, und ausgerechnet diese Entschlossenheit hielt ihn in ihrem Bann. Sie ließ sich von nichts und niemandem unterkriegen.

Und sie liebte die Arbeit in den Scherställen ebenso sehr wie er.

Kapitel 13

Es war sechs Uhr morgens und die Luft kühl und frisch. Cathy kletterte aus Burts altem Pick-up und ging zu ihrer Hütte und in ihr Zimmer. Sie griff sich ein sauberes Scherhemd mit dem Aufdruck »Doug Taylors Shearing Team«, weiß auf schwarzem Grund, und eine frisch gewaschene Arbeitshose. Dann lief sie ins Haus, um schnell zu duschen, leicht benommen vor nervöser Erwartung. Die Vorstellung, scheren zu lernen!

Sie wusste, dass sie sich eine Menge Spott und Nackenschläge bei den Jungs einhandeln würde, aber sie war darauf vorbereitet. Sie wusch sich so schnell sie konnte, zog sich an und trug Deodorant auf. Er würde ihr an diesem Tag sehr nahe sein. Dann huschte sie zu einem hastigen Frühstück in die Küche und fragte sich, wie ihre Mutter wohl darauf reagierte, dass sie gestern Abend nicht nach Hause gekommen war.

Dot war auf und tappte in einem blassblauen Baumwollnachthemd mit einer schmalen Rüsche unter dem Brustansatz durch die Küche. Sie hatte bereits zwei Scheiben Toast in den Toaster gesteckt.

»Morgen, Mum«, sagte Cathy.

»Morgen, Liebes. Wie war der Abend bei Burt?«

Cathy konnte keinerlei Schärfe aus der Frage heraushören und entspannte sich etwas. »Prima. Wir hatten eine kleine Party. Wie war Dad gestern Abend?« Die Frage kostete sie Überwindung.

Dot drehte sich um und lächelte. Es war etwas gezwungen, so als wisse sie nicht recht, wie man richtig lächelte, denn es erreichte ihre Augen nicht. Das Haar umgab ihr Gesicht wie ein riesiges Nest.

»Keine Probleme. Toast?«, fragte sie.

Cathy nickte.

»Und was hast du heute vor?«, fragte Dot und deutete auf Cathys Arbeitskleidung.

Cathy setzte sich auf den roten Stuhl, dessen Plastikbezug in der Mitte gerissen war. »Ich fahre wieder zu Burts Farm raus.« Sie beobachtete die Miene der Mutter, gespannt auf ihre Reaktion. Sie blieb unbewegt. »Lindsay will mir das Scheren beibringen; ich schätze, dass ich an den Wochenenden eine Zeit lang kaum zu Hause sein werde. Ich hoffe, das ist okay. Falls du Probleme hast, ruf einfach an. Dann komme ich sofort nach Hause. In Ordnung?«

Dot reichte Cathy ihren gebutterten Toast mit Vegemite, einem pflanzlichen Hefeaufstrich, und setzte sich an den Tisch. »Alles bestens, Catherine.«

Sie zuckte bei ihrem korrekten Vornamen zusammen. Allein ihre Mutter benutzte ihn noch von Zeit zu Zeit.

»Wenn ich wirklich gut werde, Mum, dann bedeutet das mehr Geld. Vielleicht können wir was für eine kleine Reise zur Seite legen. Nur wir beide, irgendwohin, was meinst du? Wir könnten jemanden bezahlen, der auf Dad aufpasst.« Vermutlich hätte sie anstelle der Mutter ebenso gut versuchen können, die Wand zu überzeugen, aber es klang wenigstens gut. Sie entdeckte ein Flackern in Dots Augen. Es war minimal, aber dennoch ein Hoffnungsschimmer.

»Wenn du es für das Beste hältst. Aber Scheren ist Männersache, Liebes. Glaubst du wirklich, dass du das schaffst?«

»Mum, ich arbeite seit zehn Jahren mit den Kerlen in den Scherställen. Natürlich wird der Job anstrengender, und sie werden es mir nicht leicht machen. Aber Dad hat mich dazu erzogen, hart zu sein.« Cathy warf einen Blick auf die Uhr. Halb sieben. Zeit, sich auf den Weg zu machen. Sie stand auf und berührte Dots Schulter. »Ich mach mir Sorgen um dich, Mum. Ich weiß, es ist dir lieber, wenn ich bei dir bin.«

»Schon, aber du hast ein Recht auf dein eigenes Leben. Wir kommen zurecht. Es hat immer funktioniert. Pass nur gut auf dich auf.« Dots Stimme war schwach und brüchig. Sie klang eher wie eine Achtzigjährige als wie eine Frau in den Fünfzigern.

»Ja, mach ich«, antwortete Cathy und ging zur Tür. Sie konnte es an diesem Morgen kaum erwarten, zu Lindsay zu kommen. Er hatte sie die ganze Nacht in ihren Träumen verfolgt. Am Vorabend hätte sie ihn gerne geküsst – das Verlangen war stark gewesen, doch sie hatte widerstanden. Sie wollte die dynamische Arbeitsatmosphäre zwischen ihnen ebenso wenig zerstören wie ihre Männer-sind-tabu-Regel aufgeben. Doch je eifriger sie versuchte, Lindsay auf platonischer Distanz zu halten, desto häufiger tat er Dinge, die den Wunsch in ihr weckten, ihm näherzukommen.

Lindsay stand neben dem Scherstall, das Gewicht auf dem rechten Fuß, die Hände in die Hüften gestemmt. Er trug, wie sie, das schwarze Hemd des Scherteams und eine Arbeitshose. An ihm sah es verdammt sexy aus. Sie lief beschwingt auf ihn zu und lachte, als er angesichts ihrer offensichtlichen Aufregung grinste.

»Bist du bereit? Mit dem Kopf alles in Ordnung?«, fragte Lindsay.

»Ja. Und was ist mit dir?«

»Mir geht's bestens. Gestern ist gestern, heute ist heute.« Cathy grinste aufgeregt wie ein kleines Mädchen. »Stimmt. Packen wir's an!«

Lindsay führte sie durch die breite Schiebetüre des alten, rostigen Scherschuppens aus Wellblech. Er hatte sein Schergerät bereits für sie neben dem ersten Schurplatz installiert. Der Wartepferch dahinter war voller Schafe, und er hörte ihre Hufe gegen die hölzerne Trennwand schlagen.

»Hier ist dein Handstück. Nimm es in die Hand und gewöhne dich an das Gefühl.« Er sah zu, wie sie das Gerät in der Hand hielt und hin und her drehte. »Ich zeige dir, wie man die Kammplatte und die Zähne des Scherkopfs säubert, und anschließend kannst du die Schmierpunkte ölen. Die Stangengelenkwelle kennst du ja schon.« Lindsay hielt die lange Stange in der Hand, die den Motor mit dem Handstück verband und die Motorleistung übertrug. »Die Namen der einzelnen Teile behandeln wir im theoretischen Unterricht.«

Während er ihr das Handstück erklärte, beobachtete er sie genau und war von ihrer Aufmerksamkeit für jedes Detail beeindruckt. Sie hatte eine schnelle Auffassungsgabe, gesunden Menschenverstand und Eigeninitiative, mit anderen Worten: Sie lernte schnell. Nachdem sie mit dem Ölen fertig war, reichte er ihr einige lose Blätter, die alt und abgenutzt aussahen. »Die darin beschriebenen Übungen sind ein Muss! Scheren ist Knochenarbeit, und darum ist ein methodischer Ablauf der Schur nötig, besonders wenn man eine Frau ist.« Lindsay hob abwehrend die Hände. »Das war nicht abwertend gemeint – Frauen und Männer haben einen unterschiedlichen Körperbau.« Verdammt, sie war fitter als die Hälfte der männlichen Scherer, die er kannte, aber Männer waren schon aufgrund ihres Körperbaus kräftiger.

Cathy zog die Augenbrauen hoch und deutete auf den Stapel bedruckter Blätter. »Die haben auch schon bessere Zeiten gesehen.«

»Weiß ich. Ich habe sie überallhin mitgeschleppt, bis ich die Technik im Schlaf beherrscht habe. Jetzt gehören sie dir.«

»Danke … fürs Erste.«

»Zum Aufwärmen fangen wir mit ein paar Lockerungsübungen an, okay?«

Cathy folgte jeder seiner Bewegungen. Lindsay sah, wie gelenkig sie war und dass sie mit den Fingerspitzen spielend an die Zehen gelangte.

»Also gut, hol dir dein erstes Versuchskaninchen raus.«

Cathy zog ein Mutterschaf mit Leichtigkeit aus dem Pferch und durch die Schwingtüre zum Scherstand. Er wusste, dass sie durch ihre Tätigkeit als Rousie darin Erfahrung haben musste.

»Also, das Abscheren der Bauchwolle ist eine der wichtigsten Etappen beim Scheren, denn dieser Zug wirkt sich auch auf die anderen Bereiche aus, du bereitest damit die Region am Hals und an den Flanken vor. Entfernst du die Bauchwolle nur unvollständig, hast du bei den anderen Partien mehr Arbeit.« Lindsay beugte sich zu ihr und legte sich das Hinterteil des Schafes zurecht. Er berührte Cathys Bein, während er redete, und zeigte ihr die richtige Fußstellung. »Also, du setzt oben an der Brust an, stößt den Scherkamm flach über der Haut durchs Fell und hältst dabei mit deiner freien Hand die Haut straff.« Er umfasste kurz ihre Hand, um ihr zu helfen, den erforderlichen Druck auszuüben, trat dann zurück und sah zu. Sie bewegte sich wie ein Scherer – keine Überraschung, nachdem sie diese über die Jahre hinweg beobachtet hatte.

Als die Bauchwolle abgeworfen war, nahm Lindsay ihr das Schaf ab und brachte es in den Wartepferch, der dem Stand am nächsten lag.

»Mach weiter! Hol dir ein anderes Tier und scher noch mal die Bauchwolle ab«, sagte er zu Cathy. »Wir scheren heute nur die Bauchwolle, bevor wir zu den inneren Hinterbeinen kommen. Ist das für dich in Ordnung?«

Sie zog an der Schnur, schaltete den Motor aus und legte das Schergerät ab. »Ich mach alles, was du sagst, Boss!«

Es dauerte nicht lange und Burt tauchte auf, um zuzusehen, die Bauchwolle aufzusammeln und die Sortiertonnen aufzustellen. Kurz darauf setzten er und Lindsay sich an die Seite und diskutierten miteinander, während sie Cathys Fortschritte beobachteten. Sie fühlte, wie Schweißperlen auf ihre Stirn traten und das ungewohnte Gewicht des Handstücks ihr Handgelenk belastete. Sie würde heute Abend Schmerzen haben, dennoch war sie euphorisiert. Das Gefühl, wenn der Scherkamm die Wolle von der Haut trennte, war fast so, als wickle man ein Geschenk aus. Es machte süchtig, und sie konnte es kaum erwarten, zu den langen Scherzügen über die Flanken zu kommen. Sie liebte es zu sehen, wie die Scherer einen einzigen langen Zug von unten nach oben ausführten und das Vlies mit einer schnellen Bewegung abwarfen.

Mist! Sie hatte für einen Moment die Konzentration verloren und den Bauch des Schafs verletzt. Der Schnitt war nicht tief, wäre jedoch vermeidbar gewesen. Sie zog eine Grimasse und schor entschlossen weiter.

Als sie mit dem letzten Schaf fertig war und Lindsay es in den Pferch gebracht hatte, gingen sie zu einem alten Tisch in einer Ecke des Scherstalls. Burt hatte Tee, Kaffee und einen Berg Sandwiches aufgefahren.

Cathy wusch sich am Wasserhahn draußen und ging dann zurück. »Hast du die geschmiert, Burt?«

»Einiges bringe ich noch zustande, weißt du.« Burt nahm seinen alten Schlapphut ab und kratzte sich am kahlen Schädel. »Du hast Talent, junge Dame. Ist nicht zu übersehen. Das Scheren liegt dir. Müssen die Gene sein.«

Burts Worte trieben ihr die Röte in die Wangen. Sie vermutete kurz, er habe das nur gesagt, um sie zu ermutigen. Aber Burt war nicht der Typ, der einem Honig ums Maul schmierte, damit man sich besser fühlte. Burt nahm nie ein Blatt vor den Mund. Er hatte ihr schon mehrfach geraten, zu Hause auszuziehen, um Abstand von Tom zu gewinnen. Und über ihren letzten Freund hatte er geurteilt: »Der ist ein kompletter Idiot, schlimmer als ein schlechter Hund, der Schafe ins Genick beißt, und du hast was Besseres verdient.« Burts Vergleiche waren immer etwas Besonderes.

»Danke, Burt. Ich freue mich, dass du so denkst.«

Sie diskutierten über die Schafe, die sie geschoren hatte, und Lindsay meinte, er könne ihr nur sagen, dass Übung der beste Lehrmeister sei.

»Und übrigens: Der Grund, warum du in die Haut schneidest, ist der feine Kamm im Scherkopf. Wenn du geübt bist, weißt du, welche Scherkämme für deine Technik und deine Schafe die geeignetsten sind. Versuch einfach nur, weniger Druck auszuüben.« Er trank einen Schluck aus seiner Cola-Dose.

Cathy wollte wieder an die Arbeit. Sie war darauf erpicht, alles richtig zu machen. Burt blieb und sah zu, denn offenbar machte ihm das mehr Vergnügen als alles andere, was auf der Farm zu tun war.

Zwei Stunden später beugte sich Burt zu ihr und tupfte ihr mit einem Tuch die Schweißperlen von der Stirn.

»Hey, Mädchen. Du schwitzt mehr als ein Hund in einem Chinarestaurant«, ertönte Burts Reibeisenstimme, gefolgt von Lindsays Gelächter. Cathy konnte sich ein Kichern ebenfalls nicht verkneifen.

Lindsay unterbrach Cathy kurz darauf und zeigte ihr, wie die Stelle zwischen den Hinterbeinen geschoren wird. »Wenn du die Wolle zwischen den Hinterläufen in Angriff nimmst, musst du auf die Zitzen, die Oberschenkelmuskulatur und das Sprunggelenk aufpassen, okay?«

Sie versuchte, seine Anleitungen zu befolgen, und beendete die Tagesarbeit ohne Unfallopfer, Nadel und Faden für den Eventualfall jedoch immer in Reichweite.

Am Ende des Tages war sie völlig erschöpft und nahm durstig die Flasche Bier, die Lindsay ihr reichte. Sie fackelte nicht lange und trank den ersten Schluck, Seite an Seite mit Lindsay, auf den Holzstühlen neben dem Tisch.

»Du hast das heute gut gemacht. Wie fühlst du dich?«, fragte Lindsay.

»Großartig – aber erledigt … Ich habe es genossen. Ich frage mich nur, warum ich das nicht schon früher ausprobiert habe. Vermutlich habe ich nur auf dich gewartet.«

»Komm morgen um vier Uhr zu mir, dann kannst du

zusehen, wie ich die Geräte für die Arbeit vorbereite, und es vielleicht selbst versuchen, wenn du willst.«

»Gerne. Noch mal danke. Hey, eigentlich sollte ich dich dafür bezahlen.«

Er legte die Hand mit leichtem Druck knapp oberhalb des Knies auf ihr Bein. »Ich habe schon lange mit dem Gedanken gespielt, mich als Scherlehrer zu versuchen, und an dir kann ich endlich ausprobieren, ob ich dafür geeignet bin. Du schuldest mir also gar nichts. Okay?« Er gab ihr einen leichten Klaps, bevor er seine Hand wegzog.

»Tja, ich mache mich jetzt am besten auf den Heimweg und sehe nach, wie es an der Heimatfront steht.« Sie lachte, leerte die Flasche Bier und warf sie in die Abfalltonne. Cathy war nervös, begann sich zu fragen, was sie zu Hause erwartete. Es war ein herrlicher Tag gewesen, für ihr Gefühl fast zu schön, um wahr zu sein.

Am folgenden Nachmittag stieg Cathy aus ihrem Pick-up und machte Sam los, damit er eine Runde laufen konnte.

»Na, wie geht's dir heute?«

»Nicht mal so übel.«

»Gut. Dann komm mit.«

Lindsay führte sie über einen mit Rissen überzogenen Asphaltweg zu einem kleinen, aus alten Blechteilen über einem Holzrahmen zusammengebauten Schuppen. Er stand neben dem alten Haus aus Faserzement, das Lindsay gemietet hatte. Cathy war schon oft hier gewesen. Die hellblaue Farbe an der Fassade war verblasst und blätterte ab – die dunkelblauen Fensterrahmen, die sie im vergangenen Jahr mit Joe und Burt frisch gestrichen hatte, ausgenommen. Es war ein hübsches Haus mit vier Schlafzimmern, einer geräumigen Küche und einer Veranda entlang der Rückseite und einer weiteren Seite. Es hatte alles, was man sich für ein schönes Heim wünschen konnte, und sie hatte oft davon geträumt, selbst dort einzuziehen. Wozu es natürlich nie kommen würde.

Als sie in den Schuppen traten, knipste Lindsay das Licht an und ging hinüber in eine der hinteren Ecken, wo er sein Schergerät aufgebaut hatte. »Ich mach's dir heute leicht. Hol dir einen Stuhl und schau einfach zu, wenn du möchtest.«

Cathy war sofort einverstanden. Sie griff sich einen alten Klappstuhl, der an der Wand lehnte, und machte es sich bequem.

Nachdem Lindsay halbwegs fertig war und die Schermesser geschliffen hatte, hielt er inne und wandte sich Cathy zu. Er lachte, als er sie sah. Sie war tief in den Stuhl gesunken, den Kopf an die Rückenlehne gelehnt, und schlief tief und fest. Sie sah entspannt und einfach zauberhaft aus. Die Sorgenfalte auf ihrer Stirn war verschwunden, und er widerstand der Versuchung, die Stelle zu küssen. Vermutlich würde sie ihm einen Kinnhaken verpassen, falls er sich hinreißen ließe. Würde er sich unwiederbringlich einen Korb einhandeln, wenn er den ersten Schritt machte? In Anbetracht dessen, was sie durchgemacht hatte, war das nur allzu wahrscheinlich. Er seufzte tief und begann erneut die Schermesser zu schleifen, hoffte, dass das Geräusch sie weckte.

»Hey, CJ!«, rief er laut, um das schrille Kreischen der Schleifmaschine zu übertönen.

»Was gibt's?«

Er drehte sich um, sah, wie sie sich die Augen rieb, und musste unwillkürlich feixen. »Hast du je bei einem Scherwettbewerb zugesehen?«

»Nein. Warum?«

»Nächstes Wochenende findet das Wagin Woolorama statt, und ich habe mich für den Wettkampf angemeldet. Hast du Lust mitzukommen und mich anzufeuern?«

Cathy sah zu Lindsay auf. Er schien beinahe nervös auf ihre Antwort zu warten. Das machte ihn noch liebenswerter, und ihr Herz geriet aus dem Rhythmus.

»Sehr sogar.«

Lindsays Schultern entspannten sich. »Gut, das freut mich. Doug hat gesagt, dass er vielleicht auch kommt, und sonst habe ich ja niemanden.«

»Was ist mit James? Könnte er nicht kommen?«

»Dafür hat er keine Zeit, aber das ist in Ordnung. Gelegentlich zeige ich Nerven, also lass mich einfach nur reden. Ich fahre dann Samstag schon sehr früh los.«

»Ich werde bereit sein.« Sie stemmte sich aus dem Stuhl und stellte sich neben Lindsay. »Kann ich's auch mal versuchen?«

Lindsay belohnte ihren Eifer mit einem strahlenden Lächeln. »Aber klar doch!« Er machte ihr Platz. Wenn Cathy sich konzentrierte, stand eine steile Falte über ihrer Nasenwurzel. Das sah entzückend aus. »Pass einfach nur auf, dass der Scherkamm nicht von der Schleifscheibe abrutscht – sonst frisst er.« Er ertappte sich dabei, dass er den Blick nicht von ihr wenden konnte, es gefiel ihm, eine neue Sommersprosse bei ihr zu entdecken oder zu merken, dass sie die üblichen Creolen gegen kleine Brillantohrringe ausgetauscht hatte.

Nachdem sie den letzten Scherkamm geschliffen hatte, stellte er das Schleifgerät ab und bedeutete ihr, ihm ins Haus zu folgen.

In der rustikalen Küche nahm Lindsay zwei Flaschen Bier aus dem Kühlschrank und reichte ihr eine davon. Die Küche hatte sich nicht verändert, seit sie das letzte Mal hier gewesen war, um sauber zu machen. Hellgrüne Schränke bedeckten die Wände, und über der Spüle befand sich ein großes Fenster, daneben ein alter Holzofen. Burt hatte neben dem Kühlschrank einen modernen Herd eingebaut, wollte sich jedoch von dem guten alten Stück nicht trennen. Die besten Braten, so fand er, kamen aus diesem Backofen.

Cathy folgte Lindsay in das geräumige Wohnzimmer. Es war spärlich möbliert, enthielt lediglich einen Couchtisch und Stühle. Das Fernsehgerät thronte auf zwei braunen Milchkisten, und in einem kleinen Regalsystem an der Wand standen Fotos und Bücher.

Sie betrachtete ein Foto von Lindsay mit – wie sie vermutete – seinem Bruder. Die beiden hatten jeweils einen Arm um die Schultern des anderen gelegt und hielten in der anderen Hand je einen Fisch.

Sie wandte sich an Lindsay. »Ist das James,?«

Er nickte, und sie nahm das Foto, um es genauer zu betrachten. James war ebenfalls ein ansehnlicher, wenn auch jugendlich unbekümmert wirkender Typ, neben dem Lindsay sehr erwachsen und sexy wirkte, mit beiden Beinen im Leben zu stehen schien. Sie griff nach einem weiteren Familienfoto, das auch die Eltern zeigte. Der Vater sah irgendwie anders aus als Lindsay, hatte dunkles Haar und eine eher gedrungene Figur. James war ihm viel ähnlicher. Allerdings hatten Lindsay und sein Vater dieselbe Kinnpartie. Der Vater wirkte mürrisch und ernst. Cathy fragte sich, ob nur die Kamera daran schuld war oder ob dies sein Charakter war.

»Sag mal, wie alt bist du gewesen, als du zum ersten Mal ein Schergerät in der Hand hattest?«, wollte Cathy wissen und ging zu einem der alten Schaukelstühle. Der abgewetzte braune Plastikbezug war unter einem gemusterten Überwurf verborgen. Sie empfand Lindsays dunkle Stimme als entspannend und hörte sich an, wie er als Achtjähriger von seinem verrückten Onkel zum ersten Mal dazu animiert worden war, ein Lamm zu scheren. Seine Erzählweise war mitreißend und rief Erinnerungen an die Zeit mit ihrem eigenen Vater wach.

»Lebt dieser Onkel noch?«

Lindsay schüttelte den Kopf. »Nein. Er ist vor zwei Jahren gestorben. Eigentlich war er der Onkel meines Vaters, aber wir haben ihn immer Onkel Bug genannt. Ich glaube, er hatte eine Schwäche für mich. Er war kinderlos, hat sein Leben lang als Scherer gearbeitet und hat mich unter seine Fittiche genommen. Ich vermisse ihn sehr. Dad hatte ihm ein Haus auf einer unserer Ländereien vermietet. Ich bin immer mit dem Motorrad zu ihm rausgefahren. Mum hat das gar nicht gern gesehen. Motorräder machten ihr Angst, und außerdem trank Onkel Bug für ihren Geschmack zu viel Alkohol und hielt das Haus nicht sauber. Mum ist in dieser Beziehung ziemlich pingelig. Sie gibt viel auf Äußerlichkeiten.«

»Oh, dann sollte ich sie lieber nicht zu uns nach Hause einladen! Erinnere mich daran.«

Lindsay lachte. »Keine Angst, sie kommt niemals hierher. Meine Familie straft mich mit Schweigen, aber ich bin gerne hier. Ist alles so schön ruhig und friedlich.«

Cathy spürte einen melancholischen Unterton in seiner Stimme. »Ich wünschte, mein Dad wäre meilenweit fort von hier.«

»Hat er auf deine Pläne, Scherer zu werden, irgendwie reagiert?«

»Nein, überhaupt nicht. Aus einem Komapatienten kriegst du mehr raus als aus ihm.« Sie trank einen Schluck Bier. »Ich hab's nicht anders erwartet. Alles, was mit der Schafschur oder dem Boxen zu tun hat, ist für ihn Vergangenheit. Er weigert sich, darüber zu reden.«

»Das muss traurig für dich sein.«

Sie senkte den Blick und zuckte mit den Schultern. »Man gewöhnt sich an alles.«

Das nachfolgende Schweigen brach Lindsay, der sich räusperte. »Möchtest du noch ein Bier? Oder hast du Lust, zum Abendessen zu bleiben? Es gibt Steak und Pommes«, sagte er.

»Nein danke. Ich muss mich auf den Weg machen. Mum wartet sicher schon auf mich. Wir sehen uns morgen früh zur Arbeit. Ich bin diese Woche mit dem Fahrdienst an der Reihe, nicht vergessen.«

»Ich bin pünktlich bei dir, versprochen.« Lindsay stand auf und brachte sie hinaus.

Sie stieß einen Pfiff aus, als sie zu ihrem Pick-up kamen. »Auf geht's, Sam.« Sam war im Nu auf der Ladefläche des Wagens und wartete darauf, angeleint zu werden. »Guter Junge.«

»Alles klar? Pass bloß wegen der Kängurus auf«, mahnte Lindsay, als er ihr zum Abschied zuwinkte.

Sie beobachtete ihn durch den Rückspiegel. Erst als sie bereits die Hälfte der Strecke zur Straße zurückgelegt hatte, ging er ins Haus zurück.

Kapitel 14

Cathy stand neben der Maschine und half John, einen weiteren Ballen zu pressen. John war Anfang dreißig, mittelgroß und untersetzt. Für ihn und seine Muskelkraft waren die schweren Ballen ein Kinderspiel. Auf Johns linker Gesichtshälfte verlief eine Narbe, ein Andenken an einen Unfall als Kind. Sie verlieh ihm ein Angst einflößendes Aussehen, dabei war er ein freundlicher Mann und immer zu einem Scherz aufgelegt.

Cathy warf einen verstohlenen Blick zu Lindsay, der sein Handstück und die Schermesser vorbereitete. Er fing ihren Blick auf und zwinkerte ihr zu. Der Teambus war gerade vorgefahren, und die Rousies kamen herein und stellten ihre Wasserflaschen ab. Dann trat der bullige Dave durch den breiten Toreingang in den Scherstall, und sie begann, ihren Plan in die Tat umzusetzen.

»Hey, Davey, reichst du uns mal die Ballenhaken von dort rüber? Sei so nett, Kumpel!« Cathy hielt mit einer Hand die Deckenlasche des Ballens fest und deutete auf die Schachtel mit Metallhaken auf dem Wolltisch. Sie kannte Dave als netten Kumpel, der ihr jederzeit half, wenn sie ihn darum bat, und sie versuchte, nicht laut mit den Zähnen zu knirschen, als er nach der Schachtel griff.

»Kein Problem, CJ … Hey, verdammter Mist!« Seine Stimme wurde von dem Krach übertönt, als gut hundert

Metallhaken durch eine geschickt verdeckte Öffnung in der Schachtelunterseite auf den Metallboden niederprasselten. *Ping, ping, ping.*

Nachdem der letzte Haken auf den Boden gefallen war, rief Lindsay Dave zu: »Rache ist süß, was Dave?« Er lachte, als Dave sich bückte, um die Haken aufzusammeln.

Dave sah zu Cathy, die ebenfalls lachte. »Mensch, CJ«, begann er, und seine schokoladenbraune Haut färbte sich rosarot. »Steckst du auch dahinter?«

Sie ging zu ihm und half ihm. Der Anblick, wie seine dicken Finger mit den kleinen Metallhaken kämpften, war kaum zu ertragen.

»Ich bin gelinkt worden, Dave. Ich hatte keine Wahl.« Sie senkte die Stimme. »Aber ich bin jederzeit dabei, wenn du's ihm heimzahlen willst.«

Irene kam zu ihnen. »Hey, was hast du heute Abend vor?«, fragte sie. »Ah, lass mich raten: heimfahren, duschen, essen, deinen Dad versorgen, fernsehen und dann ins Bett, stimmt's?«

Cathy lächelte. »Warum, was steht an?«

»Paul kocht ein Festessen mit Meeresfrüchten, und ich hatte gehofft, dass du mit uns ein bisschen Geburtstag feierst.«

»Aber du hast erst Samstag Geburtstag.«

Irene steckte ihr trockenes, blondes Haar zu einem Knoten auf. »Schon, aber Paul fährt mich am Wochenende zu Chris. Chris hat uns mit seinen Eltern zu sich nach Hause eingeladen.«

Cathy lächelte, als Irenes grüne Augen beim Namen ihres Sohnes strahlten. »Oh, Renie! Das ist großartig! Was Schöneres kannst du dir zum Geburtstag nicht wünschen. Du musst mir heute Abend alles erzählen«, sagte sie, als die Musik einsetzte.

»Dann kommst du also?«, rief Irene.

»Würd' ich mir um nichts auf der Welt entgehen lassen«, schrie Cathy zurück, als die ersten beiden Vliese zu Boden fielen.

Cathy hielt vor Pauls und Irenes Zuhause an. Sie lebten in einem großen alten Haus, das sie erst vor wenigen Jahren gekauft und allmählich renoviert hatten. Sie hatte häufig beim Streichen und Fliesenlegen geholfen, froh, aus dem Haus und unter Freunden sein zu können. Die gepflasterte Auffahrt war erst vor Kurzem fertiggestellt geworden, und der rustikale rote Ziegelton brachte das rot gestrichene Blechdach gut zur Geltung.

Sie nahm Irenes Geschenk vom Rücksitz und sprang, gefolgt von Sam aus dem Wagen. Er liebte es, mit Pauls Labradorhündin Princess zu spielen. Cathy ging direkt durch den Wohnraum in die offene Küche, wo ihr der Magen beim Duft von Meeresfrüchten zu knurren begann.

»Hallo, Fremde«, sagte Paul. Die Küche war sein Revier, was Irene nur entgegenkam, und er liebte es, neue Rezepte an Freunden auszuprobieren.

»Das riecht himmlisch«, bemerkte Cathy, begrüßte ihn mit einem Kuss und umarmte ihn. »Du weißt, deiner Kochkunst kann ich nie widerstehen.«

Damit ging sie weiter in das Esszimmer, wo ein Stapel Teller servierbereit stand und der Esstisch aus Eukalyptusholz, an dem sechs Personen Platz hatten, gedeckt war. Irene verteilte gerade die Servietten.

»Hallo, Renie. Alles Gute zu deinem Geburtstag am

Samstag.« Cathy umarmte Irene herzlich und gab ihr einen Kuss auf die Wange, bevor sie ihr das Geschenk überreichte.

»Danke, CJ. Aber das wäre nicht nötig gewesen. Das weißt du. Eine alte Schachtel ist zu alt für Geschenke.«

»Blödsinn! Zum Verwöhntwerden ist man nie zu alt. Mach es auf!«

Irene lächelte, die Zähne leicht gelbfleckig durch jahrelangen Nikotingenuss, und öffnete das leuchtend bunte Einwickelpapier. Darunter kamen eine Pralinenschachtel, ein Geschenkgutschein für ein Bekleidungsgeschäft in der Stadt und ein Kühlschrankmagnet mit komischen Lebensweisheiten hervor, wie »Wer in fremden Kühlschränken fischt, geht meist leer aus« und »Überfüllte Aufzüge riechen für kleine Menschen anders«, was alle zum Lachen brachte und Irene veranlasste, ihn umgehend an die Kühlschranktür zu heften.

Anschließend stürzten sie sich auf ihre Knoblauchgarnelen und frittierten Tintenfische, und als sie gegessen hatten, zeigte Irene Cathy ein Foto von Chris.

»Es sind die einzigen Fotos, die ich von ihm habe. Da war er erst ein paar Tage alt.«

Cathy hielt die Fotos vorsichtig in der Hand. Als Erstes fiel ihr auf, wie zauberhaft Irene im zarten Alter von siebzehn Jahren ausgesehen hatte. Sie hatte schwarzes, glattes Haar, schöne Haut und lebhafte grüne Augen, die allerdings unglücklich auf das winzige Bündel in ihrem Arm blickten.

»Irene, du siehst wunderschön aus. Und erst Chris. Er hat deine Nase geerbt.«

Irene lächelte. »Ja, hässlich war ich nicht gerade – damals.«

»Für mich siehst du heute noch verdammt gut aus«, warf Paul ein.

Irene beugte sich zu ihm und gab ihm einen Kuss. »Wisst ihr was? Ich habe mich oft gefragt, ob Chris meine Augenfarbe geerbt hat. An die Augenfarbe seines Vaters kann ich mich nicht mal mehr erinnern.«

»Dann hat der Vater nie versucht, wieder Kontakt mit dir aufzunehmen?«, fragte Cathy.

»Nein. Er ist abgetaucht, eine Woche nachdem ich ihm gesagt hatte, dass ich schwanger bin, und seither hab ich nichts mehr gehört. Vielleicht lebt er gar nicht mehr. Wir sind so verdammt jung gewesen, und ich hab ihn eigentlich kaum gekannt. Aber ich habe die richtige Wahl getroffen, für Chris. Er hat offenbar eine wunderbare Kindheit gehabt, und seine Eltern lieben ihn. Er will mir Kinderfotos von sich zeigen. Ich kann's kaum erwarten.«

»Ich freu mich so für dich, Irene. Es ist großartig, dass er wieder zu deinem Leben gehört.«

»Ja, und ich kann's auch kaum erwarten, dass du ihn kennenlernst«, gestand Irene mit einem Funkeln in den Augen.

»Ach du und deine Kuppelversuche! Ich bin noch jung. Ich habe noch ewig Zeit, mir den passenden Kerl zu suchen.«

Paul lachte. »Schau uns an, CJ. Beide bis jetzt immer unglücklich verliebt, und wie alt sind wir?« Er zwinkerte Irene zu. »Ich finde, es ist Zeit für den Geburtstagskuchen.« Er ging in die Küche zurück und kehrte mit einer dreischichtigen Schwarzwälder Kirschtorte zurück.

»Wow! Das sieht umwerfend aus«, sagte Cathy. »Ich versuche, dafür noch Platz in meinem Magen zu schaffen.«

Paul setzte sich an den Tisch und reichte Irene das Kuchenmesser. »Wir haben übrigens Neuigkeiten für dich.«

Cathy merkte, dass Irene plötzlich strahlte. »Was gibt es, Irene? Raus mit der Sprache. Du siehst aus, als hättest du gerade im Lotto gewonnen.«

»So fühle ich mich auch. Paul hat mich gefragt, ob ich ihn heiraten will, und ich habe Ja gesagt.«

»Juhu!«, jubelte Cathy, sprang auf und umarmte beide.

»Ich dachte eigentlich, ich sei fürs Heiraten zu alt«, gestand Irene, als sie sich wieder gesetzt hatten.

»Es hat mich fünf Minuten gekostet, sie vom Gegenteil zu überzeugen«, ergänzte Paul.

Irene blickte ihm in die Augen, und Cathy sah, wie eine Träne über ihre Wange rann. Irene wischte sie hastig ab.

»Ich freue mich so sehr für euch«, sagte Cathy. »Darf ich den Ring sehen?« Er war aus Weißgold, schmal, mit drei kleinen Brillanten. »Er ist wunderschön. Perfekt, Paul.«

»Ja, ich wollte was Praktisches, damit sie ihn nie mehr ablegen muss.«

Sie küssten sich wieder, und Cathy schüttelte den Kopf. »Okay, dann bin ich wohl die Erste, die sich auf die Torte stürzt.«

Kapitel 15

Menschen mit großen, lustigen Hüten dirigierten sie auf eine große eingezäunte Koppel und zu einem Parkplatz am Ende einer Reihe von Autos. Lindsay hielt neben einem Bus mit der Aufschrift »Narrogin Agriculture College«.

»Ich kann's noch gar nicht glauben, dass du noch nie auf der Woolorama gewesen bist«, sagte er und griff sich seine voluminöse Reisetasche, schloss den Wagen ab und ging zwischen den Autos hindurch zum Eingang. »Doug hat mich mehrmals mitgenommen, hauptsächlich zu den Scherwettbewerben. Aber als Junge habe ich die Nebenveranstaltungen und natürlich das Essen am meisten geliebt. Du musst die gebackenen Kartoffeln probieren.«

»Wann ist dein erster Ausscheidungskampf?«, fragte Cathy, als sie ihre Eintrittskarte bezahlte und Lindsay vorbei am Parcours der Springreiter folgte. Sie waren früh dran, und es strömten unaufhörlich Aussteller herein, bauten Stände auf und bereiteten sich auf den ersten Besucheransturm vor.

»In einer halben Stunde. Nach der ersten Ausscheidung können wir einen Rundgang machen und uns ansehen, was so geboten wird.«

»Und dann zum Finale zurückkommen«, fügte Cathy hinzu.

»Vorausgesetzt, ich schaffe es so weit«, lachte Lindsay.

»Natürlich schaffst du das. Du bist verdammt gut.«

»Es kann viel passieren, wenn der Tag lang ist. Hängt von den Schafen und dem Wetter ab. Am Morgen sind die Schafe schwieriger zu scheren, aber in der Wärme geht die Wolle auf. Außerdem muss man die richtige Ausrüstung erwischen. Ich habe mal erlebt, wie ein Scherer bei einem Wettbewerb einen Scherplatz hatte, an dem der Motor ständig ausgegangen ist. Er hat viel Zeit damit verloren, immer wieder am Seil zu ziehen, um ihn erneut zu starten. Die Kampfrichter haben ihm zwar Zeit gutgeschrieben, aber er ist nie in den richtigen Rhythmus gekommen.«

Lindsay führte sie einen schmalen Gang zwischen Standreihen entlang, vorbei an einer Fressmeile mit Livemusik, durch eine Halle mit weiteren Ausstellern und wieder hinaus ins Freie. Von dort ging es eine leichte, steinige Anhöhe hinauf zu einer Schuranlage unter freiem Himmel. Die Szene war wie ein Amphitheater mit Plastikstühlen gestaltet, über die ein Sonnensegel gespannt war, und man hatte einen freien Blick auf das, was unten geschah. Lindsay fand einige leere Stühle und stellte seine Tasche auf den Boden.

Cathy setzte sich und betrachtete die Anordnung der sechs Scherstände. Es gab je drei Scherplätze zu beiden Seiten, getrennt durch eine Gasse, durch die die Rousies die Vliese in den rückwärtigen Bereich brachten. Über jedem Scherplatz prangte eine große digitale Stoppuhr für die Zeitnahme, und links davon war der Richtertisch aufgebaut.

Lindsay zog sein blau-schwarzes Sweatshirt aus. Dabei schob sich sein Unterhemd hoch und gab den Blick auf seine glatte, olivbraune Haut und einen zum Sterben schönen Sixpack frei. Cathy bemerkte zwei Mädchen in Scherhemden, die sich die Hälse verrenkten, um einen zweiten Blick zu erhaschen. Sie grinste süffisant und zog Lindsay das Shirt wieder herunter.

»Wirst du allmählich nervös?«, fragte sie.

Er schob seine Sonnenbrille ins Haar. »Ein bisschen schon, besonders wenn du mich danach fragst.« Er grinste frech.

»Entschuldige. Und wie viele Schafe musst du scheren?«

»Fünf in der Vorrunde und zehn im Finale. Ich muss bald los. Zuerst werden die Scherplätze ausgelost und die Schafe ausgesucht, damit alle die gleichen Chancen haben.«

Ein großer, kräftiger Mann stolzierte auf Lindsay zu und schlug ihm auf die Schulter. Er trug ein schwarzes Unterhemd mit rotem Rand, und Cathy schätzt ihn auf Mitte dreißig.

»Hey, Slick. Lange nicht gesehen. Wie geht's, wie steht's?«

Lindsay sah auf und schüttelte ihm die Hand. »Nigel! Ich glaub es nicht! Was hat dich denn in diese Gegend verschlagen?«

»Schätze mal, dasselbe wie dich. Ich habe mich für den Wettbewerb angemeldet, aber wenn ich gewusst hätte, dass du dabei bist, hätte ich mir das sparen können.«

Lindsay lachte und deutete auf Cathy. »Nigel, das ist CJ. CJ, das ist mein alter Freund Nigel. Er besitzt eine Farm ungefähr vierzig Kilometer von unserer entfernt.«

»Hallo.« Sie fühlte, wie Nigel sie von Kopf bis Fuß musterte.

»Freut mich. Also, Slick, Zeit, dass wir in die Gänge kommen. Wir sehen uns dann hinten.« Er verschwand.

»Slick?«, erkundigte sich Cathy neugierig.

»Ja. Den Spitznamen haben mir ein paar Kerle zu Hause gegeben.«

»Den muss ich mir merken.«

Lindsay stöhnte. »Okay, aber dann musst du mir auch verraten, wofür CJ steht.«

Jetzt war es Cathy, die laut seufzte.

»Komm schon! Das muss es dir wert sein.«

Cathy holte tief Luft. »Wenn du das Finale gewinnst, sag ich's dir.«

Er streckte die Hand aus. »Die Wette gilt. Schlag ein!« Sie schüttelten sich die Hände.

Lindsay kramte in seiner Reisetasche nach seinem Handstück, fand es und winkte ihr zum Abschied zu.

»Viel Glück, Lindsay!«, rief sie ihm nach.

Cathy wusste nicht, wie es ihm erging, aber ihr Herz schlug jetzt schon schneller als sonst.

Lindsay hatte Scherstand Nummer drei, gleich neben Nigel. Während die beiden warteten, lehnten sie am Zaun und blickten über die Schafe in ihren Pferchen. Das war angenehmer, als in die Zuschauermenge zu starren, die sich vor den Scherständen versammelt hatte.

»Es geht das Gerücht, du hättest die Farm verlassen?«, bemerkte Nigel.

»Gerücht? Meine Familie scheint die Sache unter dem Deckel zu halten. Vermutlich glauben sie, dass ich zurückkomme.«

»Das wäre Blödsinn, Kumpel. Du kannst nicht zurück. Du bist der geborene Scherer.« Nigel warf einen flüchtigen Blick über die Schulter. »Diese CJ sieht auch nicht aus wie der Typ Frau, den du sonst bevorzugst, Slick. Was läuft da?«

»Wie meinst du das – nicht mein Typ Frau?«

»Na, du hast doch immer diese Society-Miezen angeschleppt. Du weißt schon, die mit den hohen Stilettos, Make-up, tollen Klamotten.«

»Ja, schon – aber sonst gähnend langweilig.« Lindsay scharrte mit den Füßen. Diese Art von Unterhaltung war nicht das, was er vor einem Wettbewerb brauchte.

»Machst du Witze? Die waren sensationell! Ich meine nicht, dass diese CJ es nicht ist. Könnte mir vorstellen, dass sie unter den Scherklamotten der absolute Hammer ist.«

Lindsay wurde verlegen. »CJ hat mehr zu bieten als die alle zusammen. Sie ist eine tolle Frau. Einer wie ihr bin ich vorher noch nie begegnet. Ich bringe ihr das Scheren bei. Sie ist ein Naturtalent.«

Nigel hob abwehrend die Hand. »Hey, das bezweifle ich ja gar nicht. Macht sie beim Wettbewerb für Anfänger mit?«

»Nein, so weit ist sie noch nicht. Aber warte nur. Sie wird wiederkommen.«

»Mit dir als Lehrer? Da gehe ich jede Wette ein. Viel Glück, Slick. Und geh nicht gleich in die Vollen, Kumpel, damit ich es wenigstens mit dir ins Finale schaffe.«

Cathy war so nervös, dass sie gar nicht merkte, als sich jemand neben sie setzte.

»Alles in Ordnung, CJ?«

»Oh, Doug! Du hast mich zu Tode erschreckt. Ich hatte keine Ahnung, dass du auch kommst.«

»Wenn möglich, lasse ich keinen von Lindsays Wettkämpfen aus. Außerdem nimmt Tessa jede Gelegenheit wahr, um shoppen zu gehen, und die Mädchen sind ganz verrückt auf den Jahrmarkt.« Doug lachte, und Cathy fiel plötzlich auf, dass sein Lachen wie das von Lindsay klang: herzlich und einnehmend.

»Ah, ich glaube, es geht gleich los.«

Die Männer standen startbereit neben den Schwingtüren der Pferche. Im nächsten Moment kam Bewegung in die Szene. Sie wählten ihr erstes Schaf aus. Lindsay war der Erste, der seine Schermaschine anwarf, dicht gefolgt von den anderen.

»Hör mal, Doug, was ist eine gute Zeit?«, fragte Cathy über das Surren der Handstücke und das Geschrei der Menge hinweg.

»Die Zeiten sind zwar wichtig, aber die Teilnehmer kriegen Strafpunkte für unsauber geschorene Partien und Hautverletzungen und werden sofort disqualifiziert, falls sie einem Mutterschaf eine Zitze abschneiden. Das Reglement ist streng. Gewonnen hat dann der mit der niedrigsten Punktzahl.«

»Komm schon, Lindsay!«, rief Cathy mit vor Erregung feuchten Händen.

Wie Nigel und der Teilnehmer auf Platz sechs, bearbeitete Lindsay bereits sein zweites Schaf. Sie beobachtete die langen Züge der Scherer über den Rücken der Schafe und war fasziniert von ihrer Schnelligkeit und natürlich von ihren kräftigen, muskulösen Armen.

Doug beugte sich zu ihr. »Der Kerl auf Nummer zwei hat sein Schaf gerade übel geschnitten, das gibt Strafpunkte.«

Beim vierten Schaf war es ein Kopf-an-Kopf-Rennen zwischen Nigel und Lindsay, aber dann hatte Lindsay ein fertig geschorenes Schaf nicht vorschriftsmäßig in den Wartepferch zurückgebracht. Statt durch die Schwingtür zu gehen, war es umgekehrt und zurückgelaufen und tauchte nun wieder an seinem Scherstand auf. Eine der Rousies versuchte es einzufangen, aber es sprang mit einem Satz vom Scherpodest und flüchtete unter lautem Kindergeschrei in die Zuschauermenge. Der Stadionsprecher ließ sein Mikrofon fallen, warf sich auf das Schaf und bugsierte es zusammen mit der Woolhandlerin zurück hinter die Bühne. Aber es war zu spät – die Unterbrechung kostete Lindsay Zeit, und Nigel zog bereits am Seil und schlug auf den roten Knopf. Lindsay stoppte seine Uhr fünf Sekunden später.

»Keine Sorge. Er schafft es ins Finale«, sagte Doug, als er Cathys entsetztes Gesicht sah. »Ein Teilnehmer kriegt jeweils einen Strafpunkt pro zwanzig Sekunden, die er über der Bestzeit liegt.«

Cathy holte tief Luft. »Zuschauer zu sein, ist harte Arbeit. Ich wäre lieber dort oben auf der Bühne.«

Doug verzog die Lippen zu einem Lächeln. »Das könnten wir arrangieren.«

Sie zog eine Grimasse und boxte Doug scherzhaft in die Rippen.

Kurz darauf kam Lindsay, zog ein kleines Handtuch aus seiner Tasche und trocknete den Schweiß auf seiner Stirn. Doug gratulierte ihm und machte sich auf die Suche nach seiner Familie.

»Gut gemacht«, sagte Cathy, nahm seine Arme und drückte sie.

»Danke. Also, wollen wir ein bisschen über das Gelände bummeln und eine Kleinigkeit essen? Ich bin halb verhungert.«

»Gern. Gute Idee. Ich habe noch immer den Duft dieser Kartoffeln in der Nase.«

Als Erstes stillten sie ihren Hunger, und Cathy bekam die größte Ofenkartoffel mit einem dicken Schlag Sour Cream. Dann schlenderten sie zwischen den unterschiedlichen Ständen hindurch und zu dem Platz, auf dem die Pick-ups für den Wettbewerb um den schönsten Wagen in einer Reihe standen. Dabei entspann sich ein Streit – Land Cruiser gegen Holden-Pick-up –, und am Ende gab es einen Waffenstillstand.

»Komm«, sagte Lindsay. »Ich möchte dir den Jahrmarkt zeigen. Ich kann es kaum glauben, dass du den als Kind nie gesehen hast. Er wird dir gefallen.«

Sie gingen einen staubigen Kiesweg entlang. Auf jeder Seite waren Zelte aufgebaut, in denen man Spiele spielen und massenweise Stofftiere gewinnen konnte. Sie verloren einige Münzen an die Spielautomaten, und Cathy gewann einen Stoffbären beim Ballwerfen auf Clowns.

Lindsay legte den Arm um ihre Schultern und schob sie weiter. »Hier entlang. Wir haben jetzt eine Verabredung mit einem Autoscooter.«

Sie bezahlten den Eintritt, stiegen jeder in ein Auto und freuten sich wie Kinder.

»Jetzt kriegst du Prügel, Slick, die haben sich gewaschen!«, rief Cathy.

»Immer schön cool bleiben! Keine Tätlichkeiten. Ich habe noch einen Wettkampf vor mir, schon vergessen?«

»Du bist ein Feigling, Taylor!«

Ihre Autos starteten, und sie nahmen sich sofort gegenseitig aufs Korn.

Bang! Ein Frontalzusammenstoß. »Hey, das war erst der erste Streich, Wishart!«

Sie sah einen kleinen Jungen und machte einen großen

Bogen um ihn, um ihn zu verschonen. Im nächstes Moment bekam sie einen heftigen Schlag von hinten, und als sie sich umdrehte, sah sie den kleinen Jungen mit schadenfrohem Grinsen davonfahren. Als Nächstes fuhr ein niedliches Mädchen mit Zöpfen krachend in ihre Seite. Von da an war jeder ein Ziel, und Cathy konnte sich nicht erinnern, je einen solchen Spaß gehabt zu haben. Die Runde war viel zu schnell vorbei, und Lindsay stand neben ihr, streckte die Hand aus, zog sie zu sich hoch, und die Berührung löste einen Funkenregen aus wie die Starkstromkabel an den kleinen Autoscootern. Am Ausgang standen sie plötzlich Doug und Tess mit Bonnie und Tara im Schlepptau gegenüber. Die Kinder stürzten sich auf sie und kreischten vor Freude.

»Onkel Lindsay, fährst du mit mir Autoscooter? Bitte!«

»Mit mir auch! Mit mir auch!«, schrie Tara und hüpfte vor Cathy auf und ab.

»Okay. Also wer kommt mit mir?«, fragte Lindsay.

Tara war gerade alt genug, um selbst zu fahren, bestand jedoch darauf, sich mit Cathy ein Auto zu teilen, während Bonnie bei Lindsay einstieg. Doug und Tess machten angesichts der Verschnaufpause zufriedene Mienen und suchten sich einen Sitzplatz am Rand.

Bei jeder Kollision schnappte Tara hörbar nach Luft und rief: »Noch mal!« Cathy konnte nicht aufhören zu lachen. Sie versuchte verzweifelt, Lindsay und Bonnie zu rammen, aber die anderen Autos kamen ihr ständig in die Quere.

Es dauerte nicht lange und die Runde war vorbei. Sie mussten aussteigen und trafen sich am Ausgang.

»Das hat so viel Spaß gemacht, Onkel Lindsay«, seufzte Bonnie mit ihrem liebsten Lächeln. Sie tanzte aufgeregt um ihn herum.

»Man kann ihnen einfach nichts abschlagen«, sagte Cathy zu Lindsay.

Er lächelte, und ihr Herz setzte einen Schlag aus. »Ich weiß, was du meinst. Aber es macht Spaß, sie zu verwöhnen. Ich bin froh, dass ich sie jetzt so oft sehen kann.« Er schmunzelte.

Nach den Autoscootern mussten sie zu den »Tanzenden Tassen«, die Cathy allerdings weniger Spaß machten. Jedenfalls drehte sich ihr fast der Magen um. Und sie bemerkte, dass auch Lindsay nicht mehr ganz sicher auf den Beinen stand.

»Ist dir auch schwindelig?«, erkundigte sich Cathy.

Lindsay stützte sich mit einer Hand auf ihre Schulter. »Ich glaube, ich bin für solcherlei Scherze eindeutig zu alt.«

Tara packte Cathy und Bonnie Lindsay an der Hand, und sie gingen zu Doug und Tess zurück. Cathy hatte für einen Moment das Leben ausgekostet, wie es für sie ohne ihren Vater hätte sein können. Könnte sie all das jemals haben? Wohl kaum. Hastig verdrängte sie den Gedanken. Es war nicht gut zu träumen. Lindsay nahm die Hand von ihrer Schulter und rückte seine Sonnenbrille zurecht.

»Wer hat Lust auf ein Eis?«, fragte Cathy.

»Ich!«, schrien die beiden Mädchen im Chor.

»Wisst ihr was, ihr verwöhnt mir die Gören zu sehr!«, schimpfte Tess spaßeshalber.

»Wir müssen in die Scherhalle zurück«, mahnte Lindsay. »Ich möchte mich vor dem Finale noch kurz ausruhen und mein Schergerät in Ordnung bringen.«

»Keine Sorge, Onkel Lindsay. Du gewinnst sowieso«, verkündete Bonnie.

»Woher willst du das wissen?«, fragte er und strich ihr das Haar aus der Stirn.

»Weil ich da bin und dich anfeuere.«

Bevor er ging, beugte er sich zu Cathy hinüber. »Du weißt, ich werde dieses Finale nur gewinnen, um deinen richtigen Namen herauszufinden«, sagte er. »Denn den wissen nicht mal die Mädchen.«

Cathy verzog ärgerlich das Gesicht. »Du hast versucht, es aus ihnen rauszubekommen?«

»Selbstverständlich. Sie kennen dich nur als CJ und hatten keine Ahnung, wovon ich rede. Tess konnte sich ebenfalls nicht erinnern, je einen anderen Namen gehört zu haben.«

Während sie zusah, wie er zu den Scherständen hinüberging, wurde ihr klar, dass die Wahrscheinlichkeit seines Sieges sehr hoch war. Aber mittlerweile war sie bereit, ihm ihren Namen zu verraten. Sie hatte großes Vertrauen zu ihm. Es gab nicht mehr viel, das er nicht von ihr wusste. Seltsamerweise gefiel ihr der Gedanke sogar.

Kapitel 16

Cathy saß in der zweiten Zuschauerreihe, Tara auf ihrem Schoß und Doug, Bonnie und Tess auf den Plätzen neben ihr. Sie hatte auch Dave entdeckt, der mittlerweile mit zwei Kollegen hinter ihr Platz genommen hatte. Er hatte ihr euphorisch zugewinkt und Doug begrüßt. Cathy wurde erneut nervös. Sie konnte Lindsay oben auf Scherplatz zwei und Nigel auf Stand vier sehen. Tara beschwerte sich bereits, weil ihre Beine unruhig zuckten.

»CJ, so kann ich unmöglich meinen Lollipop lutschen«, sagte Tara mit theatralischer Miene.

»Entschuldige, Kleines. Ich bin nur wegen Onkel Lindsay aufgeregt.«

»Brauchst du nicht zu sein. Er schafft das immer.« Tara sah mit ihren großen, blauen Augen zu ihr auf.

Wenige Minuten später war der Wettkampf in vollem Gange, die Schafe waren aus den Pferchen geholt, die Seile gezogen, die Handstücke surrend angesprungen.

»Schneller, Onkel Lindsay!«, rief Bonnie.

Cathy wandte den Blick zu dem Mann, der neben Lindsay stand und ihn aufmerksam beobachtete, einen Zähler in der Hand. Dann merkte sie, dass jeder Stand einen solchen Aufpasser hatte. Nach ungefähr einer Minute wechselten die Männer die Plätze.

»Sind das die Kampfrichter?«, fragte sie Doug.

»Ja, richtig. Sie zählen die Verletzungen. Zum Schluss werden die Punkte addiert.«

Doug beugte sich dicht an ihr Ohr. »Nigel ist der gefährlichste Konkurrent und auch Mark, der Kerl auf Stand drei. Den auf dem sechsten Scherstand kenne ich nicht – könnte der Außenseiter sein.«

Cathy nickte. Sie konnte den Blick nicht von Lindsay wenden. Bei ihm sah das Scheren aus wie eine Kunstform, wie ein wohl einstudierter Tanz. Inzwischen hatte er die Führung übernommen, ohne dass sie schwerere Verletzungen der Schafe hatte beobachten können, allerdings saß sie zu weit entfernt, um Einzelheiten zu erkennen. Aber sie kannte seine Technik und wusste, dass er keine Fehler machte, solange er konzentriert arbeitete. Lindsay hatte sich aufgerichtet und brachte sein achtes Schaf weg, als sie sich dabei ertappte, wie sie auf ihren Fingernägeln kaute.

»Komm schon, Taylor! Du schaffst es!«, rief sie.

Lindsay startete den Motor mit einer Hand am Seil, während die andere das Schergerät niederlegte und er sich seinem vorletzten Schaf zuwandte. Lindsay lag noch immer Kopf an Kopf mit Nigel und Mark. Als diese ihre Handstücke vor dem letzten Schaf niederlegten, lag Mark vorn, dicht gefolgt von Nigel und dann Lindsay. Cathy bemerkte, dass er es bei seinem letzten Schaf mit einem kräftigen, dicken Hals zu tun haben würde, während Mark das Glück zufiel, bei seinem Tier kein Bauchfell scheren zu müssen.

Gib Gas, Lindsay, wiederholte sie immer wieder stumm für sich.

Sie beobachtete aufmerksam, wie Lindsay sich durch die dichte Wolle kämpfte und die Zeit fast aufgebraucht war, als er die letzten Scherstriche über den Rücken machte.

Ihre Kehle war wie zugeschnürt, während sie versuchte, alle drei Scherer gleichzeitig im Auge zu behalten. *Bang*! Lindsay hielt seine Uhr bei einer Zeit von vierzehn Minuten und zweiundvierzig Sekunden an. Sie jauchzte vor Freude. Nigel war vier Sekunden später als Nächster fertig und schließlich Mark mit zwanzig Sekunden Verspätung.

Cathy hielt Dougs Arm umklammerte. »Glaubst du, er hat gewonnen?«

Doug nickte. »Schätze schon. Die Zeiten liegen dicht beieinander, aber ich kenne keinen Scherer, der sauberer arbeitet als Lindsay.«

Lindsay kam kurz darauf zu ihnen. Er war schweißnass, männlich und sehr sexy.

»Gut gemacht, Slick!«, sagte sie und wurde dafür mit einer schweißfeuchten Umarmung belohnt. Cathy war stolz auf ihn und glücklich dazuzugehören.

»Das nächste Mal stehst du dort oben«, sagte er mit einem Augenzwinkern.

Sie mussten nicht lange warten, bis die Teilnehmer des offenen Wettbewerbs zur Siegerehrung gebeten wurden. Lindsay ging nach vorn und setzte sich vor den Zuschauern neben Nigel und die übrigen Scherer auf das Podest.

Der Stadionsprecher, ein Mann in einem Woolorama-Shirt, begann die Ergebnisse des Wettkampfs zu verlesen: »Auf dem zweiten Platz, mit einer Zeit von vierzehn Minuten und sechsundvierzig Sekunden und einer Punktzahl von …«

Cathy hörte das Endergebnis nicht mehr, denn Doug hatte bereits zu jubeln begonnen. Die Scherer klopften Lindsay auf die Schulter. Ihnen war bereits klar, dass der Stadionsprecher Nigel als Zweiten ausgerufen hatte, was bedeutete, dass Lindsay der Champion der »Open Shearing-Competition« geworden war.

»Unser Gewinner ist damit Lindsay Taylor mit einer Punktzahl von 62,30. Herzlichen Glückwunsch«, sagte der Stadionsprecher.

»Dürfen wir unseren Gewinner um ein paar Worte bitten?«, fragte er und hielt Lindsay das Mikrofon hin.

Lindsay wandte sich den Zuschauern zu. »Hm, danke an alle Sponsoren und die Offiziellen und Helfer, die dieses Event erst möglich machen. An alle Kollegen hier für den fairen Wettkampf und an mein Team, das mich unterstützt hat. Danke.«

Cathy lief ein wohliger Schauer über den Rücken, als Lindsays Augen die ihren suchten. Er lächelte, bevor er sich umdrehte und das Mikrofon an den Moderator zurückgab.

»Du warst toll, Onkel Lindsay«, sagte Bonnie, als er zu ihnen zurückkam.

Lindsay zerzauste ihr Haar. »Danke, Bon-Bon. Muss an deinen Anfeuerungsrufen gelegen haben!« Damit nahm er die Siegerschärpe ab und stülpte sie Tara über den Kopf. Ihre großen blauen Augen funkelten wie die von Lindsay.

»Also, ich finde, wir haben Grund zu feiern!«, sagte Tess. »Wie wär's, wenn ihr beide noch auf ein kleines Grillfest und ein paar Drinks zu uns kommt?« Sie streckte die Hand aus und kniff Lindsay in die Backe. »Wir sind sehr stolz auf dich. Also, hast du Lust?«

»Nur, wenn du versprichst, mich nicht mehr zu kneifen«, antwortete Lindsay und lachte. Er wandte sich an Cathy. »Kommst du?«

»Natürlich komme ich mit. Prima Idee.«

Tess strich sich ihr glattes, schwarzes Haar hinter die

Ohren und sagte zu den Mädchen: »Dann machen wir uns jetzt lieber auf den Weg und bereiten alles vor, was, Mädels? Bis später. Kommt, wann ihr wollt, okay?«

Tara lief zu Lindsay, um ihm seine Schärpe zurückzugeben, doch Lindsay ging in die Hocke und hielt ihre Hände fest.

»Wie wär's, wenn du das Band für mich aufbewahrst, bis ich heute Abend zu euch komme? Kannst du das für mich tun?«

Sie bedankte sich mit einer ungestümen Umarmung. Ihre schmalen Arme schlangen sich um Lindsays Hals, und sie gab ihm einen Kuss auf die Backe.

Cathy trug Lindsay die Reisetasche zurück zu seinem Pick-up. Er schleppte eine Tasche voll mit Siegestrophäen.

»Also, was hast du überhaupt gewonnen?«

»Ein neues Handstück und einige Scherkämme und Messer. Die kommen wie gerufen. Wer weiß, vielleicht habe ich bald mehr Schüler zu unterrichten.«

Als sie seinen Pick-up erreichten, machte er Anstalten, die Tür für sie zu öffnen, hielt jedoch plötzlich inne und versperrte ihr den Weg. Er sah sie an, sein Gesicht nur wenige Zentimeter vor ihrem.

Cathy starrte einen Moment auf ihre Füße und fühlte seine warme Hand unter ihrem Kinn. Langsam hob er ihr Gesicht zu sich auf.

»CJ. Das steht doch hoffentlich nicht für Calamity-Jane, oder?«

Sie brach in Lachen aus. »Himmel, nein! CJ steht für Catherine Jean. Bist du jetzt zufrieden?« Cathy musste bei dem selbstgefälligen Ausdruck in seinem Gesicht unwillkürlich grinsen.

»Wie eine Catherine siehst du eigentlich nicht aus, aber ich könnte mich dran gewöhnen.«

»Was soll das heißen, du könntest dich daran gewöhnen? Du kennst zwar meinen Namen, aber damit hast du noch lange nicht die Erlaubnis, mich so zu nennen.«

Lindsay gab den Weg frei und ließ sie einsteigen. »Na, dann komm. Ich bringe dich nach Hause.«

Kurz darauf saß Cathy auf dem Bett ihrer Mutter und streckte ihre Beine so lang wie möglich aus, ohne Dot zu wecken, deren Kopf in Cathys Schoß lag. Dot war eingeschlafen, aber Cathy spielte noch immer abwesend mit ihrem drahtigen Haar. Arme Mum.

Dot hatte ihr die Geschichte erzählt. Während sie hinter dem Haus im Garten gearbeitet hatte, war Abe mit ein paar Flaschen Bier aufgetaucht. Offenbar hatte er einen Kumpel gebraucht, der ihm beim Trinken Gesellschaft leistete. Wer hatte schon Lust, sich allein volllaufen zu lassen? Mit entsprechend viel Alkohol im Blut war ihr Dad zur vollen Form aufgelaufen, wollte mit Abe boxen, wonach Letzterer feige die Flucht ergriffen und Dot allein mit ihm zurückgelassen hatte. Tom hatte daraufhin ein gerahmtes Foto von sich an der Wand attackiert, und Dot hatte sich in ihrem Zimmer verschanzt. Tom hatte irgendwann vor seinem Zimmer auf dem Fußboden das Bewusstsein verloren, wofür Cathy dankbar war. Zu Doug und Tess allerdings konnte sie nicht mehr fahren. Sie stahl sich aus dem Zimmer der Mutter und zückte ihr Handy.

»Hallo, Lindsay. CJ hier.«

»Meine Freundin Calamity-Jane! Was gibt's?« Seine Stimme triefte vor Spott.

»Ich wollte nur sagen, dass ich heute Abend nicht mehr kommen kann. Dad hat sich wieder mal aufgeführt, und ich möchte Mum jetzt nicht allein lassen. Schade. Ich hätte dir wirklich gern beim Feiern geholfen.«

Seine Stimme klang schlagartig ernst. »Mein Gott, CJ. Ist alles in Ordnung? Ich könnte in ein paar Minuten bei euch sein.«

Das versetzte ihr einen Stich. »Unsinn, ist alles bestens. Dad schläft seinen Rausch aus. Mum hat Angst, aber damit kommen wir klar. Mach dir einen schönen Abend. Wir sehen uns Montag, wenn wir zur Arbeit fahren, okay?«

»Okay, CJ. Pass auf dich auf. Wenn du was brauchst, ruf an.«

»Mache ich.«

Sie setzte sich auf die Couch und starrte auf den zerbrochenen, leeren Glasrahmen. Sie wusste, dass Lindsay einen schönen Abend mit seiner Familie vor sich hatte.

Cathy seufzte. Hoffentlich lief etwas Annehmbares im Fernsehen.

Kapitel 17

Hey, CJ. Ich möchte dich um einen Gefallen bitten, aber ein Nein akzeptiere ich nicht.« Irene nahm den Haufen Wolle auf, den sie gerade zusammengefegt hatte, und kam zu Cathy an den Wolltisch. Alle anderen waren zum Händewaschen und auf eine Zigarette hinaus ins Freie gegangen.

Cathy zupfte eine Wollfussel von ihrem blauen Top und warf sie auf Irene. »Du weißt genau, dass ich dir nichts abschlagen kann, Renie.«

»Gut. Darauf habe ich gehofft. Paul und ich haben beschlossen, am achtundzwanzigsten Mai zu heiraten.«

Cathy machte große Augen. »Wow. Das ist in ungefähr – in acht Wochen.«

Irene drehte ihren Verlobungsring aufgeregt am Finger. »Wir sind keine jungen Hüpfer mehr. Wenn wir das nicht bald durchziehen, segnen wir das Zeitliche, bevor ich einen Ehering am Finger habe.«

»Meine Fresse! Ihr beide habt noch eine lange Zeit vor euch. Also, was ist das für ein Gefallen?«

»Ich hatte gehofft, dass du meine Brautjungfer wirst. Nein, im Ernst, du wirst meine Brautjungfer. Keine Widerrede! Deshalb brauche ich dich nächste Woche. Wir gehen Kleider kaufen, und du hilfst mir, was auszusuchen, was nicht altbacken und unvorteilhaft aussieht.«

Cathy war perplex. »Wow! Danke, Irene.« Sie umarmte die Freundin.

»Schätze, Rot würde dir fabelhaft stehen. Allerdings darfst du nicht besser aussehen als ich. Hey, und Chris kommt deswegen aus Perth runter. Vielleicht kann ich dich mit ihm verkuppeln.«

Cathy lachte. »Vermutlich können wir uns nicht ausstehen. So viel zu deinen Plänen.«

Gemeinsam gingen sie zum Händewaschen hinaus. Am Waschbecken trafen sie Lindsay.

»Hallo, Calamity«, sagte er mit einem Funkeln in den Augen.

Cathy verdrehte die Augen.

»Was sollte das denn?«, fragte Irene, als sie ihre Hände abtrocknete und eine Zigarette herauszog. Lindsay war schon außer Hörweite.

»Lindsay hat versucht, meinen Vornamen zu erraten, und ist wild entschlossen, mir mit seiner Version den letzten Nerv zu rauben.«

»Passt jedenfalls besser zu dir als Catherine, so viel ist sicher.«

Irene lachte, und die beiden folgten Lindsay zur Pausenecke.

»Und? Wie war dein Tag? Hast du nach deinem Sieg am Wochenende wieder etwas Dampf abgelassen?«

»Ha, ha. Sehr lustig.«

»Schätze, Marty hasst dich jetzt noch mehr«, sagte Cathy. »Profi-Scherer, Wettkampf-Champion und auch noch gut aussehend. Dafür würde er töten.«

»Du findest, dass ich gut aussehe?«, neckte er.

»Mein Gott, wenn das so weitergeht, platzt du noch vor

Selbstbewusstsein. Schöne Bescherung. Was machen wir jetzt nur mit dir?«

Sie griffen sich ein paar Kokosschnitten und Kekse und setzten sich an die Wand der Scherhalle auf die Erde. Es war ein warmer Tag, und die Fliegen umschwirrten sie. Happy saß bei Dave, der den größten Teil der Verpflegung in seinen großen Händen hielt. Cathy lehnte den Kopf gegen die Wellblechwand. Sie hörte, wie die Schafe dahinter unruhig mit den Hufen scharrten.

»Irene hat mich gerade gebeten, ihre Brautjungfer zu sein. Dazu muss ich offenbar ein Kleid tragen.« Sie zog eine Grimasse, als habe sie jemand aufgefordert, in einen Wurm zu beißen.

»Donnerwetter, das muss ich sehen. Meinst du, ich werde eingeladen?«

Cathy lachte und verschluckte sich dabei an ihrer Kokosschnitte. »Ausgeschlossen.«

»Ich könnte ja rein zufällig vorbeikommen.«

»Das würde dir so passen.«

Lindsay beugte sich zu ihr und rempelte sie an. »Also, willst du am Samstag weiterscheren? Du müsstest ganz heiß drauf sein, nachdem du vergangenes Wochenende blaugemacht hast.«

»Schon, aber du hast mich deine Schafe am Ende der Durchgänge fertig scheren lassen. Das zählt auch.«

»Wenn du willst, können wir auch am Sonntag trainieren. Falls zu Hause alles in Ordnung ist.« Er stand auf und streckte die Hand aus, um Cathy auf die Beine zu ziehen. »Komm schon, Calamity. Zeit, wieder reinzugehen.«

Cathy knallte die Hacken zusammen und salutierte. »Jawohl, Boss!«

Lindsay lachte. »Werd nicht frech, sonst lasse ich dich zwanzig Liegestütze machen!«

»Das kann auch nicht schlimmer sein, als sich mit einem Mutterschaf rumzuschlagen«, erwiderte Cathy, und sie folgten dem restlichen Team zurück in den Scherschuppen.

Kapitel 18

Cathy ließ Sam von der Kette und ging zu Burts Scherschuppen. Es war ein windiger Morgen, und über ihr in den Eukalyptusbäumen hörte sie die rosaroten und grauen Kakadus krächzen. Sam lief zu Scabs, der bei Burt, Joe und Lindsay lag.

»Morgen, allerseits.« Ihr Lächeln vertiefte sich, als ihr Blick zu Lindsay schweifte. Sie konnte es nicht ändern, ihre Aufregung war unkontrollierbar.

»Morgen, Liebes«, murmelte Burt mit einer angekauten, selbst gedrehten Zigarette im Mundwinkel. Sie hatte Burt einmal dabei erwischt, wie er seine Zigarette mit einem Schweißbrenner im Schuppen angezündet hatte. Burt nahm die halb durchgeweichte Zigarette aus dem Mund und gab ihr einen Kuss auf die Wange.

»Also, was habe ich verpasst?«, fragte sie.

Lindsay lächelte. Er hatte seine Sonnenbrille auf und sah frisch geduscht aus. Er roch nach Rasierwasser, Seife und Deodorant. Alles zusammen elektrisierte ihre Nervenenden, und es kostete sie Beherrschung, distanziert zu bleiben.

»Burt hat uns gerade von seiner Zeit als Scherer droben im Norden erzählt«, antwortete Lindsay.

»Hey, die Geschichte kenne ich gar nicht. Wieso eigentlich nicht? Ist sie unanständig?«

Burt warf seine Zigarette zu Boden. »Als ich jung war, haben wir uns auf der Ladefläche des Lastwagens zusammengedrängt – jeder mit einer Kiste warmem Bier – und sind zum Scheren in den Norden gefahren. Das Bier hat die Fahrt nie überstanden, und in den Scherställen gab's noch keine Frauen. Wir waren ein Haufen Raubeine und Eigenbrötler. Aber von Zeit zu Zeit ist die Frau vom Boss in den Schuppen gekommen, und dann hat einer gerufen »Huhn im Anflug«, und wir haben sofort die Klappe gehalten. Kein Fluchen und keine Zoten mehr. Jetzt macht ihr Frauenzimmer die Hälfte in den Teams aus.«

»Und habt ein genauso loses Mundwerk«, sagte Joe.

Cathy wollte schon ihre Geschlechtsgenossinnen verteidigen, überlegte es sich dann jedoch anders. Joe hatte recht. Sie hatte schon saubere Früchtchen kennengelernt. Dabei war sie, was Flüche betraf, selbst kein Engel.

»Wird heute nass werden«, sagte Burt.

Cathy und Lindsay hoben den Blick. Am Horizont drohte ein schwarzes Regenband.

»Ja, du könntest recht haben, Burt. Komm, CJ. Packen wir's an. Wir sehen euch dann später, Jungs.« Lindsay winkte ihnen zu und folgte Cathy in den Scherschuppen und zu den wartenden Schafen.

Fast zwei Stunden später war Cathy dabei, den Hals des x-ten Schafs zu bearbeiten.

»Der Teil ist mit am schwierigsten, CJ, also lass dir Zeit.« Lindsay beobachtete sie vornübergebeugt und aufmerksam. Cathy bewegte den linken Fuß nach jedem Zug etwas nach hinten.

»Ja, verdammt gute Arbeit.« Er zog für sie an der Schnur und stellte den Motor ab. Sie hielten beide inne, die Gesichter dicht voreinander, und versuchten das Geräusch zu identifizierten, das sie beide hörten. *Ting. Ting.*

»Regen«, sagten sie wie aus einem Mund.

»Mist. Schnell, holen wir die restlichen Schafe rein«, sagte Lindsay.

Cathy schob das Mutterschaf zurück in den Pferch und folgte Lindsay hinaus ins Freie, Sam dicht auf ihren Fersen. Sie war überrascht, wie radikal sich das Wetter geändert hatte. Die Sonne war verschwunden, und es roch nach Regen. Eine kühle Brise und vereinzelte Regentropfen fühlten sich auf ihrer schweißnassen, heißen Haut wunderbar an.

Lindsay öffnete die Verriegelung der Tür zum Hinterhof und sämtliche Gatter, und Cathy begann, die Schafe hineinzutreiben.

»Los, Sam, hilf uns!«

Sie arbeiteten in perfekter Harmonie zusammen, während sich die staubige Erde allmählich in Morast verwandelte.

»Passen sie denn alle rein?«, rief Cathy Lindsay zu, als die Tropfen immer dicker und dichter fielen.

»Vielleicht nicht alle. Der Rest muss unters Vordach. Schnell – es fängt zu gießen an.«

Donner grollte. Lindsay öffnete das schmale Gatter, das unter das Vordach des Schuppens führte, und trat zurück, als Cathy die letzten Schafe eintrieb. Sie schwenkten die Arme und trieben die Schafe Seite an Seite vor sich her. Cathy sah, wie Lindsay auf dem glitschigen Boden ausrutschte und sich gerade noch an der Metallstange des Gatters festhielt, die Muskeln angespannt, als sie sein Gewicht abfederten. Sie riss sich von dem Anblick los, als ein Hammel in die falsche Richtung zu galoppieren begann.

»Bring ihn zurück, Sam!«

Sam fiel hinter ihnen zurück und trieb den Hammel langsam wieder an ihnen vorbei unter das schützende Vordach. Gerade als Lindsay das Gatter schließen wollte, ließ ein weiterer Donnerschlag sie zusammenzucken. Der Himmel öffnete seine Schleusen. Wie ein Wasserfall ergoss sich der Regen über das Land. Lindsay schlug das Gatter zu, rannte zu Cathy, packte sie am Arm und zog sie mit sich in eine Ecke des Hofs. Der Boden war jetzt schlammig. Sie kletterten über den Zaun und rannten auf die Hintertür des Schuppens zu. Regen rann über ihre Gesichter und durchweichte ihre Kleidung. Cathy begann zu lachen, als ihr Schermokassin in eine Pfütze platschte und schlammiges Wasser über ihre Arbeitshose spritzte. Sie fühlte den gefährlich glitschigen Lehm unter den Füßen.

Sie drehte sich nach Lindsay um, der einen Schritt hinter ihr war. »Pass auf!«, warnte sie und verlor den Halt. Mit einem lauten Platschen landete sie in der Pfütze. Wasser und Schlamm schwappten über ihre Schultern und ihr Top, aber der Regen schwemmte alles schnell wieder fort.

Lindsay stand über ihr, die Hände in die Hüften gestemmt, und grinste. Cathy war ein Anblick für Götter, wie sie in ihrer Wasserpfütze saß und so verdammt sexy aussah, während das Regenwasser über ihre Haut perlte. Das nasse Haar fiel ihr über die Schultern, und das durchtränkte Scherhemd klebte wie eine zweite Haut an ihrem Körper. Ein einmaliger Effekt.

»Steh nicht dumm rum und lach dich tot, du Idiot!« Ihre Stimme klang scherzhaft. »Hilf mir auf!«

Er rührte sich erst einmal nicht vom Fleck. Lindsay genoss es, dass der Regen das Blau ihrer Augen noch intensiver und die winzigen Sommersprossen auf ihrem Nasenrücken und ihren Wangen größer erscheinen ließ.

Langsam streckte er die Hände nach ihr aus, und für einen Moment schien es, als wolle sie ihn zu sich herunter in die Pfütze ziehen, aber dann zog er sie mit Leichtigkeit dicht zu sich heran, ohne ihre Hände loszulassen. Sie trat keinen Schritt zurück, und auch er bewegte sich nicht. Er spürte keinen Regen mehr und hörte den Donner nicht, während er in ihre funkelnden Augen sah. So hatte sie nie zuvor ausgesehen, und er spürte ein Brennen in seinen Lenden. Plötzlich stellte sie sich auf die Zehenspitzen und begann ihn zu küssen. Alles, woran er denken konnte, waren ihre Lippen, so weich und kühl. Aber dann zog sie sich viel zu schnell von ihm zurück und ließ seine Hände los, bevor er sie noch richtig gespürt hatte. Seine Finger kribbelten nicht mehr, und er merkte, dass er die Luft angehalten hatte.

Lindsay schlug die Augen auf. Was war gerade passiert? Auf ihrem Gesicht zeichnete sich eine ganze Bandbreite von Gefühlen ab – Schreck, Verlangen und Verwirrung. Viel von dem, was auch er empfand.

»Entschuldige bitte, ich dachte … Sorry«, stammelte Cathy, und Regen tropfte von ihren Lippen. Sie wandte sich ab, ging mit hängenden Schultern davon und ließ ihn stumm und bewegungslos im strömenden Regen zurück. Er fühlte sich betrogen. Er hatte noch nicht genug. Er wollte mehr.

Cathy stapfte durch die Pfützen. Hatte sie sich zum Affen gemacht? Ja, zum Teufel! Vermutlich hatte sie die Zeichen falsch gedeutet. Die Art und Weise, wie er sie zu sich hochgezogen, ihre Hände dabei so fest gehalten hatte, das Lächeln seiner magischen Augen, das all den Regen auf ihrer

Haut beinahe in Dampf verwandelt hätte. Schon deshalb hatte sie einem Kuss nicht widerstehen können. Es sah ihr nicht ähnlich, etwas zu überstürzen, aber seine Lippen waren so verlockend gewesen, hatten sie wie magisch angezogen. Es war, als habe sich das ganze Universum entschieden, dass es geschehen müsse, als wäre es Schicksal.

Aber sie hatte damit alles zerstört. Wie konnte sie ihm nach dieser Zurückweisung je wieder in die Augen sehen? Was hatte sie erwartet? Vermutlich erfüllte sie einfach nicht seine Ansprüche.

Sie war noch zwei Schritte vom Tor entfernt, als sie seine Hand auf ihrer Schulter fühlte und er sie zu sich herumriss. Ihr blieb kaum Zeit, das Verlangen in Lindsays Blick zu sehen, bevor er sie gegen die Wellblechwand des Scherschuppens presste. Seine Hände glitten über ihren Körper, durch ihr nasses Haar, zogen ihren Kopf an sich. Seine Lippen berührten ihre Lippen in einem Kuss. Cathy verlor jeden Sinn für Ort und Zeit. Sie fühlte weder das kalte Metall in ihrem Rücken noch die Regentopfen auf der Haut. Ihr Körper brannte unter seiner Berührung. Sie fühlte seine zärtlich tastenden Finger in ihrem Nacken, seine Daumen, die über ihre Wangen strichen, während seine Lippen mit ihren Lippen verschmolzen.

Lindsay drängte sich an sie, und ihre nassen Körper erzeugten ihre eigene Wärme. Sie fühlte, wie ihr Herz pochte. Sie stöhnte in purer Lust, öffnete den Mund, fand seine Zunge. Es war wie ein elektrischer Schlag. Es war Schmerz und Lust zugleich – die Angst, dass es enden könnte, und das Glück ungezügelter Leidenschaft.

Sie legte die Hände um seine Mitte und hielt ihn an sich gepresst. Sie spürte seine Härte, und ein Schauer lief über ihren Rücken. Jeder Muskel seines Körpers war angespannt, und sie musste mehr davon berühren. Ihre Hände bewegten sich seinen Rücken entlang, über sein schwarzes, durchnässtes Unterhemd zum Bund seiner Jeans. Irgendwie schafften sie es, durch den Eingang in den Scherschuppen zu gelangen. Lindsay zog die große Schiebetür hinter ihnen zu, ohne seine Lippen von ihren zu lösen. Gemeinsam wankten sie zum Podest mit den Scherständen, und er hob sie hoch, sodass sie auf der Kante zu sitzen kam. Sie schlang die Beine um ihn. Lindsay küsste ihren Mund, bevor er über die Wange zu ihrem Hals wanderte. Seine Lippen strichen über ihre Schulter und leckten die Regentropfen von ihrer Haut. Sie war im Himmel, weit entfernt von der Wirklichkeit. Ihre Hände glitten unter sein schwarzes Unterhemd und fanden seinen muskulösen Bauch. Ihre Fingerkuppen tasteten über die festen Muskelstränge, tiefer zur Gürtellinie, wo vereinzelt drahtiges Haar unter ihren Fingern kitzelte.

Lindsay zog ihr das Top aus und warf das nasse Bündel auf den Dielenboden. Er streifte sein Hemd ab, während sie den Gürtel seiner Jeans öffnete. Er half ihr, sich ihrer nassen Hose zu entledigen, und sie löste mit einem Griff in den Rücken ihren BH und ließ ihn zu Boden gleiten. Lindsay nahm ihre Brüste in beide Hände. Seine Daumen streichelten ihre festen Knospen, und er nahm sie zwischen die Lippen, was sie mit lustvollem Stöhnen belohnte. Bedächtig suchten seine Lippen den Weg zurück über ihren Hals und zu ihrem Mund, bevor er sie fest an sich presste, um ihre Brüste auf seiner Haut zu spüren.

Cathy strich mit den Fingern durch sein nasses Haar, und ihre Zunge fuhr über seine Unterlippe. Ihre Hände glitten in die Vorderseite seiner Jeans, und Lindsay stöhnte leise in ihr Ohr. Sie streichelte ihn ohne Hast, zog seine Jeans tiefer und befreite ihn aus seinen nassen Sachen.

Lindsay war umwerfend. Er hatte den Körper einer griechischen Statue, der Traum einer jeden Frau. Sie verharrte selbstvergessen in ihrer Bewunderung.

Lindsay genoss das Staunen in Cathys Augen. Und er gestand sich ein, dass ihr Körper noch bewundernswerter war, als er vermutet hatte. Schließlich hatte er sich mehr als nur einmal vorgestellt, was sich unter ihrer Arbeitskleidung verbarg. Ihre Brüste füllten seine Hände, ihre Hüften waren leicht geschwungen, und ihre Taille war schmal.

»Du bist wunderschön«, sagte er atemlos und sah ihr in die Augen.

Ihre Wangen brannten, und Lindsay konnte nicht anders, als sie zu küssen, bis sie aufstöhnte. Er zog sie zur Kante des Podests, und ihre Beine umfingen ihn noch fester, als er in sie eindrang. Cathy schnurrte unwillkürlich wie eine Katze. Sie klammerte sich mit jedem Stoß an Lindsay, und ihre Hände ertasteten jeden Zentimeter seines schlanken Körpers. Er hob sie hoch und trug sie durch den Scherschuppen zu den Wollhaufen, wo er sie niederlegte.

Dort, im großen Scherstall, auf ihrem weichen Lager aus Wolle, während der Regen auf das Wellblechdach prasselte, gaben sie sich ihrer Leidenschaft hin.

Kapitel 19

Cathy saß vor einer Tasse Tee, während die aufgehende Sonne durch das Fenster schimmerte und ihr Licht über den Esstisch warf. Ihre Mutter und ihr Vater schliefen zum Glück noch. Sie brauchte Zeit, um sich über das klar zu werden, was geschehen war. Die ganze Nacht hatte sie sich hin und her gewälzt und geträumt, er habe sie verlassen, sie einfach weggeworfen und sich die Nächste genommen, die mit ihren Augenlidern klimperte. Es war nur ein Traum gewesen, aber er hatte sie tief getroffen. Gestern hatte sie sich von ihrer Erregung überwältigen lassen, und mittlerweile hatte die Vernunft sie wieder eingeholt. Was bedeutete das Geschehene für sie beide? Außerdem hatte sie nicht aufgepasst … Was, wenn sie schwanger geworden war? Verdammter Mist, wie sollte sie ein Kind in dem Leben unterbringen, das sie führte? Sie durfte sich nicht in ihn verlieben – er war ein absoluter Frauenschwarm und sie nur eine gewöhnliche Arbeiterin mit dreckigen Händen. Würde sie es durchstehen, wenn alles schiefging? Konnte alles wieder so werden wie zuvor, als sie noch auf der sicheren Seite gewesen war? Wie war es Lindsay nur gelungen, ihren Radarschirm zu unterlaufen? Sie wusste, sie war kurz davor, sich Hals über Kopf in ihn zu verlieben – vielleicht war es auch längst zu spät.

Cathy griff entschlossen nach dem Telefon und wählte Lindsays Nummer.

»Hallo?«

»Hey, Linds! CJ hier. Hör zu, können wir heute den Unterricht ausfallen lassen? Es ist etwas dazwischengekommen.«

»Oh? Alles in Ordnung bei dir zu Hause?«

»Ja, nur das Übliche. Wir sehen uns dann morgen früh, okay?«

»Wenn du etwas brauchst, du weißt, wo du mich findest. Bis Montag.«

»Danke. Bye.«

Cathy legte auf, stützte den Kopf in die Hände und fluchte.

Kaum war Cathy am Montagmorgen aus dem Pick-up gestiegen, wusste Irene sofort, dass etwas im Busch war. Lindsay hatte seine Sachen gepackt und war gegangen, hatte Cathy allein zurückgelassen.

»Morgen, Lindsay.«

»Tag, Irene. Wie geht's?«, fragte er im Vorübergehen.

»Hey, Irene. Wie war dein Wochenende?«, fragte Cathy einen Moment später.

»Naja, gut. Habe einen Haufen Gartenarbeit erledigt. Was ist mit dir? Wie war der Unterricht?« Irene musterte sie aufmerksam.

»Hm … gut. Nur der Regen hat uns Samstagnachmittag einen Strich durch die Rechnung gemacht«, sagte Cathy ausdruckslos. Die unbeantworteten Fragen in Irenes Blick waren nicht zu übersehen, aber für Antworten war nicht der richtige Zeitpunkt. Glücklicherweise beschloss Irene, es auf sich beruhen zu lassen.

Erst in der Mittagspause sprach Cathy schließlich über

ihr Problem. Sie saßen gegen den Scherschuppen gelehnt, im Schatten eines kleinen Baumes, einen Berg Sandwiches auf dem Schoß. Cathy starrte unverwandt geradeaus, fixierte die sich balgenden Hunde des Farmers. Der eine war ein Kelpie und der andere ein Corgi. Kaum eine Kombination, die man auf einer Farm erwartete, aber die beiden verstanden sich gut und spielten miteinander.

»Was ist los? Woher kommt die Anspannung zwischen euch?«

Cathy fühlte Irenes Blick, durchdringend und abwartend. Sie wandte sich Irene zu und ließ ihrem Kummer freien Lauf.

»Ich … also … ich habe am Samstag mit Lindsay geschlafen.«

Irene versuchte, nicht allzu verdattert auszusehen oder zu aufgeregt zu klingen. »Wow! Und wo liegt das Problem? Bereut er's?«, fragte sie hastig.

»Nein, aber ich. Ich glaube, er weiß im Moment gar nicht, was er von mir halten soll. Ich weiß es ja selbst nicht mal.«

Irene kicherte. »Das überrascht mich nicht. Vielleicht hat er gedacht, ihr seid jetzt richtig zusammen.«

»Vielleicht. Aber was sollte ihm schon an einer Frau wie mir liegen? Ich bin nur eine Farmarbeiterin mit einer Wagenladung Problemen.«

Irene lächelte. »Das findest du erst raus, wenn du's auf einen Versuch ankommen lässt. Vielleicht will er gerade so jemanden wie dich. CJ, du solltest dich fragen, wovor du eigentlich Angst hast.«

Cathy drehte sich zu ihr um. »Angst? Wieso?«

»Hast du Angst, es könnte enden wie deine anderen

Beziehungen? Angst, dass er dir wehtut wie dein Dad? Ich weiß, dass es dir schwerfällt, Vertrauen zu entwickeln.«

Cathy wand sich und stieß die Schuhspitze in die staubige Erde. »Was, wenn … wenn ich ihn mag und er nicht dasselbe empfindet? Irene, was wenn ich nur eine von vielen für ihn bin? Wenn ich wie üblich zurückgelassen werde wie der letzte Dreck?« In ihrer Verletztheit klang ihre Stimme rau.

»Schätzchen, ich glaube nicht, dass Lindsay einer ist, der dir wehtun würde. Klar wirkt er wie ein Frauenheld, aber für mich scheint er ein ehrlicher Typ zu sein. Warum lässt du's nicht einfach auf einen Versuch ankommen?«

»Keine Ahnung. Ich kann's nicht erklären.« Cathy seufzte und schob den letzten Bissen ihres Sandwiches in den Mund.

»Gut, dann fangen wir andersherum an. Magst du ihn?«

Cathy nickte. »Sehr sogar.«

»War euer Sex gut?«

»Großartig … Hör mal, ich weiß, worauf du hinauswillst, aber ich habe einfach Angst, verletzt zu werden.«

»Hast du das Lindsay gesagt?«

Cathy schüttelte wieder den Kopf und sah zu Lindsay hinüber, der mit Dave neben dem Tisch mit der Verpflegung saß.

»Gib ihm einen Vertrauensvorschuss, CJ. Öffne dich ihm. Du könntest sonst was Wunderbares versäumen. Viel schlimmer kann's doch nicht werden.«

»Aber wenn es schiefgeht? Wie soll ich das überleben?«

Irene legte die Hand auf Cathys Hand und drückte sie. »Du bist stärker, als du denkst. Du solltest ihm sagen, was du fühlst.«

Cathy wusste, dass Irene recht hatte. Auf der Heimfahrt beschloss sie, zu versuchen, es Lindsay zu erklären. So viel war sie ihm schuldig.

»Hey, Linds, wegen Samstag …« Er wandte sich ihr aufmerksam zu. Das war mehr, als er ihr gegenüber den ganzen Tag gezeigt hatte. »Ich bin durcheinander. Ich meine – verdammt, es fällt mir schwer.«

»Ich höre.«

»Ich weiß, ich war … nicht ganz fair, aber …« Cathy trommelte mit den Fingern auf ihr Bein, während sie nach Worten suchte. »Ich mag dich wirklich … sehr. Ich habe Angst davor, wo das hinführen und was es bedeuten könnte.« Seine Verwirrung war offenkundig.

»Ich dachte, es sei klar, dass ich mit dir zusammen sein möchte.«

Großer Gott, es war schwieriger, als sie es sich vorgestellt hatte. Wie sollte sie ihm beibringen, dass sie nach einem Monat nicht gegen eine andere ausgetauscht werden wollte? »Ich weiß einfach nicht genau, was ich will. Ich bin es einfach nicht mehr gewohnt, mir Gefühle zu erlauben, weil ich schon genug Probleme habe. Du musst das verstehen. Ich will nur nicht verletzt werden.«

Lindsay legte seine Hand auf ihre, und sie fühlte, wie seine Wärme durch ihren Körper strömte.

»Ich würde dir niemals wehtun, CJ.«

»Ich brauche nur etwas Zeit. Ist das okay?«

Lindsay lächelte sie zum ersten Mal an diesem Tag an. »Ich bleibe in der Gegend. Du bist es mir wert zu warten«, sagte er mit einem Augenzwinkern.

Cathy atmete hörbar auf, beruhigt durch seine Worte und froh, das Gespräch hinter sich zu haben – und noch mal so glücklich darüber, dass Lindsay wieder er selbst war.

Nur wenige Augenblicke später bog er in ihre Auffahrt ein.

»Bis morgen, Calamity«, sagte er.

Ein prickelndes Gefühl überzog ihren Körper, und sie erwiderte sein Lächeln. »Dito, Slick.«

Sie stand in der Auffahrt und sah dem Wagen nach, bis er außer Sichtweite war, bevor sie ins Haus ging. Jetzt musste sie nur noch die zahllosen Gedanken ordnen, die ihr durch den Kopf gingen.

Kapitel 20

Aus der Jukebox schallte der Rocksong »Original Sin« von INXS durch die gerammelt volle Kneipe, und ein paar Mädchen tanzten in Sichtweite. Lindsay, Cathy, Irene und Paul saßen an einem Ecktisch, die leeren Teller zeugten von einer köstlichen Mahlzeit, die sie gerade genossen hatten. Sie lehnten sich alle auf ihren Stühlen zurück, um ihre vollen Bäuche zu entspannen.

»Glaubt ihr, jemand merkt, wenn ich den obersten Knopf meiner Jeans aufmache?«, fragte Cathy mit einem Grinsen.

Lindsay zog die Augenbrauen hoch. »Ich habe nichts dagegen.«

»Hm, vielleicht hilft noch ein Bier, um alles runterzuspülen«, seufzte Paul.

»Ich bin dabei«, sagte Lindsay. »Wer noch?«

»Kann ich dieses Mal einen Bourbon mit Cola kriegen?«, erkundigte sich Irene.

»Ich auch?«, bat Cathy.

Cathy sah den Männern nach, die zur Bar gingen. Lindsays Jeansshorts saßen stramm über seinem Hintern, und sein graues Surfshirt von Rusty betonte seine breiten Schultern. Sein blondes Haar wirkte wie frisch frisiert. Sie seufzte, als versuche sie, ihre Verliebtheit zu zügeln.

»Sag mal, habt ihr beide euch noch immer nicht zusammengerauft?«, wollte Irene wissen. Sie war erst vor Kurzem beim Friseur gewesen, und in der blonden, mit einer großen Klammer aufgesteckten Haarpracht war kein graues Haar zu erkennen.

Cathy verdrehte die Augen. »Er gibt mir Zeit.«

»Er hat dich nicht gedrängt?«

»Nein. Sieht so aus, als warte er auf meine Entscheidung.«

»Und die solltest du lieber schnell treffen, bevor ihn dir eine andere wegschnappt«, sagte Irene und nickte in Richtung Theke. Cathy wurde flau im Magen, als ihr Blick auf das hübsche Mädchen neben Lindsay fiel. Sie trug ein kurzes, tief ausgeschnittenes, silber glänzendes Kleid. Mit ihren schwarzen Pumps war sie fast so groß wie Lindsay. Sie verkörperte all das, was Cathy nicht war. Cathy sah die langen, lackierten Fingernägel an ihrer Hand, die den Drink hielt, während sie aufreizend mit ihren roten Lippen an ihrem Strohhalm sog. Cathy betrachtete ihre eigenen, kurz geschnittenen Nägel. Sie trug ihre Lieblingsjeans und Stiefel von R.M. Williams mit einem schlichten schwarzen Top, das nur auf einer Seite ein kleines Rautenmuster als Verzierung besaß. Ihr Haar hatte sie wie üblich zu einem Pferdeschwanz hochgebunden. Das andere Mädchen trug ihr seidig glänzendes, langes Haar offen, nur ein paar Strähnen wurden von einer glitzernden Klammer zurückgehalten. Sie lebte definitiv am anderen Ende der Nahrungskette.

Cathy beobachtete, wie Lindsay mit ihr sprach. Sie war plötzlich eifersüchtig und spürte einen Stich in der Brust. War er an ihr interessiert? Sie sah verdammt gut aus, das war nicht zu leugnen, und flirtete mit ihm, als gäbe es kein Morgen. Cathy merkte, dass sie die ganze Zeit über die Luft anhielt. Das Mädchen legte die Hand auf seine Schulter und flüsterte ihm etwas ins Ohr, er deutete auf Cathy. Das Mädchen zuckte die Schultern und ging zu ihren Freunden auf die Tanzfläche zurück.

Cathy drehte sich zu Irene um. »Hey, ich muss mal frische Luft schnappen.«

»Okay. Aber wenn du in fünf Minuten nicht zurück bist, trinke ich deinen Bourbon«, drohte Irene lachend.

Cathy sprang auf und ging zur Hintertür hinaus. Was war mit ihr los? Sie sank gegen die Ziegelmauer und saugte die kalte Nachtluft mit tiefen Zügen in sich ein. Ihre Eifersucht war absurd. Sie sprengte jeden Rahmen, und ihr wurde plötzlich klar, wie verzweifelt sie Lindsay wollte. In diesem Moment konnte sie nur an ihn denken. Was war schmerzhafter, als ihn mit einer anderen zu sehen? Und da wusste sie, dass sie bereit war, ihr Herz aufs Neue in den Ring zu werfen.

»Hey, alles in Ordnung mit dir?« Sie hörte Lindsays Stimme und schlug die Augen auf.

»Ja.«

Er stand vor ihr, kaum einen halben Meter entfernt, und sah ihr in die Augen.

»Weißt du, dieses Mädchen interessiert mich nicht.«

Cathys Herz flatterte in ihrer Brust, und sie atmete Lindsays verführerisches Rasierwasser ein.

»Ich habe ihr gesagt, dass ich nur Augen für dich habe.« Er ließ einen Finger über ihre Wange gleiten.

Die Zeit war reif. Sie konnte ihm nicht länger widerstehen. Das Feuer in seinen Augen war wie Hohn für sie. Vorsicht und Zurückhaltung fielen von ihr ab, ihre Hand glitt über seine Brust und in seinen Nacken. Sie beugte sich vor und küsste ihn, zog ihn näher. Er stöhnte vor Lust. In ihren Küssen lag das Feuer zweier Menschen, denen verwehrt worden war, was sie sich am sehnlichsten wünschten.

Schließlich löste er sich von ihr. »CJ?«

»Ich gehöre dir, wenn du mich noch willst.«

Ein Lächeln breitete sich über seine Züge aus. Seine Lippen fanden erneut ihren Mund in einem endlosen, zärtlichen Kuss.

Widerwillig ließen sie voneinander ab und gingen zu Irene und Paul in die Kneipe zurück.

»Dann geht's also morgen wieder zum Scherunterricht, CJ?«, fragte Paul.

»Sicher. Ich kann's kaum erwarten. Wir haben eine Pause zwischen zwei Scheraufträgen. Auf diese Weise haben Linds und ich eine Woche Zeit zum Üben. Es ist fast wie in einer richtigen Scherschule«, schloss sie lächelnd.

Paul machte ein entsetztes Gesicht. »Ihr seid ein komischer Menschenschlag, CJ. Ich jedenfalls sitze lieber den ganzen Tag auf meinem Hintern im Büro.«

»Das Scheren hat was, Paul«, sagte Cathy. »Ich bin so glücklich, dass Linds es mir beibringt. Er sollte eine Scherschule aufmachen. Die Region könnte dringend eine Schule vertragen. Doug beklagt sich dauernd, dass er nicht genug gute Scherer finden kann.«

»Großartige Idee. Warum machst du es nicht?«, wandte sich Paul an Lindsay.

»Naja, vielleicht tue ich es – wenn ich mal im Lotto gewinne«, antwortete er lachend. »So wie ich es sehe, wirft CJ nächste Woche das perfekte Vlies ab. Und dann dauert's nicht mehr lange, bis sie Vollzeit im Team scheren kann«, fügte er hinzu.

Irene hüstelte. »Ha, wir hätten ein perfektes Team – mit CJ und ohne Marty.«

Paul rutschte auf seinem Stuhl hin und her. »Also, wer ist für einen Nachtisch zu haben?«, erkundigte er sich und rieb sich den Magen.

»Ich passe«, sagten Cathy und Lindsay wie aus einem Mund. Während sie einen verstohlenen Blick wechselten, dachte Cathy, dass sie gerade ihr Dessert gehabt hatten und sie einen Nachschlag kaum erwarten konnte.

Cathys Herz begann wie rasend zu klopfen, als Lindsays Haus in Sichtweite kam. Sie konnte nur hoffen, dass es sich beruhigte. Sie wollte sich nicht wie ein nervöser, ungelenker und kichernder Teenager benehmen, wie am Vorabend bei seinem Abschiedskuss. Sie musste für sich das Beste aus dieser Woche machen. Sie war hier, um zu lernen.

Lindsay erwartete sie auf der Hintertreppe in schwarzer Trainingshose und grauem T-Shirt, eine Tasse Kaffee in der Hand.

»Oh, haben wir heute einen freien Tag? Mir jedenfalls hat niemand Bescheid gesagt«, frotzelte sie.

Lindsay grinste. »Wie bitte? Darf ich am Samstag nicht mal ausschlafen?«

»Nicht, wenn ich schon eineinhalb Stunden auf den Beinen bin.«

Lindsay trat einen Schritt auf sie zu. »Wenn es schon deine Schuld ist, dass ich eine schlaflose Nacht verbracht habe, sollte man mir das nachsehen, findest du nicht?«

Er gab ihr einen Kuss und ließ sie wieder los. Cathy seufzte.

»Können wir das noch mal machen?«, fragte Lindsay leise.

»Aber gerne«, sagte sie, schlang die Arme um seinen Hals und küsste ihn mit etwas mehr Einsatz.

»Das reicht. Du kommst jetzt mit mir.« Er ergriff ihre Hand und zog sie ins Haus.

Cathy folgte ihm bereitwillig zu seinem Zimmer am Ende des Korridors. Er stieß die schwere Holztüre auf. Einige Kleidungsstücke lagen verstreut auf dem Fußboden, und der Bettüberwurf war zurückgeschlagen. Seine bloße Nähe in diesem Zimmer ließ sie augenblicklich vor Verlangen brennen. Er zog ihr das T-Shirt über den Kopf, presste sie an seine Brust und begann die zarte Haut an ihrer Schulter zu küssen. Langsam zogen sie sich gegenseitig aus und sanken auf sein Bett. Cathy lehnte sich in die Kissen zurück, und Lindsay bedeckte ihre Brüste mit Küssen. Er steigerte ihr Verlangen, bis sie abgesehen von Lindsay und den Gefühlen, die er in ihr entfachte, die Welt um sie herum vergaß. »Kommen alle deine Schülerinnen in den Genuss von so viel Aufmerksamkeit?«, neckte sie ihn später. Sie lagen aneinandergeschmiegt, Cathy in seinen Armen.

»Das kann ich noch nicht sagen, du bist meine erste.« Lindsay spielte mit ihrem Haar. »Ich habe immer davon geträumt, eine Scherschule aufzumachen, in der jeder so scheren lernt, wie man es mir beigebracht hat.« Lindsay sprach mit leiser Stimme, und sein Atem kitzelte in ihrem Ohr.

»Du bist ein großartiger Lehrer.« Cathy hob den Kopf aus den Kissen, um ihm in die Augen zu sehen. »Du solltest wirklich eine Schule gründen.«

»Der Start würde eine Stange kosten. Dazu braucht man Land und Schafe. Ich hatte gehofft, Dad würde mir einen Teil der Farm dafür überlassen, aber den Zahn hat er mir gleich gezogen. Eines Tages vielleicht, wenn das Scheren zu anstrengend für mich wird und es Zeit ist, kürzerzutreten, kann ich unterrichten. Eine Schule aus Rücklagen finanzieren …« Lindsay verstummte.

Cathy fuhr mit einem Finger über seinen Schenkel. »Ich hoffe jedenfalls, dass du es eines Tages wahr machen wirst. Und ich wäre dann sehr gern dabei.« Sie zog die Augenbrauen hoch. »Also, wie lange habe ich noch, bis du mich wieder in den Scherschuppen abkommandierst?«

Lindsay verdrehte die Augen und seufzte. »Vielleicht zehn Minuten, und dann kommen Hals und Schulter bei den Merinos dran. Aber bis dahin … Komm her!« Er schlang die Arme um sie und zog sie enger an sich.

Eine Woche später hielten Cathy und Lindsay vor Morrisons Scherstall an. Er war groß, und sie sollten hier zwei Wochen lang zu tun haben. Der Bus mit dem Scherteam traf ein, und Cathy gesellte sich zu Irene. Sie gingen Seite an Seite in die Halle.

»Herrlicher Morgen, CJ«, sagte Irene, und ihre grünen Augen tanzten, während sie an ihrer Kippe zog.

»Kann man sagen«, seufzte Cathy und blickte zu dem azurblauen Himmel auf, an dem nur die Sonne und ein blasser Halbmond zu sehen waren.

»Trotzdem, irgendetwas ist komisch«, sagte Irene und zwinkerte Cathy zu. »Ja, da ist was im Busch. Verdammt, Mädel, du strahlst ja.« Irene folgte ihrem Blick in Richtung Lindsay und lachte. »Ah, ich bin begeistert. Lindsay gehört zu den Guten, da bin ich sicher. Du hast es verdient. Es ist gut, dich so glücklich zu sehen.«

Cathy nahm Irene die Zigarette aus dem Mund, trat sie

mit dem Stiefelabsatz aus und achtete gar nicht auf den seltsamen Ausdruck in Irenes Augen, als sie sie in die Brusttasche ihres Hemds steckte.

»Ist mit euch beiden Klatschtanten da drüben in der Ecke alles in Ordnung?«, fragte Lindsay und kam auf sie zu.

»Ich hab dir doch gesagt, dass sie es sofort merkt«, erwiderte Cathy.

Er zwinkerte ihr zu, und sie wünschte sich mit ihm zurück in sein Haus und in sein Bett. Sie hatte in der vergangenen Woche eine Menge Schafe geschoren und ganz nebenbei Lindsays Körper und seine drei Narben ergründet, die er sich als Kind zugezogen hatte. Zu lernen, wo Lindsay gern geküsst wurde, hatte noch mehr Spaß gemacht, als zu üben, wie man einen Scherzug über die Kuppe auf dem Schafrücken führt.

»Dave ist draußen. Was habt ihr beide vor?«, wollte er wissen.

»Oh, das passt.« Cathy lief zum Scherstand und warf einen prüfenden Blick zur Tür, ob Dave dort auftauchte. Sie konnte ihn nirgends entdecken, steckte Irenes Zigarettenkippe an den gewünschten Platz und rannte zu den anderen zurück.

»Das sollte ihm die Flausen austreiben«, sagte sie und klatschte sich mit Lindsay ab.

»An den alten Trick hätte ich auch denken können. Okay, ich mache mich mal fertig. Wir sprechen uns später«, sagte Lindsay.

Cathy beobachtete, wie Lindsay zum Scherstand auf dem Podest schlenderte.

»Ich an deiner Stelle würde mal eine andere Miene aufsetzen, wenn du die Kerle nicht alle kirre machen willst.

Wie liebestoll du bist, steht dir deutlich auf die Stirn geschrieben«, frotzelte Irene.

Cathy rempelte Irene spielerisch an. »Wir sprechen uns später. Und lass Dave nicht aus den Augen.«

Die Zeiger waren kurz davor, auf sieben Uhr zu springen, und die meisten waren bereit, mit der Arbeit zu beginnen. Dann schlenderte Dave gemächlich in die Scherhalle, ölte sein Handstück und begann, es in die Gelenkstange einzuhaken. Er versuchte es mehrmals, wurde immer verwirrter.

»Verdammtes Mistding!«

Cathy warf einen Blick auf Lindsay, der sein Lachen mühsam unterdrückte. Alle Übrigen in der Scherhalle hielten inne, folgten fasziniert der Vorstellung, die Dave auf dem Podest gab.

Schließlich warf er sein Schergerät wütend zu Boden, und als es aufschlug, fiel die Zigarettenkippe heraus.

Dave drehte sich zu Lindsay um. »Du verdammter Mistkerl!«, schnaubte er und begann zu lachen. Er kickte die Kippe in die Ablaufrinne und hakte sein Handstück ein. Diesmal ging es spielend leicht. Alle im Scherstall hatten ein Grinsen im Gesicht, als die Musik ertönte und die ersten Schafe des Tages aus den Pferchen geholt wurden.

Am Freitagabend hatte Tess Cathy und Lindsay zum Grillen eingeladen, da Cathy das letzte Grillfest verpasst hatte. Sie standen draußen im Freien, unterhielten sich, fühlten die Hitze der Gasflamme und rochen den Duft der Steaks. Die Außenbeleuchtung auf der Terrasse war gerade hell genug für Doug, um zu sehen, dass das Fleisch allmählich anbrannte.

»Ich finde, die Steaks sind mittlerweile ziemlich mausetot, Doug«, bemerkte Cathy lachend.

»Die verbrannten Stücke haben immer das beste Aroma«, entgegnete Doug, warf die Steaks vom Grill und wendete die gebräunten Würstchen mit der Grillzange.

Cathy holte Bier und reichte Lindsay eine Flasche. Er berührte dabei absichtlich, und für einen kleinen Moment länger als nötig, ihre Hand.

»Hey, was war denn das?« Tess' dunkle Augen wurden groß. Ihr schwarzes Haar fiel seidenweich über ihre Schultern, und sie trug wie Cathy Jeans und einen Pulli gegen die kühle Abendluft. »Was, bitte, war das?«, wiederholte sie die Frage und deutete mit dem Finger von einem zum anderen. Lindsay lächelte, legte den Arm um Cathy und küsste sie auf die Stirn.

»Ich hab's gewusst! Ich wusste sofort, dass zwischen euch beiden was läuft, als ihr heute Nachmittag hereingeschneit seid.« Tess' Stimme überschlug sich fast vor Begeisterung, und sie klatschte in die Hände. »Ich hab's im Urin gehabt.«

Doug wirbelte herum, die Grillzange in der Luft. »Was ist los?« Dass Lindsay den Arm um Cathy gelegt hatte, entging ihm völlig. »Was ist mit deinem Urin? Das letzte Mal, als du das gesagt hast, warst du schwanger!« Doug machte ein erschrecktes Gesicht, als habe man ihm gerade nahegelegt, sich sterilisieren zu lassen.

»Bist du blind? Die beiden haben sich schließlich doch gefunden!« Sie wandte sich Cathy und Lindsay zu. »Oh, und ich find's übrigens großartig.«

Doug musterte die beiden eingehend und sagte nur: »Aha! Wie nett für euch.« Dann kam ihm noch etwas in den

Sinn, und er zeigte mit der Grillzange auf sie und drohte: »Und lasst es euch ja nicht einfallen, euch später zu trennen und mich ohne Arbeitskräfte sitzen zu lassen, ja?«

»Doug!«, schimpfte Tess laut.

Er zuckte nur die Schultern und wandte sich wieder den Würstchen zu. Aber später, als sie ins Haus gingen, nahm Doug Cathy beiseite und legte väterlich den Arm um sie. »Ich freue mich auch, CJ«, sagte er. »Du hast noch nie so glücklich ausgesehen, nicht mal damals, als du den großen Wettkampf der Wollklassierer gewonnen hast.«

Dougs Augen strahlten Zuneigung aus, ein Ausdruck, den sie bei ihrem Vater schon fast vergessen hatte. Sie hatte Doug und Tess sehr gern. Sie waren wie eine Familie für sie.

»Danke, Doug. Ist lange her, dass ich mir vorstellen konnte, einmal so glücklich zu sein. Irgendwie habe ich immer gedacht, dass ich kein Recht darauf habe.«

»Glück steht jedem zu, CJ. Manche müssen nur härter darum kämpfen. Nimm zum Beispiel Lindsay. Ich habe seit Jahren versucht, ihn von der Farm loszueisen. Ich weiß nicht, was schiefgelaufen ist, bevor er endlich fortgegangen ist, aber dieser Befreiungsschlag hat sich ausgezahlt. Ich habe ihn seit einer Ewigkeit nicht so glücklich gesehen.«

»Wirklich? Das ist gut. Dann sind wir ja alle glücklich.« Sie lachte zwar mit Doug, doch seine Worte stimmten sie nachdenklich.

Nach dem Abendessen erledigten Lindsay und Cathy den Abwasch, während Doug nach alten Fotos suchte und Tess die Kinder fürs Bett fertig machte.

Lindsay vernachlässigte seine Pflichten beim Abtrocknen. Er hatte die Arme um Cathys Taille geschlungen und küsste ihren Nacken, während sie die letzten Teller in das heiße, schäumende Wasser gleiten ließ. Sie hörte ein leises Kichern. Bonnie stand in ihrem rosaroten Prinzessinnen-Pyjama in der Türe.

»Ich habe dir doch gesagt, dass mein Onkel gut für dich ist«, sagte sie, bevor Tess sie wegzog.

»Kommt, ihr beiden. Lasst den Abwasch und setzt euch zu uns!«, rief Doug aus dem Wohnzimmer.

»Was hast du ausgegraben?«, fragte Cathy, und Doug reichte ihr ein altes Fotoalbum.

Sie schlug den Deckel auf und entdeckte alte Schwarz-Weiß-Fotos.

»Es sind einige von Lindsay dabei – mal abgesehen von den wirklich guten Fotos von mir«, sagte Doug und lachte, als er sich neben Cathy auf die Couch setzte. Lindsay beugte sich auf der anderen Seite über ihre Schulter.

»Schau, das ist Doug mit meinem Vater und Onkel Peter«, sagte Lindsay. Doug war das Baby in weißem Spitzenkleid und Häubchen, das auf den Knien der beiden anderen Jungen lag. Lindsays Vater sah aus wie acht oder älter, und der Jüngere hatte Zahnlücken. Sie erkannte die Ähnlichkeit mit Lindsay und fühlte sich ihm noch näher, nachdem sie seine Familie gesehen hatte.

»Du hast also noch einen Onkel. Was ist mit Tanten?«, wollte sie wissen.

Cathy fühlte, wie sich Doug plötzlich zurückhielt.

»Nein«, antwortete Lindsay. »Es waren nur drei Brüder. Peter ist mit zwanzig gestorben – so war es doch, Doug, oder?« Er ging in die Küche, um noch eine Runde Bier zu holen.

Doug nickte. »Ja, Lindsay ist Peter in vielen Dingen sehr ähnlich. Er hatte denselben Sinn für Späße. Des ist immer der ernstere von uns gewesen und wollte im Gegensatz zu Peter nie mit mir spielen. Wir haben immer eine Menge Unsinn getrieben, und die Mädchen haben ihn geliebt. Was Des noch mehr geärgert hat.« Doug lachte halbherzig, bevor er fortfuhr: »Aber um fair zu sein, muss man sagen, dass unser Vater Des immer eingebläut hat, er sei der Älteste und habe daher Verantwortung, und er hat ja auch die Farm geerbt. Ich glaube, Des hätte gern mit uns gespielt, er hatte nur keine Zeit. Also war er für uns so was wie der Buhmann – vor allem für mich, aber ich war ja auch acht Jahre jünger.«

»Du bist also das Baby der Familie.«

»Mein Bruder hat immer gefrotzelt, ich, als unverhoffter Nachkömmling, sei eigentlich für eine Blinddarmentzündung meiner Mutter gehalten worden. Die Eltern hatten zwei Söhne und waren glücklich, aber dann kam ich. Es hatte durchaus seine Vorteile. Ich wurde sehr verwöhnt.« Doug blätterte um und strich mit dem Finger über das nächste Foto. Es zeigte ihn und Peter als Cowboys verkleidet, die Läufe ihrer Pistolen auf die Kamera gerichtet.

»Ich habe durch Peter eine Menge Dinge früher gelernt, als ich sollte. Ich war erst fünfzehn, als er starb. Das war ein schwerer Schlag. Es hat mir gar nicht gefallen, allein mit Des zurechtkommen zu müssen.«

»Meine Eltern verlieren kein Wort über ihn«, sagte Lindsay und verteilte die Bierflaschen, nachdem er ins Zimmer zurückgekommen war. »Es ist so, als hätte es ihn nie gegeben. Doug ist der Einzige, der von ihm spricht.«

»Wie traurig«, murmelte Cathy. »Wie ist er …?«

Doug lehnte sich in die Polster der Couch zurück. »Er hat sich mit dem Motorrad überschlagen, als wir die Dämme kontrolliert haben.« Er hielt inne und atmete unregelmäßig. »Ich habe ihn gefunden. Später hat man vermutet, dass er auf eine Baumwurzel aufgefahren ist, weil das Vorderrad verbogen war. Er war über den Lenker geflogen und hatte sich das Genick gebrochen. Peter war ein exzellenter Motorradfahrer. Es war ein ungewöhnlicher Unfall. Und es war der schlimmste Tag meines Lebens.« Doug deutete auf Lindsay. »Aber dann wurde im Jahr darauf Lindsay geboren, und ich war nicht mehr der Jüngste in der Familie. Ich konnte dich dann quälen, was, Slick?«

Er deutete auf ein anderes Foto. Es zeigte Doug Anfang zwanzig mit Lindsay, der ungefähr in Bonnies Alter war. Lindsay sah in seiner kurzen Hose, die der von Doug glich, sehr süß aus, und beide trugen blaue, ärmellose Arbeitshemden.

»Du siehst aus wie Doug, Linds.« Cathy lachte, konnte den Blick jedoch nicht von der jüngeren Version von Lindsay wenden. Selbst mit acht Jahren war er groß gewachsen gewesen, die Schultern gerade und kräftig. Dougs Hand ruhte in Beschützerpose auf seiner Schulter. »Du hast damals auch nicht schlecht ausgesehen, Doug. Ich kann verstehen, warum sich Tess dich geangelt hat.«

Doug zog seinen Bauch ein und streckte die Brust raus. »Was soll denn das heißen? Ich hab's immer noch voll drauf!«

Cathy betrachtete ein anderes Foto von Lindsays Familie. Des sah darauf aus wie der Bürgermeister einer Stadt. Seine Miene wirkte trotz eines Lächelns streng. Die Verantwortung schien ihn zu belasten. Sein Sohn stand vor ihm, seine Frau, mit einem Baby in den Armen, an seiner Seite. Lindsay war ungefähr drei Jahre alt und machte einen lebhaften Eindruck, so als falle es ihm schwer, für das Foto stillzuhalten. Lindsay atmete tief und hörbar neben ihr ein, bevor er aufstand und murmelte, er wolle den Mädchen Gute Nacht sagen.

Cathy wandte sich an Doug. »Linds sieht aus wie ein kleiner Schlingel.«

»Ja, mit ihm hatte man immer Spaß. Ich glaube, er hat das andere Taylor-Gen geerbt – das des Rebellen.«

Die Taylors waren wirklich eine gut aussehende Familie.

Tess tauchte in der Türe auf. »Die Mädchen möchten von euch einen Gutenachtkuss«, verkündete sie.

Doug ging in das Kinderzimmer, als Lindsay herauskam, Cathy den Weg versperrte und sie zärtlich auf den Mund küsste.

»Kann's kaum erwarten, mit dir allein zu sein«, flüsterte er im Vorübergehen.

Cathy lehnte sich gegen die Wand und wartete, bis sich das Zittern ihrer Knie legte.

Kapitel 21

Gegen zehn Uhr an jenem Samstag hatten Irene und Cathy Irenes Hochzeitskleid gefunden. Sie entdeckten es in der hintersten Ecke des zweiten Geschäfts, das sie im Cannington Shopping Centre aufgesucht hatten, und beide wussten sofort, dass es das Richtige war.

Cathy hatte nicht um fünf Uhr aufstehen wollen, um nach Perth zu fahren, besonders da Lindsay neben ihr in dem kleinen Schuppen lag, der ihr Zuhause war. Cathy musste bei dem Gedanken daran unwillkürlich lächeln, doch das Schönste daran war, dass sie die ganze Nacht in seinen Armen verbracht hatte. Starke, sichere Arme, die auch am Morgen noch da gewesen waren. Sie hatte tief durchgeatmet und sich so dicht an ihn geschmiegt, dass er beinahe aufgewacht wäre. Bevor sie gegangen war, hatte sie ihn mit einem Kuss geweckt und ihm die Schlüssel zu ihrer kleinen Hütte überreicht.

»Soll Sam dir Gesellschaft leisten?«, hatte sie ihn geneckt.

»Du könntest ja auch zurück ins Bett kommen und mich wärmen.«

Das hätte sie auch getan, hätte Irene nicht vor dem Haus auf sie gewartet.

Das Kleid war perfekt: nicht zu verspielt oder überladen, ganz schlicht, körperbetont und elegant. Irene hatte es anprobiert und großartig darin ausgesehen. Lediglich die Taille musste enger genäht werden.

Bald hatten sie auch die passenden Schuhe und Schmuck gefunden. Irene entschied sich für eine einzelne Perle an einer schlichten Kette mit passenden Perlenohrringen – und dasselbe für Cathy.

»Jess' Kleid ist einfach bezaubernd. Das rote Band ist ein toller Kontrast zu ihrem Haar«, sagte Cathy während sie sich durch die Menge der Passanten drängten. Irene hatte Jess, die Tochter von Pauls Nichte, zum Blumenmädchen bestimmt. Paul stand seiner Nichte sehr nahe. Auch Cathy hatte sie mehrfach getroffen. Ihre Tochter Jess hatte wunderschönes blondes Haar mit einem rötlichen Schimmer und Sommersprossen auf ihrer winzigen Nase.

»Ja, ich bin glücklich, wie sich alles fügt. Jetzt brauchen wir nur noch ein Kleid für dich, und das muss rot sein.«

Sie betraten eine Boutique und gingen geradewegs auf die roten Kleider zu. Irene ging die ganze Stange durch. »Zu lang, zu hässlich, zu … irgendwas. Ha, das gefällt mir.« Irene prüfte das Etikett. »Es hat deine Größe. Probier es an.« Sie lachte, als sie Cathys Miene sah. »Schlüpf einfach mal rein. Ich suche weiter.«

Cathy wand sich in das Kleid und ging zu Irene zurück, die bereits mit dem nächsten Stück auf sie zukam.

Irene schüttelte den Kopf. »Nein, unmöglich. Schulterfrei gefällt mir nicht an dir. Hier, probier das. Es ist kürzer.«

Cathy nahm zähneknirschend das Kleid und zog es an. Dann sah sie sich im Spiegel und blieb stehen, unsicher, wer ihr dort entgegensah. Sie war sprachlos.

Sie öffnete die Tür der Umkleidekabine. Irene starrte sie mit offenem Mund an.

»Oh, das ist es! Es ist perfekt.« Irene schlug bewundernd die Hand vor den Mund. »Dreh dich um. Donnerwetter, sitzt wie angegossen. Dein Busen sieht darin unglaublich aus.«

»Irene!«

»Stell dir nur vor, wie es erst mit aufgestecktem Haar, Schmuck und schönen Pumps wirkt. Merkst du nicht, wie großartig du aussiehst?« Irene nahm sie bei den Schultern und drehte sie dem Spiegel zu.

Das Kleid war unglaublich. Sie hatte noch nie so ... feminin ausgesehen!

»Lindsay wird hingerissen sein. Wir nehmen dieses Kleid. Komm schon. Zieh dich um. Wir brauchen schließlich noch die passenden Schuhe.«

Lindsay lehnte sich in seinem Stuhl zurück, öffnete eine Flasche Bier und griff nach seinem Handy.

»Hallo?«

»Guten Morgen. Spreche ich mit Mr. James Taylor?«, fragte Lindsay mit tiefer, ernster Stimme.

»Ja.«

»Ich bin von der Klassenlotterie, Sir, und ich habe die Freude, Ihnen mitzuteilen, dass Sie im Mittwochslotto zwei Millionen gewonnen haben.« Lindsay hatte die Nummer noch nicht ganz durchgezogen, als James zu lachen begann.

»Mich kannst du nicht verscheißern, Slick! Da musst du schon früher aufstehen«, sagte James und machte damit Lindsays Täuschungsmanöver ein Ende. »Na, was ist, Bruderherz? Bist du immer noch der Champion-Profischerer?«, erkundigte sich James.

»Ja. Und du? Bist du noch immer ein dummer Getreidebauer?«

James' Gelächter hallte durch das Telefon.

»Wie geht's auf der Farm?«, fragte Lindsay aufrichtig interessiert. Schließlich hatte er einen Großteil seines Lebens auf der Farm gelebt und gearbeitet und vermisste manches aus diesem Leben. Wie das satte, grüne Getreide, das während es reifte langsam golden wurde.

»Gut. Die Ernte ist eingefahren. Der Regen kam immer wie bestellt. Mum und Dad tun noch immer so, als gäb's dich gar nicht.«

»Wirklich?«

»Quatsch, war ein Witz. Mum erwähnt dich immer wieder und fragt sich, was du wohl machst. Dad sagt dann, du seist alt genug, um zu wissen, was du tust, und sie braucht nicht anzurufen und bei dir nachzufragen, als wärst du noch ein Teenager.«

»Sie hat mich angerufen. Kurz nachdem ich weg bin.«

»Ja?«

»Sie wollte wissen, warum ich gegangen bin, aber ich habe ihr gesagt, ich bräuchte mal Luftveränderung und dass ich jetzt endlich das mache, was ich wollte. Das schien sie zu akzeptieren, aber es war offensichtlich, dass sie mich zu Hause haben wollte.«

»Natürlich. Sie möchte ihren Liebling mit einem Mädchen ihrer Wahl verkuppeln, damit du perfekte Enkel zeugst«, schnaubte James. »Jetzt hat sie mich am Wickel. Nicht zu glauben. Ich wünschte, du kämst zurück. Ist ziemlich ruhig hier ohne dich, Bruderherz.«

»Ja, ich vermisse dich auch, kleiner Penner. Allerdings nicht mehr so sehr, seit ich eine Freundin habe.«

»Du hast was? Heiliger Strohsack! Und wer ist die Arme? Wie viel musstest du ihr zahlen?«

Lindsay übersprang das übliche Gefrotzel, denn er konnte es nicht erwarten, James von Cathy zu erzählen. »Sie heißt CJ und ist wunderbar. Ich bringe ihr das Scheren bei, und sie ist ein Naturtalent.«

»Wie bitte? Sie schert? Wo, zum Teufel, hast du die denn aufgegabelt?«

»Na, wo wohl? In einem Scherstall. Sie arbeitet seit fast zehn Jahren für eines von Dougs Teams. Sie ist die beste Wollklassiererin, der ich je begegnet bin. Und sie sieht fantastisch aus. Beine bis zum Himmel und die schönsten blauen Augen, die du dir vorstellen kannst.«

»Hm, klingt verlockend. Hast du auch eine für mich? Allerdings wäre Mum bestimmt nicht einverstanden«, sagte James, und sie lachten beide. »Ich würde sie gerne kennenlernen.«

»Ja, irgendwann mal. Du musst mich besuchen, wenn Dad dich nicht auf der Farm braucht. Ich vermisse dich. Habe hier niemanden, den ich schikanieren kann.«

»Sehe mal, was sich machen lässt.«

Lindsay unterhielt sich gern mit James, auch wenn sie nur Unsinn redeten. Aber das war Bruderliebe. Es war nie anders gewesen.

Kapitel 22

»Also gut, Calamity!«, schrie Lindsay quer durch den Scherstall. »Das hier ist für dich!«

Cathy sah vom Wolltisch auf. Lindsay deutete auf sein letztes Schaf.

»Hey, John! Könntest du die restlichen Vliese für mich prüfen?«

Sie hatte die Bitte kaum ausgesprochen, da bedeutete John ihr, dass sie gehen könne. Er war es mittlerweile gewohnt. Sie war dauernd fort, um ein Schaf zu scheren, das Lindsay ihr anbot. John hatte nichts dagegen, denn als Gegenleistung lernte Cathy ihn als Wollklassierer an.

»Okay, fang an«, sagte Lindsay. »Zeig diesen Jungs, wie's geht.«

Dave war gerade in den Pferch gegangen, um sein letztes Schaf zu holen, und Cathy beschloss, mit ihm um die Wette zu scheren.

Sie zogen beide ihre Schafe heraus, schalteten gleichzeitig den Motor ein und stießen das Schergerät in die Bauchwolle. Cathy war mittlerweile mit Selbstvertrauen bei der Arbeit. Sie wusste mit dem Schergerät umzugehen, und das Scheren der Bauchwolle ging ihr flott von der Hand. Sie fuhr mit der Stelle zwischen den Hinterläufen fort und fühlte, wie Lindsay sie beobachtete. Sie hatte das Gefühl, unter seinen aufmerksamen Blicken keinen Fehler machen zu können.

Cathy wusste, was zu tun war – es waren Übung und praktische Erfahrung, durch die man Kraft und Arbeitsleistung steigerte.

Lindsay beobachtete sie, die Hände in die Hüften gestemmt. Er hatte vor, bald mit Doug zu sprechen, damit er sie vom Woolhandling zu den Vollzeitscherern versetzte. Mit lediglich ein paar Schafen pro Tag würde sie weder an Schnelligkeit noch an Ausdauer zulegen können.

Er lehnte sich gegen das Gatter. Sein Leben hätte im Augenblick nicht besser sein können. Er liebte seine Arbeit für Onkel Doug, wo ihm niemand dreinredete. Und er hatte Cathy. Es war wunderbar, den ganzen Tag, und gelegentlich auch nachts, mit ihr zusammen zu sein. Er hatte das Gefühl, in ihr sowohl den besten Freund als auch die Geliebte gefunden zu haben. Er konnte sich vorstellen, durch welche Brille seine Eltern Cathy betrachten würden, aber das war ihm gleichgültig. Er hatte nicht vor, sie in nächster Zukunft seiner Familie zu Hause vorzustellen. Dabei ging es ihm nicht darum, sie vor ihnen zu verstecken, er wollte sie lediglich beschützen.

Cathy und Dave zogen an der Schnur und schoben ihre Schafe über die Rampe.

»Hey, Dave. Gerade hat dich ein Lehrling geschlagen«, rief Lindsay. Ein strahlendes Lächeln stand in Cathys Gesicht, und er konnte nicht anders, als ihr noch einen Kuss zu geben.

Dave kam zu ihnen herüber. »Nicht schlecht, CJ«, sagte er bewundernd. »Bist ein echter kleiner Scherer, was?«

Cathy fühlte, wie ihre Wangen brannten. »Dave, das ist erst mein viertes Schaf heute gewesen, aber du ... Wie viele waren es bei dir, hundertfünfzig?«

Dave zuckte die Achseln. Statistiken interessierten ihn nicht, aber er war dennoch stolz.

»Hey, was ist? Machst du den nächsten Durchgang allein mit?«, fragte Lindsay.

Sie sah ihn befremdet an.

»Ich kann für dich klassieren. Ich habe die Lizenz. Ein kompletter Durchgang mit den Jungs wäre ein guter Test für dich.«

Cathy fand ihre Sprache wieder. »Meinst du das ernst? Aber …«

»Kein Aber. Arbeite einfach ruhig weiter und versuche, alles richtig zu machen. Und nicht zu schnell und schlampig werden.«

Cathy war plötzlich nervös. Sie sollte einen ganzen Durchgang scheren. »Klingt gut. Bin dabei.«

»Ah, großartig, CJ«, munterte Dave sie auf. »Und ich bin hier, gleich neben dir. Wackel mir nur nicht mit deinem Hintern vor dem Gesicht herum.«

Das Flachsen ging auch während der Zigarettenpause weiter, in der warmen Nachmittagssonne im Schatten eines dichten Salmon-Gum-Eukalyptusbaumes. Eine leichte Brise kühlte ihre brennende Haut.

Irene gesellte sich zu ihnen, und Cathy erzählte ihr die guten Neuigkeiten.

»Das wird mein erster echter Test, Irene.«

Irene kaute an einem Rosinenbrötchen. »Mädchen, das schaffst du. Hau sie alle in die Pfanne.«

Es war ein großartiges Bild, als das Scherteam zum Scherstall zurückging, alle in ihren dicken Scherhosen, die von breiten Gürteln gehalten wurden, und ihren ärmellosen Scherhemden in den unterschiedlichsten Farben. Die große, blaue, endlose Weite des Himmels über dem Scherstall bot den perfekten Rahmen.

Cathy übernahm Lindsays Scherstand in der Mitte. Es war ein merkwürdiges Gefühl, dort oben zu stehen und von der erhöhten Position aus auf Lindsay herabzusehen, der dort stand, wo normalerweise ihr Platz war. Die Musik setzte ein, und sie holte sich ihr erstes Schaf. Die Tiere standen dicht gedrängt im Pferch, und sie musste nur einen Schritt machen, das vorderste Schaf greifen, auf den Rücken legen und an den Vorderbeinen zum Scherstand ziehen. Sie lehnte das Tier gegen ihre Beine, bevor sie es in die richtige Position wendete und nach dem Handstück griff. Cathy zog an der Schnur. Ihre Hand kitzelte unter den Vibrationen des Geräts, als sie den Scherkamm in die Bauchwolle stieß. Sie ging es ruhig an, dachte an ihre Beinstellung. Sie beendete den Hals und begann mit der ersten Schulter, rekapitulierte stumm alles, was Lindsay ihr beigebracht hatte. Es dauerte nicht lange, bis ihr jedes Mal, wenn sie sich aufrichtete, um das nächste Schaf aus dem Pferch zu ziehen, der Schweiß von der Stirn tropfte und ihr über den Rücken rann. Gegen Ende der letzten Runde wusste sie wirklich, was sie getan hatte. Ihr Rücken schmerzte, und ihre Muskeln brannten, aber damit hatte sie gerechnet, und sie war zufrieden.

»Mein Gott, CJ. Sieht aus, als hättest du genauso viel geschwitzt wie ich«, sagte Dave, als er ihr Lindsays Handtuch reichte.

Cathy streckte sich und beugte den Rücken. »Weißt du was, Dave? Das war ein großartiges Gefühl. Es ist wunderbar, aber allzu viel habe ich nicht geschafft.«

»Das ist kein Beinbruch, Schwester. Für deinen ersten kompletten Durchgang hast du dich gut gehalten. Keine

Selbstzweifel. Ich bin beeindruckt. Linds hat dich gut ausgebildet.«

Jules, der den Scherplatz auf Cathys anderer Seite innehatte, kam zu ihr und ließ die Schultern kreisen wie ein Rugbyspieler der Neuseeländischen Nationalmannschaft. »Nicht übel, CJ. Und wann kriegst du deinen eigenen Scherstand?«, fragte er mit einem Augenzwinkern.

Sie lachte. »Ich glaube, das dauert noch ein bisschen, aber dann hättet ihr Jungs nichts dagegen?«

Sie hatte sich schon Gedanken gemacht, wie die Männer darauf reagieren würden, dass sie als Scherer arbeitete. Mit den Kerlen hier würde es keine Probleme geben, denn sie waren ihre Freunde. Bei den Männern der anderen Teams war sie sich ihrer Sache nicht so sicher. Mit weiblichen Scherern hatte sie bisher nie gearbeitet, aber sie hatte von einer gehört – und was sie gehört hatte, klang Furcht einflößend. Aber die Jungs waren offenbar nicht gewillt, sich über sie zu beschweren, auch wenn sie schockiert waren, als sie in den Sammelpferch pinkelte, obwohl die Männer das alle taten.

Dave hielt sich seine große Hand vor den Mund und flüsterte: »Wir sind begeistert, besonders wenn du Martys Platz übernimmst.«

Cathy warf einen Blick hinüber zu Marty, der gerade neue Schermesser einlegte. Er erinnerte sie an eine Venusfliegenfalle – nach außen attraktiv, aber wenn man zu nahe kam, wurde man zum Frühstück verschlungen. Marty sah sie an. Seine Geringschätzung für sie war offenkundig.

»Hast du schon gehört, was er gestern getan hat?«, bemerkte Dave, als Lindsay zu ihnen trat.

Ihre Augen wurden groß. »Nö. Was denn?«

Dave senkte die Stimme. »Er ist nach Hause gefahren, vermutlich total bekifft, und ist durch die Herde gerast, die Russell Clyde gerade auf eine andere Weide treiben wollte. Russell hatte die nötigen Schilder aufgestellt, aber Marty kam über den Hügel gebrettert, als sie gerade auf der Straße waren. Soviel ich gehört habe, hat er mindestens zwanzig erwischt. Russel musste die meisten erschießen.«

»Mann, das ist hart«, sagte Cathy.

»Und? Wie hat Marty reagiert?«, fragte Lindsay.

Dave lachte. »Da wird's lustig. Marty ist explodiert, wie üblich, hat lauthals über den Schaden an seinem Auto geschimpft. Aber Russell hat gemerkt, dass er total stoned war, und gesagt, er wolle die Cops rufen, um die Sache zu klären. Das hat ihn zum Schweigen gebracht. Er ist in seine Kiste gestiegen und davongefahren. Vollidiot!«

»Russ tut mir leid.« Cathy hatte seit sechs Jahren regelmäßig in Russells Scherstall gearbeitet. Er war ein netter Mann mit Kindern, die ungefähr in ihrem Alter waren.

Alle schüttelten den Kopf und packten ihre Ausrüstung ein.

Lindsay legte den Arm um Cathy. »Also, was ist, meine Schöne? Sollen wir zur Feier des Tages auf einen Drink im Pub vorbeischauen und auf meine hart arbeitende Schererin anstoßen?«

Lindsay bedachte sie mit einem seiner heißen, leidenschaftlichen Blicke, und sie wusste, dass es nicht das Bier war, das er im Sinn hatte. »Hm, klingt wundervoll. Dann nichts wie raus hier, Babe.«

Kapitel 23

Für Irenes und Pauls Hochzeit kündigte sich ein überraschend milder Junitag an. Der Himmel war klar, und die Sonne erwärmte die kühle Luft. In letzter Minute hatte Irene entschieden, im Freien im Lake Moore Golf Club am Fairway Nr. 17 zu feiern. Paul war leidenschaftlicher Golfer und der Präsident des örtlichen Golfclubs. Das Clubhaus hatte eine gut ausgestattete Bar und eine große Küche, die von den Damen des Vereins der Landfrauen, die das Catering übernahmen, bestens genutzt wurde.

Cathy saß in dem alten silbernen Ford GT neben Irene und Jess, der Tochter von Pauls Nichte, die wie eine Prinzessin glücklich ihren Rock um sich ausbreitete.

»Der GT ist einfach toll, Irene.«

»Ja, ich bin froh, dass Mocka so nett war, ihn für uns aus der Garage zu holen. Es ist ein schöner Wagen«, sagte Irene.

»Nervös?«, fragte Cathy und griff nach Irenes Hand. Ihre Nägel waren kurz, doch sie hatte sie in Ordnung gebracht so gut es ging.

»Hm, nur ein bisschen. Was ist mit dir, Jess? Weißt du noch, was du zu tun hast, Kleines?«

Jess nickte.

»CJ ist immer direkt hinter dir. Ich kann's noch gar nicht fassen, dass es endlich so weit ist«, sagte Irene und drückte Cathys Hand.

»Genieß es einfach. Du siehst toll aus.«

Mocka, ein Farmer aus der Umgebung, dessen Schafe sie schoren, lenkte den GT über die Zufahrt zum Golfclub und auf das Fairway, wo Bräutigam und Gäste warteten. Es war eine perfekte Kulisse, mit einem hohen Granitfelsen auf der einen und Trauerweiden auf der anderen Seite. Durch den letzten Regen war das Fairway wie mit einem grünen Flaum überzogen.

Mocka hielt hinter den sechzig Gästen an. Am Ende des Fußwegs konnte Cathy Paul sehen, der zusammen mit seinem Trauzeugen wartete.

»Okay, packen wir's an.« Cathy öffnete die Autotür, und sie stiegen aus. Cathy rückte Irenes kleine Seidenschleppe zurecht, bügelte mit der Hand einige Falten aus und zog dann ihr Kleid glatt. »Wir sehen uns dann dort drüben.«

»Mist, ich könnte jetzt eine Zigarette brauchen.« Irene fummelte an ihrem Liliensträußchen herum und sah dann Jess zu, die gefolgt von Cathy auf die Menge der Wartenden zuging.

Lindsay hatte geduldig ausgeharrt, doch als er den Wagen vorfahren sah, setzte sein Herz einen Schlag lang aus. Er begriff selbst nicht, weshalb er so aufgeregt war, Cathy zu sehen. Er hatte schon viele Mädchen in Kleidern gesehen, aber es war etwas Besonderes, dass Cathy zur Abwechslung ein Kleid tragen sollte. Er rückte erneut seine rote Krawatte zurecht und faltete die Hände ineinander. Er sah Jess, die auf sie zukam, ihr rotblondes Haar reichte ihr im Rücken fast bis zur Schleife ihres cremefarbenen Kleids. Doch es war das Aufblitzen von etwas Rotem, das seine Aufmerksamkeit erregte. Er richtete den Blick darauf, und es verschlug ihm den Atem. Er hatte geahnt, dass sie großartig aussehen würde, aber auf das, was sich ihm bot, war er nicht vorbereitet gewesen. Die Pumps mit den hohen Absätzen waren das Erste, was er registrierte, danach ihre nicht enden wollenden Beine. Ihr Kleid – war einfach überwältigend. Nie zuvor waren ihm ihre Brüste derart aufgefallen. Ihr Neckholder-Oberteil aus geraffter Seide umfing sie perfekt. Irene hatte ein Kleid ausgesucht, das Cathys schlanke Gestalt noch betonte. Lindsay hatte Cathy auch noch nie geschminkt gesehen. Von seinem Standpunkt aus konnte er ihre Augen klar erkennen: all die Farben vermischten sich unter den dichten Wimpern zu jenem besonderen Blau, das er so sehr liebte. Und erst der rote Lippenstift! Er konnte sich einige Stellen vorstellen, an denen er dessen Abdruck gern gehabt hätte. Und das Haar trug sie so aufgesteckt, dass einige Locken kaskadenähnlich weich herabfielen. Sie war so verdammt sexy.

Die versammelte Hochzeitsgesellschaft starrte sie an. Er hörte, wie Dave neben ihm so etwas wie »Engel« und »himmlisch« murmelte.

Sie blieb einen Meter vor ihm stehen und fragte: »Na?«

»Sensationell!« Er bewegte lautlos die Lippen und wandte seine Aufmerksamkeit dann Irene zu. Sie hatte sich großartig zurechtgemacht und sah in ihrem weißen, perlenbestickten Kleid zauberhaft aus. Lindsay warf einen Blick auf Paul und sah, wie er sich eine einzelne Träne abwischte. Als Irene an seine Seite trat, nahm er ihre Hand und ließ sie während der ganzen Zeremonie nicht mehr los.

Lindsay allerdings hatte nur Augen für seine Frau. Er konnte sein Glück, Cathy getroffen zu haben, kaum fassen. Allein der Gedanke, dass sie sich nie kennengelernt hätten, wenn er nicht die Farm der Familie verlassen hätte! Als

Irene und Paul sich das Jawort gaben, war er in Gedanken hauptsächlich damit beschäftigt, Cathy das rote Kleid auszuziehen.

Als sie zum Empfang zurückkamen, hatte jeder ein Glas in der Hand, und der DJ ließ es am Pult krachen. Jubel brandete auf, als das Brautpaar den Raum betrat.

Cathy sah Tess, die am vorderen Fenster saß. »Hi, Tess. Hi, Mädels.«

Beide Mädchen schlangen die Arme um Cathys Taille.

»CJ, du siehst so schön aus«, sagte Bonnie.

»Ja, genau wie meine Barbie-Puppe«, stimmte Tara zu.

»Du bist umwerfend, CJ. Lindsay kann sich gar nicht sattsehen.« Sie drehten sich alle zu Lindsay um, der an der Bar stand. Er fing ihre Blicke auf, zuckte die Schultern und bewegte stumm die Lippen, die fragten »Was habt ihr?« Und alle lachten.

»Ich finde, Lindsay sieht selbst ziemlich umwerfend aus«, sagte Tess. »Ob ich wohl den ersten Tanz kriegen kann?«

Cathy warf ihr einen seltsamen Blick zu. »Hey, du! Du hast dir schon den anderen Taylor geschnappt. Lass den bitte mir, ja?«, witzelte sie. »Für einen Tanz allerdings kann ich vielleicht auf ihn verzichten.«

»Na, bitte. Du kannst ja solange Doug haben. Er hat zwei linke Füße.«

»Heißen Dank, Tess.« Cathy erinnerte sich an das letzte Mal, dass sie ihre Eltern tanzen gesehen hatte. Sie musste damals elf gewesen sein, und es war bei einer Veranstaltung in der Gemeindehalle gewesen. Sie hatte im Auto schlafen müssen, aber es war mit dem Heck vor einem der Fenster des Gemeindesaals geparkt gewesen, sodass sie die Gäste beobachten konnte, wie sie in ihren Abendkleidern tanzten.

Ihre Mutter und ihr Vater hatten sehr verliebt ausgesehen, als sie sich im Walzertakt über die Tanzfläche drehten, und sie erinnerte sich, dass sie damals so werden wollte wie sie. Jetzt war ihr Leben längst nicht mehr erstrebenswert.

»Was ist?«, fragte Tess und riss Cathy aus ihren Gedanken. »Hast du deine Rede eingeübt?« Tess sah mit ihrem lackschwarzen, zu einem Pferdeschwanz gebundenen Haar sehr elegant aus. Sie trug ein tief ausgeschnittenes blaues Kleid mit passender Jacke, das ihre olivfarbene Haut gut zur Geltung brachte.

»Gott, ich hasse Reden!«, stöhnte Cathy.

»Du machst das schon.«

»CJ!«

Irene kam auf sie zu, ein groß gewachsener, gut aussehender junger Mann an ihrer Seite. Cathy wusste augenblicklich, dass er Irenes Sohn sein musste. Er hatte dieselben grünen Augen und ihre ovale Gesichtsform. Er war schlank, trug einen schwarzen Anzug, und sein leicht gebräunter Teint war glatt und makellos. Keine Sommersprossen oder Leberflecken.

»CJ, ich möchte dir meinen Sohn Chris vorstellen.« Irene wandte sich an Chris. »Es macht dir doch nichts aus, wenn ich dich als meinen Sohn bezeichne, oder?«

Chris lächelte und schüttelte den Kopf. »Es macht mir überhaupt nichts aus.« Er streckte die Hand aus. »Hi, CJ. Freut mich sehr. Ich habe schon viel von dir gehört.«

»Hoffentlich nur Gutes.« Cathy schüttelte ihm die Hand und wunderte sich, wie weich und glatt sie sich anfühlte. Die Hände eines Büroangestellten.

»Allerdings hat Irene mir verschwiegen, wie sensationell du aussiehst«, bemerkte Chris.

»Sieh an, er hat deinen Charme geerbt, Irene«, sagte Cathy und errötete leicht.

Irene stellte Chris den anderen vor. Er schien ehrlich erfreut, dabei zu sein und Irenes Freunde kennenzulernen. Cathy bemerkte, wie er Irene immer wieder ansah, so als könne er sie nicht aus den Augen lassen. Er wirkte glücklich und zufrieden.

»Und wie gefällt es dir hier draußen bei uns, Chris?«, fragte sie.

»Es ist sehr ruhig. Die Weite der Landschaft und die Stille, das ist ungewohnt. Ich habe das Gefühl, von der Erdoberfläche ins Nichts gefallen zu sein. Mir war bisher nie klar, wie viel Himmel es gibt. Bei dreihundertsechzig Grad Horizont um dich herum weißt du wirklich, dass du auf der Erde bist. Ich muss öfter mal herkommen.«

»Das solltest du wirklich. Irene wäre glücklich. Das weiß ich. Wie geht es dir mit alldem?« Cathy hoffte, nicht zu indiskret zu sein.

Chris strich sich das lange, aber gepflegte braune Haar aus der Stirn. Er kannte sich definitiv mit männlicher Körperpflege aus. Die Jungs draußen im Outback kannten gerade mal Seife und gelegentlich etwas Shampoo. Chris roch nach teuerem Rasierwasser, exotischem Duschgel und Haarpflegemitteln.

»Naja … am Anfang war es schon etwas beängstigend, muss ich gestehen, aber ich hatte schon immer vor, meine leibliche Mutter zu finden. Meine Pflegeeltern hatten mir erzählt, wie schwer es Irene gefallen ist, mich wegzugeben, ich wusste also Bescheid. Ein Blick auf Irene, und es war klar, dass sie meine Mum ist. Ist schon seltsam, wenn man sich selbst in einem anderen Menschen wiedererkennt. Und ich hoffe, sie jetzt öfter zu sehen.« Er lächelte, und Cathy bewunderte seine tadellosen Zähne.

»Dem steht nichts entgegen. Irene ist die Beste. Ich kenne sie schon seit meiner Kindheit. Und ich weiß, sie ist glücklich, wenn sie dich bei sich haben kann. Dass du heute hier bist, macht den Tag für sie perfekt.« Cathy und Chris tauschten ein Lächeln. Sie hatte das Gefühl, dass sie Freunde werden könnten. Er machte einen sehr vernünftigen Eindruck. »Ich könnte dir ein paar gute Geschichten über Irene erzählen«, fuhr Cathy fort, bevor Irene ihn erneut mit sich fortzog.

Später am Abend hielt Cathy ihre Rede. Sie erhob sich vom Tisch des Brautpaares und ließ den Blick nervös über die Menge der Gäste schweifen. Lindsay nickte ihr aufmunternd zu, aber als sie sich Paul und Irene zuwandte und sah, wie glücklich ihre Freunde strahlten, war alle Angst verflogen.

»Ich arbeite seit vielen Jahren mit Irene zusammen, und im Lauf der Zeit ist sie meine beste Freundin geworden. Sie ist stark, liebevoll, besitzt einen bewundernswerten Humor, der ihr auch im Scherstall nie abhandenkommt, und was für mich am wichtigsten ist, sie ist immer für mich da. Ich habe dich unglaublich gern, Irene, und ich weiß, dass du mit Paul glücklich bist. Paul, du bist ein wunderbarer Mensch, und ich bin so froh, dass du Irene gefunden hast. Eine Geschichte möchte ich euch noch über Irene erzählen. Es war vor fünf Jahren. Wir haben draußen in Armstrongs Scherstall gearbeitet, und Cockie hat die Kontrolle über sein Schaf verloren. Irene kam gerade vorbei, als das Mutterschaf von der Rampe sprang, sodass es direkt gegen ihren Kopf prallte. Unsere arme Renie ging zu Boden wie ein Sack Kartoffeln. Das Schaf hatte sie einfach umgerissen. Aber Renie war nicht zu halten. Sie ist aufgesprungen, hat das Tier niedergerungen und in seinen Pferch zurückgebracht. Also, Paul, falls es dir je in den Sinn kommen sollte, abzuhauen, weißt du jetzt, dass du keine Chance hast, Irene holt dich zurück, auch mit Schlägen und Geschrei.« Cathy hob ihr Glas. »Ich trinke auf euch beide und wünsche euch ein langes gemeinsames Leben.«

Drei Stunden später war nur noch der harte Kern der Gesellschaft übrig und trank und tanzte um die Wette. »Hab ich dir schon gesagt, wie unglaublich du in diesem Kleid aussiehst?«, flüsterte Lindsay ihr ins Ohr, als er mit ihr über die Tanzfläche wirbelte.

Cathy beugte den Oberkörper leicht zurück, um in seine tiefblauen Augen sehen zu können. »Hm, vielleicht einoder zweimal«, sagte sie, bevor sie sich für einen Kuss wieder zu ihm neigte.

Er seufzte und umfing sie fester. »Einfach perfekt, wie du in meinen Armen liegst. Kann es für immer so bleiben?«

Cathy legte den Kopf an seine Schulter, schmiegte sich an seinen Hals. »Klingt verheißungsvoll. Ich schätze, du bist froh, dass Bonnie den Brautstrauß gefangen hat und nicht ich, was?«, fragte sie, während er ihr über den Rücken streichelte und sie auf die Stirn küsste.

»Das hätte mich nicht im Geringsten gestört. Aber ich glaube, Dave war ein bisschen geschockt, als er das Strumpfband erwischt hat.«

»Stimmt. Bin gespannt, ob er die Wette einhält und es am Montag bei der Arbeit trägt.«

Lindsay lachte leise, und Cathy vergrub ihre Finger in seinem Haar. Wenn sie in diesem Moment sterben müsste, stürbe sie als die glücklichste Frau der Welt.

Was den Rest der Crew betraf, so hatte sich Dave mittlerweile die Krawatte um den Kopf gebunden und tanzte wie ein übergewichtiges Huhn, während Jules im Unterhemd über die Tanzfläche wirbelte. Irgendjemand hatte die Tischdekoration an seinem schweißnassen Rücken befestigt, wo jetzt kleine Herzen unter den flackernden Discolichtern glitzerten. Chris, Irene, Tess und Paul saugten Helium aus den Luftballons, während Doug Cocktails mixte. Es wurde davon geredet, auf den Felsen zu klettern und den Sonnenaufgang zu betrachten, aber Lindsay hatte Cathy verlockendere Angebote ins Ohr geflüstert. Bald verabschiedeten sie sich überschwänglich von den anderen und strebten dem Ausgang zu.

Kapitel 24

An diesem Tag arbeitete Taylors Scherteam im Scherstall von Cronin, aber Cathy vermutete, dass sie dort kaum den Abend erleben würden. Als sie draußen auf einer alten Düngemitteltonne bei der morgendlichen Vesperpause saß, hatte sich der Himmel zugezogen, und sie roch den kommenden Regen.

»Meinst du, wir schaffen es noch bis zum Mittag?«, fragte Irene, die auf einer Tonne neben ihr saß und eine Zigarette rauchte.

»Keine Ahnung. Jason ist gerade mit seiner Frau los, um die nächste Herde unters Dach zu treiben«, antwortete Cathy. Sie rieb sich die Arme, die allmählich kalt wurden, löste das karierte Hemd, das sie um die Hüften gebunden hatte, und zog es über ihr ärmelloses Top.

Irene beobachtete, wie Cathy mit der Stiefelspitze in die Erde herumstocherte. »Schätze, du vermisst die roten hochhackigen Pumps, was?«

Cathy zog eine Grimasse. »Du weißt verdammt gut, dass dem nicht so ist. Aber als Selbstverteidigungswaffe kommen sie immer gelegen.« Sie lachte.

Lindsay und Dave gesellten sich zu ihnen. Lindsay war nicht sehr viel größer als Dave, aber definitiv nur halb so breit. Er fuhr sich mit der Hand über sein kurzes Haar, und Cathy dachte wieder einmal, wie gut es ihm stand. Richtig kurz war es sehr sexy, und sie hatte die Aufgabe übernommen, es mit der Haarschneidemaschine, wenn nötig, kurz zu halten. Beide Männer trugen Schertrikots und Scherhosen. Lindsay besaß eine ganze Sammlung davon aus den Wettkämpfen, die er bestritten hatte.

»Hallo, Männer. Schätze, wir können ein paar Tage mehr einplanen, um bei Jas fertig zu werden«, sagte Cathy.

»Ja, hier setzen schon einige auf Regen«, sagte Lindsay. Er kauerte nieder, sodass er auf Augenhöhe mit Cathy war. »Es gibt Neuigkeiten.«

»Oh, sag jetzt bitte, dass sie Marty mit einem Auto ohne Zulassung und haufenweise Cannabis erwischt haben und sie ihn einsperren werden und wir nicht mehr mit ihm arbeiten müssen«, sagte Irene hoffnungsvoll.

»Nein, die Neuigkeit ist, dass Dave für ein paar Wochen nach Neuseeland abdampft.«

»Ja, meine kleine Schwester kommt unter die Haube, und mein Bruder hat noch ein Kind gekriegt, ist also Zeit, dass ich mich dort mal wieder sehen lasse.«

»Oh, Dave! Das sind ja gute Nachrichten.« Cathy wusste, wie viel seine Familie ihm bedeutete.

Irene drückte ihre Zigarette aus. »Und wer springt für dich ein?«

»Tja, das wissen wir noch nicht genau, aber ich habe da so eine Idee«, sagte Lindsay. »Du kannst seinen Scherstand haben.«

»Ich?«, quietschte Cathy.

»Glaubst du, Doug macht mit?«, fragte Dave.

Cathy hatte es die Sprache verschlagen. Konnte sie das wirklich? Würde Doug sie lassen? Wow! Vollzeit als Scherer arbeiten! Sie hatte Angst vor der eigenen Courage.

»Mach es«, drängte Irene und nickte.

Cathy sah Lindsay an. »Glaubst du, ich kann das?«

Er verschränkte seine Finger in ihrer Hand. »Ich weiß, du kannst es. Es ist deine Chance, und Doug wird begeistert sein – wenn ich ihn überredet habe.«

»Es macht mir nichts aus, für dich einzuspringen, wenn dir das hilft, CJ«, sagte Irene.

»Verdammt, Renie. Du solltest nicht mal mehr hier sein, sondern auf deiner Hochzeitsreise ausspannen!«

»Paul und ich fahren eine Woche später, um Chris und seine Familie zu besuchen. Dann spanne ich aus.«

»Dann ist das abgemacht. Wir sprechen heute Abend mit Doug«, schloss Lindsay.

Cathys Nerven waren gespannt, als sie in Dougs und Tess' Auffahrt einbogen. Tara fuhr auf dem gepflasterten Weg vor dem Haus mit ihrem Roller hin und her. Sie hielt inne und starrte zu ihnen herüber, bis sie aus Lindsays Pick-up ausstiegen. Dann wurde der Roller zu Boden geworfen, und sie rannte auf sie zu.

»Hallo!«, schrie sie aufgeregt.

Lindsay hob sie in seine Arme, während Cathy ihr liebevoll eine Haarsträhne aus dem Gesicht strich. »Hallo, mein Kleines.«

»Bleibt ihr zum Abendessen?«, fragte Tara.

Lindsay stellte Tara auf die Füße. »Nein, wir wollen nur kurz mit deinem Dad sprechen. Ist er zu Hause?«

Tara nahm sie bei den Händen und ging mit ihnen ins Haus.

»Hallo, was führt euch denn hierher?«, ertönte Dougs Stimme hinter der Fliegengittertür.

»Hey, Doug. Wie geht's? Wollten nur mal kurz hören, was anliegt«, antwortete Lindsay.

Doug kratzte sich die schwarzen Bartstoppeln. »Na, dann! Kommt rein. Ich hole euch ein Bier. Setzt euch ins Wohnzimmer. Ich habe mir gerade angesehen, wie die West Coast Eagles Collingwood die Hucke voll gehauen haben.«

Doug kehrte aus der Küche zurück und verteilte das Bier.

»Danke«, sagte Cathy, als sie sich setzten.

»Wie ich höre, haben wir nächste Woche einen Scherer zu wenig?«, begann Lindsay.

Doug schüttelte den Kopf. »Ja, und der Mist ist, ich kann keinen Ersatz auftreiben. Aber egal. Du scherst sowieso für zwei, was, Slick?«

Lindsay beugte sich vor und stützte die Arme auf die Knie. »Was, wenn ich einen Scherer für dich hätte?«

Dougs Miene hellte sich auf.

»Allerdings nur einen Anfänger.«

Dougs Optimismus verflog, dann begriff er, als Lindsays Blick zu Cathy schweifte. »Aha. Traust du dich, CJ?«

Cathy hatte keine Gelegenheit zu antworten.

»Selbstverständlich traut sie sich«, fiel Lindsay ein.

»Wir haben uns Gedanken gemacht«, fügte Cathy hinzu. »John kann meine Aufgaben übernehmen. Er hat seine Lizenz, und es ist leichter Ersatz für Rousies zu finden als für einen Klassierer oder Scherer. Auf diese Weise werden alle sechs Scherplätze bedient, und ich werde im Laufe der Woche hoffentlich schneller. Was meinst du, Doug? Du kannst dabei nichts verlieren, und mich hat der Champion trainiert.«

»Tja, wenn du's so siehst, dann wäre ich dämlich, es

nicht zu versuchen. Wenn du's willst, dann will ich es auch.«

»Danke, Doug.« Das Sprechen fiel ihr vor Aufregung schwer.

Doug grinste breit. »Ich habe neulich abends mit den Männern geredet, und Jules und Dave haben erzählt, dass du schon einige Durchgänge bestritten hast. Sie waren offen gestanden ziemlich beeindruckt. Sogar Buck, und du weißt, wie schwer es ist, was Positives aus Buck rauszukriegen.«

Buck war neben Lindsay der einzige australische Scherer. Er war Ende vierzig oder Anfang fünfzig. Er war ein Einzelgänger, leerte eine kleine Flasche warmes King Brown Bier zum Frühstück, was nie jemand beanstandete, denn er konnte über zweihundert Schafe pro Tag scheren. Buck lebte in der Wohnwagensiedlung, und wenn er nicht dort war, fand man ihn in der Kneipe.

»Und wenn ich es gut mache, kriege ich dann einen Scherplatz auf Dauer?«, fragte Cathy und wappnete sich für die Antwort.

»Mal sehen, CJ.«

Sie fragte sich, wie Doug wirklich über ihre Ambitionen, Scherer zu werden, dachte. Er hatte zwei entzückende Töchter, und sie war überzeugt, dass er alles tun würde, damit sie nie in einem Scherstall endeten. Sie hatte früher schließlich ebenfalls keinen Gedanken daran verschwendet. Während der Schulzeit wollte sie Mechanikerin oder Tierärztin werden. Am Ende hatte das Leben für sie die Wahl getroffen.

Tess kam aus Bonnies Zimmer. »Hey, Leute. Weiß nicht, wie's bei euch war, aber in meiner Schulzeit gab's nie so viele Hausaufgaben.«

Lindsay lachte. »Du hast sie vielleicht einfach nicht erledigt.«

»Bleibt ihr beide zum Abendessen?«, fragte sie.

»Nein danke. Burt kommt auf ein paar Lammkoteletts zu uns rüber.«

Cathy und Lindsay standen auf. »Okay, dann ein andermal«, sagte Tess.

Als sie in den Wagen stiegen, sah Lindsay zu Cathy hinüber. »Ich habe gerade darüber nachgedacht, dass du nicht die ganze Woche die alte Scherhose von deinem Vater oder deine Jeans tragen kannst. Ich habe 'ne Menge Hosen zum Wechseln, such dir was aus. Aber du brauchst ein Paar gute Schermokassins. Wir können nach der Arbeit kurz haltmachen und dir ein Paar besorgen.«

Cathy zuckte die Achseln. »Klingt gut. Ich stöbere deine Hosen heute Abend durch und sehe, welche mir passen.«

»Also, der Gedanke, dass du in meinen Hosen steckst, gefällt mir!«

Kapitel 25

Cathys erster Tag als Scherer begann in der Scherhalle von Ian Westlake mit schönen Merinoschafen. Alle hatten ihr Glück gewünscht. Sie trug eine von Lindsays Scherhosen der Firma Heiniger, ihre neuen Mokassins und eines der ärmellosen Scherhemden mit dem Aufdruck von Dougs Team. Das Haar hatte sie zu einem Pferdeschwanz hochgebunden und zusätzlich mit drei Spangen festgesteckt, damit es nicht störte. Zumindest sah sie aus wie ein Profi. Sie hatte ihr Handstück geölt und ließ den Blick über die Scherhalle schweifen. Prickelnde Spannung erfasste sie. Die Morgensonne fiel durch eine in die Wellblechwand geschnittene Klappe, die als provisorisches Fenster diente.

Punkt sieben Uhr griffen ihre Hände tief in das dichte Wollkleid ihres ersten Mutterschafs, legten es auf den Rücken und zogen es an den Vorderläufen zum Scherstand. Wie üblich setzte sie nicht auf Geschwindigkeit, sondern arbeitete in gleichmäßigem Rhythmus nach der Technik, die Lindsay ihr eingebläut hatte.

Gegen Ende des Tages fühlte sie sich als Scherer. Aufrecht zu stehen kostete sie Mühe, und als sie sich aus dem Scherstall schleppte, ging sie gekrümmt, als ob sie einen Buckel hätte.

»Du siehst fertig aus, CJ«, sagte Irene.

»Ich sehne mich nur noch nach einem kalten Bier und

dann nach einer heißen Dusche, um meine Gelenke zu schmieren. Aber weißt du was? Ich freue mich schon darauf, gleich morgen wieder zu scheren.«

»Wie viele hast du heute geschafft?«

»Kam mir vor wie Hunderte, aber mein Zähler zeigte nur vierundsiebzig.«

Lindsay trat zu ihnen. »Ein gutes Ergebnis für deinen ersten Tag als Vollzeitscherer. Du wirst überrascht sein, wie viel besser du bis zum Ende der Woche bist.«

»Hast du denn was Neues gelernt?«, fragte Irene.

Cathy lachte laut auf, als sie ihre schmerzenden Schultern kreisen ließ. »Kann man sagen. Dass der schwierigste Teil ist, sie aus dem Pferch zu holen und ein großes Schaf über die Rampe und dann durch die schmale Öffnung zu bugsieren. Es fühlt sich so an, als ob sie im Laufe des Tages immer kleiner wird.« Sie sah Lindsay an. »Fahren wir heim. Ich bin erledigt. Bis morgen, Renie.«

»Bis morgen, Kleine.«

Auf dem Weg zu ihrem Pick-up überholte Marty sie und rempelte sie leicht an der Schulter an. »Kann dir nur raten, das Klassieren lieber nicht aufzugeben«, sagte er mit hämischem Grinsen.

Lindsay legte eine Hand auf ihre Schulter. »Mach dir nichts draus. Er hat nur Angst, dass du bald schneller scherst als er.«

Cathy war zu müde, um zu fahren, und rutschte rüber auf den Beifahrersitz ihres Pick-ups. Die Beifahrertür war noch immer nicht repariert. Aus purer Gewohnheit sah sie durch das Rückfenster auf die Ladepritsche. Sie vermisste Sam. Einige Farmer duldeten keine fremden Hunde auf ihrem Land.

Als sie zu Lindsays Haus kamen, jätete Burt rund ums Haus Unkraut, während er auf sie wartete. Sam bellte Scabs an, versuchte den alten Hund zum Spielen zu animieren, aber Scabs blieb im abnehmenden Sonnenlicht liegen.

Als Burt sie kommen hörte, drehte er sich um und zog seine Hose hoch, die ihm augenblicklich wieder auf die Hüften sackte. Offenbar hatte er vergessen, seine Hosenträger anzuziehen.

»Ah, da ist ja meine Schererin!«, rief er. »Wie ist's gelaufen, Kleines?«

»Hallo, Burt. War in Ordnung«, sagte Cathy, als er sie herzlich umarmte. »Marty scheint es allerdings nicht zu passen, dass ich schere.«

Burt hielt sie auf Armeslänge von sich. »Bah. Kümmere dich nicht um dieses Spatzenhirn. Also, wie war sie?«, fragte er Lindsay.

»Großartig. In ein paar Tagen schlägt sie die anderen um Längen.«

»Das höre ich gern.« Er musterte Cathy stolz. »Ihr beide seht geschafft aus. Ich mach mich vom Acker. Sam hole ich morgen früh. Einen tollen Hund hast du da, Kleines.«

»Keine Umstände, Burt. Ich hole Linds um halb sieben und lasse Sam einfach hier.«

Burt gab ihr einen Kuss auf die Stirn. »Ihr beide erinnert mich an meine Zeit mit Linda. Magische Momente ...« Er machte ein paar Schritte auf seinen Pick-up zu. »Komm schon, Scabs. Rauf auf den Wagen mit dir."

Burt fuhr davon, der orangeroten Glut des Sonnenuntergangs entgegen. Cathy lehnte sich gegen Lindsays Brust, während die Luft des Nachmittags um sie herum abkühlte.

Gegen Ende der Woche hatte Cathy geschafft, was alle vorhergesagt hatten. Ihre Scherzahlen waren besser geworden, und am Donnerstag knackte sie tatsächlich die Marke von neunzig Schafen. Sie fühlte sich schwerelos. Zwar hatte es hie und da Schnittverletzungen gegeben, aber es waren nur kleine Kratzer, wie sie allen Scherern unterliefen. Beim dritten Durchgang am Freitag jedoch, während sie zu Taylor Swifts Song mitsummte, verlor sie für eine Sekunde die Konzentration. Sie merkte kaum, wie es passiert war, aber plötzlich war überall Blut. Sie hielt verwirrt inne, dachte, es sei ihr Blut, aber dann sah sie den tiefen Schnitt in der Flanke des Mutterschafs, und damit war klar, dass sie es vermasselt hatte. Mit einem Griff zum Seil stoppte sie den Motor, schaltete ihr Handstück aus und griff nach der großen Nadel und dem Faden, die für diese Fälle bereitlagen.

»Mit dir alles okay?«, fragte Lindsay und sah von seinem Schaf auf. »Sieht tief aus.«

»Ja, nicht schön.« Sie begann den Schnitt so gut es ging zu nähen, und Irene kam und wischte das Blut auf, damit es nicht ins Vlies dringen konnte.

»Du bist nicht die Erste, die ein Schaf aufschlitzt. Denk daran, wie oft du gesehen hast, wie die anderen Schnittwunden nähen mussten.«

»Ja, ich weiß.« Trotzdem fühlte sie sich dadurch auch nicht besser. Mit zitternden Fingern hielt sie die klaffende Wunde fest zusammen und schloss die Naht mit ein paar Knoten. Trotz der Unterbrechung gelang es ihr, den Tag mit neunundachtzig Schafen zu beenden.

»Du sollst sie scheren, nicht abmurksen«, sagte Marty.

»Idiot«, konterte sie und starrte ihn wütend an. »Offenbar habe ich dir zu oft zugesehen.«

»Du machst das gut, CJ. Besser als wir damals am Anfang«, sagte Jules.

»Danke. Wir sehen uns nächste Woche.«

An der Ablaufrinne beobachtete sie, wie das Wasser rot vor Blut wurde. Nichts Besonderes beim Scheren, vermutete sie.

An jenem Abend lagen sie in ihrem Bett und sprachen über den Tag. Lindsay verbrachte einige Nächte in der Woche bei Cathy, die ihre Mutter nicht zu oft mit Tom allein lassen wollte. Falls etwas passierte, und sie war nicht da, würde sie sich das nie verzeihen.

»Lass dich im Scherstall nicht von Marty ärgern«, sagte Lindsay und streichelte ihren Arm.

»Ich kann nichts dagegen tun. Ich bin cholerisch.« Sie seufzte tief. »Das hätte mich beinahe mal ins Unglück gestürzt.«

Lindsay setzte sich auf, stützte sich auf den Ellbogen und sah sie an. »Was soll das heißen?«

»Es ist mir peinlich.« Durch seine konzentrierte Miene ermutigt, fuhr sie jedoch fort. »Ich war erst siebzehn und total am Ende. Dad konnte nicht arbeiten und hat nur im Haus Trübsal geblasen. Ich musste mein bisheriges Leben aufgeben, um ihn und die Familie zu unterstützen. Und ich bin völlig abgedreht. Ich war so wütend auf mein Schicksal. Also habe ich meinen Kummer in Alkohol ertränkt, bin auf jede Party gegangen, nur um aus dem Haus zu kommen. Eines Nachts jedenfalls wurde ein Mädchen wütend auf mich, weil ich den Kerl angemacht hatte, auf den sie scharf war. Sie war stocksauer und hat mich beschimpft. Es kam zu einer Rangelei, und die Jungs haben uns auch noch aufgehetzt. Ich schäme mich, es zuzugeben, aber ich hatte Dads Boxunterricht so verinnerlicht, dass ich sie übel zugerichtet habe.«

Sie vergrub ihr Gesicht an seiner Schulter, um die Reaktion in seinen Augen nicht sehen zu müssen. »Zuerst habe ich nur ein paar Schläge verteilt, aber sie hat mich weiter beleidigt, bis ich wie von Sinnen betrunken auf sie eingeschlagen habe, sodass die Jungs einschreiten mussten.« Cathys Magen verkrampfte sich bei der Erinnerung daran, wie das Mädchen noch Tage später ausgesehen hatte.

»Schhh …«, war alles, was Lindsay herausbrachte.

»Sie hätte mich anzeigen können. Wäre sie nicht high gewesen und hätte nicht gewollt, dass das rauskommt, dann wäre ich jetzt vorbestraft. Was ich getan habe, war so verdammt falsch. Ich war wie mein Vater geworden. Bei dieser Erkenntnis habe ich mich gefühlt, als sei ich unter einen D-Zug gekommen, und von da an habe ich mir geschworen, nie so zu werden wie er – verbittert und böse.«

»Jetzt verstehe ich, warum du so vorsichtig mit Alkohol umgehst. Das erklärt vieles. Es tut mir leid, dass du das so jung und ohne Hilfe hast durchmachen müssen.« Lindsay nahm ihr Gesicht in beide Hände und streichelte zärtlich ihre Wange, während sie gegen die Tränen kämpfte. Cathy, die normalerweise niemandem etwas zuleide tun konnte, war auch nur Opfer ihrer Gefühle geworden. Er wünschte, er könnte sie in Zukunft davor bewahren, doch auch jetzt noch bestimmte der Vater zum großen Teil ihr Leben. Dabei dachte Lindsay unwillkürlich an seine eigene Situation. Allerdings hatte sein Vater nie die Hand gegen ihn erhoben. Trotz allem sorgte Des für ihn und liebte ihn.

»Du weißt, dass ich Streit mit meinem Vater hatte, bevor

ich die Farm verlassen habe?« Lindsay sprach leise, wollte sich ihr im Gegenzug ebenfalls mitteilen. Er hatte bisher niemandem davon erzählt, nicht einmal James. Vermutlich, weil er es selbst nicht wahrhaben wollte und den Schmerz und die Verworrenheit der Angelegenheit verdrängte.

»Ja.« Cathy nahm seine Hand und hielt sie fest, wartete geduldig darauf, dass er fortfuhr.

Er holte tief Luft und atmete hörbar aus. »Es hatte sich viel aufgestaut. Dad war außer sich, weil ich ein paar Aufgaben nicht erledigt hatte. Ich hatte es eilig, zu einem Scher-Wettkampf zu kommen, was ihm natürlich gegen den Strich ging. Jedenfalls war es keine Absicht gewesen, aber ich hatte die Farm und sein ständiges Genörgele satt. Das hat alles nur noch schlimmer gemacht, und wir haben uns schreckliche Dinge gesagt. Ich habe behauptet, ich wünschte, ich wäre nicht sein Sohn, und damit die Verantwortung für die Farm gemeint, aber er hat das persönlich genommen. Daraufhin hat er entgegnet, ich könne mich glücklich schätzen, denn ich sei gar nicht sein Sohn.«

»Nein!« Cathys Augen weiteten sich, und es verschlug ihr den Atem. »Oh, Linds. Wie schrecklich!«

Es fiel ihm schwer fortzufahren. Er wollte keine Schwäche zeigen.

»Was ist dann passiert?«

Lindsay schüttelte den Kopf. »Ich habe gefragt ›Meinst du das ernst?‹, und er hat nicht geantwortet. Aber ich habe geahnt, dass es die Wahrheit ist, und hätte alles am liebsten ungeschehen gemacht. Jedenfalls bin ich auf mein Zimmer und habe meine Sachen gepackt. Des hat versucht, mich aufzuhalten, wollte mich beruhigen, aber ich stand unter Schock. Mein ganzes Leben hatte ich mich fremd gefühlt –

Des und ich sind ständig aneinandergeraten – aber zu erfahren, dass ich tatsächlich nicht dazugehörte, war einfach nur niederschmetternd. Ich habe ihn gar nicht mehr zu Wort kommen lassen. Ich wollte nichts mehr hören, nichts mehr denken. Und das hat er wohl verstanden. Er stand nur da und hat zugesehen, wie ich meine Sachen in die Reisetasche geworfen habe … mit dieser betroffenen Miene. Und ich war so wütend, dass ich davongefahren bin, ohne mich noch einmal umzusehen. Bisher habe ich mit niemandem darüber gesprochen. Es ging nicht. Und dann habe ich dich getroffen. Du hast mich so glücklich gemacht, und ich habe es verdrängt, als sei es nie geschehen.« Er gab ihr einen Kuss auf die Stirn. »Ich bin so froh, dass ich dich habe.«

Cathys Herz sang wie eine Amsel an einem herrlichen Morgen. »Und du hast keine Ahnung, wer dein leiblicher Vater sein könnte?«

»Nicht die geringste.«

»Hast du je mit deiner Mutter darüber gesprochen?«

Lindsay schüttelte bedächtig den Kopf. »Ich habe Dad gefragt, ob ich adoptiert worden sei, aber er hat geantwortet, ich sei das Kind meiner Mutter, und hat mir daraufhin das Versprechen abgenommen, ihr nichts zu sagen. Noch nicht.«

»Donnerwetter! Glaubst du, sie hatte eine Affäre?«

»Vermutlich. Ich bin nach ihrer Hochzeit geboren – ungefähr im Abstand eines Flitterwochenbabys. Keine Ahnung, CJ. Ich habe versucht, nicht mehr daran zu denken … Es macht mich krank. Aber ist es überhaupt wichtig?«

»Das musst allein du beurteilen. Vielleicht existiert irgendwo dort draußen dein leiblicher Vater. Wie bei Chris, der Irene gefunden hat … Sieh es positiv. Eines Tages solltest du zu Des gehen und es dir erklären lassen, herausfinden, was er weiß.«

»Muss ich wohl. Eines Tages.«

»Ach, was haben wir nur für komplizierte Leben?«

»Wir sind beide bemitleidenswerte Fälle, was?«

Sie schlang ihre Beine um seine und hielt ihn fest in ihren Armen. »Tja, dann …. Vielleicht ist es gut, dass wir uns gefunden haben.«

Er ließ sich auf ihre warmen Brüste sinken und küsste sie zärtlich, bevor er ihr das Haar aus der Stirn strich. Er liebte diese Augen. Er liebte alles an ihr. »Hm, ich jedenfalls habe keine Klagen«, flüsterte er und knabberte an ihrem Ohrläppchen. Mit einer schnellen Bewegung knipste er die Nachttischlampe aus, und bald hallte ihr Stöhnen in der Dunkelheit von den Wellblechwänden wider.

Kapitel 26

Bist du froh, dass die beiden Wochen um sind?«, fragte Doug und reichte Cathy die Salatschüssel.

»Überhaupt nicht. Ich bin ja gerade erst richtig in Schwung gekommen. Es wird mir bestimmt komisch vorkommen, wieder am Wolltisch zu stehen.«

Tess griff nach der Grillzange und legte ein Würstchen und ein Steak auf ihren Teller. »Ich kann's kaum glauben, dass du so lange durchgehalten hast.« Tess sah ihre älteste Tochter an. »Bon, man schleckt das Messer nicht ab.« Tara hatte gerade Anstalten gemacht, ihrem Beispiel zu folgen.

»Bist du sicher, dass kein Platz in deinem Team für mich ist, Doug?«, erkundigte sich Cathy.

Doug lächelte. »Wenn ich könnte, würde ich dich sofort nehmen, CJ. Aber jetzt, da Dave zurück ist, sind alle Plätze besetzt. Aber sobald sich was ergibt, bist du die Erste, die ich frage. Ich muss zugeben, deine Zahlen sind beeindruckend. In der letzten Woche hast du die Hundert geknackt, was bedeutet, dass du einen anständigen Lohn einstreichen kannst.«

»Habe ich es dir nicht gesagt? Ist alles nur Technik«, sagte Lindsay. »Stell dir nur vor, was sie als Vollzeitkraft erreichen könnte.«

»Du brauchst sie mir nicht weiter empfehlen, Slick. Es

würde mich schon interessieren, was sie in ein paar Monaten erreichen kann.«

Es klopfte an die Tür. Tess und Doug sahen sich an, als wollten sie sagen »Wer könnte das denn sein?«. Bonnie und Tara rannten zur Tür, um sie zu öffnen. Tara war die Erste, die zum Tisch zurückkehrte. Sie war sich in Bezug auf den Besucher nicht sicher, aber Bonnie hielt seine Hand, als sie ihn hereinbrachte. Cathy wusste sofort, dass der Neuankömmling nur James sein konnte. Er war groß, schlank und hatte ebenfalls blondes Haar, wenn auch einige Nuancen heller als Lindsay. Seine Züge waren jugendlich, und seine Augen glitzerten spitzbübisch. Er trug Jeans und ein blaues Arbeitshemd. Der Name der Farm war in Weiß auf die Brusttasche gestickt.

»James!«, sagten alle wie aus einem Mund.

Lindsay stand auf und schüttelte seinem Bruder die Hand, bevor er den Arm um seine Schultern legte. »Mein kleiner Bruder!«

»Mann, Slick! Dass ich dich hier treffe. Ich wäre zu dir gekommen, wenn ich gewusst hätte, wo du wohnst.« James grinste seinen Bruder an.

»Hallo, Tess und Doug«, sagte er, umarmte Tess und schüttelte Doug die Hand. »Ich hatte gehofft, hier bei euch ein Bett für die Nacht zu finden. Ich war auf einer Versteigerung für Schafböcke in der Gegend und dachte, ich schaue mal vorbei und sage Hallo.«

»Hier ist immer ein Bett für dich frei, Kumpel«, sagte Doug.

James sah Tara an, die eifrig an ihrer Wurst kaute. »Sie hat vermutlich vergessen, wer ich bin. Ich muss häufiger zu Besuch kommen.«

»Ich hab mich an dich erinnert.« Bonnie lächelte. »Aber ich bin älter.«

James' Blick fiel auf Cathy. Sie blickte in seine grünen Augen.

»Hallo? Du musst CJ sein, oder?« fragte James.

Ihr Stuhl schrammte über den Holzboden, als sie aufstand und ihm die Hand schüttelte. »Woher weißt du das?«

»Mein Bruder hat mir schon alles gebeichtet. Groß, mit den unglaublichsten blauen Augen.« Er wandte sich Lindsay zu. »Gelogen hast du jedenfalls nicht, Slick.«

»Tue ich nie bei wichtigen Dingen«, antwortete Lindsay und legte den Arm beschützend um Cathy.

»Freut mich, dich endlich kennenzulernen. Also lasst euch nicht beim Essen stören. Ich hole nur meine Reisetasche, bevor es zu dunkel wird, okay?«

»Ich hole dir einen Teller. Du isst natürlich mit uns. Wir haben genug, wie du siehst«, sagte Tess und verschwand in Richtung Küche.

Lindsay folgte James hinaus zu seinem weißen Land Cruiser Pick-up.

»Schön, dich zu sehen, Linds. Ich vermisse dich und den Ärger, den du machst, und wie du Dad immer auf dem falschen Fuß erwischst. Kann's kaum erwarten, Mums Gesicht zu sehen, wenn sie CJ kennenlernt.« James grinste.

Lindsay runzelte die Stirn. »Ich weiß. Ich halte sie noch auf Distanz.«

»Ich möchte sie kennenlernen. Sie muss was Besonderes sein, wenn du sie dir ausgesucht hast.«

Lindsay musterte ihn misstrauisch. »Du bleibst ihr vom Leib. Sie verspeist oberflächliche, viel zu selbstbewusste kleine Jungs zum Frühstück.«

James boxte den Bruder in den Oberarm. »Du kennst mich, Slick. Für was Ernstes bin ich noch nicht bereit, obwohl Mum unbedingt Enkelkinder will.« James nahm seine Reisetasche aus dem Auto, und gemeinsam gingen sie ins Haus zurück.

»Ich liebe dieses Mädchen. Sie ist definitiv die Frau fürs Leben«, sagte Lindsay.

James blieb abrupt stehen und starrte seinen Bruder an. »Verdammt! So ernst ist es dir? Mein Bruder, der Frauenheld, setzt alles auf eine Karte?«

Lindsay drehte sich zu ihm um. Seine Augen funkelten.

James pfiff durch die Zähne. »Mann, sie macht dich wohl sehr glücklich. Ich seh's an deinen Augen, Linds. Du warst noch nie so locker. Schätze, so bald kommst du wohl nicht mehr nach Hause, was? Hast du in letzter Zeit mal mit Dad gesprochen?«

Lindsay biss die Zähne zusammen. »Nein. Kein Wort, seit ich fort bin. Hat er was gesagt?«

James zuckte die Achseln. »Nö. Der Idiot erwähnt kaum deinen Namen, es sei denn er fragt, ob ich mit dir geredet habe.«

»Hm. Mum hat ein paarmal angerufen, um zu fragen, ob es mir gut geht und ob ich bald nach Hause komme.« Lindsay hätte seine Mutter gern nach seinem leiblichen Vater befragt, hielt sich jedoch an das dem Vater gegebene Versprechen und wollte die Angelegenheit sowieso nicht über eine Entfernung von dreihundert Kilometern zur Sprache bringen. Er umarmte den Bruder erneut. »Kann's gar nicht fassen, dass du da bist. Ich freu mich so, James. Ich bin verdammt gern hier draußen, aber dich habe ich vermisst, Kumpel.«

»Ja, schon gut. Lassen wir das«, sagte James und erwiderte die Umarmung des Bruders mit einem Grinsen. »Komm schon. Ich möchte diese Frau kennenlernen, die dich in Ketten gelegt hat. Am besten ich setze mich neben sie.«

»Untersteh dich! Du kannst dich auch von der anderen Tischseite aus mit ihr unterhalten.«

Kapitel 27

Es war Wochenmitte, und die Hälfte des ersten Scherdurchgangs war bereits geschafft. Pat Benetars »All Fired up« dröhnte aus der Stereoanlage, und Cathy konzentrierte sich darauf, Vliese zu klassieren. Sie sah zu den Scherständen auf und beobachtete Dave, der ein weiteres Schaf fertig schor. Verflixt noch mal, warum hatte er nicht noch ein paar Wochen in Neuseeland bleiben können? Sie wollte unbedingt wieder als Scherer arbeiten.

Sie ackerten in Dale Rogers' Scherhalle, und bisher war alles glattgegangen. Dales schlaksiger achtzehnjähriger Sohn Reece sorgte stets für gefüllte Pferche in der Halle und hatte nebenbei ein Auge auf die anwesenden Mädchen. Kate hatte es ihm offenbar besonders angetan.

Cathy hatte gerade ein Vlies aufgerollt, als sie hörte, dass Kate aufgeregt ihren Namen rief. Kate stand neben Jules, und das Vlies zu seinen Füßen war blutbefleckt. Zuerst hatte sie angenommen, er habe das Schaf geschnitten, aber dann sah sie Jules' schmerzverzerrtes Gesicht. Sie lief zu den beiden und griff sich im Vorübergehen ihr langärmeliges Hemd, das an einem Haken an der Wand hing.

Kate schob die Wolle außer Reichweite der Blutstropfen und zog am Seil, um für Jules den Motor der Scheranlage und damit das Handstück auszuschalten.

»Lass mal sehen.«

»Halb so schlimm«, sagte Jules tapfer.

Kate zog eine Grimasse und schüttelte den Kopf. »Sieht übel aus.«

Cathy konnte unter all dem Blut kaum Jules' Hand erkennen und wischte diese erst einmal mit dem Ärmel ihres Hemds ab. »Mann, Jules, da hast du dir was eingebrockt. Die Wunde ist tief. Sie muss genäht werden.« Cathy bandagierte seine Hand notdürftig mit ihrem Hemd, während Kate nach draußen lief, um den Farmer zu holen.

»Du siehst blass aus um die Nase, Bruder«, sagte Dave und tätschelte Jules' Rücken.

Kate fand Dale, der gerade die letzten Schafe eingetrieben hatte. Er erklärte sich sofort bereit, Jules ins Krankenhaus zu fahren, vorausgesetzt der Scherbetrieb ging weiter.

»Da ist eine Gewitterfront im Anzug, und ihr solltet fertig werden, bevor sie uns trifft«, erklärte er.

Dave schor Jules' Schaf mit dem blutbefleckten Vlies fertig, und Cathy wischte den Fußboden auf und entsorgte die verunreinigte Wolle.

»Hey, CJ! Willst du raufkommen und weiterscheren?«, rief Lindsay ihr zu. »Ich nehme Jules' Maschine. John soll klassieren, und der junge Bursche geht an die Wollpresse, okay?«

Sie waren gezwungen, weiterzumachen, denn die Schafe mussten geschoren werden, und der nächste Scherstall wartete bereits.

Cathy nickte. »Gute Idee.«

Zu Steve Earles »Copperhead Road« zog Cathy ihr erstes Schaf aus dem Pferch, und am Ende des Durchgangs war sie die Einzige, die lächelte.

»Wie lange, glaubst du, ist Jules außer Gefecht?«, fragte sie Lindsay.

Er zuckte die Schultern. »Keine Ahnung. Vielleicht eine Woche, vielleicht länger. Schau, schau, du kannst wohl nicht genug kriegen, was? Du gräbst uns noch das Wasser ab, wenn wir nicht schnell genug sind.«

Der Farmer kehrte kurz nach der Mittagszeit zurück und berichtete, dass Jules' Wunde mit acht Stichen genäht werden musste und er vorerst für das Team ausfiel.

»Unglücksrabe«, lautete Daves Kommentar.

Sie begannen den dritten Scherdurchgang des Tages, und jedes Mal, wenn Cathy sich das nächste Schaf holte, ignorierte sie das große Schaf in der hintersten Ecke, das sie unverwandt anstarrte. Sie war kein Feigling – sie schob nur das Unvermeidliche so weit wie möglich hinaus. Das Tier würde Ärger machen, das wusste sie. Schließlich blieb Cathy nichts anderes übrig, als das große Schaf aus dem Pferch zu holen. Es war in kämpferischer Stimmung. Es verweigerte sich Cathy, wann immer es konnte, drehte und wendete sich, schlug mit den Hufen um sich, dass die Wolle durch die Gegend flog. Dann schlug es mit aller Kraft aus, und sein Huf traf Cathy in den Unterleib.

Lindsay hatte die Szene von seinem Scherstand aus beobachtet. »Mistvieh!«, fluchte er. »Das treibt ja sogar mir die Tränen in die Augen. Alles in Ordnung mit dir?«

Sie nickte, holte tief Luft, packte das Tier an einem Bein, zwang es wieder in die richtige Position und brachte es unter Kontrolle. »Ja, schon. Ein Glück, dass ich da keine Kronjuwelen habe, was?« Schließlich war es so weit, sie konnte das widerspenstige Schaf über die Rampe und in den Wartepferch schieben und ging hinaus in die Pause.

Lindsay kam zu ihr und massierte ihr den unteren Rücken. »Wie läuft's?«

Cathy beugte sich hinüber und gab ihm einen Kuss. »Verdammt gut! Ich bin glücklich, wieder im Sattel zu sitzen. Warum bist du nicht schon ein paar Jahre früher hier aufgetaucht? Dann wäre ich jetzt so gut wie du.«

»Vergiss es, Babe, du wirst nie so gut werden wie ich.«

Cathy sprang hoch, nahm ihn in den Schwitzkasten und zog ihn zu Boden, wo sie sich wie Schulkinder im Staub wälzten.

Irene lachte. »Hört auf, ihr zwei«, sagte sie und versuchte das Rosinenbrötchen in ihrer Hand vor dem aufwirbelnden Staub zu schützen.

Burt sah von seinem Teller mit Eintopf auf. »Er war mir so willkommen wie ein Furz in der Telefonzelle, und das habe ich ihm auch gesagt.«

»Worum geht's?«, fragte Lindsay, als er vom Füttern der Hunde zurückkam. Er strich sich mit den Handflächen über seine saubere Jeans, krempelte die Ärmel seines roten Hemds auf und setzte sich an den Tisch.

»Burt hatte heute einen Zusammenstoß mit irgendeinem Idioten«, erklärte Cathy. Für den Abend hatte sie Burt zuliebe ein blaues Baumwollkleid angezogen, doch der behauptete, sie sehe darin »total affig« aus. Dennoch verriet ihr das Glitzern in seinen Augen, dass er beeindruckt war.

»Warum wissen manche Leute nicht, wenn sie ungelegen kommen?«, fragte Burt. »Hey, habe ich euch erzählt, dass mein Bruder heute angerufen hat? Der Kerl möchte, dass ich zu einem Familientreffen in die Stadt komme. Hab ihm gesagt, dass er mich nur im Leichenwagen dorthin kriegt.«

»Ich wusste gar nicht, dass du einen Bruder hast, Burt«, sagte Lindsay.

Burt kratzte sich an seinem kahlen Schädel, der voller Sonnenflecken war.

»Ja, einen jüngeren Bruder. Er heißt Ross. Er war immer ein Stadtkind. Hasste die Farm. Ist mit unserem Alten nicht gut ausgekommen. Sehe ihn selten. Er weiß ja, wo er mich findet, wenn er sich mit mir unterhalten möchte. Er ist die einzige Familie, die ich noch habe – abgesehen von ein paar Cousins hier und dort. Ich bleibe lieber für mich.«

»Wir sind doch deine Familie, oder, Burt?«, sagte Cathy schmunzelnd.

Burt grinste von einem Ohr zum anderen.

Irgendwann während des Essens klingelte Cathys Handy. Sie sprang auf und meldete sich.

Eine Minute später kam sie in die Küche zurück. Ihr Gesicht glühte, und sie grinste wie ein Honigkuchenpferd.

»Das erratet ihr nie!«, sagte sie aufgeregt.

»Was denn?«, fragten die Männer im Chor.

»Jules' Wunde hat sich entzündet, und er muss noch eine Woche pausieren. Armer Jules – aber Glück für mich! Doug hat gesagt, ich kann seinen Scherplatz übernehmen«, sagte Cathy und versuchte, ihre Freude etwas zu zügeln.

»Sollen wir das mit einem Scotch begießen?«, fragte Lindsay.

»Ist der Papst katholisch?«, entgegnete Burt ernst.

Burt stellte seinen Teller in das Spülbecken, bevor er drei Gläser holte und in jedes einen Schluck Scotch füllte. Lindsay holte Cola und füllte die Gläser damit auf.

Burt erhob sein Glas. »Auf das mutigste Mädchen, das ich kenne!«

»Cheers!«, prosteten alle.

»Also, wer hat Lust auf eine Partie Canasta?«

»Aber du gewinnst immer, Burt. Wie machst du das nur?«, stöhnte Cathy.

Burt tippte sich an die Schläfe. »Das nennt sich Altersschläue. Du kriegst das auch mal – warte noch fünfzig Jahre.«

Kapitel 28

Es war ein willkommener Sonntag zu Hause, und Cathy machte im Garten das Beste daraus. Es war ein gutes Gefühl, einige Dinge in Haus und Hof erledigen zu können. Jetzt, da sie scheren konnte, hatte sie die Wochenenden wieder für sich, und es war an der Zeit, den Garten instand zu setzen, in dem das Unkraut wucherte. Sie beugte sich über die Beete, und Feuchtigkeit drang durch ihre Jeans. Ihre Hände waren schwarz, und Erde sammelte sich unter ihren kurzen Fingernägeln.

»Morgen, Liebes.«

Cathy sah auf, als Dot mit zwei Tassen Kaffee in den Händen auf sie zukam.

»Hallo, Mum. Danke.« Cathy blieb in der Hocke sitzen und nippte an ihrem Kaffee. Der Teint ihrer Mutter hatte etwas Farbe und ihre Augen ein wenig Glanz bekommen. Tom hatte sich in letzter Zeit leidlich benommen, was für Entspannung sorgte, auch wenn Cathy wusste, dass es nur eine Frage der Zeit war, bis sich der nächste Vorfall ereignete.

Cathy hatte davor jedoch keine Angst mehr, seit sie Lindsay an ihrer Seite wusste. Zu wissen, dass er für sie da war, machte es ihr leichter, diese Last zu tragen.

Sie leerten ihre Tassen und gingen auf die andere Seite des Hauses, wo wilder Hafer und Gerstengras zwischen alten Rosen, den heimischen Pfeifenputzer-Sträuchern und Akazien wuchsen.

»Gibst du mir bitte die Pflanzkelle, Liebes?«, sagte Dot, die stacheliges Unkraut entfernen wollte.

Cathy reichte ihr das Schäufelchen und musterte ihre Mutter aufmerksam.

»Was ist?«, fragte Dot, als sie die Schaufel in das weiche Erdreich stieß.

»Ich habe nur gerade gedacht, wie schön es doch ist. Wir haben eine Ewigkeit nicht mehr Zeit miteinander verbracht.«

Dot warf die ungeliebte Unkrautpflanze auf den höher werdenden Haufen. »Ich weiß.« Sie lächelte, und Cathy hatte den Eindruck, als fielen damit gut zehn Jahre von ihr ab.

»Was macht das Scheren?«

»Es läuft großartig, Mum. Ich liebe diese Arbeit wirklich. Dauert nicht mehr lange, und wir können größere Sprünge machen, uns vielleicht einen neuen Fernseher kaufen oder so«, sagte sie mit einem Lachen.

»Ich mache mir Sorgen um dich. Einige Scherer sind brutale Burschen.«

»Ich weiß, aber ich kann auf mich aufpassen. Ist schon in Ordnung, Mum. Ich bin glücklich, und das ist die Hauptsache.«

»Ja, das bist du. Du bist wirklich reifer geworden, und ich bin sehr stolz auf dich. Du tust so viel. Es macht mich nicht gerade froh, dass meine Tochter kaum ein Privatleben hat, weil sie mich beschützen und auf ihren Vater aufpassen muss. Ich bin einfach nicht so stark wie du.« Dot legte die Hand auf den Arm ihrer Tochter und drückte ihn, kämpfte gegen die Tränen. Sie räusperte sich. »Und ... wo ist Lindsay heute?«

»Er hilft Burt. Und für nächste Woche hat Doug ihn einem anderen Scherteam irgendwo weit draußen am Ende der Welt zugeteilt, sodass die Crew dort campieren muss. Ich werde die Arbeit mit ihm vermissen. Es bringt mich um, eine ganze Woche von ihm getrennt zu sein.« Sam trabte herbei und schob seine Schnauze in Cathys Armbeuge, beinahe so, als wolle er sagen, dass er Lindsay ebenfalls vermisse.

»Ich brauche ein paar neue Sachen zum Anziehen«, sagte Dot. »Willst du am Samstag mit mir einkaufen gehen und mir helfen, was auszusuchen?«

»Ja, gute Idee.« Cathy konnte sich nicht erinnern, wann ihre Mutter das letzte Mal daran gedacht hatte, sich ein neues Outfit zu besorgen.

»Ich mag Lindsay sehr. Er tut dir so gut. Ihr beide meint es wirklich ernst, oder?« Dots Blick verriet, dass sie die Antwort bereits kannte.

Cathy nickte eifrig. »Ja, ich liebe ihn. Ich kann mir keinen anderen Mann an meiner Seite vorstellen. Er ist definitiv der Richtige.«

»Das ist schön!« Dot gönnte Cathy ihr Glück von ganzem Herzen, doch ein Wermutstropfen war auch dabei.

Cathy fand nicht die Worte, ihrer Mutter zu sagen, dass sie sie keinesfalls mit dem Vater alleinlassen würde. Eines war sicher: Cathy ließ ihre Mutter nie im Stich.

Kapitel 29

Der Kleinbus holperte in der Nachmittagssonne über die Schotterstraße. Eine Kühlbox mit Emu Export Bier für die Heimfahrt stand in der Mitte des Fahrzeugs. Lindsay saß hinter Marty, der nun mit Fahren an der Reihe war. Lindsay hatte den Kopf auf die Sitzlehne gelegt und den Arm am Fenster entlang ausgestreckt. Er trank einen Schluck Bier und war mit den Gedanken meilenweit weg. Die Woche war unendlich lang gewesen, und er hatte Cathy entsetzlich vermisst. Er konnte es kaum erwarten, nach Hause zu kommen und sie in die Arme zu nehmen. Eine Woche fern von ihr, in einem Scherstall im Nirgendwo, hatte ihn völlig geschafft. Zum Glück hatte sich die Arbeit nicht über zwei Wochen erstreckt. Noch eine Stunde, dann war er zu Hause und hatte sie wieder.

Diese Woche hatte ihm gezeigt, wie viel sie ihm bedeutete. Sie hatten jeden Abend telefoniert, aber das war nicht dasselbe. Er wollte den Rest seines Lebens mit ihr verbringen, dessen war er sicher. Sie waren zwar noch nicht lange zusammen, aber es waren die besten Monate seines Lebens gewesen, und er brauchte nicht noch weitere sechs Monate, um zu erkennen, dass es für immer war. Und er wusste, es ging ihr ebenso.

»Känguru!«, schrie jemand von den hinteren Sitzen des Kleinbusses. Dann hörte er Dave fluchen, und der Bus begann nach links abzudriften. Lindsay wurde zuerst nach rechts, dann nach links geschleudert. Alles verschwamm vor seinen Augen. Bierdosen schossen durch die Luft, und seine Wasserflasche knallte ihm, gefolgt von einem Rucksack, ins Gesicht. Stimmen schrien durcheinander, und irgendwo im Hintergrund erhob sich das Geräusch von aufspritzendem Schotter. Es geschah alles so schnell und spielte sich doch wie in Zeitlupe ab. Ein schreckliches metallisches Krachen und Knirschen war plötzlich allgegenwärtig, und Lindsay wurde mit Wucht gegen die Seitenwand des Fahrzeugs gedrückt. Schmerz durchzuckte ihn, gefolgt von dem intensiven Duft nach Eukalyptus. Willkommene Schwärze senkte sich über ihn, dämpfte den Schmerz. Im nachmittäglichen Licht blitzten vor ihm flüchtig Rinde, zersplittertes Glas und verbogenes Metall auf. Hinter ihm ertönte lautes Stöhnen, und er hörte Stimmen, die etwas sagten, aber es war der Geruch von Blut, der für ihn alles überdeckte, bevor er die Augen schloss und das Bewusstsein verlor.

»Zum Nachtisch habe ich Käsekuchen gebacken«, sagte Irene. »Wer möchte ein Stück?«

Cathy lachte. »Wann haben wir schon mal Nachtisch abgelehnt?«

Das Telefon klingelte, und Paul nahm den Hörer ab.

»Dot? Ja, sie ist hier. Was? Oh, mein Gott! Wir kommen sofort.« Paul legte auf und alle sahen ihn an. Irene stand neben der geöffneten Kühlschranktür, den Käsekuchen in der Hand. »Wir müssen zum Krankenhaus. Es hat einen Unfall gegeben.«

»Lindsay!«, entfuhr es Cathy. Ihre Miene änderte sich schlagartig, schmolz wie Wachs in einer Flamme. Sie wusste in diesem Augenblick sofort, dass es um ihn ging. Er hätte längst da sein sollen. Sie sprang auf und rannte mit weichen Knien zu Paul. »Was ist passiert?«, drängte sie.

Paul führte Cathy zur Tür und griff sich im Vorübergehen die Autoschlüssel. »Keine Ahnung. Deine Mutter hat nur gesagt, dass er einen Autounfall hatte und dass wir ins Krankenhaus fahren sollen. Komm schon, Irene.«

Wenig später bogen sie in die Einfahrt des Lake Moore Hospitals ein. Cathy konnte sich nicht einmal mehr erinnern, wie sie in den Wagen gekommen war. Sie erlebte alles wie in Trance.

Sie stieg aus dem Wagen und sah ihre Mutter unter der Notbeleuchtung vor dem Eingang stehen. Der Rettungswagen parkte vor der Notaufnahme, die Lichter noch immer flackernd.

»Mum …« Cathy schluckte, versuchte den Kloß in ihrem Hals loszuwerden.

Dot nahm Cathys Hände. »Sie waren auf dem Heimweg, im Kleinbus, und Marty wollte einem Känguru ausweichen, hat die Kontrolle über den Wagen verloren, und sie sind gegen einen Baum geprallt.«

Cathy schlug die Hände vors Gesicht, die Züge schmerzlich verzerrt. Irene und Paul legten beschützend die Arme um sie und strichen ihr über den Rücken.

»Er hat offenbar von den Glassplittern Schnitte im Gesicht und am Körper, aber das Schlimme ist sein rechter Arm. Scheint ein Trümmerbruch zu sein. Dazu einige gebrochene Rippen. Von allen hat es ihn am schlimmsten erwischt, aber er lebt, Liebes, und sein Zustand ist stabil. Sie warten auf den Flying Doctor. Er muss operiert werden, und viel mehr können sie hier nicht für ihn tun.«

Cathy nahm die Hände vom Gesicht, als könne sie damit den Albtraum verscheuchen, der sie heimsuchte. Das alles konnte nicht wahr sein.

Sie ließ sich von ihnen ins Wartezimmer des Krankenhauses führen, und ihre Mutter holte heißen Tee für alle. Sie saßen stumm nebeneinander, Cathy starrte auf die hellblauen Wände und versuchte, nicht auf den lähmend langsamen Minutenzeiger der Uhr zu sehen und nicht jedes Mal aufzuspringen, wenn jemand vorbeikam – in der Hoffnung, es wäre eine Krankenschwester oder ein Arzt mit neuen Informationen. Schließlich kam jemand, doch es war nur Tyson, einer der Scherer, mit seiner Frau Louise.

»CJ, hast du schon was von Lindsay gehört?«, fragte er und hielt den Verband, der um seinen Kopf gewickelt war, fest.

Sie schüttelte den Kopf. »Nein, jedenfalls nichts Neues. Bist du okay?«

»Ja, mich hat's nur leicht erwischt. Ein paar Schnittwunden und Prellungen, Lindsays Arm dagegen sah übel aus. Wir hatten Glück, dass ein Farmer vorbeikam und den Krankenwagen gerufen hat. Es ging alles so schnell. Die Fahrt war gut, wir hatten Spaß, und im nächsten Moment hingen wir an einem Baum. Lindsay hat solches Glück gehabt. Es hätte für ihn und Marty viel schlimmer ausgehen können.«

»Danke, Ty. Pass gut auf dich auf«, murmelte sie abwesend. Sie versuchte, sich den Unfall vorzustellen. Lindsay schwer verletzt, mit großen Schmerzen. Sie rang nach Luft, ihre Bronchien verkrampften sich. »Ich brauche frische Luft«, sagte sie zu den anderen und rannte hinaus. Nach drei Atemzügen hörte sie ihren Namen. Doug tauchte aus der Dunkelheit auf. Als er sie erreicht hatte, nahm er sie fest in den Arm.

»Weißt du schon etwas?«, fragte er.

»Rippenbrüche und ein Trümmerbruch im Arm, aber sein Zustand ist stabil.«

»CJ, Doug, eine Schwester ist da«, rief Irene und steckte den Kopf aus der Tür.

Drinnen im Krankenhaus wartete Michelle, eine groß gewachsene Krankenschwester mit eindrucksvollen, freundlichen Augen und jahrelanger Erfahrung mit schwierigen Fällen.

»Was können Sie uns sagen?«, fragte Dot.

»Lindsay wird wieder gesund, aber es wird dauern. Sie fliegen ihn in einer Viertelstunde nach Perth. Ein Sitz ist für eine Begleitperson frei.«

»Ich fliege mit«, sagte Cathy hastig.

»In Perth wird er operiert«, fuhr Michelle fort. »Er hat eine Trümmerfraktur. Der Knochen ist mehrfach gebrochen. Von selbst wächst das nicht mehr richtig zusammen. Der Knochen muss bis zur Heilung an etlichen Stellen geklammert werden. Alle anderen Verletzungen sind nur oberflächlicher Natur und heilen mit der Zeit. Aber im Augenblick können Sie hier nichts tun. Fahren Sie nach Hause und ruhen Sie sich aus. Cathy, möchten Sie ein paar Sachen packen?«

»Ich packe dir eine Tasche«, sagte Irene, und Cathy reichte ihr ihren Schlüssel.

Michelle berührte sanft ihre Schulter. »Er hat nach Ihnen gefragt. Ich kann Sie kurz zu ihm bringen, bevor sie ihm für den Transport noch ein Beruhigungsmittel geben.«

Cathy folgte Michelle den Krankenhauskorridor entlang,

bei jedem ihrer Schritte knarrten die Holzbohlen unter den schlichten Teppichfliesen.

»Er ist hier drin. Ich hole Sie in ein paar Minuten wieder ab.«

»Danke, Michelle.«

Cathy atmete tief durch und ging in das Krankenzimmer. Lindsays Anblick war ein Schock für sie. Sie musste ihn berühren, spüren, dass er noch lebte. Sie sank gegen das Bett und streichelte seine linke Wange. Sein geliebtes Gesicht war von hässlichen Schnittwunden und schmalen Pflasterstreifen entstellt. Ihr Blick fiel auf seinen rechten Arm, und ihr Magen rebellierte – Beulen und Schwellungen unter der Haut, formlos und verquer. Sie schloss die Augen, stellte sich seine schönen, blauen Augen vor, und ihr kamen die Tränen. Sie konnte sie nicht länger zurückhalten. Sie rannen wie ein Wasserfall über ihre Wangen, während sie auf ihn herabsah, der geschundene Körper steckte noch immer in seinen blutverklebten Kleidern. Er drehte den Kopf in ihre Richtung, aber seine Lider blieben geschlossen.

»Hey, Babe! Nicht weinen. Ich bin okay. Ich werde hier gut versorgt«, sagte er und versuchte, trotz allem zu lächeln.

Cathy wischte sich mit dem Blusenärmel die Tränen ab. »Es tut mir so leid … Es ist nur der Schreck. Schlimm, dich so zu sehen. Ich liebe dich.« Sie beugte sich über ihn und küsste zärtlich seine Lippen. »Weißt du, dass sie dich nach Perth fliegen?«

»Ja, aber vorher musste ich dich sehen – nur für alle Fälle. War eine lange Woche, CJ, und du hast mir gefehlt«, sagte Lindsay und drückte schwach ihre Hand. »Du bist alles für mich. Ich liebe dich.« Er artikulierte nur noch mühsam und undeutlich.

Michelle kam herein und gab ihm eine Spritze. Der Transport zum Flugzeug war vorbereitet. Lindsay machte die Augen wieder zu, und Cathy blieb bei ihm, hielt seine Hand fest und beobachtete, wie sich seine Brust hob und senkte, während er in den Schlaf fiel.

»Zeit zum Aufbruch, CJ. Wir bringen ihn jetzt zum Krankenwagen. In Ordnung?«, sagte Michelle ruhig.

Cathy streichelte Lindsays Hand und gab ihm einen Abschiedskuss. »Keine Sorge, ich komm mit, Babe.«

Sie hatte Mühe, den Blick von ihm zu wenden, während sie rückwärts zur Tür ging. Sie fühlte Stiche in der Brust und konnte noch immer nicht befreit aufatmen.

Nur wenig später wurde Lindsay auf einer Trage über den Korridor zu einem wartenden Krankenwagen gebracht, und Paul und Irene tauchten in dem Moment auf, als sie ihn hineingeschoben hatten.

»Melde dich und lass uns wissen, ob du was brauchst«, sagte Paul, und Irene reichte Cathy ihre Reisetasche.

Doug ergriff ihre Hand. »Ich fahre heute Nacht mit dem Auto rauf. Wir sehen uns dann später im Krankenhaus. Wenn alles gut geht, müsste er dann schon aus dem OP sein.«

»Danke«, murmelte sie benommen.

Dot umarmte sie. »Ruf mich an, ja?«

Cathy nickte und kletterte zu Lindsay und dem Arzt in den Krankenwagen.

»Der kommt schon wieder in Ordnung«, sagte der Arzt mit starkem südafrikanischem Akzent.

Als die breiten Türen zuschlugen, betete Cathy zu Gott, dass er recht behalten würde.

Am darauffolgenden Morgen saß sie an Lindsays Bett, als seine Mutter in das Krankenzimmer kam. Cathy wusste sofort, wen sie vor sich hatte. Sie trug schwarze Pumps, ein graues Wollkleid mit passendem Jäckchen und dezentes Make-up. Die Falten in ihrer Kleidung und ihre müden Augen verrieten die lange nächtliche Reise. Cathy hatte die Nacht über versucht, in einem unbequemen Stuhl zu schlafen, und trug noch die Jeans, das karierte Hemd und das weiße Top vom Vortag. Sie bemühte sich, ihr Haar zu ordnen und es zu einem Pferdeschwanz hochzubinden.

Dahinter tauchte Lindsays Vater auf, und Cathys Herz setzte einen Schlag aus. Würde Lindsay im Alter aussehen wie er? Distinguiert, stark und attraktiv? Dann fiel ihr ein, dass Des gar nicht Lindsays leiblicher Vater war. Er trug eine Anzughose, blank geputzte schwarze Schuhe und ein zerknittertes graues Hemd.

Cathy wünschte, Lindsay würde aufwachen, damit sie keine Banalitäten mit der Mutter austauschen musste, die Cathy wie einen ungebetenen Gast musterte. Sie hielt sich an Lindsays Hand fest, noch nicht bereit, ihn zu teilen.

Keiner sagte ein Wort, während alle auf Lindsay starrten, der bewegungslos in seinem Bett lag, bis James hereinkam und das Eis brach.

»Oh, CJ! Schön, dich zu sehen. Wie geht es ihm?«, sagte James und nahm sie in die Arme.

»Mum, Dad – das ist Lindsays Freundin CJ. CJ, das sind Des und Jill.«

Cathy streckte den Arm aus und schüttelte zuerst Des die Hand. Jill zog die Augenbrauen hoch. »Freundin?«

James nickte eifrig. Schließlich nahm Jill Cathys ausgestreckte Hand und drückte sie lasch.

Jill wandte sich an ihren Ehemann und flüsterte: »Siehst du, jetzt ist es passiert!«

Cathy hätte am liebsten laut geschrien.

»Wie geht es ihm?«, wollte Jill wissen.

Cathy nahm an, dass die Frage an sie gerichtet war. »Der Arzt sagt, die OP ist erfolgreich verlaufen, und sie haben zwei Metallplatten implantiert – eine im Arm, die andere im Handgelenk.« Was sie nicht sagte, war, dass sie um drei Uhr morgens den Arzt gefragt hatte, ob Lindsay seinen Arm wieder normal würde bewegen können, oder dass sie bei der Antwort, dass man das noch nicht mit Sicherheit beurteilen könne, in Tränen ausgebrochen war. Der Arzt hatte daraufhin die Hand auf ihre Schulter gelegt und sie gedrängt, sich schlafen zu legen, da Lindsay sie brauche, wenn er aufwache. Und sie erwähnte vor Jill auch nicht, dass sie an seinem Bett gewacht und seine Hand gehalten hatte, bis eine Schwester gekommen war, die seinen Puls fühlte, und sie gemerkt hatte, dass ihre Beine im Sitzen eingeschlafen waren.

Jill trat an das Bett und berührte Lindsays Gesicht, und Des rückte zwei Stühle zurecht. James stand neben Cathy, und seine warme Hand auf ihrem Rücken linderte ihre Anspannung etwas.

»Das wäre nicht passiert, wenn er auf der Farm geblieben wäre.« Sie hörte den Schmerz und die Reue in Des' Stimme.

»Dad, wir können von Glück sagen, dass er lebt«, sagte James und legte die Hand auf Lindsays Bein. »Hallo, Slick«, sagte er zu seinem schlafenden Bruder.

Der liebevolle Ausdruck in seinen Augen rührte Cathy. Sie wünschte, sie und ihre Schwester stünden sich so nahe. Sie hatte Emily vom Krankenhaus in Lake Moore aus angerufen, um zu fragen, ob sie bei ihr übernachten könne, aber

Emily war übers Wochenende verreist. Cathy war ihr ganzes Leben für Emily da gewesen, aber das eine Mal, dass sie sie gebraucht hätte, war sie nicht erreichbar gewesen. Natürlich lag es schlicht an dem schlechten Timing, doch es tat trotzdem weh. Doug allerdings war gekommen und hatte für eine Übernachtungsmöglichkeit in einem nahe gelegenen Hotel gesorgt.

»Hast du vor zu bleiben?«, fragte sie James.

»Ja. Zumindest bis morgen«, antwortete James. »Bis wir wissen, wie es ihm geht. Wir haben eine Wohnung in Como. Brauchst du eine Übernachtungsmöglichkeit?«

»Nein danke.« Cathy hatte jetzt nicht die Nerven, bei Menschen zu übernachten, die ihr fremd waren, und schon gar nicht unter diesen Umständen.

Das Rascheln der Bettwäsche lenkte ihren Blick erneut auf Lindsay. Erleichterung erfasste sie, als seine trüben blauen Augen ihren Blick erwiderten.

»Linds, hallo, wie fühlst du dich?« Sie ergriff seine Hand und war glücklich, als er ihren leichten Druck erwiderte.

»CJ.« Er zog die Augenbrauen hoch und kämpfte mit einem Seufzer gegen seine bleierne Müdigkeit an.

»Hey, Unglücksrabe. Du machst vielleicht Sachen. Musst du immer im Mittelpunkt stehen?« James versuchte witzig zu sein, aber seine Miene blieb ernst.

Lindsay brachte ein mattes Lächeln zustande.

»Lindsay!«, sagte Jill. »Mein Gott, hast du uns einen Schreck eingejagt. Mach das nicht noch mal.« Jill und Des waren beide von ihren Stühlen aufgestanden und ans Bett getreten.

»Mum, Dad«, sagte Lindsay leicht geschockt, als er sie sah.

Cathy sah Tränen in Des' Augen. Wenn das kein Beweis für Lindsay war, wie sehr sein Vater ihn liebte!

»Hey, Kumpel«, begann Des rau, nachdem er heftig geschluckt hatte. Des' große Hand erstarrte auf halbem Weg in der Luft, so als habe er Angst, Lindsay mit einer Berührung wehzutun.

Lindsay gelang es, den Kopf erneut in Cathys Richtung zu wenden und zu lächeln, bevor ihm die Augenlider erneut zufielen.

Nach zehn Minuten seufzte Cathy und fasste einen Entschluss. Sie hatte genug von der peinlichen Atmosphäre und war bereit, ihnen ihren Sohn allein zu überlassen. »Ich verschwinde jetzt und gehe duschen«, sagte sie auf dem Weg zur Tür. »Wir sehen uns sicher später wieder hier.«

»Ja, bis später, CJ«, sagte James und winkte ihr zu, während die Eltern nur flüchtig nickten.

Der nächste Tag verlief nicht besser. Sie war am Morgen mit Doug im Krankenhaus eingetroffen, der nur einen Blitzbesuch absolvierte, um seinem Bruder aus dem Weg zu gehen.

»Sieht so aus, als würden sie Lindsay wieder nach Lake Moore verlegen – bis zur Entlassung«, sagte Cathy zu Doug. »Ich kann also wieder arbeiten, falls du mich brauchst. Solange er im Krankenhaus ist, kann ich doch nichts tun. Und wie du weißt, brauche ich das Geld.«

»Ist okay, CJ. Nimm dir die Zeit, die du benötigst. Betrachte es als bezahlten Urlaub.«

Cathy fand kaum Worte, ihm zu danken, und umarmte ihn.

Doug fuhr sich durch sein wirres Haar. »Lindsay hat vorhin gesagt, dass er es kaum erwarten könne, wieder zu arbeiten, CJ. Aber ich hatte nicht den Mut, ihm zu sagen, dass es dazu kaum kommen wird. Der Arzt meint, dass er vermutlich nicht die Kraft haben wird, das Handstück für die Dauer eines Scherdurchgangs zu halten – geschweige denn einen ganzen Tag. Das hört er bestimmt nicht gerne.«

Sie atmete schwer. Das waren auch ihre Gedanken gewesen, aber es von anderen zu hören, war noch schlimmer. »Ich weiß. Ich möchte das Thema eigentlich vermeiden, bis er aus dem Krankenhaus kommt. Was soll ich nur tun?«

Doug nahm sie in die Arme und flüsterte, sie würden das gemeinsam regeln. Cathy ging zu Lindsay, der im Bett saß und fernsah.

»Hey, du!«, begrüßte sie ihn. »Siehst heute schon wieder viel munterer aus.«

»Hallo, meine Schöne. Komm, setz dich zu mir.«

Sie zog den Stuhl näher an sein Bett und setzte sich.

»Das ist schon besser. Du hast mir gefehlt.«

Sie beugte sich zu ihm und küsste ihn lange und zärtlich, darauf bedacht, die Schnittwunden in seinem Gesicht nicht zu berühren.

»Hm, das hat mir auch gefehlt.«

»Ich habe ... gestern deine Eltern kennengelernt ... während du geschlafen hast.«

Lindsay musterte sie aufmerksam. »Tut mir leid, Babe. Dass du sie auf diese Art kennenlernen musst, war nicht beabsichtigt. Ich hätte da sein sollen, um dich zu beschützen.« Er legte seine gesunde Hand auf die ihre und streichelte sie mit dem Daumen.

Sie zuckte die Schultern. »War halb so schlimm. James war da. Ich mag James wirklich.«

Lindsay runzelte die Stirn. »Aber bitte nicht zu sehr.«

»Keine Sorge«, lachte sie. »Du weißt, dass er nicht mein Typ ist.«

»Das höre ich immer wieder gern.«

Es wurde an die Tür geklopft, und Lindsays Eltern kamen herein. Cathy hörte das Klackern von Jills Absätzen, als sie eintraten. Cathys Kleidung erregte diesmal unverhohlen Jills Missbilligung. Offenbar hatte sie Cathys Garderobe vom Vortag als einen einmaligen Ausrutscher abgetan und wohl angenommen, dass Cathy von der Arbeit gekommen war. Aber Cathy kümmerte das nicht im Geringsten. Sie wusste, wer sie war, und das war das Wichtigste. Schließlich blieben Jills durchdringende blaue Augen auf ihren ineinander verschränkten Händen hängen. Cathy war versucht, ihre Hand zurückzuziehen, doch Lindsay hielt sie fest.

»Hallo«, sagte Lindsay mit brüchiger Stimme. »Schätze, ihr habt die Liebe meines Lebens bereits kennengelernt?«

»Ja, wir sind uns begegnet«, sagte Jill und bedachte Cathy mit einem zuckersüßen Lächeln, das töten konnte.

Cathy wäre am liebsten aus dem Zimmer geflohen, zwang sich jedoch zur Ruhe. Sie sprachen darüber, dass man offenbar bei einem Test Drogen in Martys Blut gefunden hatte.

»Dieser Idiot. Davon abgesehen weiß jeder, dass man einem Känguru nicht ausweicht«, sagte Cathy.

»Offenbar war's nur ein kleines Känguru. Sie meinen, Marty hätte überreagiert. Keiner von uns hätte ihn ans Steuer gelassen, wenn wir gewusst hätten, dass er high war«, sagte Lindsay und seufzte.

»Und sieh dir an, was du jetzt davon hast«, sagte Des. »Du kannst Monate nicht arbeiten, und dein Arm ist nicht mehr zu gebrauchen. Deine Mum und ich finden, dass du mit uns auf die Farm zurückkommen solltest.« Seine Stimme klang streng.

»Ich bin kein Krüppel, Dad.«

»Aber auf der Farm können deine Mutter und ich dich pflegen«, sagte Des.

Lindsay nickte in Richtung Cathy. »Macht euch um mich keine Sorgen. Wir haben das schon geregelt.« Lindsay zwinkerte Cathy zu. Er hatte alles geplant. Nach der Entlassung aus dem Krankenhaus wollte er in sein Haus zurückkehren, sich erholen und, sobald sein Arm es zuließ, Burt auf der Farm helfen, um seine Miete abzuarbeiten. Und wenn sein Arm ausgeheilt war, würde er weiter als Scherer arbeiten. Nach Summerilla wollte er auf keinen Fall zurück, nicht, nachdem er die Farm erst vor wenigen Wochen verlassen hatte. Insgeheim hatte er Angst, dort wie in Treibsand zu versinken. Nein, er wollte Burt helfen, bis alle Wunden verheilt waren und er wieder kräftig genug war, um zu scheren. Er war überzeugt, sein Leben so schnell wie möglich wieder in den Griff zu bekommen.

Kapitel 30

Sechs Wochen waren seit der Rückkehr aus dem Krankenhaus in Perth vergangen, und Cathy hatte fünf Wochen davon als Scherer gearbeitet. Lindsays Arm und Handgelenk waren noch eingegipst, was ihn grenzenlos ärgerte und frustrierte.

Für Cathy war die Arbeit in den Scherställen nicht mehr dieselbe, seit sie ihre Hütte oder Lindays Haus morgens allein verließ. Sie fühlte sich hin- und hergerissen zwischen der Unterstützung ihrer Mutter und der Fürsorge für Lindsay. Lindsay blieb gelegentlich einen oder zwei Tage in der Woche bei ihr, während sie die restliche Zeit zwischen beiden Wohnorten pendelte.

Bei der Arbeit verbesserte sie wöchentlich ihre Scherzahlen – manchmal nur um einige wenige, manchmal um zehn Schafe. Sie fühlte sich mies, Linds im Bett zurücklassen zu müssen, mit einem Ausdruck in seinen Augen, der Eifersucht verriet. Er versuchte, Interesse an ihrer Arbeit zu zeigen, doch sie wusste, wie sehr es ihn schmerzte. Sie wusste, wie sehnsüchtig er darauf wartete, wieder am Scherstand zu arbeiten. Erst zwei Abende zuvor hatte er dem Staubsauger einen Tritt verpasst und geflucht.

»Ich habe es so verdammt satt, den Hausmann zu spielen!«, hatte er gebrüllt.

Allerdings gab es sonst nicht viel für ihn zu tun. »Warum

gehst du nicht für eine Weile auf die Farm zurück und besprichst dich mit James? Vielleicht bleibst du auch eine Weile dort – in einem Monat brauchen sie bestimmt Hilfe bei der Ernte. Einen Mähdrescher kannst du mit links fahren«, sagte sie, um ihm zu helfen.

Er jedoch hatte die Bemerkung übel genommen, vermutet, sie wolle ihn loswerden.

»Ich weiß, du bist unglücklich, Babe. Ich verstehe das«, hatte sie ihm am selben Abend noch versichert.

»Wie kannst du das verstehen? Du fühlst dich nicht so nutzlos wie ein Fliegengitter in einem U-Boot, oder?«, hatte er gezischt und seinen eingegipsten Arm geschwenkt, als habe sie den ganz übersehen.

Sie hatte leise auf ihn eingeredet, versucht, ihn zu beruhigen. »Ich verstehe es. Wie glaubst du hat sich mein Vater vor all den Jahren gefühlt, und er war wesentlich schlimmer dran als du.« Das war vielleicht etwas zu deutlich gewesen, aber die Wahrheit musste einmal gesagt werden.

Lindsay wollte etwas erwidern, klappte jedoch den Mund wieder zu. Sie wusste, er hoffte noch immer, wieder arbeiten zu können. Und tief in ihrem Inneren hoffte auch sie auf ein Wunder, egal, was die Ärzte sagten. Er war ein ausgezeichneter Schafscherer. Das konnte für ihn nicht das Ende sein.

An diesem Morgen beobachtete er, wie sie ihre Scherhose anzog. »Ich werde die ganze Woche über bei Burt bleiben«, sagte er.

»Warum?«

Er lag in ihrem Bett, seinen Gipsarm wie einen anstößigen Gegenstand unter ihrem Kissen verborgen.

»Ich habe es satt, in dieser Hütte zu übernachten. Außerdem möchte ich Burt häufiger auf der Farm helfen, bis mein Arm besser ist. Du kannst mich jederzeit dort besuchen, das weißt du.«

Cathys Vater hatte, bis auf einen Vorfall in der vergangenen Woche, als Abe völlig unerwartet aufgetaucht war, keine Probleme gemacht. Abe hatte nicht damit gerechnet, dass Cathy ihm die Tür öffnen würde. Sie komplimentierte ihn und seine Schnapsflasche umgehend hinaus.

»Okay«, erwiderte Cathy. »Ich sehe nach der Arbeit hier kurz nach dem Rechten, dann komme ich raus.«

Sie beugte sich zu Lindsay herab und küsste ihn. Seine Lippen und das Blaugrau seiner Augen verloren für sie nie ihren Reiz. Die Decke war von seiner Brust gerutscht, und ihr Blick blieb an der Linie hängen, wo seine Bräune aufhörte. »Wenigstens nehmen sie dir heute den Gips ab. War schon ein Gefühl, als schliefe man neben einem Haufen alter Socken.« Sie rümpfte die Nase.

Lindsay zog den Arm unter dem Kissen hervor und betrachtete ihn. »Ich kann ihn auch nicht schnell genug loswerden.«

Mit einem tiefen Seufzer winkte sie ihm zu, verließ die Hütte und rief Sam.

Doch als der Gips ab war, wurde Lindsays Laune auch nicht besser.

»Also, wie lautet das Urteil?«, fragte sie an jenem Abend vorsichtig und sank erschöpft auf sein Bett. Sie berührte seinen verletzten Arm. Die Haut war kühl, und sie spürte die Metallplatte darunter, ein seltsames Gefühl, das sie frösteln ließ.

»Er hat gesagt, die Platten an Elle und Speiche funktionieren, und es heilt alles gut. Sie lassen die Platten zur Verstärkung der Knochen drin, und meinem Handgelenk geht es in Anbetracht der Umstände ganz gut. Allerdings hat er irgendeinen Mist davon erzählt, dass die Beweglichkeit von Ellbogen und Handgelenk eingeschränkt sei, vor allem bei den Drehbewegungen des Unterarms. Das heißt, ich kann nicht mal ein Marmeladenglas öffnen.«

»Oh, Linds.«

Er machte ein Gesicht wie beim Tod seines besten Freundes. Schmerz und Wut verdüsterten seinen Blick wie ein aufziehendes Gewitter. Dieselben dunklen Wolken hatten sich schon über ihrem Dad zusammengebraut.

»Herr im Himmel, ich kann nicht mal eine verdammte Tür öffnen, geschweige denn ein Schergerät halten.« Lindsay streckte seinen Arm aus und versuchte langsam, ihn zu drehen. Das Gelenk blieb steif; er zuckte zusammen und ließ den Arm wieder in den Schoß sinken.

»Hast du ihm gesagt, dass du noch Schmerzen hast?« Sie hätte ihn am liebsten in den Arm genommen, ihm beteuert, es würde schon wieder werden, brachte es jedoch nicht über sich.

»Ja, und er schätzt, dass das noch eine Weile so weitergeht. Vielleicht hört es auch nie auf, aber ich kann vermutlich versuchen, mich einer Knochentransplantation zu unterziehen.«

»Shit.«

»Ja. Das Schafscheren ist offensichtlich gegessen.« Er sagte das flapsig dahin, aber sie kannte sich mit dem Verbergen von Gefühlen bestens aus.

Sie saßen beide nur da und starrten auf seinen Arm. Es war so still, dass Cathy meinte, die umherstreifenden Füchse hören zu können, die im Dunkeln nach Beute suchten.

»Ganz und gar?«, wagte sie zu fragen.

Lindsay holte tief Luft, stand auf und sah sie an. »Naja, er hat gesagt, ich könnte es immer wieder versuchen und vermutlich ein paar Schafe scheren, aber die Entscheidung läge bei mir und wie viel Schmerzen ich ertrage. Er meinte, die Knochen würden bald wehtun, dem Profischeren hat er definitiv eine Absage erteilt.« Er musterte sie trotzig. »Aber ich versuch's auf jeden Fall. Ich gebe nicht auf.«

Cathy empfand den Stolz auf Lindsay, auf seine Entschlossenheit und Willensstärke beinahe körperlich.

Sie machte einen Schritt auf ihn zu und legte die Hände auf seine Brust. »Ich habe nichts anderes von dir erwartet, Babe.« Sie wollte ihn in den Arm nehmen, doch er entzog sich ihr.

»Ich gehe jetzt duschen«, sagte er.

Sie wusste, dass das eine Zurückweisung gewesen war. Sie hatte das alles schon einmal erlebt. Was sie nicht wusste, war, dass es in den kommenden Monaten allmählich immer schlimmer werden sollte.

Während Cathy arbeitete, langweilte sich Lindsay im Haus oder saß mit Joe und Burt im Pick-up. Die Zeit verstrich in vollkommener Eintönigkeit.

Gute drei Monate nach seinem Unfall beschloss Lindsay, mit Cathy zur Arbeit zu fahren. »Ich benutze meinen Arm inzwischen für alles Mögliche, und meine Hand fühlt sich gut an«, versicherte er ihr.

Seit dem Unfall waren sie nur noch vier oder fünf Scherer im Team, da Doug keinen Ersatz für Lindsay gesucht hatte. Cathy hatte den Verdacht, dass Doug fürchtete, Lindsay könne sonst annehmen, dass er ihn aufgegeben hatte.

Auf diese Weise konnte Lindsay problemlos einen freien Scherstand übernehmen.

Er war aufgeregt, und sie war nahezu starr vor Angst. Als sie zum Scherstall kamen, hatte sie das Innere ihrer Backe wund gebissen und war nahe daran, an den Nägeln zu kauen.

Lindsay entdeckte Dave, der aus seinem Pick-up stieg. »Hey, Dave. Wie geht's, Dicker?« Sie schüttelten sich die Hand.

»Gut, Kumpel. Tolle Sache, dass du wieder da bist.« Dave warf Cathy einen verblüfften Blick zu, doch sie zuckte nur die Achseln.

Lindsay begrüßte alle anderen und sprang hoch auf seinen Stand, um sich vorzubereiten. Er streifte die Stützmanschette über sein Handgelenk.

»Oje! Du hättest uns vorwarnen sollen«, sagte Irene, die hinter Cathy aufgetaucht war und schützend einen Arm um ihre Schultern legte.

Cathy lächelte matt. »Das hätte ich schon gemacht, wenn ich gewusst hätte, dass er heute zur Arbeit erscheinen will.«

»Vielleicht braucht er das einfach«, sagte Irene.

»Ja, vielleicht.« Cathy wandte sich ab, stieg auf das Podest, ging zu ihrem Scherplatz, der neben dem von Lindsay lag, und ölte ihr Schergerät.

Punkt sieben begann Cathy zu scheren. Sie arbeitete wie ein Roboter. Sie war nicht mit dem Herzen bei der Sache, konnte sich nicht konzentrieren. Und sie beobachtete Lindsay wie eine Mutter ihr Kind bei seinen ersten Schritten, bereit, es jederzeit aufzufangen, sobald es fiel. Er begann langsam. Für Cathy war es ein Leichtes, schneller zu scheren, etwas, das keiner von beiden je für möglich gehalten hätte. Als sie ein weiteres Schaf in den Wartepferch schob, erkannte sie sofort, dass Lindsay große Mühe hatte, den Scherkamm über die Körperkonturen des Schafes zu führen. Erstaunlicherweise jedoch gelang es ihm, den ersten Scherdurchgang zu beenden. Seine Ausdauer und sein Mut machten sie fassungslos.

Als Lindsay zum Händewaschen ging, kam Dave und prüfte seinen Scherzähler. »Verdammt, CJ! Es tut mir in der Seele weh, ihm zuzusehen, und seine Zahlen sind nicht gut.«

Hastig wischte sie sich mit dem Handtuch den Schweiß von der Stirn. »Ich weiß. Ich halte es selbst kaum aus.« Sie fühlte einen Kloß im Hals, und in ihren Augen brannten Tränen.

Dave legte ihr seine große Hand auf die Schulter. »Komm. Waschen wir uns die Hände.«

Als sie eine kurze Pause einlegten und etwas aßen, war Lindsay längst nicht mehr so fröhlich wie zu Arbeitsbeginn. Sie saßen alle auf alten Holzstühlen, Milchkisten oder auf dem Fußboden um einen Campingtisch mit Verpflegung.

Cathy griff sich ein paar Sandwiches und Kekse, setzte sich neben Lindsay und streckte die Beine weit von sich. »Wie geht's?« Sie hatte beinahe Angst, diese Frage zu stellen.

»Gut«, erwiderte er brummig.

Drei Minuten später ertappte sie ihn dabei, wie er sich den Arm und das Handgelenk massierte. In ihrem Magen kribbelte es wie in einem Ameisenhaufen. Wie viel mehr konnte er noch ertragen? Wollte er ernsthaft versuchen, den ganzen Tag über zu arbeiten, egal wie schmerzhaft es auch wäre? Sicher war es nicht ihre Aufgabe, ihm zu sagen, was er tun sollte.

Lindsay machte ihr ein Zeichen. »Wir sehen uns dann drinnen.«

»Das kann nicht gut gehen. Der Kerl tut mir leid«, flüsterte Jules und rieb sich abwesend die Narbe an seiner Hand.

»Du hast recht, Jules«, sagte Cathy. »Aber es auszuprobieren ist die einzige Möglichkeit für ihn, Gewissheit zu bekommen.«

Lindsay bestritt einen langen Kampf. Er schor mittlerweile langsamer als jeder Anfänger, und sie war sicher, ihn bei jedem Scherzug vor Schmerz stöhnen zu hören – oder war es nur Einbildung?

Boing. Sie hörte, wie das Handstück auf dem Boden aufschlug, er den Motor stoppte und sein Mutterschaf in den Wartepferch stieß. Statt in den Pferch zu gehen, sprang er vom Scherpodest und verließ den Scherstall. Jules, Dave und Irene starrten Cathy aus großen Augen an, Kummer und Sorge spiegelten sich in ihren Blicken. Sie beendete hastig die Schur ihres Schafs und machte sich auf die Suche nach ihm. Das Herz war ihr schwer, und sie spürte ein Gefühl der Enge in ihrer Brust.

Sie musste nicht lange suchen – sie hörte das *Zong* und *Bäng* des leeren Regenfasses, das er gerade gegen den Metallzaun getreten hatte.

Er sah sie kommen und wandte sich hastig ab, um sich über die Augen zu wischen.

Sie trat hinter ihn und schlang die Arme um seine Mitte. »Ich bin's nur, Babe. Vor mir brauchst du dich nicht zu verstecken. Ich bin bei dir.« Sie fühlte, wie sich seine Brust unter ihren Händen hob und senkte. Er atmete mehrfach tief durch, um die Beherrschung wiederzugewinnen, bevor er sich in ihren Armen umdrehte. Tränen hingen noch an seinen Wimpern, drohten herabzutropfen.

»Oh, Linds!« Sie lehnte den Kopf gegen seine Brust und hielt ihn fest umschlungen.

»Ich kann nicht mehr«, sagte er stockend. »Das Handstück fühlt sich zentnerschwer an, und mein Handgelenk tut so verdammt weh. Dabei habe ich einen Berg entzündungshemmender Tabletten geschluckt.« Lindsay rieb sich den Arm, und sie starrten beide darauf, wie auf ein kaputtes Spielzeug.

»Ich muss die Tatsache akzeptieren, dass ich nicht mehr Vollzeit scheren kann.« Er sah ihr in die Augen, und der blinde Schmerz, der aus ihnen sprach, nahm ihr fast die Luft zum Atmen. »Was soll ich tun? Auf die Farm zurückgehen?«

Sie spürte einen Stich in der Herzgegend. Sie konnte die Verzweiflung kaum ertragen, die sich in seinen Tränen spiegelte. Ihre Hände strichen über seinen Rücken, versuchten ihn zu beruhigen. Sie wünschte, mehr tun zu können, aber sie kämpfte selbst mit den Tränen. Der wohlbekannte Kloß saß wieder in ihrer Kehle, und das Sprechen tat ihr weh.

»Du musst nicht zurück. Wir finden eine Möglichkeit.« Ihre Stimme war nur ein heiseres Krächzen. Wenn sie jetzt ihren Tränen freien Lauf ließ, half ihm das nicht. Sie holte stockend Luft. »Wie wär's, wenn wir eine Scherschule aufmachen, wie du es immer vorgehabt hast? Ich habe in letzter Zeit häufig darüber nachgedacht, und ich bin sicher, Doug hilft uns dabei«, sagte sie. »Ich weiß, es war von jeher dein Wunsch, und die Region braucht eine solche Schule. Du musst das Schafscheren nicht an den Nagel hängen. Es gibt andere Möglichkeiten.«

Lindsay straffte die Schultern. »Wie sollen wir das anstellen? Wir haben kein Geld. Es war nur ein Luftschloss, CJ. Es lässt sich nicht realisieren.« Er seufzte hörbar. »Eines weiß ich genau – lieber gehe ich auf die Farm zurück, als irgendwo einen Schreibtischjob anzunehmen, damit muss ich mich abfinden.« Sein Lachen tat ihr weh. »Dann ist Dad wenigstens glücklich. Vielleicht kann ich mehr über meinen leiblichen Vater rausfinden, wenn ich schon mal dort bin.«

Sie wollte sagen, dass sie nicht glücklich wäre, wenn er ginge, aber er kam ihr zuvor.

»Geh lieber wieder rein. Schafe scheren sich nicht von selbst, das solltest du wissen«, sagte er mit einem aufgesetzten Lächeln. Er drehte sich um und schob sie in Richtung Scherstall. Sie versuchte sich zu wehren, doch er steuerte sie nur unbeirrt zum Scherschuppen. »Komm schon. Ich packe mein Gerät ein und helfe den anderen.«

Beim letzten Scherdurchgang des Tages stand Lindsay an der Seite des Scherschuppens, einen Bodenschaber in der Hand. Sein Handgelenk schmerzte noch immer. Er starrte auf seine widerspenstigen Gliedmaßen und öffnete und schloss die Faust. Lindsay fühlte, wie seine Wut immer größer wurde, so als gösse jemand Öl in das Feuer, das in ihm loderte. Er hätte am liebsten gegen eine Wand geboxt, um seinen lädierten Arm noch weiter zu verletzen. Er hasste ihn, wollte ihn loswerden. Er konnte es kaum erwarten, den Scherstall zu verlassen, um ein schönes, kühles Bier oder auch zehn davon zu trinken. Jeder Tag, der verging, war ein Tag, an dem er nicht scheren konnte. Cathy wurde verdammt gut. Jeden Morgen, wenn sie ihn verließ, verabschiedete er sich fröhlich, aber mit der Tür, die hinter ihr zufiel, verschwand auch sein Lächeln. Manchmal lag er dann den ganzen Tag im Bett, verließ es nur, um zu duschen oder um die Hausarbeit zu erledigen, bevor Cathy nach Hause kam. Er konnte endlos dasitzen und seinen verfluchten Arm anstarren, die Gedanken ein einziges Durcheinander. Er hatte das Gefühl, allmählich jeden Sinn für die Wirklichkeit zu verlieren.

Jetzt beobachtete er Cathy, ihre fließenden Bewegungen über dem Schaf. Sie schor mit Anmut und Präzision. Ihr Haar hatte sie wie immer zum Pferdeschwanz hochgebunden. Nur nachts sah er es offen, wie ein Fächer auf ihrem Kissen ausgebreitet. Sie war ein Wunder. Was mentale Stärke betraf, konnte er sich eine Scheibe von ihr abschneiden. Er konnte ihr den ganzen Tag lang zusehen – hatte das verdammt auch fast schon getan. Er wusste, er sollte stolz darauf sein, sie so weit gebracht zu haben, aber die Kränkung saß zu tief.

An jenem Abend, während Cathy unter der Dusche stand, saß er im Wohnzimmer neben Tom und sah die Serie *Home and Away*. Tom hatte die Fernbedienung, und es war sein Haus.

»N' Abend, Tom«, hatte er ihn wie immer begrüßt, bevor er in Schweigen verfiel und sie gemeinsam in die Glotze starrten. Bis auf gelegentliche Kommentare zur »beschissenen« Werbung kam von Tom nie eine Antwort. Lindsay stützte seinen lädierten Arm auf die Sofalehne. Er hatte noch immer Schmerzen und begann behutsam, ihn zu massieren. Der Arm fühlte sich mit seinen Verhärtungen und Schwellungen wie ein Fremdkörper an, so als gehöre er nicht zu ihm. Lindsays Blick schweifte zu Tom. Eine Ähnlichkeit mit Cathy war schon lange nicht mehr zu erkennen. Sein fetter Wanst hing wie ein Sandsack über den

Bund seiner schwarzen Trainingshose. Das graue T-Shirt spannte über dem Bauch, die Haut wölbte sich durch die Löcher im Stoff. Die Jahre waren nicht freundlich mit Tom umgegangen. Der leblose Ausdruck in seinen eingefallenen Zügen zeugte von seiner Gleichgültigkeit. In den vergangenen zehn Jahren war er für die Familie zur Last geworden.

Ich werde nie werden wie er, dachte Lindsay, erschauderte und war sich doch der eigenen Aussage nicht mehr sicher.

Eine Woche später torkelte Lindsay aus der Kneipe und zu Cathy nach Hause. Es war erst sechs Uhr abends, aber er hatte beschlossen, auf sie zu warten. Er brauchte ein bisschen Liebe zur Aufheiterung. Er achtete sorgsam auf jeden Schritt, was nicht einfach war, wenn man vier Beine zu haben schien. Tom öffnete die Tür, und Lindsay sah, wie sein Blick auf die Flasche Scotch fiel, die Lindsay in einer braunen Tüte im Arm hielt.

»Wurde auch mal Zeit«, murmelte Tom mit einem schiefen Lächeln, als er Lindsay ins Haus winkte.

Lindsay war nicht sicher, wie viel er insgesamt getrunken hatte, denn Tom soff den Scotch direkt aus der Flasche.

Tom erzählte ihm eine alte Geschichte aus seiner Zeit als Profischerer, dann eine Story vom Boxen. Lindsay stellte fest, dass Tom unter Alkoholeinfluss sehr gesprächig wurde. Tom schwadronierte ohne Punkt und Komma, und Lindsay hatte Mühe, seine undeutliche Aussprache zu verstehen. Allerdings sprach er selbst mit schwerer Zunge.

Er hörte eine Tür schlagen, und dann stand Cathy vor ihm. »Hallo, Babe. Hab auf dich gewartet.«

»Hast du getrunken?«

Ihr Ton gefiel ihm nicht. Er versuchte aufzustehen und sank aufs Sofa zurück.

»Mit ihm?« Sie zeigte auf ihren Vater. »Du Mistkerl! Wie konntest du?«

Dass sie sich verraten und verkauft fühlte, war nicht zu übersehen. Es lag ein Ausdruck in ihren Augen, den er nie vergessen würde, egal wie besoffen er war. Das wollte er nicht. Er liebte sie. Er versuchte erneut aufzustehen, sie in die Arme zu nehmen, doch sie wich zurück, die Lippen vor Enttäuschung verzerrt, nackte Wut im Blick.

Tom erhob sich ebenfalls mit Bedacht. »Verdammt, platzt hier rein und störst den Frieden!«

Lindsay sah wieder zu Cathy, die den Kopf schüttelte. Er streckte die Hand nach ihr aus, wollte ihre seidenweiche Haut spüren, aber sie riss sich los.

»Fass mich nicht an!«

Die Galle kam ihm hoch, und ihm wurde schlecht. »C J … Ich bin …« Er blinzelte, und sie war verschwunden.

»C J?«

Er wandte sich wieder Tom zu, als plötzlich Schmerz sein Gesicht durchzuckte. Als er die Augen aufschlug, sah er den Teppich vor sich und merkte, dass er auf dem Boden lag. Er hatte sich soeben von einem Betrunkenen k. o. schlagen lassen.

Der Boden war hart, und Lindsay kämpfte damit, wach zu werden. Erinnerungsfetzen, wie er sich auf dem Rasen hinter dem Haus übergeben hatte, kamen zusammen mit dem Gefühl, dass er etwas Unverzeihliches getan hatte. Die Sonne brannte heiß auf sein Gesicht. Der Geruch von Gras und ein anderer widerlicher Gestank stiegen ihm in die Nase.

Aua … und sein Schädel. Er schmerzte schlimmer als seine Muskeln, und sein linkes Auge pochte und war vollkommen zugeschwollen. Er blinzelte kurz mit dem rechten Auge und versuchte, sich an das Licht zu gewöhnen. Er bewegte die Hand, die sich taub anfühlte, und stemmte sich damit hoch.

Das Bild von Cathys enttäuschter Miene kam ihm plötzlich in den Sinn, und sein Magen verkrampfte sich. Eine Decke fiel von ihm ab. *Verdammt*. Offenbar hatte sie doch irgendwann Mitleid mit ihm gehabt. Er hatte das gar nicht verdient. Er schob seinen Hemdsärmel zurück und sah mit seinem nicht zugeschwollenen Auge auf die Uhr. Mist, es war zehn! Kein Wunder, dass die Sonne so hell schien.

Lindsay verbarg den Kopf in den Händen und dachte, was für ein Haufen Mist aus ihm geworden war. Er war drauf und dran, so zu werden wie Tom, und bei diesem Gedanken rebellierte sein Magen erneut, und er übergab sich.

Kapitel 31

Für dich ist doch alles gut. Du kannst tun und lassen, was du willst«, sagte Lindsay und stieß im Aufstehen sein Messer vom Teller. Er griff sich seine Flasche Bier und ging ins Wohnzimmer.

Cathy räumte das Geschirr in das Spülbecken, stellte sich in den Türrahmen und sah Lindsay an. Ein nettes Abendessen bei ihm zu Hause war das gewesen. Er hatte sein Essen nicht einmal angerührt.

»Das ist also deine Ausrede?« Sie hatte es satt, ihn mit Samthandschuhen anzufassen, immer darauf bedacht zu sein, ja keinen Streit heraufzubeschwören. »Du isst kaum etwas, ernährst dich von Scotch und Bier und hast dich seit Wochen nicht rasiert. Hast du in letzter Zeit mal in den Spiegel geschaut?«

Am Abend nach Lindsays Besäufnis mit Tom war sie nach Hause gekommen, und Lindsay hatte sie erwartet, um sich zu entschuldigen. Er hatte alle Register gezogen, um sie dazu zu bringen, ihm zu verzeihen – was sie auch tat, denn er war einfach unwiderstehlich. Er war wieder der Lindsay, den sie vor dem Unfall gekannt hatte. Aber es dauerte nur zwei Tage, bis der Verdruss wieder Einzug hielt.

Lindsay hatte an Gewicht verloren, seine Muskeln schwanden, seine Kleider hingen schlaff an ihm herunter. Er sah noch immer gut aus. Sie liebte ihn noch immer. Aber die dunklen Schatten unter seinen Augen schrien sein Unglück geradezu heraus.

»Hast du?«, wiederholte sie. Ein wütender Blick war die Antwort. »Vielleicht solltest du zu meinem Vater ziehen. Tom bringt dich vielleicht mit Schlägen zur Vernunft. Allerdings hat es das letzte Mal, als er dir einen Haken verpasst hat, nicht gewirkt, was?«, schnaubte Cathy. Warum konnte er sich nicht einfach zusammenreißen?

Sie zuckte zusammen, als Glas neben ihr zersplitterte. Bier spritzte über die Wand und auf ihr T-Shirt. Sie war fassungslos. Lindsay hatte die Bierflasche gegen die Wand geworfen.

»Was, zum Teufel, soll das?«, sagte sie.

Lindsay drehte sich um, schmetterte die Faust in den Verputz und fluchte. Er lehnte die Stirn gegen die Wand und atmete tief ein und aus.

Cathy war wie erstarrt im Widerstreit ihrer Emotionen. Entsetzen, panische Angst, Kränkung und Sorge. Es war ein Déjà-vu-Erlebnis, und es gefiel ihr gar nicht.

»Entschuldige.« Er machte einen Schritt auf sie zu und hielt inne. »Ich glaube, ich kann so nicht weitermachen, schon wegen uns beiden nicht.« Lindsay wischte die Hand an seiner Jeans ab. Er trug sein weißes Lieblings-T-Shirt mit einem Bild von Buddha und dem Spruch »Reib mir den Bauch und ich trete dir in den Hintern«. Auf der Vorderseite, auf Hüfthöhe, hatte es ein Loch. Erst vor wenigen Wochen hatte sie einen Finger hindurchgesteckt und ihn geneckt, bevor das Shirt in einem schlaffen Haufen auf dem Fußboden gelandet war. Sie beide verband eine Leidenschaft, die keiner von ihnen leugnen konnte. Egal wie schlecht er sich fühlte, sie konnte ihn immer erregen. An diesem Abend allerdings glaubte sie nicht, dass es funktionieren würde.

»Wie meinst du das?«, fragte sie verwirrt.

Lindsay seufzte mit hängenden Schultern. »Ich spiele schon die ganze Zeit mit dem Gedanken, auf die Farm zurückzukehren, und habe beschlossen, das jetzt auch zu tun.«

Sie taumelte entsetzt zurück. »Was? Und wann wolltest du mir das sagen?«

Lindsay kratzte sich am Kopf. »Wir reden doch jetzt darüber, oder?«

»Was bedeutet das für uns?«

Lindsay hob die Hand. »Nichts.« Er sagte das ruhig, aber bestimmt.

»Was nichts?«

»Es funktioniert nicht«, sagte Lindsay gelassen. »Ich bin nicht gut für dich, CJ.«

»Ich finde, das ist meine Entscheidung, oder?« Ihr Puls raste. Was ging in ihm vor?

Sein Blick fiel auf die zerschmetterte Bierflasche, und er erschauderte. »Nein, wirklich! Ich habe das nicht im Griff. Ich weiß nicht mehr, wer ich bin. Und ich will dich da nicht mit hineinziehen.« Die Stimme versagte ihm. »Ich habe viel darüber nachgedacht. Morgen packe ich meine Sachen und fahre nach Hause.«

»Liebst du mich nicht mehr?« Sie hörte, wie brüchig ihre Stimme vor Schmerz klang, und fühlte nur Panik. »Alle Paare haben mal Streit.«

Er wandte sich von ihr ab, und ein Kloß so groß wie Tasmanien steckte in ihrer Kehle. Als sie seinen Namen aussprach, klang es fast wie ein erstickter Schrei: »Lindsay!«

Er sah sie an. »Ich mache das, *weil* ich dich liebe.« Er hob die Hand, als wolle er ihr Gesicht liebkosen, entschied sich dann dagegen und ließ sie sinken.

»Warum? Was habe ich getan? Sag es mir, und ich gebe mir mehr Mühe. Wir kriegen das hin. Es geht dir besser, wenn du einen Job hast.«

»Ich hab's ja versucht!«, schrie er. »Aber es wird immer schlimmer. Wenn ich so weitermache, werde ich dich hassen, mich hassen, und das will ich dir nicht antun. Ich habe keine Ahnung, wo mir der Kopf steht.« Er hielt sie auf Armeslänge von sich. »Großer Gott, CJ, du hast das alles mit deinem Vater schon durchgemacht. Du warst ein gebrochener Mensch, als wir uns begegnet sind. Lieber sterbe ich, bevor ich dir das auch noch antue. Und im Augenblick bin ich dabei, wie er zu werden.«

Er senkte den Blick zu Boden, und sie schüttelte ihn, zwang ihn, sie anzusehen. »Du bist nicht im Geringsten wie mein Vater«, sagte sie streng, als die Angst zurückkam. »Ich habe das nicht so gemeint.«

Lindsay wich von ihr zurück. »Was du gesagt hast, ist die Wahrheit, und du weißt es. CJ, es gibt Tage, da fühle ich mich wie er. Tage, an denen ich weiß, was er durchmacht«, sagte er leise. »Ich fühle den Schmerz und die Wut und ertrinke in Selbstmitleid. Und dann sehe ich den Ausdruck in deinen Augen. Die Angst und den Schmerz. Es ist erst der Anfang, aber es wird weitergehen, und dann hasst du mich, so, wie du ihn hasst. Ich würde gern sagen, ich bin für dich da … aber … ich komme mit mir selbst nicht klar. Ich bin völlig neben der Spur«, fügte er hastig hinzu, als schäme er sich, es zuzugeben.

»Aber wir lieben uns. Wir können es schaffen.« Cathys

Ton wurde flehentlich. Er konnte sie nicht verlassen. Es würde ihr das Herz brechen.

»Ja, und deinen Vater hast du auch geliebt – und schau, was es euch beiden gebracht hat.«

Cathy zuckte unter seinen Worten zusammen. Es zerriss ihr das Herz.

»CJ, es ist endgültig. Lebe dein Leben, werde glücklich. Vielleicht geht es mir eines Tages wieder gut, aber bis dahin können wir nicht zusammen sein. Ich tue dir weh, und dafür hasse ich mich.« Seine Augen füllten sich mit Tränen, Cathy strömten sie bereits über die Wangen. Er wandte sich von ihr ab und ging in sein Zimmer.

Das Sofa knarrte, als sie in die Polster sank und die Tränen abwischte, versuchte, ihr Schluchzen zu unterdrücken. Bestimmt meinte er es nicht so. Vielleicht hatte er bis morgen früh seine Meinung geändert. Er brauchte nur eine Nacht in ihren Armen, und er würde erkennen, dass sie füreinander bestimmt waren.

Cathy musste zugeben, dass es Momente gab, in denen Lindsay ihrem Vater ähnelte. Er war dann so, wie Tom am Anfang gewesen war, als er sich immer mehr in sich zurückzog, immer unglücklicher wurde und bei jeder Kleinigkeit die Beherrschung verlor. Wegen Nichtigkeiten Prügeleien anfing. Aber Lindsay würde niemals so schlimm werden. Bestimmt nicht. Für ihn gab es so viele Möglichkeiten. Burt hatte ihm bereits einen Vollzeitjob auf der Farm angeboten, aber er hatte abgelehnt.

Lindsay kam zurück, den Gang entlang, und sie rang nach Luft, als sie sah, wie er mit einem Koffer und einer großen Reisetasche über der Schulter in Richtung Hintertür ging.

»Was machst du?« Sie zitterte, und das Herz schlug ihr bis zum Hals.

»Ich habe alles, was ich brauche. Der Rest kann warten. Je länger ich hierbleibe, desto schwerer wird es für uns beide«, sagte er, griff sich ein paar Fotos und steckte sie in die Reisetasche. Er ging ins Badezimmer und sammelte hastig sein Waschzeug ein.

»Du kannst mich nicht verlassen. Ich liebe dich.« Die Tränen kamen wieder und trübten ihren Blick, während sie zwischen den Schluchzern nach Luft rang. »Ich will, dass du bleibst, wie auch immer.« Sie dachte an ihre Mutter und wie sie zu ihrem Vater gehalten hatte, dann schüttelte sie die Gedanken hastig ab. Wie ihre Mutter wollte sie auf keinen Fall enden: verstört, einsam und verängstigt. »Geh nicht! Bleib! Ich lasse dir Zeit. Ich lasse dich in Ruhe, wenn es das ist, was du willst. Aber geh nicht!«, bettelte sie.

»So funktioniert das nicht.« Lindsay ging an ihr vorbei und hinaus zu seinem Pick-up, seine Habseligkeiten im Arm. Er roch nach Rasierwasser und Bier. Cathy wäre am liebsten auf den Boden gesunken, hätte die Arme um seine Beine geschlungen und geschrien, er solle sie nicht verlassen. Stattdessen folgte sie ihm nur stumm ins Freie. Es gab so vieles, das sie sagen wollte, aber sie brachte kein Wort heraus. Sie sah den Schmerz in seinem Gesicht.

»Und wenn ich dich morgen besuche und wir das noch einmal durchsprechen?«, sagte sie verzweifelt. »Oder in ein paar Tagen, wenn du Zeit hattest, dich zu beruhigen?« Sie war entschlossen, alles zu versuchen. »Ich warte auf dich, egal was passiert. Ich liebe dich.«

Er drehte sich um und nahm Cathys Gesicht in beide

Hände. Eine Träne floss aus seinem Auge und rann durch die Bartstoppeln bis auf sein Kinn.

»Mein Entschluss steht fest. Ich muss mit mir ins Reine kommen, und das gelingt mir hier nicht. Bitte … bitte ruf mich nicht an.« Er wischte sich die Tränen energisch mit dem Handrücken ab. »Und keine Besuche! Damit machst du es nur unnötig schlimmer. Bitte, tu es für mich. Lass mich gehen.« Die Stimme versagte ihm. »Ich weiß nicht, wie lange es dauert. Warte nicht auf mich, für den Fall …« *Für den Fall, dass es mit mir noch schlimmer kommt*, dachte er.

Im Augenblick sah er keinen Ausweg aus diesem schwarzen Loch. Es brachte ihn um, sie so herzzerreißend weinen zu sehen, ihr ganzer Körper wurde von Schluchzern geschüttelt. Doch wenn er blieb, das wusste er, wäre er ein noch größeres Arschloch. Dafür liebte er sie zu sehr. Und sie kümmerte sich schon um Tom! Er wusste, er tat das Richtige. Das tröstete ihn. Er zog sie in seine Arme, wollte den Duft ihres Haars einatmen und sie zum letzten Mal an seinem Körper spüren.

Sie versuchte, sich zu widersetzen, wollte es, hatte jedoch keine Kraft. In seinen Armen schmolz jeder Widerstand, und sie klammerte sich an ihn wie eine Ertrinkende. Sie waren verwandte Seelen, und sie fühlte den Riss, der sich in ihrem Herzen auftat. Sie hielt ihn fest, atmete seinen Duft ein, das Gesicht nass von Tränen.

Lindsay musste sich fast gewaltsam von ihr lösen. Er küsste sie zärtlich auf den Mund, ihre Tränen vermischten sich, salzig und süß. Er saß in seinem Pick-up, noch bevor sie die Augen öffnen konnte, und fuhr mit einem flüchtigen Winken davon, als sie zu Boden sank.

Sie kauerte auf der Erde, die Knie an die Brust gezogen, Tränen tropften in den Staub. Sam legte seine feuchte Schnauze an ihr Gesicht und streckte sich dann neben ihr aus. So verharrten sie fast zwei Stunden, bis ihre Tränen versiegten und die Mücken sie zur Verzweiflung brachten. Selbst während sie sich aufrappelte, starrte sie noch immer zur Straße hinunter, in der Hoffnung, er würde zurückkommen. Aber es tauchten keine Autoscheinwerfer auf, es blieb dunkle Nacht. Mit schwerem Herzen und unsicheren Schritten ging sie zum Haus zurück und löschte die Lichter, stieg in ihren Pick-up und fuhr nach Hause.

Kapitel 32

Lindsay traf nach der gut dreihundert Kilometer langen Fahrt bei seinen Eltern ein. Es war zehn Uhr abends, und im Haus brannte noch Licht. Er ging den gepflasterten Weg zur großen Veranda hinauf und zog an der Eingangstür seine Schuhe aus. Drinnen folgte er dem Ton des Fernsehers, über den Plüschteppich in Richtung Wohnzimmer, um festzustellen, wer noch wach war. Sein Dad blickte auf, entdeckte das Gepäck in Lindsays Händen. Betroffenheit zeichnete sich in seiner Miene ab, und Lindsay ahnte, wie schlimm er aussehen musste.

»Hallo. Bist du der Einzige, der noch auf ist?«

Des nickte. Er machte ein Gesicht, als wolle er fragen, was passiert sei.

»In Ordnung, wenn ich bleibe?« Die Worte gingen ihm schwer von den Lippen.

Des nickte lediglich in Richtung der Schlafzimmer. »Dein Zimmer ist noch da.«

Lindsay nickte ebenfalls und ging in sein altes Zimmer. Dort war alles noch so, wie er es verlassen hatte. Er schloss die Tür, ließ das Gepäck auf den Teppich fallen und warf sich auf das Bett. Er war erschöpft und emotional am Ende.

Cathy hielt sich nicht an das, worum Lindsay sie gebeten hatte. Am nächsten Morgen schickte sie ihm zehn Textnachrichten, die unbeantwortet blieben. Sie rief zwischen den Scherdurchgängen viermal an und ließ das Handy klingeln, bis sich der Rufton automatisch abschaltete. Um die Festnetznummer der Eltern herauszufinden, fehlte ihr der Mut. Sie hoffte noch immer, er würde nach ein paar Tagen voller Reue zurückkehren, aber nach zwei Wochen war er noch immer nicht aufgetaucht. Cathy hatte keine Tränen mehr; sie hatte genug vergossen, um das trockene, salzige Bett von Lake Moore zu füllen – und mehr. Jetzt ging sie täglich mit gebrochenem Herzen zur Arbeit. Sie schor jedes Schaf, als hinge ihr Leben davon ab. Das war alles, was ihr von ihm geblieben war.

Dieser Montag fing für sie an wie jeder andere. Aber bald traf der Kleinbus ein, und Marty stieg mit einem anderen ihr unbekannten Scherer aus. Jules hatte eine Woche Urlaub genommen.

Irene kam geradewegs auf Cathy zu und legte die Hände auf ihre Arme. »Ich hatte keine Ahnung, dass Marty heute arbeitet. Tut mir leid, CJ.«

Cathy sah rot – dunkelrot. Wie, zum Teufel, konnte Doug das nur zulassen! »Ich kann unmöglich hier mit ihm scheren, Renie! Er hat unser Leben zerstört!«

»Das ist doch völliger Irrsinn! Doug hätte das ohne Zwang nie getan, CJ. Komm schon! Scher ihn einfach in Grund und Boden. Wäre doch ein Spaß!«

Sie versuchte verbissen zu tun, was Irene ihr geraten hatte, hielt den Kopf gesenkt und sah nicht in Martys Richtung – fürchtete, ihre Emotionen nicht im Griff zu haben. Zum Glück hatte er den Scherplatz am anderen Ende des Stalls. Der neue Mann – sie nannten ihn Drill – arbeitete neben ihr. Er hatte bereits deutlich gemacht, dass es ihm nicht passte, zusammen mit einem weiblichen Scherer arbeiten zu müssen. Der wütende Blick in seinen braunen Augen sprach Bände. Jedes Mal, wenn er innehielt, um etwas zu trinken, fühlte sie seine Blicke quälend auf sich gerichtet.

Kurz vor der Mittagspause zog sie ein weiteres Schaf aus dem Pferch und hatte es bereits zur Hälfte geschoren, als sie fühlte, wie es an ihren Beinen feucht wurde. Sie legte das Schaf ab, um mit den langen Scherstrichen zu beginnen, und entdeckte, dass ihre Hosenbeine an der Vorderseite nass waren. Dann spürte sie bei jedem Zug mit dem Handstück Feuchtigkeit an den Fingern. Die Wolle war nass. Dabei wusste sie sicher, dass es nicht geregnet hatte. Und keiner der anderen Scherer klagte über nasse Schafe. Erst als sie in die Mittagspause ging und sie das Kichern von Marty und Drill hörte, wurde ihr klar, dass die beiden ein übles Spiel mit ihr trieben. Drill hatte offenbar seine Wasserflasche über dem Schaf ausgegossen – oder vielleicht sogar daraufgepisst! Sie vermied es, sich mit den Händen ins Gesicht zu fassen, bevor sie sich diese nicht gewaschen hatte. Naja, was soll's, dachte sie. Sie würde sich nichts anmerken lassen. Sie hatte sich immer besser im Griff, war jedoch entschlossen, dafür zu sorgen, dass Marty am Folgetag nicht mehr aufkreuzte.

Sie ertrug schweigend Martys üblichen Spott und die Tatsache, dass Drill sein mit Kot verdrecktes Schaf in ihren Pferch geschoben hatte. Niemand bemerkte die Spielchen der beiden, und Cathy hatte nicht vor, sich wie ein Kind bei den anderen auszuweinen. Sie schluckte auch Drills im Vorübergehen hingeworfene Kommentare: »Mit einer Frau sollte keiner arbeiten müssen. Scheint keine anständigen Scherer mehr zu geben, wenn sie schon Frauen ranlassen.«

Die Sprüche waren gemein und dumm, aber sie würde sie überleben.

Beim Verlassen des Scherstalls zwinkerte Marty ihr zu. »Wie ich höre, hat dein Lover dich verlassen. Meine Tür steht dir jederzeit offen.«

»Nach allem, was du uns angetan hast, hast du noch die Stirn, so etwas zu sagen? Du bist doch schuld an dem ganzen Mist. Ist dir das völlig egal?«

Cathy sah Bedauern, oder zumindest etwas Ähnliches, in seinen schwarzen Augen aufflackern. Im nächsten Moment war es verschwunden, und er lachte. Der Bastard lachte! Sie stieß ihn mit beiden Händen von sich, dass er strauchelte.

»Lass mich bloß in Ruhe, verdammt noch mal.« Damit machte sie auf dem Absatz kehrt und ging.

Der Rest der Crew wurde plötzlich auf die Szene aufmerksam.

»Du Miststück«, schleuderte er ihr entgegen und ging auf sie los. »Jetzt bist du dran. Du scherst, wie du kämpfst, nämlich wie ein Mädchen«, sagte er mit verächtlichem Nachdruck, um sie zu reizen. Es funktionierte. Und insgeheim war sie plötzlich froh, dass er es darauf ankommen lassen wollte.

Sie sah, wie Dave ihr zu Hilfe kommen wollte, doch sie stand näher. Ihre Wasserflasche fiel zu Boden und ihr Handtuch gleich hinterher. Mit zwei langen Schritten war sie bei ihm und schlug ihren rechten Haken mit der ganzen Wucht, der sie fähig war. Sie legte allen über Wochen unterdrückten Frust und Schmerz in diesen Schlag.

Marty hatte ihre Kraft und die Wut, die in diesem Schlag steckte, unterschätzt. Sein Kopf wurde zur Seite geschleudert, ein Spuckefetzen flog aus seinem Mund, und er ging zu Boden, dass es staubte. Diesmal blieb er verblüfft liegen, wie ein verwundetes Tier. Ihre Handknöchel schmerzten, als habe sie gerade eine Ziegelwand als Punchingball benutzt, und sie atmete schwer, eher aus Entsetzen über die eigene Wut als vor Erschöpfung.

»Warum tust du uns allen nicht einen Gefallen, Marty, und verpisst dich auf Nimmerwiedersehen?« Sie ließ ihn am Boden liegen und stürmte mit Irene im Schlepptau zu ihrem Pick-up.

Der Scherstall verschwand in einer Staubwolke hinter ihnen, und sie saßen schweigend nebeneinander, bis sie die Straße erreicht hatten.

Irene sah Cathy an, und Cathy sah Irene an, dann begann Irene, lauthals zu lachen.

Sie gab Cathy einen Klaps auf den Oberarm. »Verflucht, Mädel! Das war das Beste, was ich je gesehen habe. Schätze, du hast deine Muskeln sinnvoll eingesetzt. Hast du die Gesichter der anderen gesehen?«

Cathy schüttelte den Kopf. Sie spürte noch das Adrenalin in den Adern, und ihr Herz klopfte heftig. »Himmel, nein! Ich wollte nur weg, bevor er mit fliegenden Fäusten auf mich losgehen konnte.«

»Keine Chance. Du hättest ihn sofort wieder in den Dreck geschickt. Und wir alle hätten dir geholfen – bis auf Drill ... Und Dave hat dir zugejubelt! Du hast getan, was wir alle gern getan hätten.« Irene sah Cathys versteinerte Miene. »Außerdem hätte Lindsay dich nie verlassen, wenn Marty diesen Unfall nicht verursacht hätte, und das weißt du. Wir fahren lieber bei Doug vorbei und hören uns an, was, zum Teufel, eigentlich los ist. Keiner von uns möchte, dass er morgen wieder auftaucht.«

Bei Doug war niemand zu Hause. Sie fuhren daher zum Quartier der Scherer, um zu erfahren, ob dort jemand etwas wusste. Irene ging hinein, während Cathy sich im Wagen versteckte, für den Fall, dass das übrige Team mit Marty auftauchte.

»Tank sagt, Doug ist mit der Familie für ein paar Tage nach Perth gefahren, sie wollen in den Zoo«, berichtete Irene bei ihrer Rückkehr. »Er hat Tank gebeten, die Organisation zu übernehmen, und als Troy sich krankgemeldet hat, brauchte er Ersatz. Tank hatte keine Ahnung. Er hat sich entschuldigt und bedauert, dass er Marty nicht platt wie eine Flunder auf dem Boden gesehen hat. Ich glaube nicht, dass Doug es so weit hätte kommen lassen.«

»Ja, ich auch nicht. Komm, ich bringe dich heim zu deinem Angetrauten.«

Am nächsten Tag erschien Marty nicht zur Arbeit, und Cathy vermutete, dass er nie wieder auftauchen würde – zumindest nicht in ihrem Team. Dave hatte ihr berichtet, Marty habe »ein blaues Auge, dicker als die, die dir dein Dad je verpasst hat«.

Es geschah an jenem Donnerstag während der Arbeit, dass sie einen Plan fasste, der ihr Leben verändert sollte. Es war gegen Ende des zweiten Durchgangs, und Kate stand vor ihr und wartete auf das Vlies. Cathy zog am Seil, stoppte den Motor und schob das Mutterschaf hinunter in den Pferch. Kate beobachtete sie noch immer mit abwesendem Ausdruck.

»Was ist los, Happy?«

»Ich finde, du bist großartig. Ich meine, ich sehe dir verdammt gern beim Scheren zu. Dafür, dass du eine Frau bist, sieht es bei dir erstaunlich leicht aus. Glaube kaum, dass ich einen von den Kerlen überreden könnte, es mir beizubringen, und überhaupt – sie scheren sowieso nicht so gut wie Lindsay. Könntest du es mir beibringen?« Kate sah sie erstaunt an, als sei sie über ihre eigene Frage erschrocken.

»Hm …« Cathy stemmte die Hände in die Hüften und dachte nach.

»Entschuldige. Es ist nur so, dass ich gern damit anfangen würde … Aber kümmere dich nicht drum.« Kate griff nach dem Vlies und brachte es weg.

Cathy wippte von ihren Fersen auf ihre Zehenspitzen und zurück, und dabei dachte sie über Kates Worte nach. In ihrem Kopf begannen Ideen zu entstehen und allmählich Gestalt anzunehmen.

Nach der Mittagspause ging sie zu Kate und fragte sie geradeheraus: »Sag mal, bist du wirklich interessiert? Würdest du eine Scherschule besuchen, um richtig scheren zu lernen?«

Kates Augen wurden so groß wie ihr Lächeln breit. »Ja verdammt, natürlich. Warum fragst du? Kennst du eine, auf die ich gehen könnte?«

»Nein, aber ich denke daran, hier in Lake Moore eine Schule aufzumachen. Was hältst du davon?«

»Das wäre der Hit. Gibt 'ne Menge Leute, die das lernen wollen, und Doug wäre begeistert. Neue Scherer nimmt er mit Handkuss.«

Kate hatte recht. Der Plan begann, immer besser zu werden. Sie musste mit Doug sprechen und ihn aushorchen. Und vielleicht vermietete Burt ihr seinen Scherschuppen. Außerdem musste sie mit der Bank wegen eines Kredits sprechen. Oh, Mann, dachte sie. Zuerst sollte sie ihren Plan schriftlich fixieren. Sie würde Zeit und viel Geld benötigen, aber sie war sicher, dass es funktionieren würde. Für die Ausrüstung und alles andere konnte sie Sponsoren gewinnen. Und zum ersten Mal seit Wochen war sie glücklich. Sie hatte ein Ziel, eine Aufgabe. Sie wusste, dass dieser Traum eigentlich Lindsay gehörte, dass sie ihn ihm stahl, aber das alles hatte sich schnell auch zu ihrem Traum entwickelt. Wenn sie ihn verwirklichen konnte, brachte er Lindsay vielleicht zu ihr zurück.

Cathy merkte zum ersten Mal seit einer Ewigkeit, dass sie lächelte. Sie wollte am Abend mit Irene, Paul und Chris zusammen essen und ihren Plan besprechen, herausfinden, wie sie darüber dachten – besonders da Chris Erfahrung in finanziellen Dingen hatte. Cathy beobachtete, wie die Staubpartikel im Sonnenlicht tanzten, das in den Scherstall fiel, und die Gerüche von Lanolin und Maschinenöl erfüllten mit einem Mal ihre Sinne. Sie hatte das Gefühl, endlich wieder lebendig zu sein.

Lindsay lehnte sich gegen das Metallgatter, durch das sie gerade eine Horde Schafe getrieben hatten. Sein Blick schweifte über Summerilla, über die Getreidefelder, jetzt fast goldgelb mit grünen Einsprengseln, die im Wind wogten. Noch ein paar Wochen und sie würden mit dem Mähdrescher hindurchfahren. Es war eine wunderschöne Farm. Über den Winter waren die sanft geschwungenen Hügel von üppigem Grün. Sie boten einen herrlichen Anblick, besonders von den Schuppen und dem Wohnhaus aus, die sich an die Seite eines Hügels schmiegten. An manchen Wintertagen lag Nebel in den tiefer gelegenen Tälern, aus dem das höher liegende Gelände herausragte. Dann fühlte man sich wie im

Land der Wolken, wie im Himmel. Er hasste diesen Ort nicht – im Gegenteil, er hatte es geliebt, auf einer Farm aufzuwachsen.

Aber jetzt, da er zurück war, war er da glücklich? Nicht wirklich. Seine Eltern hatten ihn kommentarlos wieder aufgenommen. Sie belästigten ihn nicht mit Fragen, obwohl er wusste, wie gern sie sie gestellt hätten. Die Mutter ließ ihn in Ruhe, drängte ihn nicht zu reden. Und sein Vater schien einfach nur glücklich zu sein. Beide Söhne bei sich auf der Farm zu haben, war Des offenbar wichtig. Das Thema seines biologischen Vaters blieb von beiden unerwähnt. Lindsay war noch nicht in der Verfassung, sich danach zu erkundigen, und das schien Des zu spüren.

Lindsay hatte sich von ihnen abgeschottet. Nur James hatte er ins Vertrauen gezogen. Lindsay fühlte sich immer noch beschissen, lebte unter ständigen Schmerzen, hasste sich aber zumindest nicht mehr für die Art und Weise, wie er Cathy behandelt hatte. Er hatte sie freigegeben, von weiteren Qualen befreit. Es verging kein Tag, an dem er nicht an sie dachte – beim Aufwachen, beim Einschlafen, bei der Arbeit. James neckte ihn ständig wegen seines »abwesenden Blickes« und ließ ihn nicht aus den Augen. Der Arme machte sich solche Sorgen um ihn, dass er ihn gezwungen hatte, eine Therapeutin des Gesundheitsdienstes aufzusuchen, die jede Woche in die Stadt kam. Nachdem James ihm drei Tage lang zugesetzt hatte, hatte Lindsay schließlich nachgegeben. James hatte ihm gesagt, es sei keine Schwäche, sondern Stärke, Hilfe in Anspruch zu nehmen. Lindsay dachte an seine erste Sitzung, als er kaum den Mund aufgebracht hatte. Inzwischen konnte er sich befreit und flüssig mit Margaret unterhalten, deren Objektivität und aufmunternde Stimme er schätzte. Er war James für seine Beharrlichkeit dankbar. Er hatte so ein großes Herz.

Lindsay sah seinen Bruder an, der neben ihm in einem blauen Unterhemd und Arbeitsjeans stand und Medikamente für das Entwurmen der Schafe anmischte. Er hatte seine Sonnenbrille ins Haar geschoben und versuchte, aus dem Beipackzettel schlau zu werden.

»Hey, mach dir wegen mir keine Sorgen, okay?«, sagte Lindsay. »Es wird schon wieder.«

James verdrehte die Augen. »Sicher? Habe schon von Leuten gehört, die ganz okay schienen, und am nächsten Tag waren sie … Na, du weißt schon. Kennst du die Statistiken über Selbstmorde im Outback? Ich meine, es gibt Farmer, die sehen keinen anderen Ausweg. Und die Familien sind geschockt, weil sie nichts gemerkt haben. Ich will nicht, dass es mir mal so ergeht. Ich bin froh, dass du weiter zur Therapie gehst.«

»Ja, Margaret ist gut. Sie hat vorgeschlagen, dass ich mir vom Arzt Antidepressiva verschreiben lassen soll, um die Heilung zu beschleunigen. Sie meinte, sie könnten mir helfen, meine Gefühle in den Griff zu kriegen, damit ich wieder normal funktioniere. Danach kann ich sie absetzen. Ich probiere das Zeug einfach mal.« Lindsay zuckte die Achseln.

James nickte und deutete auf sich. »Mit mir kannst du immer reden. Vergiss das nicht, bevor du was Überstürztes tust.«

»Dazu kommt es nicht. Ich brauche nur Zeit. Ich vermisse CJ. Manchmal frage ich mich, ob ich das Richtige getan habe. Ich will mit ihr zusammen sein, aber es ging mir einfach so verdammt schlecht in der letzten Zeit – und viel besser ist es noch nicht geworden. Die Depressionen hatten mich total im Griff, ich war völlig von der Rolle. Ich habe furchtbare Dinge gesagt, bin ausgeflippt. Ich war eifersüchtig auf sie und wütend.« Er hielt inne und massierte geistesabwesend sein lädiertes Handgelenk und den noch immer ständig schmerzenden Arm. Er konnte eine Tasse Tee halten, aber keinen Zwanzig-Liter-Kanister. Lindsay kratzte sich am Bart und merkte, wie ungepflegt er inzwischen herumlief. Er trug weite, zerrissene Jeans und ein abgerissenes blaues Unterhemd.

»Du solltest dich wirklich mal rasieren. Sonst verscheuchst du mir noch alle meine Freundinnen«, sagte James lachend. »Nein, warte. Ist vielleicht doch besser, wenn du weiterhin wie eine Vogelscheuche aussiehst.«

Lindsay grinste. Sein kleiner Bruder munterte ihn auf, wenn er glaubte, im Sumpf der Gefühle zu versinken. Er wusste nicht, was er ohne ihn getan hätte.

Kapitel 33

Cathy rückte eine Flasche Scotch auf dem Tisch zurecht, als arrangiere sie Blumen in einer Vase. Sie sah erneut nach dem Braten im Backofen und dann auf die Uhr. Burt musste jede Minute kommen. Als sie den Tisch deckte, hörte sie einen Pick-up näher kommen, und Sam begann aufgeregt zu bellen. Cathy strich ihr gelbes Top und die weißen Cargoshorts glatt. Sie war nervös und hoffte, man würde es ihr nicht anmerken. Sie warf einen Blick auf Chris, tadellos gekleidet in Anzughose und weißem Oberhemd.

»Danke, dass du gekommen bist, Chris. Ich kann's kaum erwarten, dich mit Burt bekannt zu machen. Er ist ein Rohdiamant.«

Chris lächelte, und Cathy bewunderte ihn. Er war ganz anders als Lindsay, aber ebenfalls ein attraktiver Mann mit hellgrünen Augen und höflichen Umgangsformen.

»CJ?«, ertönte Burts tiefe Stimme an der Hintertür.

»Ich bin hier. Du kennst ja den Weg.«

»Ah, da ist ja mein Mädchen. Bildhübsch wie immer«, sagte Burt, watschelte in die Küche und schlang die Arme um Cathy. »Und das also ist Chris?« Burt musterte ihn, als er vortrat und ihm die Hand schüttelte. »Du bist Irenes Junge, stimmt's?

»Richtig, Sir«, sagte Chris mit strahlendem Lächeln.

»Hm, da duftet was großartig. Oh, und wie der Tisch gedeckt ist! Was ist denn los? Habe ich Geburtstag?«

»Nein, Burt. Erst in ein paar Monaten. Komm schon! Setz dich, während ich das Essen serviere.« Sie rückte einen Stuhl für Burt zurecht, und er sah sie mit hochgezogenen Augenbrauen an.

»Da ist doch was im Busch, oder?«

Cathy setzte eine Unschuldsmiene auf. »Ne, nix im Busch. Nur ein Rindsbraten im Backofen.«

»Setz dich, Chris«, sagte Burt. »Ein Freund von CJ ist auch mein Freund. Sie hat mir alles von dir erzählt.«

Chris sah Cathy an. »Ach, hat sie das? Was hat sie gesagt?«

»Dass du in die Stadt ziehst. Kann nicht behaupten, dass mir gefällt, was du beruflich machst. Diebe und Betrüger, allesamt.«

»Na, was habe ich dir gesagt? Burt nimmt kein Blatt vor den Mund. Mach dir nichts draus«, sagte sie, aber Chris hatte bereits abgewinkt.

»Greif zu, Burt. Hier sind Braten und Soße. Er ist vermutlich nicht so gut wie deine Braten, aber mit viel Liebe zubereitet.«

Burt zwinkerte Cathy zu. »Ist vermutlich um Längen besser.«

Sie plauderten während des Essens munter weiter und redeten hauptsächlich über Chris' neues Projekt.

»Irene hatte die Idee. Ich glaube, sie möchte mehr Zeit mit mir verbringen.«

»Ach wirklich?«, frotzelte Cathy.

Chris grinste und strich sich das dunkle Haar aus der Stirn. »Nachdem meine Firma dichtgemacht hat, hatte ich das Glück, hier mehr Zeit verbringen zu können. Es gefällt mir hier, und meine Eltern sind mit ihrem Campingbus auf Rentnertour gegangen. Als Irene das leer stehende Ladengeschäft gesehen hat, hat sie vorgeschlagen, dass ich meine eigene Firma in der Stadt aufmachen soll. Und von da an lief alles wie am Schnürchen. Cathy hat mir gerade geholfen, das Büro auf Vordermann zu bringen.«

»Ja, sieht jetzt ziemlich schick und professionell aus«, sagte Cathy mit spöttischem Lächeln.

Burt grummelte. »Vielleicht kannst du meine Buchhaltung übernehmen. Mein Buchhalter ist ein Korinthenkacker.«

Cathy und Chris lachten beide. »Für dich sind doch alle Korinthenkacker, Burt«, sagte Cathy.

Erst nachdem Cathy das Geschirr abgeräumt und die erste Runde Scotch eingeschenkt hatte, sprach sie das Thema an, das ihr unter den Nägeln brannte.

»Ich habe einen Plan, Burt, und ich glaube, er wird funktionieren, aber es hängt dabei viel von dir ab. Ich habe ihn jetzt seit ein paar Wochen mit Chris ausgearbeitet.« Sie erzählte ihm von ihrer Idee mit der Scherschule. Burt zuckte kein einziges Mal mit der Wimper. »Ich hoffe, dass ich deinen Scherstall und das Haus mieten kann. Der Scherstall ist in gutem Zustand, wenn man bedenkt, wie alt er ist, und kann ohne großen Aufwand modernisiert werden. Das Haus würde ich so herrichten, dass acht oder mehr Schüler dort unterkommen können. Am günstigsten ist es, wenn ich nur sechs oder acht Schüler für, sagen wir, zwei Wochen aufnehme. Auf diese Weise kann ich jeden Einzelnen intensiv betreuen. Ich möchte, dass sie die korrekte Technik lernen, so wie Lindsay sie mir beigebracht hat. Und deine Schafe scheren wir natürlich umsonst.«

Cathy hielt schließlich inne, um Luft zu holen. Es fiel ihr schwer, nicht allzu euphorisch zu wirken, aber der arme Burt versuchte vermutlich erst einmal, ihrem Redeschwall zu folgen und zu begreifen, was sie ihm erzählte. Er zeigte keinerlei Gefühlsregung. Cathy beugte sich über den Tisch und griff nach seiner Hand. »Du musst jetzt nicht antworten, aber würdest du es dir überlegen? Bitte!«

Burt trank einen großen Schluck aus seinem Whiskyglas. »CJ, ich finde es eine großartige Idee, und ich helfe dir, so gut ich kann. Wir setzen so schnell wie möglich einen Mietvertrag auf. Zu einem Freundschaftspreis, versteht sich.«

»Burt, bist du sicher?«

Er verdrehte die Augen. »Natürlich. Verdammt sicher. Sonst würde ich es nicht sagen.«

Cathy sprang von ihrem Stuhl auf, schlang die Arme um ihn und flüsterte »Danke« in sein Ohr.

Burt drückte Cathy die Hand, und sie spürte, wie sehr sie ihm am Herzen lag.

»Also, jetzt setz dich und erzähl mir alles der Reihe nach.«

Das tat sie, nachdem sie Scotch nachgeschenkt hatte. »Ich habe mich bereits zur Weiterbildung und für die Konzession als Scherer bei TAFE angemeldet. Der Kurs beginnt in zwei Tagen. Dann ist meine Berufsbezeichnung auch amtlich. Allerdings könnte ein weiblicher Scherer als Lehrer bei einigen Leuten Skepsis erregen.«

»Lindsay wäre der ideale Partner gewesen«, sagte Burt.

Cathy bemerkte seinen Blick. Er schien nicht zu wissen, ob er möglicherweise etwas Falsches gesagt hatte.

Sie wirkte verlegen. »Ich finde auch, dass er das gewesen wäre.«

Burt zog einen Zettel aus der Tasche seiner Latzhose und gab ihn Cathy. »Hätte ich fast vergessen.«

»Was ist das?«

»Ich habe die Werbung gelesen und gedacht, dass du da mitmachen solltest. In drei Wochen geht's los. Du bist verdammt gut und könntest Bargeld oder Sachpreise gewinnen, die dir helfen. Für deine Schule brauchst du alles, was du kriegen kannst. Ein paar von meinen Scheranlagen pfeifen aus dem letzten Loch. Und du brauchst Handstücke und zusätzliche Schleifgeräte und das ganze andere Zeug.«

»Ja, darüber habe ich auch schon nachgedacht. Ich hoffe, dass mich große Firmen sponsern. Doug wollte sich wegen der Geräte für mich schlaumachen, und Irene wird als Köchin, Putzfrau und Rousie in Personalunion fungieren.« Sie sah Burt an, und ihre großen blauen Augen funkelten wie Sterne am wolkenlosen Nachthimmel.

»Ich bin sicher, dass du an alles denkst, Liebes. Aber vergiss nicht, dich für den Wettkampf anzumelden. Vielleicht schaue ich sogar zu«, sagte Burt mit einem Lächeln. »Und noch was. Ich fahre in ein paar Tagen nach Perth zu meinem Bruder. Kannst du solange Scabs übernehmen?«

Cathy runzelte die Stirn. »Du in Perth? Seit ich dich kenne, hast du die Farm nicht verlassen. Alles in Ordnung mit dir?«

»Alles bestens. Ross liegt mir schon so lange in den Ohren, er hat ein Treffen organisiert zur Erinnerung an unsere Eltern, deshalb habe ich entschieden, die Reise auf mich zu nehmen. Vielleicht hat ein gewisses junges Mädel meine gefühlvolle Seite an die Oberfläche gebracht«, sagte er. »Ich bin nur ein alter Idiot, aber ich werde dich vermissen«, murmelte Burt.

Cathy legte ihre Hand auf seine Hand. »Mann, das ist das Netteste, was ich seit Langem von dir gehört habe, Burt. Du wirst noch ganz weich auf deine alten Tage.« Sie lachte und fügte dann leise hinzu: »Ich werde dich auch vermissen, alter Gauner.« Sie fragte sich, ob hinter Burts Reise noch etwas anderes steckte. Es sah ihm gar nicht ähnlich, die Farm zu verlassen.

»Hey, ich habe eine Idee. Du könntest in den nächsten Tagen mal mit Chris zu mir rauskommen, dann zünden wir draußen bei den Schuppen ein großes Lagerfeuer an.«

»Fantastisch! Ich habe seit einer Ewigkeit keine Marshmallows mehr im Feuer geröstet.« Sie warf Chris einen Blick zu. »Es wird dir gefallen. Du lebst jetzt auf dem Land, da musst du auch ein Lagerfeuer machen.«

Chris lachte. »Ich komme gern. Schon um zu verhindern, dass du die ganze Packung Marshmallows alleine verputzt.«

»Na prima! Damit wäre alles klar«, sagte Burt. »Also, Chris – wenn du ein Büro in der Stadt aufmachst, dann bleibst du uns vermutlich 'ne Weile erhalten, was?«

Chris lächelte, seine Zähne leuchtend weiß gegen seine olivfarbene Haut. »Das hoffe ich doch, Burt. Das gemächlichere Tempo auf dem Land behagt mir. Es gefällt mir, dass hier jeder jeden grüßt oder dass sich die Leute auf der Straße zuwinken. Und ich hatte das Glück, schon vor der Eröffnung des Büros den ersten Klienten zu haben.« Chris zwinkerte Cathy über den Tisch zu, und sein Blick ruhte länger auf ihr als nötig.

Cathy lachte. »Könnte sein, dass du das nicht mehr so positiv findest, wenn du es erst 'ne Weile mit mir zu tun gehabt hast.«

»Oh, ich weiß, dass du einen guten rechten Haken schlägst, und übe mich schon im Abtauchen und Zurückweichen.«

Burt lachte so laut, dass er sich beinahe verschluckte. »Hey, Chris, kennst du dich vielleicht auch mit Schafen aus?«, fragte er, nachdem er sich wieder gefangen hatte.

Chris runzelte die Stirn. »Ist das eine Fangfrage?«

»Um Himmels willen – sag Nein!« Cathy lachte erneut und stand auf. »Wer möchte noch ein Bier?«

Kapitel 34

Tom war allein zu Hause, und wie üblich gab es nur Mist im Fernsehen. Er wanderte durchs Haus und gelangte in Dots Zimmer. Sein altes Zimmer. Dot legte noch immer denselben Quilt mit Blumenmuster über das Bett. Nachdem sie das Haus gekauft hatten, vor seinem Unfall, hatten sie damit begonnen, es zu renovieren. Sie hatten es außen und innen gestrichen. Dot hatte hochfliegende Pläne gehabt – gesagt, es habe einen wunderschönen Holzboden und böte viele Perspektiven. Wie so vieles andere.

Tom setzte sich auf das Bett und starrte in eine Ecke des Zimmers. Jeder andere hätte nur eine Stelle gesehen, wo sich zwei Wände trafen, aber Tom sah dort eine kleine Wiege, mit einem Himmel aus blauer Spitze. Er würde nie den Tag vergessen, an dem er seinen Sohn, den kleinen Rick verloren hatte. Tom sah es noch vor sich, das schlafende Gesicht seines Sohnes, und erinnerte sich an seine kindlichen Laute. Er hatte sie verlassen. Einfach so. Es war ein normaler Morgen gewesen, und er war aufgestanden, hatte sich angezogen und war beim Hinausgehen wie immer an Ricks Wiege stehen geblieben. Rick hatte ausgesehen, als ob er tief und fest schliefe, dabei war sämtliche Farbe aus seinem Gesicht gewichen, und als Tom die Hand ausgestreckt hatte, um seine Wange zu berühren, hatte sich diese leblos und kalt angefühlt. Einfach so. Als der Krankenwagen kam, sagten sie, niemand hätte das verhindern können. Dot war verzweifelt gewesen – sie beide. Wäre Cathy mit ihren fast zwei Jahren nicht gewesen, hätten sie sich vermutlich nie davon erholt. Aber sie hatte sie mit ihren kleinen Kinderärmchen so eng umschlungen gehalten, und ihr Verlangen nach Aufmerksamkeit und Fürsorge zwang sie, ihr Leben weiterzuleben. Auch dass Emily dreizehn Monate später auf die Welt gekommen war, hatte geholfen. Sie war ein anstrengendes Baby gewesen, das Dot sehr auf Trab hielt. Damals verbrachte Tom viel Zeit mit Catherine, und das verband sie. Aber die Wunde war nie vollständig verheilt.

Tom sah zu Dots Nachttisch hinüber. Ein Bild war gegen die Wand gekehrt, und er hob es auf. Es war ein Familienfoto, das sie gemacht hatten, als Cathy acht Jahre alt gewesen war. Tom hatte noch volles Haar und eine schlanke Figur, und Dotty war ein Traum in einem eng anliegenden blauen Kleid. Emily hatte gerade gelernt, eine Schleife zu binden, und liebte alles Pinkfarbene. Er berührte das Bild. Cathy trug ihr Haar zu zwei kleinen Zöpfen geflochten, und ihr Lächeln brachte selbst sein altes, klappriges Herz in Schwingung. Der Tag, an dem Dot ein Auge auf ihn geworfen hatte, war sein Glückstag gewesen. Und der Gedanke, in was er sie da hineingezogen hatte, seine geliebten Mädchen! Vielleicht hätte er Hilfe in Anspruch nehmen sollen, aber so etwas taten Männer nicht. Männer waren dafür geschaffen, es auszufechten, ohne über ihre Gefühle zu reden. Aber die Zeiten änderten sich, hatte Cathy ihm einmal klarzumachen versucht. Sie hatte gewollt, dass er mit jemandem redete, aber er war bereits über den Punkt hinaus, an dem er Hilfe hätte annehmen können, und viel zu festgefahren in seinen Ansichten.

Dot hatte erzählt, wie gut Cathy inzwischen bei der Schafschur geworden war. Er hätte sie gern scheren gesehen, aber er wusste, dass es dazu nie mehr kommen würde. Es wäre zu schmerzlich für ihn, wieder einen Scherstall zu betreten – all die Erinnerungen und Gerüche, die er so vehement zu vergessen versucht hatte. Er sah sie in letzter Zeit kaum noch. Es war gut zu wissen, dass Cathy zufrieden war, dennoch waren seine beiden Frauen ohne ihn besser dran. Er zog sie nur mit runter, und er wusste, dass Dot Angst vor ihm hatte. Es brachte ihn um, mit ansehen zu müssen, was durch seine Schuld aus ihr geworden war. Früher war sie stark und selbstbewusst durchs Leben gegangen, aber mittlerweile wirkte sie wie eine gebrechliche alte Dame. Er legte das Foto zurück, und sein Blick fiel auf das Fläschchen mit ihren Tabletten. Tom wusste, dass sie unter Angstzuständen und Schlaflosigkeit litt. Er schüttelte das Fläschchen. Es waren noch ein paar Pillen übrig, und er entdeckte eine volle Packung am Kopfende des Bettes.

Und plötzlich sah er klar. Sein Ausweg war ihr Ausweg. Er würde all ihre Probleme lösen. Für ihn war es der richtige Weg. Den Gedanken hatte er stets im Unterbewusstsein gehegt, und jetzt bot sich die Gelegenheit, ihn zu verwirklichen.

Er nahm die Tabletten, verließ den Raum und ging ins Gästezimmer. Dort holte er den Rest seiner Medikamente zusammen mit einem Bleistift und einem Zettel aus der obersten Schublade. Er kritzelte die Worte »Es tut mir leid, ich liebe euch« darauf. Dann legte er sich auf sein Bett und öffnete das erste Fläschchen. Obwohl er nicht an Gott glaubte, betete er darum, dass ihm seine Mädchen verziehen. Eine einzelne Träne rollte über seine Wange, dann kamen mehr. Er hoffte, dass es für Dot noch nicht zu spät war, neu anzufangen. Er schuldete ihr das. Er lächelte unter Tränen bei dem Gedanken an die Freiheit, die er bald haben würde.

Kapitel 35

Es war ein bedeckter Nachmittag und Wind war aufgekommen, der das Salz von den ausgetrockneten Seen blies, die den Friedhof umgaben. Chris parkte den dunkelgrünen Ford Fairmont seiner Mutter auf der Hügelkuppe neben dem Friedhof, der über dem Lake Moore lag. Die Aussicht war spektakulär. Cathy war sicher, dass die Menschen, die hier begraben lagen, sie zu schätzen wussten.

Sie waren die Ersten, die im Gefolge des Leichenwagens eintrafen. Chris saß stumm hinter dem Steuer, und Cathy blickte aus dem Beifahrerfenster. Ihre Mutter tat es ihr auf dem Rücksitz gleich, Emily hielt ihre Hand. Beide trugen dieselbe apathische Miene zur Schau. Emily war zwei Jahre lang nicht mehr zu Hause gewesen. Sie war kleiner als Cathy, hatte jedoch dieselben blauen Augen. Cathy seufzte und öffnete die Beifahrertür. Chris, Dot und Emily folgten ihrem Beispiel.

Die Trauerfeier war kurz und schön gewesen – eine sachliche Angelegenheit, ohne religiöses Brimborium. Genau so, wie es Tom gefallen hätte. Nur wenige waren gekommen – Tom hatte in seinem Leben viele Brücken hinter sich abgebrochen –, und die, die gekommen waren, taten es seiner Frau und den Töchtern zuliebe. Nicht dass Cathy in jener vergangenen Woche noch mit Emotionen zu kämpfen gehabt hätte. Über Toms Abschiedszeilen hatten sie Tränen vergossen. In den vergangenen sechs Jahren hatte er ihnen nie gesagt, dass er sie liebte. Sie weinten um ein letztes Zeichen des Mannes, der er einmal gewesen war, waren jedoch zu anderen Gefühlen nicht mehr fähig. Wie trauerte man um einen Menschen, der einem fremd geworden war? In Wirklichkeit hatten sie schon vor Jahren Trauerarbeit geleistet.

»Alles in Ordnung mit dir?« Chris war zu Cathy getreten, legte den Arm um ihre Schultern und zog sie an sich. Ihre Mutter stand etwas abseits, hielt Emilys Hand und sprach mit Burt und Joe. Sie sah zu Chris auf. Sie kannte ihn erst kurz, aber sie schätzte seine Freundschaft. Er war Irene so ähnlich – mitfühlend und verständnisvoll.

»Ja, danke. Es ist alles so merkwürdig, weißt du. Er ist fort. Was machen wir jetzt? Erst allmählich wird mir klar, dass ich nicht mehr auf ihn aufpassen muss, dass es keine teuren Medikamente, keine Alkoholexzesse mehr geben wird. Aber ich komme mir bei diesen Gedanken so niederträchtig vor.«

Chris' große, grüne Augen glänzten feucht vor Mitgefühl. »Nimm dir einfach Zeit, dich langsam daran zu gewöhnen.«

Burt kam zu ihnen herüber und drückte sie an seine Brust. Cathy schmiegte sich an sein offenbar neues, schwarzes Hemd.

»Du hast dich ja richtig rausgeputzt«, sagte sie, und die Antwort war ein sonores Lachen. Cathy sah Irene und Paul hinter Burt und winkte ihnen zu. »Nett, dass das Scherteam gekommen ist.«

Dot trat zu ihr und hakte mit ihrem schmalen Arm Cathy unter, sodass sie eine Tochter an jeder Seite hatte. »Sollen wir es hinter uns bringen, Liebes?«

Cathy sah zu ihrer Mutter herab. Dot reichte ihr nur bis unters Kinn. Cathy hatte ihre Statur definitiv von ihrem Vater geerbt.

»Ja, sie warten schon auf uns. Gehen wir«, sagte Cathy und nickte in Richtung der Bestatter, die neben dem Leichenwagen standen.

Chris, Burt, Joe, Emily, Doug und Cathy griffen jeder nach einem glänzenden Silbergriff, als der Sarg aus dem Wagen gehoben wurde. Sie folgten dem Bestatter zu Toms Grabstelle, seinem eigenen Stückchen Erde oberhalb des Sees. Alle anderen folgten ihnen. Das Knirschen ihrer Schritte auf dem Kies und das Krächzen einer Krähe in einem Baum waren die einzigen Geräusche, als sie Toms sterbliche Überreste zu seiner letzten Ruhestätte geleiteten. Cathy versuchte nicht daran zu denken, dass er dort drinnen lag.

Alle trugen Sonnenbrillen, aber Cathy und Dot weinten nicht mehr. Emily hatte einige Tränen vergossen, als sie nach Hause gekommen war, aber Cathy glaubte, dass diese auf verschiedene Gründe zurückzuführen waren: ihre Rückkehr nach Hause, das Wiedersehen mit der Mutter und der Verlust des Vaters.

Zu Hause war es bis auf das laute Ticken der Uhr unnatürlich still geworden. Wenn Cathy von der Arbeit kam, erwartete sie, Tom dort vor dem Fernsehapparat sitzen zu sehen. Aber die Couch war leer, das Zimmer verlassen. Daran mussten sich Dot und sie erst noch gewöhnen.

Dot wollte nicht länger im Haus wohnen bleiben, und Cathy hatte daher vorgeschlagen, es zu verkaufen und eine kleine neue Eigentumswohnung in der Stadt zu erwerben. Mehr war nicht nötig. Dot hatte die Idee gefallen. Aber einschneidende Veränderungen dieser Art brauchten Zeit.

Der Bestatter räusperte sich, und sie ließen den Sarg langsam in die Grube hinab. Cathy fühlte eine Hand an ihrem Rücken, drehte sich um und sah Irene und Paul. Sie streckte ihre Hand aus, und Irene nahm sie und drückte sie fest.

»Tom hatte seine Probleme«, begann der Bestatter, »aber heute erinnern wir uns an den Mann, der er in seinen jüngeren Jahren war. An den großartigen Schafscherer mit einem brillanten rechten Haken und an den hingebungsvollen Vater, der er für Cathy und Emily gewesen ist.«

Cathy hätte beinahe lachen müssen, sie zwang sich jedoch, sich an den Vater zu erinnern, den sie vor dem Unfall gekannt hatte, bevor Depressionen und Verfall einsetzten. Als er sie noch ins Bett gebracht und ihr Geschichten vorgelesen hatte. Es gab schöne Momente, an die es sich zu erinnern lohnte. Während der Bestatter sprach, dachte sie an das eine Mal, als sie ein Picknick gepackt und zu dem Felsen gefahren waren, wo Dot und Tom sich zum ersten Mal nähergekommen waren. Es war ein herrlicher Frühlingstag gewesen, und ihre Mutter hatte ihnen auf der Wanderung durch den Busch Eselsohren- und Spinnen-Orchideen gezeigt. Es war ein steiler Aufstieg gewesen, und sie erinnerte sich, dass der Vater sie auf seine Schultern gehoben hatte, als sei sie leicht wie eine Feder. Von seinen Schultern aus hatte sie wie eine Riesin auf die Welt herabgesehen, bevor Emily an die Reihe gekommen war. Es war wunderbar gewesen. Cathy wischte sich verstohlen hinter der Sonnenbrille eine Träne ab, als der Sarg seine Ruhestätte in der Erde erreicht hatte.

Langsam zerstreuten sich die Trauergäste. Nur Irene, Paul, Burt, Chris, Emily, Dot und Cathy blieben zurück. Sie und Dots Arbeitkollegin Joy fuhren mit ihnen nach Hause, wo es noch Getränke und Tee gab. Cathy blieb am Grab des Vaters zurück und starrte in die Grube. Der Geruch der modrigen Lehmerde war intensiv.

»Hey, Schwester.« Emily schlang einen Arm um Cathys Taille und lehnte den Kopf an die Schulter ihrer großen Schwester. Emily seufzte tief. »Weißt du, als du angerufen hast, um mir zu sagen, dass er tot ist, war mein erster Gedanke, wie glücklich wir alle sein können und dass ihr, du und Mum, nicht mehr mit dem ganzen Mist zurechtkommen müsst.« Sie machte eine Pause, und Cathy nickte. »Aber … dann musste ich weinen. Ich dachte, ich würde ihn hassen – wollte ihn hassen –, aber tief im Innern liebe ich ihn noch immer.« Emily blickte mit einem halbherzigen Lächeln auf, in ihren blauen Augen glitzerten Tränen. Ihre Sonnenbrille war ins Haar geschoben und hielt ihre blonden Locken aus der Stirn. »Wie könnte ich ihn denn nicht lieben, wo wir eigentlich … eine wunderbare Kindheit hatten? Vor seinem Unfall war er der beste Dad der Welt, und es ist schwer, ihn ganz und gar zu verdammen, wo wir all die schönen Erinnerungen an ihn haben.«

Cathy strich Emily über den Rücken. »Ja, ich weiß genau, was du fühlst, Em. Ich erinnere mich noch gut, wie er dich ewig in einer Kiste über den Rasen geschoben hat, da warst du ungefähr fünf. Du hast so gelacht, gebettelt, er möge weitermachen, und er hat es getan. Du hast Stunden auf dem Rasen gespielt, und dann hat er mich an der Wäschespinne kreiseln lassen, bis mir schwindelig wurde.«

»Ja, Mum hat es gehasst, wenn wir da Karussell gefahren sind. Dad hat uns immer verwöhnt. Warum, CJ?«, murmelte Emily undeutlich an Cathys Bluse. »Warum konnte er nicht mit uns glücklich sein, mit dem Leben, das ihm noch geblieben ist?«

»Keine Ahnung. Ich schätze, Depressionen sind schwer zu überwinden. Besonders damals, zu Dads Zeiten. Vermutlich wusste man noch zu wenig darüber und hatte nicht die Therapeuten oder die Medikamente, die helfen konnten.«

»Hat dich dein Freund aus demselben Grund verlassen?«

Es war eine so harmlose Frage, und doch verkrampfte sich Cathy, und ihr kamen erneut die Tränen. Hätte Em diese Frage am Telefon von Perth aus gestellt, wäre sie vermutlich gekränkt gewesen, hätte sie für gedankenlos gehalten. Aber jetzt? Die persönliche Begegnung mit der Schwester relativierte vieles. Es war seltsam gewesen, Emily wieder zu Hause zu haben, aber sie waren eine Familie, und sie liebte ihre Schwester. Sie wusste, dass es Emily mit dieser Frage ernst war.

»Ich glaube schon.« Der Schmerz über die Trennung von Lindsay war noch da wie am ersten Tag. Alles, was sie an ihn erinnerte, schien das Messer nur tiefer in die Wunde zu stoßen. »Lindsay war so wütend, und ich schätze, er dachte, er täte das Richtige, indem er mich verlassen hat. Er wollte nicht so enden wie unser Dad.«

»Wer könnte es ihm übel nehmen? Er muss dich wirklich lieben«, sagte Emily.

Eines wusste Cathy sicher: Sie liebte ihn noch immer. Und sie fragte sich, ob Doug Lindsay vom Tod ihres Vaters informiert hatte. Aber vielleicht hatte er es auch nicht für nötig gehalten. Vielleicht hatte er gedacht, es sei besser für Lindsay, wenn er es nicht erfuhr. Zur Beerdigung jedenfalls war er nicht erschienen. Vermutlich war das gut so, besonders wenn er nur gekommen wäre, um wieder fortzugehen.

Emily drückte sie an sich und gab ihr einen Kuss auf die Wange. »Komm! Zeit für einen Drink. Ich hole Mum, okay?«

Emily ging davon, und ihr kurzer schwarzer Rock wehte raschelnd um ihre schlanken Beine. Cathy bewegte die Arme und fächelte sich Kühlung zu. Es war ein heißer Oktobertag, und die Hitze lag flimmernd über der nackten Salzkruste des Sees.

»Geht es deiner Mutter gut?«

Cathy drehte sich zu Irene um, die einen schwarzen Mantel anhatte. Schwarz passte gut zu ihrem blonden Haar, das sie heute offen trug.

»Mit Mum ist alles in Ordnung. Ich glaube, sie hat noch gar nicht begriffen, wie frei sie jetzt ist.«

Cathy sah Dot flüchtig nach, die mit Emily vorausging. Ja, es ging ihr gut. Mit etwas Glück würde endlich wieder ein Funken Leben in ihre blauen Augen kommen.

Kapitel 36

Lindsay?«

Das war's dann wohl mit der Ruhe, dachte Lindsay, der versucht hatte, sich einen Moment fortzustehlen, um allein zu sein. Ihm war heiß, obwohl er nur Arbeitsshorts und ein abgetragenes weißes T-Shirt anhatte. Zum Glück hatte er seinen alten, kühlen Zufluchtsort in der Werkstatt wieder für sich entdeckt, oben im Zwischengeschoss, wo kaum jemand hinkam. Sie lagerten dort Kleinkram, den man selten brauchte, wie Bedienungsanleitungen für Maschinen, Werkzeug, das nicht oft verwendet wurde, und eine Sammlung alter Autokennzeichen und Schilder. Lindsay saß in einer Ecke auf dem Fußboden, den Rücken gegen das kühle Metall des alten Waffenschranks gelehnt. Sie waren gerade mit der Rapsernte fertig geworden und hatten ein paar Tage Zeit, bevor die erste Gerste geschnitten werden sollte.

»Da bist du«, sagte Des und kam die Treppe herauf. »Als Kind bist du immer hier oben gewesen.«

Des setzte sich Lindsay gegenüber auf eine alte Blechkiste. Seit er zurück war, war Des ausgesprochen umgänglich gewesen, und Lindsay war froh darüber.

Er musterte Des, der die Sammlung alter Zeitschriften bewunderte, als habe er deren Existenz völlig vergessen. Er schwieg, wirkte jedoch trotzdem eindrucksvoll auf Lindsay.

Es schien, als wartete Des auf ein Wort von Lindsay, der zu wissen glaubte, weshalb.

»War … war Onkel Pete mein leiblicher Vater?«, fragte Lindsay leise. Die Frage hatte Lindsay in letzter Zeit sehr beschäftigt. Seit er zurück auf der Farm war, war sie unausweichlich geworden.

Des fuhr abrupt aus der Betrachtung der Zeitschriften auf. »Woher weißt du das? Hast du mit deiner Mutter gesprochen?« Er war nicht wütend, nur überrascht.

»Nein, ich habe darüber überhaupt nicht mit Mum geredet. Aber ich sehe aus wie du, Onkel Doug und Onkel Pete auf allen alten Fotos, also muss ich ein Taylor sein, oder?«

Des' Augen wurden schmal, als er lächelte.

»Und Onkel Doug war noch viel zu jung.«

»Du hast recht. Pete war dein leiblicher Vater.«

Sie verfielen erneut in Schweigen, während sie die Bedeutung des lange gehüteten Geheimnisses abwogen.

»Hast du deshalb nie von ihm gesprochen?«

Des holte stockend Luft und nickte. »Ich habe deine Mutter vor vielen Jahren auf einem Kirchenfest kennengelernt. Ich habe mich sofort in sie verliebt. Kurze Zeit später habe ich sie auf die Farm mitgenommen, um sie meiner Familie vorzustellen. Sie hat die Wochenenden bei uns verbracht, und zuerst dachte ich, sie fände Petes Schlagfertigkeit und Charme lediglich amüsant. Alle Mädchen reagierten so auf ihn. Er war ein Draufgänger und hat sich immer in den Vordergrund gespielt. Er hat sie auf dem Motorrad mitgenommen, wenn ich bei den Schafen helfen musste. Irgendwann ist mir klar geworden, dass nicht ich der Grund war, warum sie uns weiterhin besuchte.«

»Oh.« Lindsay hatte das Gefühl, sich bei seinem Vater entschuldigen zu müssen. Des tat ihm leid.

»Ich wünschte, sie würde mich so ansehen, wie sie ihn angesehen hat. Sie hat versucht, es zu leugnen, aber da war diese knisternde Atmosphäre zwischen den beiden. Mit ihm war sie ein anderer Mensch, so sorglos und glücklich. Ich war wahnsinnig eifersüchtig auf die Zeit, die sie miteinander verbringen konnten, während ich auf der Farm arbeitete und lernen musste, wie man einen Betrieb führt. Ich war der Älteste. Ich musste lernen, denn die Farm sollte einmal mir gehören. Ich hatte nie den Mut, mich für solche Ausflüge, wie Pete sie gemacht hat, davonzustehlen. Dad merkte immer sofort, wenn ich nicht da war. Aber dann ist Pete ums Leben gekommen.« Des' Miene wurde ernst, und seine Stimme brach bei den letzten Worten.

»Der Motorradunfall. Doug hat mir davon erzählt«, flüsterte Lindsay.

»Ja, und ich habe ihn geliebt, egal, was passiert war. Er war manchmal ein Plage, aber jeder mochte Pete«, sagte Des, und eine einzelne Träne rollte über die Staubschicht auf seinem Gesicht.

Lindsay verstand jetzt, warum Petes Name niemals erwähnt wurde. Die Erinnerung war zu schmerzhaft.

»Weißt du, er war der Typ, der eine langweilige Feier in eine schwungvolle Party verwandeln konnte. Er hatte so eine Art, dass man sich wünschte, man wäre wie er.« Des atmete tief durch. »Jedenfalls war deine Mutter am Boden zerstört. Sie kam raus auf die Farm und saß allein im Schuppen, wo sein Motorrad stand. Keiner hatte geahnt, wie sehr sie ihn geliebt hat. Eines Tages bin ich zu ihr gegangen, und in meinen Armen ist sie zusammengebrochen und hat mir erzählt, dass sie ein Kind von Pete erwartete. Nämlich dich«, sagte Des und musterte Lindsay mit einem milden Lächeln. »Eine Weile habe ich versucht, Pete zu hassen, aber er war tot, und ich konnte ihm einfach nicht mehr böse sein. Also habe ich das getan, was ich für richtig hielt. Ich habe Jill gebeten, mich zu heiraten. Ich liebte sie noch immer. Ich konnte sie nicht hassen, weil sie Pete geliebt hatte, denn das taten wir alle. Und sie mochte zuerst mich, bevor sie Pete kennengelernt hatte.«

In Lindsays Augen glitzerten Tränen. Er streckte den Arm aus und legte die Hand auf Des' Arm.

»Damals war eine unverheiratete Frau mit Kind undenkbar – besonders weil ihre Familie streng katholisch war und ihr Vater viel Wert auf seinen Ruf in der Gesellschaft legte. Sie hatte Angst, aus dem Haus geworfen und enterbt zu werden. Da sie dich unbedingt wollte, war sie bereit, mich zu heiraten. Ich glaube, sie mochte mich damals, und ich weiß, dass sie mich jetzt liebt. Im Lauf der Jahre ist Liebe daraus geworden. Versteh mich nicht falsch. Wir führen eine glückliche Ehe und haben zwei wunderbare Söhne.«

Sie unterdrückten beide die Tränen und beherrschten sich. Es war ein wichtiger Tag für sie beide, und Lindsay hatte seinen Vater nie zuvor so emotional erlebt. Wie lange schon hatte er all diese Gefühle zurückgehalten?

»Weiß sonst noch irgendjemand davon?«, wollte Lindsay wissen.

»Nein. Deine Mum und ich haben dieses Geheimnis für uns behalten. Ich hoffe, du verstehst, wie erleichtert ich bin, dass du jetzt Bescheid weißt. Und ich hoffe, du hasst mich nicht dafür.«

Lindsay fühlte, wie sehr die Kränkung noch schmerzte. »Dass ich es weiß, ändert für mich nicht viel, aber ich wünschte, du hättest es mir früher gesagt. Ich habe immer gefühlt, dass ich anders bin, anders als du. Aber du bist immer noch mein Dad. Du hast mich großgezogen.«

Sie standen auf und umarmten sich, und Tränen tropften auf das Baumwollhemd des Vaters. Er fühlte, wie die Schultern des großen Mannes zuckten.

»Ich liebe dich, mein Sohn.« Des lehnte sich zurück, um Lindsay in die Augen sehen zu können. »Ich weiß, du hattest es oft schwer mit mir. Ich müsste lügen, wenn ich nicht zugeben würde, dass es mich eifersüchtig gemacht hat, Eigenschaften von Pete an dir zu erkennen. Du bist ihm so ähnlich, dass es manchmal wehtut.«

»Aber ich habe auch viel von dir, Dad. Und es gibt Dinge, die nur du mir beigebracht hast.«

»Ich weiß, aber ich wollte nur ausdrücken, dass es mir leidtut. Ich war wie vernagelt, aber jetzt ist die Zeit für Veränderungen gekommen. Ich will nicht wie mein Vater werden und dieselben Fehler machen. Ich möchte, dass du glücklich bist, egal was du tust. Ich übergebe dir die Farm nicht, wenn du sie nicht willst. Ich werde dich nicht mehr unter Druck setzen. Damit hat mein Vater mich schon genug gequält. Man sollte meinen, dass ich es besser hätte wissen müssen.« Er lächelte flüchtig.

Sie setzten sich wieder und sammelten sich.

»Ich habe nachgedacht, Lindsay. Du kennst dich mit Schafen aus, und meine Hoffnung ist, dass du uns ein paar Zuchtböcke aussuchst, damit wir die Qualität unserer Herde verbessern können. Mit deinen Kenntnissen könnte das gelingen. Was meinst du? Möchtest du die Aufgabe übernehmen? Ich weiß, du hast da … einiges aufzuarbeiten«, sagte Des und deutete auf Lindsays Arm.

Lindsay musste unwillkürlich lächeln. Er wollte seinen Dad glücklich und stolz machen. »Ja, das kann ich. Es ist eine gute Idee.« Lindsay wusste nicht, ob sie ihm gefiel, aber in diesem Moment hätte er alles getan, um seinem Dad eine Freude zu machen. Seltsamerweise hatte er sich seinem Vater noch nie so nahe gefühlt, nachdem er erfahren hatte, dass er gar nicht sein leiblicher Vater war.

»Übernimmst du den Job in der Jury, wegen dem Robbo neulich angerufen hat?«, fragte Des.

»Ja, ich glaube schon, wenn du nichts dagegen hast?«

»Natürlich nicht. Tut dir gut, mal wieder mit deinen alten Freunden zusammen zu sein.«

Lindsay hatte zuerst gezögert, das Angebot anzunehmen, bei einem Scherwettkampf als Schiedsrichter zu fungieren, sich wieder unter die Scherer zu mischen, ohne jedoch selbst zu scheren. Aber dann hatte er beschlossen, sich der eigenen Angst zu stellen. Nur weil er nicht scheren konnte, musste er diesen Bereich nicht aus seinem Leben verbannen. Er hatte auch mit Margaret darüber gesprochen und fühlte sich stark genug, die Aufgabe zu meistern. Außerdem waren Scherwettkämpfe ein großer Spaß.

Lindsay wusste auch, dass er nichts tun konnte, was mit der Schafschur zu tun hatte, ohne an Cathy zu denken. Er träumte noch immer fast jede Nacht von ihr, von ihrem Lächeln und ihrer Keckheit. Er liebte die Lebhaftigkeit seiner Träume, so konnte er sie schmecken, riechen und berühren, wie er es früher getan hatte. Er sehnte sich tagsüber und bis in die dunklen Stunden der Nacht nach ihr. Aber noch konnte er nicht zurück. Er hatte immer wieder schlechte Tage, und was erwartete ihn, realistisch betrachtet, wenn er zurückkehrte? Ein Bürojob? Er konnte Burt auf seiner Farm helfen, aber Burt hatte Joe und konnte sich vermutlich keine andere Vollzeitkraft leisten. Also war es besser, er blieb und arbeitete auf der Farm seiner Familie. Zumindest ein Teil davon gehörte ihm. Vielleicht konnte Cathy eines Tages hier mit ihm leben.

»Komm schon. Es ist Zeit für den Nachmittagstee. Gehen wir duschen.«

Des lief die Treppe hinunter, und Lindsay folgte ihm. Als sie zum Haupthaus gingen, hörte Lindsay das Lachen seiner Mutter und das Kichern eines jungen Mädchens. Er knirschte mit den Zähnen und wusste, was ihm bevorstand.

Und kaum hatte er das Haus betreten, stellte die Mutter sie ihm auch schon vor.

»Angela, das ist mein ältester Sohn Lindsay. Lindsay, das ist Angela. Sie ist gerade aus der Großstadt hierhergezogen – als neue Lehrerin für das nächste Schuljahr.«

Angela war groß, und ihre langen, braunen Locken fielen bis zu ihrer schmalen Taille herab. Lindsay streckte die Hand aus, doch sie war schmutzig, und er sah, wie Angela zögerte.

»Sorry, ich geh mich erst waschen. Freut mich, dich kennenzulernen.«

Er nahm sich Zeit, die Hände zu waschen, und setzte sich dann zu den anderen. Des starrte ins Leere – er war definitiv ebenfalls nicht erfreut. Er trank seinen Tee, indem er die Tasse auf der Untertasse an die Lippen führte, da sein Finger nicht durch den Henkel passte. Lindsay tat dasselbe. Es war ein heißer Tag, und eigentlich hätte er lieber ein kaltes Bier getrunken. Er lehnte sich einfach zurück, überließ es seiner Mutter und Angela, Konversation zu machen, und nickte an den passenden Stellen. Er wünschte, er könnte mit James tauschen, der in der Stadt war und einen neuen Reifen für den Truck abholte.

Kapitel 37

Cathy hielt vor Burts Haus an und stieg aus, eine Jacke und eine Kühlbox in der Hand.

»Bist du sicher, dass wir das alles brauchen?«, fragte Chris, Jacke und Mütze in der Hand.

»Ganz sicher. Glaub mir, am Tag mag es ja heiß sein, aber nachts kann es sehr kalt werden, besonders wenn der Südwind von der Küste, der Albany Doctor, schon früh aufkommt.«

»Ich frage mich allmählich wirklich, worauf ich mich da eingelassen habe.« Er lachte, als sie auf den Schuppen zugingen.

»Hallo, Kinder. Wir sind fast fertig. Joe holt gerade Portwein, damit wir uns später von innen aufwärmen können.« Burt marschierte mit ihnen zu einem großen Haufen gefällter Bäume, die hier abgeladen worden waren. Einige sahen aus, als hätte sie der Frontlader hergebracht.

Cathy legte ihre Jacke über einen der Campingstühle, die Burt rings um den Holzhaufen aufgestellt hatte, setzte sich und holte für jeden von ihnen eine Flasche Bier aus der Kühlbox. »Setz dich doch«, sagte sie zu Chris.

Er sah zu Burt hinüber, der sich ebenfalls einen Stuhl geschnappt hatte, und folgte seinem Beispiel.

»Okay, den Portwein habe ich«, verkündete Joe, als er zurückkam. »Und auch eine Überraschung.« Er setzte eine

Box mit Munition zusammen mit der Kiste Portwein ab und reichte Chris ein Gewehr. Der nahm es vorsichtig entgegen. »Ich dachte, Chris möchte vielleicht ein paar Tontauben schießen, solange es noch hell ist. Na, was meinst du?«

»Wow«, sagte Chris. »Ich hatte noch nie ein Gewehr in der Hand.«

»Ist eine doppelläufige Bockflinte Winchester 101, Kaliber 12/70. Gefällt sie dir?«, fragte Burt.

Chris bewunderte die Stelle neben dem Schloss, in das die Patronen eingeführt wurden. »Ja, die Gravur ist toll. Die Flinte ist schwerer, als ich es mir vorgestellt habe.«

»Sie ist ideal zum Tontaubenschießen. Ist dir vermutlich sowieso lieber, als Kängurus zu jagen.«

»Ja, glaube nicht, dass ich auf unser Nationalheiligtum anlegen könnte. Nicht, wo die so schlau und hübsch pelzig sind. Ich verstehe ja, warum man es tut, solange ich es nicht tun muss.«

»Komm mit. Ich habe die Anlage neben der Weide aufgebaut«, sagte Joe.

Zu viert gingen sie die hundert Meter zur Weidekoppel und kletterten über den Drahtzaun. Auf der anderen Seite stand eine Kiste mit grellorangeroten Wurfscheiben und eine auf einem alten Reifen montierte Wurfmaschine.

»Hier schiebt man die Wurfscheiben rein, siehst du?« Joe demonstrierte, wie die Maschine funktionierte. »Sie ist federgeladen.« Er legte eine Wurfscheibe ein und zog am Abzugsseil. Augenblicklich fuhr der Arm aus und schleuderte die orangerote Scheibe in die Luft.

»Darf ich?« Cathy nahm Chris die Flinte aus der Hand, lud beide Läufe und entsicherte sie. »Zwei bitte, Joe«, sagte sie und ging einige Meter zur Seite. Sie stellte sich breitbeinig hin, fand die richtige Balance und hielt die Flinte im Anschlag. »Zieh!«, rief sie.

Joe schleuderte zwei weitere Wurfscheiben in die Luft, sie schoss und zerlegte die erste orangerote Scheibe in ihre Einzelteile.

»Sauberer Schuss!«, röhrte Burt.

Cathy richtete den Lauf auf das zweite Ziel und zog erneut ab. Sie traf die zweite Scheibe nicht in der Mitte, doch sie zerbarst dennoch in etliche Teile. Sie sah, wie Chris zusammenfuhr und sich die Ohren zuhielt.

»Ich hätte dich warnen sollen. Ist verdammt laut.«

Joe fischte Ohrstöpsel aus der Tasche und reichte Chris ein Paar.

»Hat mich zu Tode erschreckt!«, schrie Chris und lachte. »Aber du hast beide erwischt. Verdammt gut.«

»Hatte ja auch genügend Übung hier draußen mit den beiden schrägen Vögeln da«, sagte sie und deutete auf Burt und Joe. »Macht einen Heidenspaß.«

»Hast du gesehen, wie sie vorgegangen ist, Chris?«, fragte Burt. »Du musst einfach das Ziel durch das Visier anpeilen und seiner Flugbahn folgen. In dem Moment, wenn du es im Visier hast, hältst du vor und drückst ab.«

Chris zog eine Grimasse. »Klingt kompliziert.«

Cathy reichte ihm die Waffe. »Du schaffst das.«

Sie zeigte ihm, wie man die Flinte lädt. »Halte sie fest an die Schulter gepresst, sonst kriegst du den Rückschlag voll ab.«

»Okay.«

»Ruf einfach ›Zieh!‹, wenn du bereit bist«, sagte Joe und hielt das Abzugsseil fest in der Hand.

»Zieh!«, schrie Chris.

Die orangerote Wurfscheibe flog durch die Luft. Chris feuerte beide Schüsse ab, aber die Scheibe landete unversehrt auf dem Boden, und Joe lief los, um sie aufzusammeln.

»Mist, das hat wehgetan!«, sagte Chris und rieb sich die Schulter. Trotzdem grinste er von einem Ohr zum anderen.

»Du bist auf den Rückschlag nicht gefasst gewesen, Junge.« Burt reichte ihm zwei weitere Patronen.

Joe legte zwei neue Wurfscheiben zum Üben für Chris ein und gab ihm dabei Ratschläge, so wie er es bei Cathy getan hatte, als diese das Tontaubenschießen gelernt hatte.

Plötzlich stöhnte Burt auf und taumelte mit verzerrten Gesichtszügen rückwärts gegen den Zaunpfahl.

»Was ist? Alles in Ordnung mit dir?« Cathy legte besorgt die Hand auf seine Schulter. Er sah aus, als habe er Schmerzen.

Burt atmete tief aus und ein. »Mir geht es gut, CJ. Mach dir um mich keine Sorgen.« Burt lächelte flüchtig, und Cathy merkte, dass die Schmerzen offenbar nachließen.

»Sicher? Möchtest du vielleicht was trinken?«

»Wenn du mir Portwein anbietest.«

Cathy lachte. »Du alter Gauner. Jetzt weiß ich wirklich, dass dir nichts fehlt.«

Chris übte weiter, bis er endlich eine Wurfscheibe traf. Alle klatschten Beifall, und er grinste wie ein Honigkuchenpferd.

Als Nächster nahm Joe das Gewehr. Chris stand lächelnd neben Cathy und stieß sie mit der Schulter an. »Das macht richtig Spaß!«

Cathy erwiderte sein Lächeln. Es war schwierig, in Chris' Gegenwart nicht fröhlich zu sein. Sein ansteckendes Lachen und seine sprudelnde Energie halfen ihr über die schweren

Tage hinweg. Denn die gab es noch immer. Tage, an denen Lindsay ihre Gedanken beherrschte, sich nicht verdrängen ließ. Sein Lächeln, diese Arme und die Augen, die silberne Funken sprühten, wenn er lachte!

Chris zog sein langärmeliges Hemd enger um sich. »Es wird doch schon kühl.«

Cathy zügelte ihre Gedanken. »Ja, aber warte nur, bis es dunkel ist«, sagte sie. Die Sonne senkte sich in Richtung Horizont, und zurück blieb der sanfte, gelbe Schein des Abendlichts.

»Es wird jetzt zu dunkel«, sagte Joe. »Ich räume auf und hole Diesel für das Feuer.«

Sie stiegen wieder über den Zaun, gingen zu ihren Stühlen zurück und setzten sich. Cathy blieb an Burts Seite, um ihn im Auge behalten zu können. Er behauptete zwar, es ginge ihm gut, aber sie hatte ihn noch nie so bleich und mit kaltem Schweiß auf der Stirn erlebt. Sie konnte erkennen, wenn jemand unter Schmerzen litt, und Burts Miene hatte Bände gesprochen. Mittlerweile schien alles wieder in Ordnung zu sein, aber sie traute dem Frieden nicht.

»Hier, wir haben zwei Packungen Marshmallows mitgebracht«, sagte Chris und zog diese aus der Kühltasche. »Ich war nicht sicher, wie hungrig Cathy letztendlich sein würde. Ich habe gesehen, was sie so verdrücken kann, und wollte nicht riskieren, leer auszugehen«, scherzte er.

Cathy drehte sich um, versetzte ihm einen kleinen Stoß, und Chris, der auf seinem Stuhl gewippt hatte, geriet aus dem Gleichgewicht und kippte rücklings in den Staub – samt den Marshmallows.

»Mist. Entschuldige!«, sagte Cathy, als sie ihn zwischen Lachanfällen wieder aufzurichten versuchte.

Als Chris wieder aufrecht saß, klemmte er sich beide Tüten Marshmallows unter die Arme. »So, jetzt kriegst du gar nichts.«

Cathy zog einen dicken Stock aus dem Holzhaufen, kurz bevor Joe Benzin darübergoss. Er hielt ein Streichholz hinein, und augenblicklich loderten Flammen über das trockene Holz. Die dürren Blätter verbrannten knisternd und schmauchend. Stichflammen loderten hoch auf.

»Toll«, sagte Chris, stand auf und wich vor der Glut des Feuers zurück.

Als die Stichflammen erstarben, begann Cathy den Stock, den sie sich gegriffen hatte, zu säubern. »Tja, du hast zwar die Marshmallows, aber ich habe den Stock, um sie zu rösten. Meinst du, wir könnten uns irgendwie einigen?«, fragte sie schnippisch.

Chris sah sich um, suchte nach einem Stock für sich, sah jedoch nur nackte, staubige Erde. Er seufzte und warf ihr die Packung Marshmallows vor die Brust. »Okay, aber die ersten beiden sind meine. Und nicht anbrennen lassen.«

Cathy lachte, öffnete eine Tüte und warf zwei Marshmallows zu ihm zurück. »Hier, du kannst sie roh haben!«

Chris sprang von seinem Stuhl auf. Cathy hechtete ebenfalls hoch und lief mit ihrem Stock und den Marshmallows um das Feuer.

Nach wenigen Metern erwischte Chris sie am Arm und entriss ihr die Süßigkeiten samt dem Stock. »So, jetzt bin ich der Herr des Stocks *und* der Marshmallows.«

Sie setzten sich wieder, und Chris begann ein Marshmallow zu rösten, das sich augenblicklich in eine verbrannte, klebrige Masse verwandelte. »Oh, hoppla!«

Burt lachte. »He, du Dumpfbacke! Du musst die Dinger

über die glühende Kohle und nicht in die Flammen halten.« Ihr Gelächter hallte hoch in den schwarzblauen Sternenhimmel, der die perfekte Kulisse für das Potpourri aus roten und gelben Flammen abgab.

Cathy saß an ihrem runden Tisch, bis zu den Ellbogen in Papieren versunken, von Bleistiften und einem zuverlässigen Taschenrechner umgeben. Sie trug wegen der Hitze nur ein weißes Top und kurze, schwarze Shorts. In einer Küchenecke hatte sie einen Ventilator aufgestellt, der ihre Papiere durcheinanderwirbelte. Chris hatte sich einen Bleistift hinter das Ohr gesteckt und tippte Zahlen in den Taschenrechner. Er trug ein T-Shirt aus Baumwolle, Cargoshorts und Flipflops. In diesem Aufzug sah er längst nicht mehr wie ein steifer Bürohengst aus der City aus und hatte sich sogar ein Bier mit ihr aufgemacht. Er half Cathy, unter anderem, einen Finanzplan aufzustellen.

»Du bist meine Rettung, Chris. Zahlen waren nie mein Ding.«

Chris zeigte sein strahlendes Lächeln. »Du weißt, mir macht es nichts aus, CJ. Außerdem muss ich mich um meine erste Klientin besonders intensiv kümmern, damit sie überall verbreiten kann, wie gut ich bin.«

»Ja, mit dem Rechner bist du ein Ass, und – wow, wenn die Leute sehen könnten, was du erst mit einem Bleistift anstellen kannst!«

Chris versuchte seinen Bleistift zwischen zwei Fingern kreisen zu lassen, warf ihn jedoch stattdessen in hohem Bogen über den Tisch und traf Cathy am Kopf.

Sie brachen beide in Gelächter aus. Irene und Dot verstummten und sahen zu ihnen herüber.

»Klingt, als werdet ihr hier drinnen langsam verrückt. Braucht ihr eine Pause?«, fragte Irene belustigt.

»Nö, alles gut. Wir sind sowieso schon verrückt – CJ zumindest«, neckte Chris.

Irene schüttelte den Kopf und wandte sich wieder Dot zu. Sie hatten es sich im Wohnzimmer vor der winzigen alten Klimaanlage bequem gemacht und sammelten gerade eigene Ideen für Cathys neues Unternehmen. Sie waren zu viert in Burts altem Haus, das Cathy für ihre Scherschule nutzen wollte.

Cathy hatte ein Krisentreffen anberaumt, um zu besprechen, was die Schüler benötigen würden und wie hoch die Kosten angesetzt werden mussten.

»Wir müssen Toiletten beim Scherstall aufstellen. Ich glaube nicht, dass Burt was dagegen hat, oder?«, erkundigte sich Irene.

Dot schüttelte den Kopf. »Burt hat gesagt, wir können alles Nötige veranlassen.«

Irene drehte Zigarette und Feuerzeug zwischen den Fingern. Cathy wusste, dass sie sich danach sehnte, eine Zigarette zu rauchen, jedoch nicht hinaus in die Hitze gehen wollte.

»Er ist jetzt so anders als damals, als ich ihm zum ersten Mal in der Stadt begegnet bin«, überlegte Dot. »CJ hat ihn völlig umgekrempelt. Er hat sogar angeboten, für sie zu bürgen oder ihr selbst einen Kredit zu geben. Der Kerl kann manchmal eine harte Nuss sein, aber er hat ein Herz aus Gold.«

Irene nickte. »Fährst du mit CJ zu diesem Scherwettkampf am Sonntag?«, fragte sie Dot.

»Ich hab's mir überlegt, aber ich habe Schicht im Krankenhaus, und vermutlich will sie gar nicht, dass ihre Mutter da rumhängt und sie nur nervös macht.«

Cathy wollte schon entgegnen, sie würde sich über ihr Kommen sehr freuen, aber Irenes nächste Frage ließ sie verstummen.

»Meinst du, sie kommt über Lindsay hinweg?«

Chris murmelte vor sich hin, während er Zahlen addierte, aber Cathys Aufmerksamkeit war voll und ganz auf die Unterhaltung im anderen Zimmer gerichtet. Sie spitzte die Ohren, um die Antwort zu hören.

»Er hat ihr das Herz gebrochen, und ich glaube, das kann nur er wieder kitten. Allerdings ist dein Chris ein liebenswerter junger Mann, und ich finde, CJ geht es schon viel besser, seit die beiden befreundet sind.«

Cathy schüttelte den Kopf und lächelte. Ihre Mutter kannte sie wirklich gut.

»Ja, das ist mir auch aufgefallen. Ich mache mir Sorgen um Chris. Ich glaube nämlich nicht, dass das mit Lindsay gegessen ist.«

»Glaubst du denn, dass du noch mal eine neue Liebe findest, Dot?« Irene war keine Frau, die ein Blatt vor den Mund nahm. Cathy war plötzlich neugierig auf die Antwort. Bis jetzt hatte sie nie darüber nachgedacht.

»Ehrlich gesagt … hoffe ich es. Irgendwann, heißt das. Aber im Augenblick verbringe ich einfach gern Zeit mit Catherine. Wir haben uns wiedergefunden, und selbst Emily ist nach Hause gekommen, um mir beim Ausräumen des Hauses zu helfen. Sie hat ein paar Bilder mitgebracht, die ich aufhängen kann, damit die Wohnung nicht …«

Cathys Handy auf dem Fensterbrett im Wohnzimmer klingelte. Dort war der beste Empfang.

Cathy löste ihre Shorts, die an den Rückseiten ihrer Oberschenkel klebten, und ging zum Telefon.

»Hallo? Ja, am Apparat. Oh, hallo Ross! Ja, nett, dass wir uns endlich sprechen. Wie hält sich Burt in der Stadt?« Es entstand eine Pause. »Wie bitte? Was ist passiert?«

Alle Augenpaare richteten sich auf Cathy, als sich deren Stimme hörbar veränderte. Sie beobachteten entsetzt, wie ihre Züge entgleisten und ihr die Beine den Dienst versagten, sodass sie an der Wand entlang zu Boden glitt und Tränen über ihr Gesicht strömten. »Oh, mein Gott ... Oh, mein Gott ...«

Dot sprang auf und kniete neben ihr nieder, hielt ihre Hand. Chris stand im Türrahmen und beobachtete die bedrückende Szene.

Irene griff sich ein paar Papiertaschentücher und reichte sie Cathy, die so heftig schluchzte, dass sie kaum sprechen konnte.

»Ich komme ... gleich morgen ... Ich ... ich kann es einfach nicht fassen. Wie?« Cathy kniff die Augen zu, und noch mehr Tränen rannen über ihr Gesicht.

»Danke, Ross ... Es tut mir so leid. Wir sprechen uns ... dann.«

Mit zitternden Fingern legte sie auf. »Burt ist tot. Er ist ... vor einer Stunde gestorben.«

Irene schlug die Hand vor den Mund. Dot schlang die Arme um ihre Tochter und wiegte sie hin und her, während Cathy Tränen um den Mann vergoss, den sie wie einen Vater geliebt hatte.

Kapitel 38

Cathy hielt vor dem Sportclub der Stadt Baron an, in dem der Scherwettbewerb stattfinden sollte. Sie hatte die längste zweistündige Autofahrt ihres Lebens hinter sich. Zwei Stunden, um über Burt nachzudenken.

Ross hatte am darauffolgenden Tag noch einmal angerufen, und sie sprachen ausführlich miteinander. Burt hatte aus heiterem Himmel einen tödlichen Schlaganfall erlitten. Er hatte Ross noch das Versprechen abgenommen, Cathy zu sagen, dass sie am Scherwettkampf teilnehmen müsse, seinetwegen nicht aufgeben dürfe. Das hatte Cathy in ihrem Entschluss bestärkt, es für Burt zu tun. Sie wünschte von Herzen, er könnte am Abend im Publikum sitzen und ihr mit seiner gewohnt nüchternen Miene zusehen. Hinterher hätte er sie dann in die Arme genommen, gleichgültig welches Ergebnis sie erzielt hätte, und sie auf die Stirn geküsst. Sie würde den Geruch nach Tabak auf seiner Haut, seine kraftvollen Umarmungen und das Donnergrollen in seiner Stimme vermissen. Zum hundertsten Mal an diesem Tag kamen ihr die Tränen. Weihnachten würde ohne ihn eine traurige Angelegenheit werden.

Reiß dich zusammen, dachte sie. Beim Scherwettkampf will niemand eine Frau sehen, die Rotz und Wasser heult. Sie wünschte, sie hätte Sam zur Gesellschaft mitnehmen können, damit er sie von dem schwarzen Loch in ihrem

Herzen ablenkte, aber am darauffolgenden Morgen wollte sie zur Beerdigung nach Perth weiterfahren. Irene und ihre Mutter hatten beide angeboten, sie zu begleiten, aber ihr Pick-up war nicht gerade bequem für längere Autofahrten. Cathy hatte ihnen gesagt, sie sei schon ein großes Mädchen und brauche niemanden zum Händchenhalten. Irene hatte sie angesehen, als sei sie nicht ganz richtig im Kopf, ließ ihr jedoch ihren Willen. Außerdem hatte sie ihren Schlafsack auf dem Rücksitz, um im Auto zu übernachten und bei Sonnenaufgang nach Perth aufzubrechen, und sie wusste, dass ihre Mutter das nicht mitmachen würde.

Der Parkplatz begann sich zu füllen, und aus dem Clubhaus drangen laute Stimmen. Sie ließ ihre Ausrüstung im Pick-up und ging geradewegs zur Anmeldung. Drinnen sammelten sich bereits zahlreiche Zuschauer und Fans, vorzugsweise an der langen Theke der Bar und versorgten sich mit Getränken. Kinder liefen mit Chipstüten in den Händen umher. Der Bar gegenüber befanden sich große Fenster und Türen, die den Blick auf eine große Rasenfläche freigaben, und Cathy erkannte bereits das Scherpodium an einer Längsseite. Alles schien perfekt organisiert, mit Pferchen aus beweglichen Zaunelementen hinter dem Podest, in denen dicht an dicht die Schafe standen, und einem Viehtransporter, in dem Nachschub wartete. Einige der Kinder saßen bereits vor den Scherplätzen auf dem Rasen und fieberten dem Beginn des Wettkampfs entgegen. Cathy ließ sich am Tisch des Organisationsteams auf der Veranda registrieren. Sie hatte sich für die Wettbewerbe für fortgeschrittene Scherer eingetragen, denn eine Anfängerin war sie längst nicht mehr.

Ein Mann mit struppigem Bart überreichte ihr ein blaues

Schertrikot mit dem Aufdruck »Baron Schur 2011« auf dem Rücken. Die Trikots hatten Männergrößen, und Cathy musste ein Trägerhemd unterziehen, da die Armausschnitte für eine Frau viel zu weit waren. Vielleicht hätte sie es auch darauf ankommen lassen sollen – sie konnte jede Hilfe brauchen, die sie kriegen konnte.

»Howdy, Fremde!«

Cathy drehte sich um. »Hey, Jules. Was machst du denn hier?«

»Ich schaue Duffy zu, dem Bruder meiner Freundin. Er schert in der offenen Klasse. Was ist mit dir? Willst du's auch versuchen?«

»Ja, aber ich kann eigentlich nur verlieren.«

»Unsinn, CJ. Du schaffst das. Wir feuern dich an. Wir haben den Tisch drüben in der Ecke, falls du dich zu uns setzen und dein Gepäck deponieren möchtest.«

»Danke. Dann treffen wir uns dort. Ich bin froh, dass ich nicht wie eine Aussätzige allein rumsitzen muss.«

Cathy hatte Mühe, sich mit ihrer Ausrüstung in der großen Tasche durch die Menschenmenge zu drängen. Als sie Jules' Tisch erreichte, sah sie Irene und Paul dort stehen. »Was, zum Teufel, macht ihr denn hier?«, rief sie verblüfft gegen das laute Stimmengewirr der Menge an und umarmte die beiden.

Irene grinste. »Wir konnten dich doch nicht ohne Unterstützung hier antreten lassen, oder?«

»Was ist mit Mum? Wolltet ihr sie morgen nicht mitnehmen?«

»Joe fährt sie nach Perth, und wir treffen uns dort. Ich wollte unbedingt sehen, wie du die Männer in die Pfanne haust.«

Cathy fühlte, wie sich ihre Nervosität etwas legte. Sie setzte ihre Tasche ab, und Jules stellte seine Freundin Jade und deren Bruder Duffy vor.

»Der Wettbewerb für Anfänger steht als Erstes auf dem Programm«, sagte Duffy. Der Junge hatte Arme wie Baumstämme und ein ansteckendes Lachen. Er hatte offenbar ein fröhliches Gemüt und war wohl für jeden Spaß zu haben. Jade war klein und zierlich mit braunem Haar und modischem Kurzhaarschnitt und sah in einem zitronengelben Sommerkleid sehr hübsch aus.

Die Luft im Raum schwirrte vor aufgeregten Stimmen, und die Kinder rannten wegen der besten Zuschauerplätze um die Wette. Die Menge hinter ihnen wogte. Vier junge Kerle kletterten auf das Podest. Alle wirkten reichlich nervös.

Die Glocke ertönte als Zeichen für den Beginn des Scherdurchgangs, doch einer der Jungen, ein rothaariger Bursche, erstarrte stattdessen zur Salzsäule. Angesichts der großen Menge an Zuschauern machte er sich offenbar fast in die Hose. Eine Minute später kam auch in ihn Bewegung, er machte einen Zug mit dem Handstück und schlitzte dem Mutterschaf prompt den Bauch auf. Es war ein hässlicher, großer Schnitt – und so tief, dass die Eingeweide des Tieres bis auf den Bretterboden herausquollen. Als die Kinder das Blut und die Innereien sahen, begannen sie zu schreien und davonzulaufen. Die anderen Jungen hörten auf zu scheren, und der bedauernswerte Rothaarige war völlig hilflos und grün im Gesicht. Schließlich verließ er seinen Scherplatz in Richtung Viehtransporter.

»So was habe ich bei einem Wettkampf noch nie erlebt«, sagte Duffy. »Mann, der arme Bursche. Der war ja völlig von der Rolle.«

Jules sah Cathy an. »Viel schlimmer kann's bei dir auch nicht werden, was?«

»Danke für die Blumen, Jules!« Sie lachte. »Mir tut das arme Schaf leid. Was für eine Schande, so zu sterben.« Cathy sah zu, wie Helfer das Podest säuberten und das arme Tier wegtrugen, um nachzusehen, ob es noch zu retten war.

Mit einem Mal verschlug es Cathy den Atem. Im ersten Moment glaubte sie an eine Sinnestäuschung, aber die Stützmanschette am Handgelenk war unverkennbar. Lindsay! Und er sah verdammt gut aus! Er war braun gebrannt und sein Haar von der Sonne gebleicht. Er trug Jeans und ein Baron-Scherhemd, wie die Mehrzahl der anderen offiziellen Helfer und Funktionäre. Aber vor allem fiel ihr auf, wie gesund er aussah – die ausgemergelten, geisterhaften Züge waren verschwunden.

Sie wandte sich an Irene und flüsterte ihr ins Ohr: »Lindsay ist hier.«

Irenes Augen wurden groß. »Wirklich? Wo?«

Cathy deutete in die Richtung, wo Lindsay den anderen half, das Scherpodest zu säubern.

»Alles in Ordnung, CJ?«

Sie nickte und zog ihren Pferdeschwanz fester. »Klar doch. Was sonst? Ich bin als Nächste dran.«

»Okay, dann zeig ihm einfach, wie gut du bist. Hier, zieh dein Trikot über. Ich kümmere mich um deine Maschine.«

»Danke, Irene. Mann, bin ich froh, dass ihr gekommen seid.«

Lindsay hatte an eine optische Täuschung geglaubt, als er auf der Liste der Teilnehmer an den Wettkämpfen für Fortgeschrittene den Namen Catherine Jean Wishart entdeckt hatte. Seine Eingeweide hatten sich zusammengezogen und sich wie ein Ball aus Stacheldraht angefühlt, während er auf ihr Erscheinen gewartet hatte, den Blick auf die Eingangstür des Clubs gerichtet. Als sie dort flüchtig in seinem Gesichtsfeld aufgetaucht war, waren all die Dinge, die er sich in seiner Fantasie ausgemalt hatte, flutartig auf ihn eingestürzt. Es hatte ihn ungeheure Beherrschung gekostet, nicht zu ihr zu gehen, aber dann hatten ihm die Beine sowieso den Dienst versagt. Und als sein Blick an ihrer Figur hängen blieb, die sich unter der Scherkleidung abzeichnete, hatte auch sein Denkvermögen eine Auszeit genommen. Es hatte so etwas wie abgrundtiefe Traurigkeit in ihren Augen gelegen, und er hoffte nur, dass nicht ihn die Schuld daran traf. Er war auf die Toilette gegangen, um sich zu fassen. Erst als er sich kaltes Wasser ins Gesicht gespritzt hatte, begann er wieder normal zu funktionieren.

Mittlerweile beobachtete er, wie sie ihre Ausrüstung für den nächsten Durchgang vorbereitete. Du meine Güte, dachte er, er wäre als Wettkampfrichter kaum zu gebrauchen, wenn er es nicht schaffte, sie aus den Augen zu lassen. Alles an ihr verriet den Profi, jeder Handgriff saß. Sie hielt das Handschergerät, als wäre es ein Teil von ihr. Er beobachtete, wie sie zur Decke aufsah und ein paar Worte murmelte und sofort loslegte, als die Glocke ertönte.

Aufmerksam folgte er der Szene, die Augen immer wieder auf Cathy gerichtet. Er merkte, dass er erst wieder Luft holte, wenn sie einen Scherabschnitt erfolgreich beendet hatte. Sie lag vorn, und ein gewisser Frodo aus Baron war ihr dicht auf den Fersen. Es war unschwer zu erkennen, woher Letzterer – mit seinen spitzen Ohren und dem struppigen Haar – seinen Spitznamen hatte. Seine Technik war nicht gerade bestechend, aber er war schnell. Sie gelangten gleichzeitig an den Hals, kamen beide zu der letzten Schulter. Die Menge reagierte immer erregter, und er hörte, wie Irenes und Pauls vertraute Stimmen Cathys Namen brüllten. Die anfeuernden Zurufe wurden lauter, je näher das Ende der Schur kam. Die beiden führenden Scherer beendeten die Flanke und das letzte Bein im Gleichklang, Zug für Zug. Die Seile wurden gezogen, und die Menge der Zuschauer erstarrte in stummer Verwunderung. Wer hatte gewonnen?

Lindsay merkte nicht einmal, dass der Durchgang zu Ende war. Er kam nur schwer aus dem Staunen heraus. Sie hatte ihn schlicht überwältigt. Sie arbeitete fantastisch – so ruhig und rhythmisch. Sie war wahrhaftig ein Profi geworden. Ihm wurde klar, wie sehr er sie noch immer liebte, und seine Sehnsucht nach ihrer Nähe wurde immer drängender.

Einer seiner Kollegen rempelte ihn an – die Kampfrichter mussten hinter den Scherständen die Schnitte an den geschorenen Schafen zählen, um den Gewinner zu ermitteln. Lindsay wusste bereits, dass Calamity siegen würde. Es dauerte nicht lange, und der zweite Kampfrichter rief Cathy als Siegerin aus, und das Publikum jubelte. Alle waren auf ihrer Seite, waren begeistert von dieser tollen Schererin.

Dann sah sie zu ihm hinüber, und er vergaß zu atmen. Er lächelte, konnte nicht anders, und sie erwiderte sein Lächeln. Niemand sonst hätte verstanden, wie viel ihm diese Geste bedeutete. Sie sagte ihm, dass sie ihn nicht hasste, weil er sie verlassen hatte, und dass sie ihn vielleicht, aber nur vielleicht, noch immer liebte.

Lindsay wusste, er hatte jedes Anrecht auf sie verwirkt – er war gegangen, und sie war ein freier Mensch. Das machte ihm Angst. Und während er sie ansah, wurde ihm klar, dass er zu ihr gehen und mit ihr sprechen musste. Es zog ihn magisch zu ihr hin.

Kapitel 39

Cathy stand vor der riesigen Zuschauermenge und wartete darauf, dass der Beifall verebbte. Sie zupfte an ihrer Siegerschärpe aus blauem Band und hielt den Umschlag mit dem Preisgeld fest in der Hand.

»Danke! Euch allen vielen Dank«, sagte sie ins Mikrofon. »Als Erstes möchte ich Irene und Paul für ihre Unterstützung heute Abend danken. Ich habe eure Anfeuerungsrufe gehört. Dank auch an die Organisatoren des Baron Scherwettbewerbs, an die Kampfrichter, die Hilfskräfte und Sponsoren. Es war ein wunderbarer Abend, und ich hoffe, wiederkommen zu können.« Sie holte tief Luft und wappnete sich mental für den nächsten Satz. »Und ich danke Lindsay, der mir das Scheren beigebracht hat.« Sie riskierte einen Blick in seine Richtung und versuchte, ihrer Stimme einen festen Klang zu geben. »Ohne dich wäre ich jetzt nicht hier. Und zu guter Letzt möchte ich diesen Sieg meinem besten Freund Burt widmen. Ich wünschte, er hätte heute hier sein können. Danke.«

Auf dem Weg zu ihrem Sitzplatz wollte das Schulterklopfen kein Ende nehmen, und selbst vollkommen Fremde gratulierten ihr. Sie fühlte sich wie von einer Wolke getragen, ein Dauerlächeln im Gesicht. Vermutlich sah sie aus wie ein Zirkusclown und war dennoch wild entschlossen, sich dieses Hochgefühl durch nichts verderben zu lassen.

Und sie wusste, dass auch Burt verdammt stolz auf sie gewesen wäre. Sie hatte für ihn gesiegt.

Später kamen Irene und Paul, um sich zu verabschieden. Sie wollten bei Pauls Onkel übernachten.

»Wir sehen uns morgen bei der Beerdigung. Okay?« Irene drückte ihren Arm.

»Ja, in Ordnung. Bis dann.«

Cathy feierte ihren Sieg und Duffys zweiten Platz bei einem Bier mit Jules und den anderen, während sie in Wirklichkeit lieber allein gewesen wäre. Der Sinn stand ihr kaum nach einer ausgelassenen Feier, auch wenn das vermutlich Burts Wunsch gewesen wäre. Aber Lindsay! Allein das Wissen, dass er in demselben Raum war, ließ sie erschaudern. Sie zwang sich energisch, ihn weder in Gedanken noch mit Blicken zu suchen.

»Jungs, ich gehe jetzt duschen und ziehe saubere Sachen an.« Cathy schleppte ihre Ausrüstung zum Pick-up und holte die kleine Reisetasche mit der Kleidung zum Wechseln und ihrem Waschzeug vom Rücksitz. Sie roch noch nach Wolle und Maschinenöl und wollte nicht ungewaschen in ihren Schlafsack kriechen.

Nach einer kalten Dusche bürstete sie ihr nasses Haar, das locker auf ihre Schultern fiel. Sie zog blaue Baumwollshorts, ein weißes Trägerhemd und ein langärmeliges Herrenhemd über. Sie vergewisserte sich, dass ihre Unterwäsche unsichtbar in der Tasche verstaut war, und kehrte zur feiernden Menge zurück.

»Hey, du siehst gut aus. Erfrischt?«, fragte Jade.

»Danke, ja. Ich bin nur gekommen, um mich zu verabschieden. Es war toll, euch kennenzulernen. Jules ist ein Glückspilz«, sagte sie zu Jade.

»Pass gut auf dich auf, CJ«, sagte Jules. »Ich habe das von Burt Kelly gehört, und ich weiß, dass er dein Freund war. Mein Beileid.«

Jules' Worte trieben ihr beinahe erneut die Tränen in die Augen. Jules war ein aufrichtiger Kerl. Sie dankte ihm, bevor ihr die Stimme versagte, und winkte Jade und Duffy zum Abschied zu. Dann eilte sie zur Hintertür hinaus und zu ihrem Pick-up, vorbei an der Bar und dem rothaarigen Jungen, vor dem eine Reihe Drinks auf der Theke stand. Der Arme versuchte ganz offenbar, seinen Kummer zu ersäufen.

Lindsay hatte in seiner Eigenschaft als Wettkampfrichter noch einiges zu erledigen, doch dann drängte es ihn zu Cathy.

»Hallo, Jules!«

»Hi, Lindsay!«, sagte Jules und schüttelte ihm die Hand. »Wie geht's denn so, Kumpel? Was macht dein Arm?«

Die langen, roten Narben sahen noch sehr frisch aus. Dort, wo die Haut geheilt war, juckte und spannte es.

»Wird schon. Trotzdem macht er mir noch 'ne Menge Probleme. Hey, ich suche CJ? Ist sie hier irgendwo?«

»Ne, Kumpel. Sie ist gerade zur Hintertür raus. Wenn du dich beeilst, erwischst du sie vielleicht noch.« Jules hatte kaum ausgesprochen, da schlug die Hintertür des Clubhauses bereits hinter Lindsay zu.

Lindsay lief zum Parkplatz und entdeckte Cathy seitlich über ihren Pick-up gebeugt.

»Hey«, rief er.

Beim Klang seiner Stimme drehte Cathy sich um, ihr ganzer Körper war gespannt wie eine Bogensehne. Ihre Gedanken rotierten. Was sollte sie sagen? Was würde er sagen? Konnte sie ihm widerstehen? Wollte sie das überhaupt? Himmel, er ist so nah!

»Ich kann dich nicht gehen lassen, ohne dir zu sagen, wie bewundernswert sich meine erste und einzige Schülerin geschlagen hat. Du warst verdammt gut, CJ. Ich war … überwältigt.« Er hatte schließlich nicht wissen können, ob sie nach seinem Weggang mit dem Scheren aufgehört hatte. Lindsay atmete tief durch, und eine leichte Brise wehte durch Cathys nasses Haar und verbreitete einen Hauch von Lavendel.

Gegen die Lichter des Clubhauses konnte er lediglich ihre Silhouette sehen. Es kostete ihn ungeheure Überwindung, sie nicht in die Arme zu nehmen.

Cathy deutete eine Verbeugung an. »Du hast mich gelehrt, Meister.«

Lindsay lachte. Er trat nervös von einem Fuß auf den anderen. »Und, ähm … wie ist es dir so ergangen?«

Sie sah ihn an, und ihr Blick sagte: *Willst du das wirklich wissen?*

»Entschuldige«, sagte er. »Fährst du heute Abend wieder ab?«

»Nein. Ich habe meinen Schlafsack mit. Was ist mit dir?«, fragte sie.

»Ich habe auch meinen Schlafsack dabei.« Lindsay nickte in Richtung seines Pick-ups, der ein Dutzend Autos weiter in derselben Reihe parkte.

Cathy deutete auf seine Hand. »Und wie geht's damit? Immer noch Schmerzen?«

Lindsay hatte es normalerweise satt, über seinen Arm reden zu müssen, aber gegenüber Cathy war das etwas anderes. »Geht schon. Der Arzt meint, in einem halben Jahr wird's besser.«

»Und James und die Farm?«

Lindsay fuhr sich mit der Hand über den Mund und kämpfte gegen das Verlangen, sie zu küssen. »James ist ein toller Kerl. Er war mein Fels in der Brandung. Meine Eltern haben sich am Anfang zurückgehalten, aber mit der Zeit verfallen sie wieder in ihre alten Verhaltensmuster. Die Farm läuft. Wir haben die Ernte eingefahren. Dad und ich haben neulich gesprochen – über meinen leiblichen Vater.«

Sie sah ihm in die Augen und erkannte Zufriedenheit. »Wirklich? Und wie ist es gelaufen?«

»Ziemlich gut, offen gestanden. Ich hatte schon vermutet, dass es mein Onkel Pete ist, aber Dad hat es bestätigt und mir die ganze Geschichte erzählt.«

»Unglaublich! Schade, dass du ihn nie kennengelernt hast«, sagte sie leise, als sie daran dachte, wie sein Vater ums Leben gekommen war.

Überraschenderweise lächelte Lindsay. »Ist irgendwie schon in Ordnung. Mum und Dad erzählen mir jetzt viel von ihm. Ich habe fast das Gefühl, ihn gekannt zu haben.« Sie verfielen beide in Schweigen, und jeder kämpfte gegen die magische Anziehungskraft des anderen an. »Hm … und was machen die anderen alle? Ich hoffe, du kannst inzwischen Toms Fäuste bändigen«, sagte er und musste sich zwingen, ihr Gesicht und die Stelle nicht zu berühren, wo er zum ersten Mal die Folge von Toms Boxschlägen gesehen hatte. »Und wie geht's eigentlich Burt? Ich vermisse ihn und seinen Scotch.« Lindsay lachte und wunderte sich, weshalb Cathy ernst blieb. In diesem Moment sah er den Ausdruck in ihren Augen. Den Schmerz, der das Blau ihrer Augen verdunkelte, kannte er von früher. Ihre Mundwinkel zuckten, und ihre Augen füllten sich mit Tränen.

»Tom ist vor einem Monat gestorben.«

»Oh, mein Gott! Das tut mir leid, CJ. Ich hatte keine Ahnung. Ich habe eine Ewigkeit nicht mehr mit Doug gesprochen. Und wie geht es dir damit?«

»Es geht. Es war irgendwie eine Erlösung, weißt du.«

»Ich weiß.« Wenn das jemand verstehen konnte, dann Lindsay. »Und was gibt's noch?«, fragte er in dem Gefühl, dass das nicht alles sein konnte.

Sosehr sie sich auch mühte, ihre Gefühle zu kontrollieren, er wusste stets, wenn sie etwas bedrückte. »Burt ist ….« Sie hielt inne und holte Luft, und Lindsay beobachtete, wie sie versuchte, nicht die Beherrschung zu verlieren. »Burt ist ebenfalls gestorben. Vor ein paar Tagen.«

Lindsay hatte das Gefühl, als habe ihm jemand einen Laternenmast in den Magen gerammt. Hatte er richtig gehört? Burt und Tom waren beide tot? Er versuchte, die niederschmetternde Nachricht zu verdauen. Cathy brach in Tränen aus, schluchzte laut auf, und ohne nachzudenken, zog er sie in seine Arme.

»Oh, CJ, das tut mir entsetzlich leid. Ich weiß, wie viel er dir bedeutet hat«, flüsterte er und versuchte seine eigenen Emotionen in den Griff zu bekommen. Er fühlte, wie sie zitterte, presste sie fester an sich und küsste sie aufs Haar. Wenn er nur ihren Schmerz lindern könnte! Allein der Gedanke, welche Verluste sie in den vergangenen Monaten erlitten hatte – und schließlich gehörte auch er dazu. All die Barrieren, die er um sich herum aufgebaut hatte, um Cathy von ihm fernzuhalten und sie zu schützen, begannen einzustürzen.

Cathy wehrte sich nicht gegen seine Umarmung. In diesem Augenblick brauchte sie seinen Trost. Auch wenn es nur für kurze Zeit war, sie wollte nehmen, was sie kriegen konnte. Also weinte sie. Sie weinte um einen Mann, der bereits erkaltet in einem Sarg lag. Sie weinte um einen Mann, den sie noch immer liebte und der sie in seinen starken Armen hielt.

Ihre Tränen versiegten allmählich, sie sah auf und blickte Lindsay in die Augen. Sie sah seinen eigenen Schmerz, seine Trauer um Burt, und das rührte ihr Herz. Und als er den Kopf neigte, um sie zu küssen, war sie mehr als bereit. Ihre Lippen trafen sich, verbanden sich mit ihren salzigen Tränen. Das Verlangen in ihr wuchs, und sie vertiefte den Kuss. Sie legte den Kopf nur leicht in den Nacken und entdeckte Tränen in Lindsays Augen. Ob wegen Burt oder ihrem Kuss würde sie nie erfahren. Aber sie wusste in diesem Moment, dass sie die Nacht nicht allein in ihrem Schlafsack verbringen wollte. Vielleicht würde sie es später bereuen, aber sie war wild entschlossen, der Wirklichkeit zu entfliehen, zu vergessen, dass Burt tot war und sie am folgenden Tag endgültig von ihm Abschied nehmen musste.

Sie streckte die Arme aus und nahm sein Gesicht in beide Hände. Seine Haut zu spüren, löste pures Glücksgefühl aus. Sie sah ihm tief in die Augen. »Bleib bei mir – bitte!«

Bei ihren Worten lief ein Schauer durch seinen Körper, aber sein Blick blieb skeptisch. »Ich weiß nicht. Das ist vielleicht keine gute Idee.«

Cathy seufzte. »Vermutlich nicht, aber im Augenblick brauche ich deine Nähe und dass du mir sagst, dass alles gut wird. Nur für diesen Moment. Über das Morgen reden wir später. Bitte!« Sie bat ihn zum zweiten Mal, und in diesem Augenblick wusste sie, dass sie gewonnen hatte. Sie sah die Leidenschaft in seinen Augen.

Er war versucht zu flüstern: »Wie könnte ich dir widerstehen?« Allerdings hatte er ja gerade das vor Wochen getan, hatte sie verlassen und all die Zeit dem Verlangen widerstanden, sie wiederzusehen. An diesem Abend seinen Gefühlen nachzugeben, seine endlosen Träume und Fantasien endlich leben zu können – allein bei der Vorstellung ließ er alle Schranken fallen.

Sie kletterte auf die Ladefläche ihres Pick-ups und er folgte ihr, sah zu, wie sie die Hülle ihres Schlafsacks öffnete und ihn ausbreitete. Er blickte sich um. Auf dem Parkplatz war alles ruhig, und im Club tobte das Leben. Sie hatte hinter einer Baumreihe geparkt, die einen gewissen Schutz bot. Er fühlte ihre Hand auf seiner Hand und kroch hastig zu ihr in den Schlafsack.

Lindsay schlang die Arme um sie, zog sie an sich und küsste sie zärtlich auf die Stirn. Er spielte mit ihrem Haar und streichelte ihren Rücken, nahm lustvoll jede Berührung, jedes Empfinden in sich auf. Er war im siebten Himmel, weigerte sich jedoch, den ersten Schritt zu tun. Die Entscheidung lag bei ihr. Sie kuschelte sich näher an ihn und strich mit ihrem Schenkel über seine Mitte. Er stöhnte unwillkürlich, und sie begann, seinen Hals und seine Brust mit Küssen zu bedecken. Schwindel erfasste ihn. Er konnte an nichts anderes mehr denken als an ihre feuchten Lippen und ihre Fingerspitzen, die sich unter sein Unterhemd schoben.

Ihre leisen Laute der Lust brachten sein Blut in Aufruhr. Sie lockte ihn, öffnete ihr Hemd und führte seine Hand unter ihr Top. Als seine Hand die weiche Haut ihrer Brust berührte, rangen beide nach Luft. Sie erkundeten sich schweigend, wollten den Zauber nicht brechen.

Ihre Leidenschaft wurde immer brennender. Es gab keine Sorgen, keine Schmerzen mehr – nur die Glut des Augenblicks. Lindsay sah ihr zärtlich in die Augen, tauchte ein in ihre Seele, kurz bevor sie eins wurden. Er fühlte, wie sich sein Körper vor Lust aufbäumte, hinauf zum sternenbedeckten Himmel und der Milchstraße.

Lindsay wachte früh auf, sein Arm schmerzte, aber er hatte lange nicht mehr so gut geschlafen und wusste, dass das allein Cathys Nähe bewirkt hatte. Er sah auf die Uhr. Erst vier Uhr morgens. Die Sonne war noch nicht aufgegangen, aber ein heller Lichtschein breitete sich über dem sanften Blau des Morgenhimmels aus. Trotz der warmen Nacht war die Morgenluft kühl, und irgendwann hatten sie die Abdeckung der Pick-up-Pritsche über sich gezogen. Lindsay beugte sich über Cathy, deren Haar wie ein Fächer über dem Kissen ausgebreitet war, und küsste sie. Sie schlief tief und fest. Er vermutete, dass sie in den letzten Tagen nicht viel Schlaf gefunden hatte. Er musste sie verlassen. Es bedurfte all seiner Kraft, sich aus dem Schlafsack zu winden, danach blieb er auf der Bande der Lagerfläche sitzen und betrachtete sie. Sein Herz gehörte für immer ihr, dennoch musste er gehen. Er wollte sie nicht wecken, wollte verhindern, dass sie ihn anflehte zurückzukommen. Er fühlte sich nicht stark genug, ihr zu widerstehen. Die vergangene Nacht hatte nichts wieder in Ordnung gebracht. Seine Wunden waren noch zu frisch.

Lindsays Blick schweifte über den leeren Parkplatz zu seinem Pick-up. Vereinzelt lagen Flaschen und Dosen auf dem Kiesbelag. Er hoffte, dass sie ihn nicht hasste, weil er sie einfach alleinließ, aber es war das Beste.

»Ich liebe dich«, flüsterte er, bevor er von der Ladefläche glitt und davonging.

Cathy erwachte von einem rumpelnden Geräusch und stützte sich mühsam auf einen Ellbogen auf. Sie sah die Rücklichter von Lindsays Pick-up in der Ferne in Richtung Hauptstraße verschwinden. Was hatte sie erwartet? Sie waren sich noch sehr nahe, liebten sich noch immer, aber sie hätte wissen müssen, dass die vergangene Nacht nichts ändern würde. Sie war wieder dort angelangt, wo sie angefangen hatte. Allein und mit gebrochenem Herzen. Sie konnte ihn für seine Entscheidung nicht hassen. Sie liebte ihn eher noch mehr dafür, dass er zuerst an ihr Wohl dachte. Die vergangene Nacht unter dem Sternenhimmel war magisch gewesen. Sie konnte ihn noch riechen, schmecken, aber sie fühlte sich dabei erst recht einsam. Sie legte den Kopf zurück auf ihr Kissen, die Sinne wie betäubt von dem starken Duft, den Lindsay hinterlassen hatte. Die Tränen kamen ganz von selbst.

Kapitel 40

Eine Gruppe dunkel gekleideter Gestalten versammelte sich vor dem Friedhofsgebäude zu Burts Beerdigung. Als wüsste sie, dass feierlicher Ernst angebracht war, hatte Mutter Natur für Wolken gesorgt, die die Sonne ausblendeten. Die Temperaturen jedoch blieben warm, und eine leichte Brise zerrte am Saum von Cathys schlichtem schwarzen Kleid. Sie stand neben ihrer Mutter, die schützend einen Arm um ihre Taille gelegt hatte. Dot trug eine leichte schwarze Hose zu einer braunen Bluse und hielt ein weißes Taschentuch in der Hand. Cathys Haar fiel offen herab, und sie und Irene hatten sich einige Papiertaschentücher in den Ausschnitt ihrer BHs gesteckt. Paul hatte vorgeschlagen, Cathy solle ihre Taschentücher ebenfalls bei Irene deponieren, damit ihr Dekolleté praller aussähe. Sie lachten, um nicht weinen zu müssen.

»Da ist Chris«, sagte Irene.

Chris kam geradewegs auf sie zu und nahm Cathy in den Arm. Er duftete wie immer gut, aber niemals so aufregend wie Lindsay. Als sie zurücktrat, sah sie einen Mann hinter Chris stehen und musste zweimal hinsehen. War das Burts Geist? Sie musterte ihn angestrengt. Er sah ihm unglaublich ähnlich – dieselben Augen, dieselben buschigen Brauen und dasselbe Kinn. Sie trocknete mit einem Papiertaschentuch ihre feuchten Augen hinter der Sonnenbrille.

Sie entschuldigte sich bei den anderen und ging auf Burts Bruder zu. Ross sah sie kommen und kam ihr entgegen. Er war kleiner als Burt, um die Mitte herum schlanker und hatte noch etwas mehr Haare. Außerdem war er glatt rasiert und trug einen eleganten schwarzen Anzug, was bei Burt nie vorgekommen wäre. Cathy musste sich nicht erst vorstellen, denn als sie Ross erreichte, nahm dieser sie in die Arme, und sie weinte an seiner Schulter.

Schließlich lösten sie sich voneinander, und sie schob ihre Sonnenbrille ins Haar.

»Die berühmte CJ! Ich habe das Gefühl, dich schon zu kennen.«

»Hoffentlich hat Burt nur die guten Dinge erzählt.« Sie lachte. »Ich wünschte, wir hätten uns unter anderen Umständen kennengelernt.«

Ross tätschelte ihren Arm. »Ich auch, Liebes.« Er hob den Blick und sah, dass der Bestatter allen bedeutete einzutreten. »Komm später zu mir. Ich habe etwas für dich. Ist es in Ordnung für dich, noch ein paar Worte zu sagen?«

Sie nickte, und sie folgten der Trauergemeinde und nahmen ihre Plätze ein. Der Bestatter trug sein Haar so glatt gekämmt, als habe er es mit Altöl gegelt. Es dauerte nicht lange, und Cathy war mit ihrer Rede an der Reihe.

Während sie zum Podium ging, auf dem ein Mikrofon stand, wanderte ihr Blick über die Trauergemeinde. Es waren nicht viele gekommen – die Mehrzahl derer, die Burt gekannt hatten, war bereits verstorben, und er hatte nur einer Handvoll Menschen je wirklich vertraut. Cathy sah ihre Mutter, Joe, Irene, Paul und Chris in der ersten Reihe und einige Einwohner von Lake Moore, die die Reise auf sich genommen hatten. Das gab ihr Selbstvertrauen für ihre Rede.

»Für die, die Burt nicht kannten, möchte ich sagen: Er hatte kein leichtes Leben, hat Frau und Kind verloren. Er wirkte nach außen hin tough und nüchtern, aber diejenigen, die er an sich herangelassen hat, haben ihn als den liebevollen, humorvollen, lebensbejahenden Menschen kennengelernt, der er tatsächlich war.« Sie holte tief Luft, um ihre Nerven zu beruhigen. »Ich möchte euch eines von Burts Lieblingsgedichten vorlesen. Er war mit Leib und Seele ein waschechter Aussie und hat es immer wieder zitiert. Es hat den Titel ›Australiana‹ und stammt von Lorna Madson aus Lake Moore.

Mit schwerem Duft, Boronias Blütenpracht.
Australischer Kraulstil, von uns erdacht,
der Murray River und die Golden Mile,
das gefährliche ›crocodile‹.

Buschbrände drohen mit dem Tod,
der Royal-Flying-Doctor-Service in der Not,
entlegene Farmen, noch am äußersten Rand,
künstliche Bewässerung für trockenes Land.

Keilschwanzadler, die durch die Lüfte gleiten,
Postkutschen, die den Bushrangers den Weg bereiten,
die elegante Statur des Storches Jabiru,
das lärmende Krächzen des Kakadu.

Der schwarzen Schwäne elegante Anmut,
Flipflops für jeden und Akubra-Hut.
Das Nullarbor Plain, so endlos weit,
goldene Ähren, zur Ernte bereit.

Emus, Koalas und Kängurus,
die ungezähmte Natur der Kakadus,
Bondi Beach und Mädchen, braun gebrannt,
die Taucher von Broom und ihre Perlen, weltbekannt.

Pilbara hat das Eisenerz,
das Great Barrier Reef den Korallenschatz,
die Schaffarmer haben Schlafsäcke als Betten,
die schneeweißen Vliese in den Schurstätten.

Banksia-, Affenbrot- und Eukalyptusbäume,
Mangroven, Mulgas, Telopea und Mallee-Säume,
Aussie-Football, Holden's-Bier und Limonade,
Warane und Geckos in ihrer Maskerade.

Das ist Australien, Land sonnenverbrannter Orte,
bist du Australier, bist du eine besondere Sorte.
Es ist ein Kontinent, der so viel gibt,
sei stolz, Australier zu sein, der ihn liebt!«

Cathy war mit ihrem Vortrag fertig und faltete das Blatt Papier zusammen. »Wir erinnern uns an Burt und seine Sprüche. Er war ein Aussie-Farmer durch und durch, und die Farm war sein Leben. Der liebe Gott hat wirklich ganze Arbeit geleistet, als er Burt erschaffen hat, und um es in seinen eigenen Worten zu sagen: Er war so selten wie ein weißer Rabe.« Sie atmete tief ein und kämpfte um jedes Wort. »Ich vermisse ihn so sehr. Er ist immer für mich da gewesen. Wir alle werden dich vermissen, Burt.«

Als Cathy das Podium verließ, war sie sich beinahe sicher, jemanden draußen vor dem Haupteingang stehen zu sehen. Und sie war fast ebenso sicher, dass diese Gestalt Lindsay war, doch als sie erneut hinsah, war sie verschwunden.

Nach der Trauerfeier ging sie zu Ross. »Du wolltest mich sprechen?«

Ross entschuldigte sich bei seiner Begleitung. »Komm, machen wir einen Spaziergang. Danke für deine Worte. Ich verstehe, dass Burt dieses Gedicht geliebt hat.«

»Nach ein paar Gläsern Scotch, wenn er in patriotischer Stimmung war, hat er es meistens rezitiert«, sagte Cathy mit einem Lächeln.

Ross' sonores Lachen verstummte. Sie blieben an einer Ziegelmauer im Park stehen und lehnten sich dagegen. Ross griff in seine Tasche und zog einen Brief heraus. »Der ist von Burt für dich.«

Cathy schob ihre Sonnenbrille ins Haar und nahm den Brief zögernd entgegen. Auf dem Umschlag stand in Burts altmodischer, verschnörkelter Handschrift ihr Name. Sie drückte ihn einen Moment an die Brust, bevor sie das Kuvert öffnete und den Brief mit zitternden Fingern auffaltete.

Meine liebste CJ,
ich hasse es, diesen Brief schreiben zu müssen, um mich von Dir zu verabschieden. Aber es ist kein endgültiger Abschied, denn ich werde immer bei Dir sein. Die Ärzte haben mir gesagt, dass ich jeden Moment einen Schlaganfall erleiden kann, also war ich vorbereitet. Ich konnte meine Angelegenheiten ordnen und meinen Bruder zum letzten Mal treffen.
Ich konnte Dir nie sagen, wie gern ich Dich habe und was Du mir bedeutest, CJ. Ich hatte nur gehofft, dass Du es ein-

fach weißt. Aber jetzt möchte ich es schriftlich niederlegen, damit Du sicher sein kannst, wie sehr Du das Herz dieses Mannes berührt hast. Du warst mein Grund zu leben. Für mich bist Du immer wie eine Tochter gewesen – und die beste Tochter, die man sich wünschen konnte. Stark, entschlossen und so bezaubernd, mit einem Herz aus Gold. Sei nicht zu traurig wegen eines alten Dummkopfs. Meine Zeit war abgelaufen, und Du bist zu jung, um Dich lange damit aufzuhalten. Du musst gewisse Dinge zu Ende bringen, mein liebes Mädchen, und eine Scherschule aufbauen. Allerdings möchte ich Dich um einen Gefallen bitten. Willst Du Dich bitte um den alten Scabs kümmern, bis er mich besuchen kommt? Er macht's vermutlich auch nicht mehr lange, aber ich bin hier und warte auf ihn … Und lass ihn nicht zu fett werden!

Cathy hielt inne, um eine Träne fortzuwischen, die auf den Brief getropft war.

Ich habe Dir die Farm vermacht und ein paar Hektar Land für Ross verkauft. Ich habe Dir Rosevale überschrieben, denn ich möchte, dass es Dein Zuhause wird. Außerdem ist dort Scabs Platz. Das alte Haus kann für die Scherschüler genutzt werden. Ich möchte, dass Du die Scherschule eröffnest. Ich habe Dir etwas Geld hinterlassen, um Dir bei der Finanzierung zu helfen und um mehr Schafe zu kaufen, falls nötig. Meine andere Bedingung ist, dass Joe so lange, wie er möchte, bleiben kann, um die Farm zu bewirtschaften. Allerdings kann ich mir nicht vorstellen, dass Du ihn loswerden willst. Er ist ein Teil der Landschaft, fast so, wie ich es gewesen bin.

Mein liebes Mädchen, ich hoffe, die Farm bringt Dir alles Glück der Welt. Für mich war es so, auch wenn ich sie fast täglich verflucht habe.
Tja, das ist alles. Meine alte menschliche Hülle werde ich kaum vermissen, aber ich vermisse Dich, CJ, und all die schönen Abende mit einem guten Scotch und mit Dir. Denke einfach, während Du diesen Brief liest, dass ich mit Linda und meiner kleinen Tochter vereint bin – endlich. Ich bin nicht allein. Ich hoffe, Du findest das echte Glück in der Liebe wieder, denn es ist eine arme, leere Welt ohne sie.
In ewiger Liebe
Burt

Cathy hielt den Brief fest an ihr Herz gedrückt und versuchte, ihren stockenden Atem zu kontrollieren. Sie sah Ross mit einem seltsamen Ausdruck an. »Aber du solltest das doch alles erben. Es ist die Farm deiner Familie!«

Ross lächelte, und Cathy stellte fest, dass er auch in diesem Punkt Burt sehr ähnlich war.

»Meine Liebe, ich habe die Farm damals so früh wie nur möglich hinter mir gelassen. Ich habe nicht einen Tag auf diesem Stück Land gearbeitet. Burt wollte mir die Hälfte überschreiben, aber das konnte ich nicht annehmen. Ich bin glücklich mit dem kleinen Teil, den ich habe. Es reicht für schöne Ferien bis ans Ende meines Lebens. Und wozu braucht ein alter Mann wie ich Geld? Ich lebe sowieso nicht mehr lange. Die Farm gehört rechtmäßig dir. Du bist diejenige, die er wie eine Tochter geliebt hat, die ihn unterstützt, ihm auf der Farm geholfen hat. Sei dankbar und genieße es. Genau das war Burts Wunsch.«

»Aber …« Sie konnte es nicht fassen. Burt hatte ihr sein

Lebenswerk vermacht. Die Farm war viel Geld wert, aber nur, wenn man sie verkaufte. Konnte sie eine Farm bewirtschaften *und* versuchen, eine Scherschule aufzubauen? Joe konnte in den arbeitsreichen Phasen nicht alles allein übernehmen. Cathy sah Ross an. »Was, wenn ich die Farm nicht halten kann? Was, wenn ich sie zugrunde richte?«

Ross lachte. »Schlechter als Burt kannst du's nicht machen. Er war einfach zu alt. Es war schlimm für ihn, zusehen zu müssen, wie vernachlässigt vieles war, aber sein Stolz war von jeher sein größtes Problem.«

Cathy fühlte sich schon ein bisschen besser. Sie konnte immer helfend einspringen, wenn Joe Hilfe brauchte, und ihre Mum würde sicher auch gern einige Aufgaben übernehmen. »Du hast recht, Ross. Wir schaffen das. Ist nur so was wie ein Schock. Ich habe keinen Moment angenommen …«

Ross legte die Hand auf ihren Arm. »Ein Grund mehr, dass du sie bekommst. Denk nur an die Möglichkeiten. Du bist jung, hast noch dein ganzes Leben vor dir.«

Cathy nickte.

»Du musst vorbeikommen, mich später besuchen und außerdem an der Testamentseröffnung teilnehmen. Ich freue mich schon jetzt darauf.«

»Ja, ich auch.«

Sie hakte sich bei Ross ein, und gemeinsam gingen sie zum Rest der Trauergemeinde zurück, Burts Brief fest in Cathys Hand. Sie wollte vorerst niemandem davon erzählen, erst nachdem sie ihn allein noch einmal durchgelesen hatte.

»Burt hat verfügt, dass seine Asche auf der Farm verstreut wird. Er hat da von einem Ort namens Joe's Gully gesprochen?«

»Ah, ja. Dort ist Joe vor vielen Jahren mit dem alten Land Cruiser im Sumpf stecken geblieben. Burt hat erzählt, dass er und Linda am Wassergraben in der kleinen Schlucht häufig im Frühjahr Picknick gemacht haben, als sie frisch verheiratet waren. Kein Wunder, dass er sich die Stelle ausgesucht hat. Es ist dort zauberhaft, wenn die kleinen gelben Margeriten blühen und die Quandong-Bäume ihre leuchtend roten Früchte abwerfen.«

»Sollen wir dann bis nächstes Frühjahr warten, um seine Asche auszustreuen? Dann hätte ich eine gute Ausrede, auf die Farm zu kommen und zu sehen, wie es dir dort ergeht.«

Cathy fühlte einen Kloß im Hals, und ihr kamen erneut die Tränen. »Ich glaube, darüber wäre Burt sehr glücklich. Er hasste Sentimentalitäten, aber tief im Inneren wäre er stolz auf uns. Danke, Ross.« Sie umarmte ihn und wünschte, er hätte nach Scotch und Tabak gerochen.

Kapitel 41

Schafe – ho!«

Fünf Wochen später arbeitete Cathy wieder in den Scherställen. Rosevale war mittlerweile ihr Eigentum, und sie hatte – mithilfe ihrer Mutter – Burts Habseligkeiten geordnet. Die Familienfotos und persönlichen Dinge hatten sie für Ross in Kisten verpackt.

Cathy behielt einige Fotos von Burt, denn es war ihr wichtig, dass er irgendwie in seinem Haus präsent blieb. Sie rahmte ein Bild von ihm und hängte es neben das Foto von Linda an die Wand.

Dot hatte sich des Gartens um das Farmhaus angenommen und geschworen, ihn wieder in seiner alten Pracht erstrahlen zu lassen. Ihr eigenes Haus stand zum Verkauf, sie hatte ein Kaufangebot für eine kleine Stadtwohnung gemacht und wartete aufgeregt auf Antwort. Sie waren beide sehr beschäftigt gewesen.

Chris hatte Cathy geholfen, ihr neu erworbenes Vermögen bestmöglich anzulegen und die Mittel aufzubringen, um Joes Lohn zu bezahlen. Burt hatte eisern gespart. Niemand hatte vermutet, dass er hunderttausend auf einem Festgeldkonto und ein Bündel Aktien im Depot hatte, die mittlerweile eine Stange Geld wert waren.

Er hatte ein bescheidenes Leben geführt, und Cathy kam jetzt in den Genuss seiner Sparsamkeit – es war eigentlich nicht fair. Aber sie konnte sich kaum vorstellen, dass Burt je Urlaub gemacht oder einen neuen Fernsehapparat gekauft hätte – denn das wäre Unsinn gewesen, solange der alte noch funktionierte. Typisch Burt! Er war ein Kämpfer gewesen, der sich auf australischem Boden abgerackert, keinen anderen Lebensstil gekannt hatte.

Joe war glücklich, dass er bleiben konnte, und kam jeden Morgen zu ihr. »Ich treibe die Schafe auf die hintere Weide, und der Mähdrescher braucht neue Teile, denn er hat's gerade noch durch die Ernte geschafft. Ist das okay?«, pflegte er zu fragen.

»Himmel, Joe«, sagte sie dann. »Du weißt besser, wie man diese Farm führt als ich. Du brauchst nicht alles mit mir absprechen. Wenn du Ersatzteile brauchst, dann kauf sie. Ich vertraue dir und deinem Urteil, also mach, was du für richtig hältst.«

Joe hatte schließlich aufgehört, für alles ihre Erlaubnis einzuholen, aber er erzählte ihr noch immer gern von jedem Handgriff, den er machte, wohin er die Schafe trieb, so wie er es mit Burt gehalten hatte. Cathy vermutete, dass Joe sich ohne seinen alten Kumpel einsam fühlte. Sie freute sich, wenn er berichtete, was getan wurde, und musste zugeben, dass sie viel von Joe lernte. Zwischen den Scheraufträgen fuhr sie Trucks, Mähdrescher und Traktoren und errichtete Zäune.

Cathy gewöhnte sich an das Leben auf Rosevale, aber nicht an die Hitze Ende Januar. Diese Woche hatte sie geschlaucht. Vielleicht war es die Pause während der Ernte, die sie aus dem Rhythmus gebracht hatte. Sie schor mittlerweile annähernd hundertfünfzig Schafe pro Tag, und Doug glaubte, dass sie sich bald auf hundertachtzig steigern könne. Heimlich hoffte sie auf zweihundertfünfzig. Doug wollte mit ihr Schauveranstaltungen und Wettbewerbe bestreiten, wie er das mit Lindsay getan hatte, doch die Arbeit in den Scherställen und die Gründung der Schule nahmen sie viel zu sehr in Anspruch.

»CJ, wann kann ich mich denn ganz offiziell bei dir einschreiben?«, fragte Kate eines Tages.

Cathy schaltete die Maschine ab, schob ihr Schaf in den Wartepferch und beugte sich dann zu Kate hinunter. »Den ersten Kurs habe ich in der ersten Aprilwoche angesetzt. Ist das für dich okay?«

Kate schnappte sich Cathys Vlies, während sie sich weiter unterhielt. »Dafür werde ich sorgen. Doug muss dann eben mit einer Rousie weniger auskommen. Danke, CJ. Ich kann's kaum erwarten.« Damit eilte sie davon und warf das Vlies auf den Wolltisch.

Als Cathy mit dem nächsten Schaf begann, fühlte sich ihre Hand mit einem Mal warm und klebrig an. Als sie das Handstück aus der Wolle zog, zeigte sich die Ursache. Fliegen hatten das Schaf befallen, und ihre Maden waren dick und fett geworden. Ihre weißen, sich windenden Körper fraßen sich in das offene Fleisch des Schafs, es sah schrecklich aus. Sie fühlte, wie ihr die Galle hochkam, und merkte, dass sie sich übergeben musste. Sie lief zurück in den Pferch, übergab sich in einer Ecke und griff dann nach ihrer Wasserflasche und trank einen Schluck.

Dave sah von seinem Schaf auf. »Alles in Ordnung, CJ?«

»Ja, bin nur gerade auf Maden gestoßen. Muss auch an der Hitze liegen.« Cathy fand ihr Schaf an ihrem Scherstand vor, wie sie es verlassen hatte, es schien wie in Trance zu sein. »Ich hab keine Lust, es weiterzuscheren.«

Dave schob sein fertiges Schaf über die Rampe und kam zu ihr. »Komm, lass mich das machen. Ist mir lieber, als dich da hinten zu hören, wie du dir die Seele aus dem Leib kotzt.«

»Danke, Dave! Du bist ein Schatz!«

Draußen an der frischen Luft setzte sich Cathy in den Schatten eines Eukalyptusbaums und lehnte sich mit dem Rücken gegen seinen mächtigen Stamm. Sie hatte noch immer einen schlechten Geschmack im Mund und schluckte heftig. Mist, das würde sie sich noch lange vom Team anhören müssen.

Die Rosakakadus kreischten über ihr im Baum, und sie musste sich eingestehen, dass die Hitze ihr unerträglich war. Sie vermutete, dass das Thermometer fast vierzig Grad zeigte. Der Scherstall war von einem Hitzeschleier umgeben, und das Blechdach schmorte unter der Sonne. Unkraut und Gras in der Umgebung waren gelb verdorrt – der reinste Zunder, den der kleinste verirrte Funke entfachen konnte. Cathy atmete tief ein und aus und schloss die Augen. Es hatte keinen Sinn, in den Scherstall zurückzugehen. Der Scherdurchgang war zu Ende. Sie hörte Schritte im Gras näher kommen.

»Sag mir bitte, dass du dir nichts eingefangen hast. Ich hab keine Lust, mich anzustecken.« Irene setzte sich mit einem Stapel Sandwiches neben sie. »Möchtest du?«

Cathy knirschte mit den Zähnen. »Ne, danke. Das lasse ich lieber. Mir geht's schon seit ein paar Wochen nicht besonders.«

Irene legte Cathy die Hand auf die Stirn.

»Fühlt sich normal an.«

»Mm. Ich hätte Lust auf salzige Chips.«

Irene sah sie aus großen Augen seltsam an.

»Was ist?«

Irene lachte. »Na, in diesem Fall hätte ich normalerweise darauf getippt, dass du schwanger bist, aber das kann ja nicht sein – oder doch? Du bist doch nicht mit jemandem im Bett gelandet, ohne dass ich es weiß?«

»Nein, bin ich nicht«, wehrte Cathy gereizt ab. »Es gab nur Lindsay, sonst niemanden, und …« Cathy hielt inne und begann, an den Fingern abzuzählen.

Irenes Stimme überschlug sich. »Was? Was ist los?«

»Mein Gott … Ich glaube, ich bin überfällig. Ich habe noch gar nicht daran gedacht, war viel zu beschäftigt.« Cathy wandte den Kopf und sah Irene entsetzt an. »Ach du Scheiße!«

»Aber Lindsay ist schon eine Ewigkeit nicht mehr da«, wandte Irene sachlich ein.

Cathy schlug sich mit der flachen Hand gegen die Stirn. »Ich Idiot!«

Irene musterte sie unverwandt.

»In der Nacht nach dem Scherwett…«

Irene fiel die Kinnlade herab. »Dann ist es also möglich, dass du schwanger bist?«

Mit einer Handbewegung brachte Cathy Irene zum Schweigen. »Leise, Renie. Muss ja nicht gleich ganz Australien wissen. Klingt beängstigend. Aber es ist verdammt noch mal möglich. Mist! Jetzt mache ich mir wirklich Sorgen.«

»Musst du nicht. Ich besorge dir einen Schwangerschaftstest, dann hast du Gewissheit.«

»Na, großartig. Jetzt muss ich den nächsten Scherdurchgang durchstehen, ohne zu kotzen oder durchzudrehen, weil ich womöglich schwanger bin.«

»Ich dachte, du nimmst die Pille?«

»Seit Lindsay fort ist, war ich damit etwas nachlässig. Gab ja keinen Grund mehr, oder?«

»Ach herrje! Versuch nicht daran zu denken, bis wir den Test gemacht haben. Du kannst dir genauso gut einen Virus eingefangen haben.«

Gemeinsam kehrten sie zum letzten Durchgang des Tages in den Scherstall zurück, und Cathy betete, dass Irene recht behalten möge.

Bäng! Bäng! Bäng! »Komm schon, CJ! Wie lange brauchst du, um auf ein Stäbchen zu pinkeln? Ich sterbe hier draußen!«

Cathy öffnete die Tür von Irenes Badezimmer und ließ sie herein. Cathy starrte auf die beiden blauen Fische, die der Vorbesitzer auf die weiße Wand gemalt hatte. Ihre Hand zitterte, als sie Irene den Schwangerschaftstest überreichte. »Sag du's mir. Ich habe viel zu große Angst, um hinzusehen.«

Sie war sicher, dass Irene zwei volle Minuten brauchte, bevor sie den Blick hob. Als es schließlich so weit war, hatte sie einen komischen Ausdruck im Gesicht. Dann lächelte sie. »Du wirst Mama!«

Cathy musste ohnmächtig geworden sein, denn als Nächstes registrierte sie Irene an ihrer Seite, die sie festhielt und ihr über den Rücken strich.

»Es wird alles gut werden, CJ. Mach dir keine Sorgen. Möchtest du das Baby bekommen?«

Cathy hatte zwar Mühe, das alles zu begreifen, doch Irenes Frage traf sie mitten ins Herz. »Natürlich will ich das Baby … Mein und Lindsays Baby.« Je länger sie darüber nachdachte, desto glücklicher fühlte sie sich. Würde es ein Junge werden, der wie sein Vater aussah? Und plötzlich konnte sie es kaum erwarten, ihn in ihren Armen zu halten. »Wow! Ich und Mutter! Aber ich habe doch gerade erst gelernt zu scheren.« Dann wurde ihr die Tragweite ihrer Situation klar. Wie sollte sie als Scherer arbeiten, eine Farm bewirtschaften und eine Scherschule leiten, während ihr Bauch Tag für Tag dicker wurde? Großer Gott!

Irene lachte. »Tja, Schätzchen, da kommt 'ne Menge auf dich zu, aber keine Sorge. Du kannst vermutlich noch eine Weile als Scherer arbeiten und an der Schule unterrichten. Auf unsere Hilfe kannst du zählen. Deine Mum wird sich freuen!«

Cathy fuhr sich mit der Hand über die Stirn. »Ja, sie wird begeistert sein. Schätze, ich muss einen Termin beim Frauenarzt machen. Himmel, es gibt so viel, was ich tun und woran ich denken muss. Dabei war mein Leben bisher schon aufregend genug.«

Sie unterhielten sich weiter im Badezimmer, beide noch immer in ihren schmuddeligen, fettigen Arbeitskleidern. Irene lächelte voller Vorfreude, und Cathy ahnte, wie aufregend das alles für die Freundin war, die Chris nicht aufwachsen gesehen hatte. Cathy war sicher, dass Irene für dieses Baby, wie schon zuvor für Cathy, seit sie sich kannten, immer da sein würde.

»Und? Sagst du es Lindsay?«

Cathy dachte nach. »Nein.« Sie merkte, dass Irene protestieren wollte, und fiel ihr ins Wort: »Ich weiß, dass er ein Recht hat, es zu erfahren, aber ich möchte nicht, dass er wegen des Babys zu mir zurückkehrt. Er soll wegen *mir* zurückkommen. Vielleicht ist es selbstsüchtig von mir, aber ich brauche das, um einen klaren Kopf zu behalten. Die Rückkehr muss allein seine Entscheidung bleiben. Ich kann ihn nicht dazu zwingen.«

»Bist du sicher?«

»Nein, nicht wirklich, aber ich möchte ihn nicht unter Druck setzen, etwas zu tun, wozu er noch nicht bereit ist.«

Irene nickte.

Cathy legte die Hand auf ihren flachen Bauch und seufzte tief. »Heilige Scheiße.« Als wäre ihr Leben nicht schon kompliziert genug.

Kapitel 42

Der Nachmittagshimmel hatte sich in einer Mischung aus Rot-, Orange- und Gelbtönen verfärbt, als die Sonne begann unterzugehen. Cathy saß auf einer Milchkiste unter der neuen Pergola, die sie im vergangenen Monat hinter dem Haus errichtet hatten. Sie war im vierten Monat schwanger und würde morgen ihre ersten Schüler aufnehmen. Ihre Nerven waren vor Vorfreude bis zum Zerreißen gespannt. Sie hatte eine Ochsentour hinter sich, bei der ihr Doug, Irene, Joe, Chris und ihre Mum eine große Hilfe gewesen waren. Sie wusste, dass sie ihr Ziel nie so schnell erreicht hätte, wären Burt und sein Erbe nicht gewesen, und ihm zu Ehren hatte sie die Schule »Roseval Scherschule« genannt. Das gefiel ihr.

Das kühle Bier in ihrer Hand fühlte sich gut an – nur das eine, um ihre Nerven zu beruhigen. Jetzt, da sie schwanger war, war sie vorsichtig, und Dot und Irene machten viel Aufhebens um sie. Sie hatte sich an ihren Zustand gewöhnt und sah darin keinen Hinderungsgrund, die Scherschule zu eröffnen. Sie arbeitete noch immer als Scherer. Die Schwangerschaft hatte keinen negativen Einfluss auf ihre Schnelligkeit. Lediglich Füße und Rücken schmerzten mehr als zuvor. Aus dem Team wusste bisher nur Irene, dass sie ein Baby erwartete.

Noch am Morgen hatte sie in ihrer Unterwäsche vor dem

Spiegel gestanden. Die kleine, feste Rundung, die sich in ihrer Mitte zu bilden begann, war unübersehbar, und sie versuchte sich vorzustellen, wie sie mit einem enormen Schwangerschaftsbauch aussehen würde. Wie sollte das Baby nur da hineinpassen? Cathy gab normalerweise nichts auf Kosmetikprodukte und Wellness, aber sie hatte eine wirklich gute Creme gekauft, die Schwangerschaftsstreifen vorbeugen sollte. Ihre Haut spannte bereits über den Muskeln, und sie konnte sich kaum vorstellen, dass sich diese noch weiter dehnen sollte. Sie wünschte, Burt hätte hier sein können, um das Baby zu sehen.

Ein Auto fuhr vor, und Cathy ging hinaus, um in der kühlen Nachmittagsluft ihre erste Schülerin zu begrüßen.

»Happy!« Sie lachte, als Kate mit wallenden blonden Locken aus ihrem roten Kleinwagen stieg. »Ich wusste, dass du die Erste sein würdest, die auftaucht.«

»Hi, CJ. Ich bin so aufgeregt. Ich kann's kaum erwarten.« Kate hob ihren braunen Koffer schwungvoll aus dem Auto.

»Komm mit! Ich zeige dir dein Zimmer. Es liegt nicht bei den anderen, aber dafür gehört es dir ganz allein.« Cathy begleitete sie in den kleinen Raum, der seitlich an die Veranda angebaut worden war, und machte dann einen kurzen Rundgang mit ihr durchs Haus. Als sie durch die Hintertür wieder ins Freie traten, tauchte der nächste Schüler auf – ein junger Bursche mit einer Reisetasche über der Schulter. Er wirkte nervös, und sein pickliges Gesicht und das wirre, braune Haar deuteten darauf hin, dass er kaum achtzehn Jahre alt sein konnte.

»Hi, ich bin CJ, der Boss, und das ist Kate, eine Mitschülerin von dir.«

Er nahm die Hand aus der Tasche seiner Warrie-Arbeitshose und schüttelte Kate kräftig die Hand. »Hi, ich bin Ryan.«

»Tag, Ryan. Wo kommst du denn her?«, fragte Kate und setzte sich auf einen Plastikstuhl. Sie trug Jeans, zog die Knie an die Brust und stützte sich mit ihren Flipflops auf der Sitzfläche ab.

»Von drunten aus dem Süden, in der Nähe von Albany. Wir haben eine Schaf- und Getreidefarm. Dad findet, ich müsse scheren lernen.«

»Und willst du das auch?«

Ryan nickte, und seine Haare wehten. »Ja. Ich hab's mehrfach versucht, wenn die Scherer bei uns waren. Und wenn ich gut werde, dann müssen wir einen Scherer weniger bezahlen«, sagte er mit einem Augenzwinkern.

»Komm mit. Ich zeige dir dein Zimmer.«

Eine Stunde später waren auch die übrigen Schüler angekommen und untergebracht. Die Jungen mussten sich die Zimmer jeweils zu zweit teilen, aber das machte ihnen nichts aus. Als sie unter der Pergola auf der Terrasse saßen, zeigte Cathy ihnen den Kühlschrank und gab jedem ein Bier aus. Kate saß neben dem groß gewachsenen und recht gut aussehenden Nate. Mit seinen dreiundzwanzig Jahren war er der Älteste, doch Mason, zweiundzwanzig, sah älter aus. Er hatte einen dichten Dreitagebart und gab sich besserwisserisch. Mase, wie er genannt werden wollte, dominierte die Unterhaltung und schien bisher auf einer Farm alles gemacht zu haben, was nur möglich war. Wenn man ihm glaubte, bewirtschaftete er die Farm der Familie praktisch allein.

Grant und Jarred, beide zwanzig, waren zwei Stadtjungen, die einmal als Profischerer in Scherteams arbeiten wollten. Grant kam aus Lake Moore und wollte sich für Dougs Team bewerben, während Jarred aus Wagin stammte und Stumpys Team bevorzugte. Beide waren sympathische Jungen.

»Also, Leute«, begann Cathy und stand auf. »Frühstück gibt's um sechs in der Küche. Dot kommt früh, um alles vorzubereiten, also falls ihr Geräusche hört, bringt sie nicht gleich um, denn sie brät euch Eier mit Speck. Und dann trefft ihr euch um sieben im Scherschuppen. Okay? Dann Gute Nacht.« Cathy rief Sam und Scabs und ging zu ihrem Pick-up. Sie war aufgeregt, unsicher, was ihr bevorstand.

»Auf nach Hause, Jungs!« Sam sprang auf die Ladefläche, aber Cathy musste sich bücken, um Scabs hinaufzuhelfen.

Am nächsten Morgen traf Cathy früh im Scherstall ein und stellte je ein Gerät an die Scherplätze. Sie installierte sie nicht, denn das sollten die Schüler selbst tun, um zu testen, wie viel jeder wusste. Kate, so nahm sie an, musste angelernt werden, doch bei den Farmerjungen rechnete sie mit Vorkenntnissen.

Als sich Stiefelschritte und Stimmen dem Scherstall näherten, sah sie auf. Alle wirkten frisch und konnten es offenbar kaum erwarten, endlich anzufangen. Ein Lächeln breitete sich auf ihrem Gesicht aus, und ihr Selbstvertrauen wuchs, als ihr Blick auf Irene fiel, die hinter den jungen Leuten in Arbeitshose und Scherhemd herschlenderte.

»Hallo, Irene. Danke, dass du gekommen bist.«

»Das hier hätte ich für nichts auf der Welt verpassen mögen. Doug wünscht dir alles Gute.«

Mase sah sich um und rümpfte arrogant die Nase, sodass sich Cathy beeilte anzufangen.

»Willkommen alle zusammen. Ich möchte euch Irene vorstellen. Sie ist eine erfahrene Hilfskraft und wird uns zur Hand gehen.«

Kate winkte Irene lachend zu, und die Jungen nickten zur Begrüßung in ihre Richtung.

»Okay, bevor wir zur Sache kommen, möchte ich euch in den wichtigsten Teil der Scherarbeit einweisen.«

»Wer unterrichtet uns?«, unterbrach Mase sie und runzelte die Stirn.

Cathy hielt inne und sah ihm in die Augen. »Ich. Also, was ich sagen wollte, wir beginnen mit Aufwärmgymnastik, bei der alle wichtigen Muskeln gedehnt werden, die wir brauchen, um …«

»Aber Sie sind 'ne Frau!« Mase stemmte ärgerlich die Hände in die Hüften.

Cathy atmete tief durch, um ihre Nerven zu beruhigen. Sie hatte mittlerweile so lange mit den Männern ihres Scherteams gearbeitet, dass sie völlig vergessen hatte, dass sie anders war. »Freut mich, dass dir das aufgefallen ist«, sagte sie, und ein paar der anderen unterdrückten ein Kichern.

Sie griff nach dem Stapel Fotokopien, die sie vorbereitet hatte, und verteilte sie. Mase nahm sein Skript nur widerwillig entgegen.

»Behaltet sie bei euch, bis ihr sie auswendig könnt. Ihr müsst gut auf euren Körper achten, wenn ihr jeden Tag acht bis zehn Stunden scheren wollt.«

Mase trat in den Kreis und baute sich unmittelbar vor Cathy auf. »Kann wohl nicht Ihr Ernst sein, dass Sie uns unterrichten wollen. Ich lasse mir von einer Frau nichts sagen und mache auch nicht irgend so ’nen Yogascheiß.« Er warf ihr das Skript vor die Füße, wo es auseinanderflatterte. Die übrigen Schüler starrten ihn ungläubig an.

Kate machte den Mund auf. »Mase, sie ist wirklich gut …«

Er musterte Kate wütend, und sie verstummte. »Mein Dad lacht sich’n Ast, wenn ich ihm sage, dass mir eine Frau das Scheren beibringen will. Entweder Sie besorgen uns einen Mann oder ich bin weg.«

»Schade, dass du so denkst, aber ich bin die Einzige, die ihr hier kriegen könnt, und ich hatte den besten Lehrer, den es gibt. Ich schere im örtlichen Scherteam und habe Scherwettkämpfe gewonnen.«

Mase musterte sie abfällig, und seine dunklen Augenbrauen zuckten zornig. Vor der Gruppe wirbelte er herum. »Ich bin weg«, erklärte er und stürmte aus dem Scherstall.

Sie hörte den Kies auf dem Weg zum Haus unter seinen schweren Schritten knirschen. Eine Ader an ihrem Hals pulsierte heftig. Sie war aus dem Konzept gebracht, musste jedoch den Faden schnell wieder finden. »Also, ist sonst noch jemand dieser Meinung? Dazu kann ich nur sagen, dass die Tatsache, dass ich keine Eier habe, nicht bedeutet, dass ich nicht scheren kann.« Sie musterte die Gesichter ihrer Schüler. Sie blieben stumm, doch die Skepsis der Jungen war nicht zu übersehen.

Nach dem Aufwärmtraining ging sie mit ihnen das Schergerät durch und bat sie dann, ihr zu zeigen, was sie bereits konnten. Kate setzte bei dieser Übung aus, aber die anderen vier zogen je ein Schaf aus dem Pferch und begannen. Bisher hatten sie sich recht passabel angestellt, aber die Scherversuche gingen daneben. Sie hörte einen Fluch; ein

Handstück fiel zu Boden, ein Mutterschaf flüchtete, rannte blindlings durch den Scherstall, verteilte überall Wolle und schleppte das halbe Vlies hinter sich her. Als sei das noch nicht genug, hörte sie eine hysterische Stimme ihren Namen rufen und sah im nächsten Moment, dass Blut an einem Schaf herunterlief.

»Verdammt«, murmelte sie. Irene und Grant jagten das Schaf, und sie zeigte Ryan, wie man die Schnittwunde bei einem Schaf ordnungsgemäß nähte. Den anderen beiden gelang es, ihre Schafe unbeschädigt zu scheren, aber die Vliese landeten zerfleddert und unbrauchbar auf dem Boden. Cathy wusste nicht, wo sie anfangen sollte. Und die Schafe – nun ja, ihnen standen überall einzelne verbliebene Wollbüschel vom Körper ab. Als sie das Chaos beseitigt hatten, war es Zeit für die morgendliche Frühstückspause, und Cathy schickte sie alle zu einer Tasse Tee ins Haus zurück. Als sie fort waren, lehnte sich Cathy gegen die Wellblechwand, sank zu Boden und verbarg den Kopf in den Händen.

Plötzlich kamen ihr Zweifel. Ihre Augen füllten sich mit Tränen, und sie verfluchte ihre Hormone. Eine Hand berührte ihre Schulter, und sie sah auf und blickte in Irenes grüne, tröstende Augen.

»Alles in Ordnung?«

»Ich bin nur ein bisschen emotional. Neulich abends sind mir schon die Tränen bei einem Werbespot des Tierschutzvereins im Fernsehen gekommen.« Cathy seufzte. »Oh, Irene! Das ist keine Schule. Das ist ein beschissener Flohzirkus. Wie konnte ich nur glauben, dass ich so was auf die Reihe kriege?«

Irene tätschelte sanft ihre Schulter. »Weil du es wirklich

kannst. Einer ist abgesprungen, na und? Fünf sind noch übrig. Sicher, es hat ein kleines Blutbad und Chaos gegeben, aber was hast du erwartet? CJ, du kannst es. Du hast es lange genug geplant. Nach der Pause fängst du von vorn an. Setz dich nicht zu sehr unter Druck. Möglich, dass dir ein paar Jungs die Arschkarte zeigen, aber sie kommen wieder, wenn sich herumspricht, wie gut deine Schule ist.«

»Du wärst ein erstklassiger Motivationstrainer.« Cathy lächelte. »Danke. Ich bin froh, dass du hier bist.«

»Jederzeit gern. Komm jetzt. Wasch dich, und dann essen wir was. Deine Mum möchte sicher wissen, wie's heute Vormittag gelaufen ist.«

Cathy warf ihrer Freundin einen listigen Blick zu. »Darf ich lügen?«

»Liebes, Kate hat mittlerweile bestimmt schon die ganze Geschichte verbreitet«, sagte Irene und lachte.

Zur Hälfte der zweiten Trainingswoche lehnte sich Cathy mit stolzem Lächeln an den Wolltisch. So also musste sich Lindsay gefühlt haben, als er ihr das Scheren beigebracht hatte. Sie hatte nicht geahnt, wie sehr es sie befriedigte. Nachdem alle fünf Schüler bereits gut arbeiteten, unterstützte sie Irene beim Entgegennehmen und Sortieren der Felle, hatte ein Auge auf die Schüler und half ihnen, ihre Technik zu verbessern. Sie beobachtete, wie Kate ein weiteres Schaf aus dem Pferch zog, als habe sie nie etwas anderes gemacht. Kate hatte sich unglaublich entwickelt, hatte wie ein Schwamm alle Informationen in sich aufgesaugt und sie sogar besser als die Jungen praktisch umgesetzt. Cathy bekam Gänsehaut bei dem Gedanken, wie gut sich alle machten.

»Hey, Nate! Gut gemacht«, ermutigte sie den Jungen. »Vergiss nur nicht, dass es hier nicht um Geschwindigkeit geht. Arbeite lieber langsamer und konzentriere dich darauf, jede Partie sauber zu scheren.« Cathys Stimme hallte im Gleichklang mit dem Surren der Maschinen von den Wänden wider.

»Sie haben es weit gebracht«, sagte Irene. »Und du auch.«

Cathy stand auf der Terrasse, schüttelte Hände und umarmte Kate. »Danke, Jungs, dass ihr meine ersten Versuchskaninchen gewesen seid«, lachte sie.

Ryan meldete sich als Erster. »Nein, wir haben zu danken.« Er ließ den Kopf ein wenig hängen. »Wenn ich ehrlich sein soll – nachdem Mase abgehauen ist, war ich verunsichert. Und nach diesem verrückten Vormittag – du weißt schon, was ich meine. Aber ich muss sagen, du warst großartig. Mein Dad wird beeindruckt sein.«

»Ja, danke, CJ. Prima Sache, die du hier aufgezogen hast. Ich rühre die Werbetrommel«, versprach Grant.

Cathy empfand diese Worte als überwältigend und war fast ein wenig traurig darüber, ihre ersten Schüler ziehen zu lassen. Dennoch hatte sie ein gutes Gefühl. Sie kehrten mit der Technik und dem Wissen auf ihre Farmen oder zu den Scherteams zurück, die Lindsay ihr beigebracht hatte. Innerhalb von zwei Wochen hatte sie neue junge Scherer auf den Markt gebracht. An jenem ersten Tag hatten die Schüler sie gebeten, vorzumachen, wie man ein Schaf schert, und sie hatte die Aufgabe in wenigen Minuten mühelos erledigt. Danach hatten sie ihr wesentlich aufmerksamer zugehört.

»Hey, CJ, kann ich in ein paar Monaten wiederkommen und den Kurs wiederholen, um meine Technik zu perfektionieren?«, fragte Jarred.

»Das ist eine gute Idee. Dasselbe gilt für euch alle. Ihr könnt jederzeit zurückkommen, wenn euch der Sinn danach steht.« Sie zog ein Blatt Papier aus ihrer Gesäßtasche. »Oh, bevor ihr geht … Ich habe diese Annonce entdeckt und wollte fragen, wer von euch interessiert ist.«

Grant war der Erste, der fragte: »Ein Scherwettkampf?«

»Ja, nächstes Wochenende. Es geht dabei hauptsächlich um eine saubere Technik. Einige einschlägige Firmen aus der Gegend haben das Event auf die Beine gestellt. Sie möchten für Anreize und Nachwuchs im Scherhandwerk sorgen. Und die Preisgelder sind gut. Es würde mich freuen, ein paar von euch dort zu sehen – wäre eine tolle Werbung für die Schule, und ich bin wirklich erstaunt, wie gut ihr euch entwickelt habt. Ihr alle habt eine reelle Chance zu gewinnen. Also, was meint ihr? Wer macht mit?«

»Ich kann leider nicht«, sagte Ryan.

»Ich mach's«, sagte Grant.

»Ich auch«, schloss Jarred sich an.

»Mist, an dem Tag heiratet mein Cousin«, sagte Nate enttäuscht.

Cathy wandte sich an Kate. »Was ist mit dir?«

Kate, die auf den Boden gestarrt hatte, hob den Kopf. »Ich?«, fragte sie und legte die Hand auf ihre Brust.

»Warum nicht? Du scherst genauso gut wie die Jungs.«

»Komm schon, Kate«, drängte Grant. »Wäre doch eine tolle Sache. Und du arbeitest viel genauer als wir. Du könntest gewinnen.«

Alle lachten. Kate liebte es, ihre Schafe perfekt zu scheren, denn sie war eine große Tierfreundin und wollte sie nicht verletzen.

Vor Aufregung hatte sie Tränen in den Augen. »Okay, dann rechne mit mir. Kann's kaum erwarten. Hey, wir können uns dort treffen und hinterher zusammen was trinken!«

Die Jungen nickten zustimmend.

»Ausgezeichnet. Dann sehen wir uns beim Wettkampf. Und ihr tragt dann hoffentlich die Scherhemden der Schule.« Cathy lachte.

»Klar doch. Bis dann«, sagte Grant, und Cathy bemerkte, dass er Kate zum Abschied zuzwinkerte.

Die Jungs gingen mit einem letzten Gruß zu ihren Pick-ups.

»Tja, das waren warme Worte«, sagte Dot.

»Ja. Waren auch nette Typen, oder?«

»Da bin ich mir noch nicht ganz sicher. Das sag ich dir, wenn ich ihre Zimmer geputzt habe«, sagte Dot amüsiert.

Cathy legte den Arm um ihre Mutter. »Danke, Mum. Du warst die beiden Wochen über wunderbar. Ich weiß, wie schwer es ist, eine hungrige Meute satt zu kriegen.«

Dot sah lächelnd zu Cathy auf. »Und du bezahlst mich gut für den Job. Ich fange jetzt lieber mit dem Aufräumen der Zimmer an«, sagte sie und lief zum Haus.

»Gehst du auch?«, fragte Cathy Kate.

Kate lächelte. »Ja. Danke, CJ. War 'ne großartige Zeit. Erlaubst du mir nächste Woche bei der Arbeit, deine Schafe fertig zu scheren?«

»Wenn du dabeibleiben willst?«

Kate nickte. »Verdammt gerne. Scheren, das hat was.«

Cathy begleitete Kate zu ihrem Auto. »Wem sagst du das? Allerdings ist Doug wahrscheinlich nicht gerade glücklich, wenn alle seine guten Rousies die Seiten wechseln.« Beide lachten, als sie in der Wärme der untergehenden Sonne vor dem Wagen standen. »Außerdem möchte ich, dass du vor dem Wettkampf übst. Ich will dich als Siegerin sehen.«

»Das wär was! Dann sehen wir uns nächste Woche bei der Arbeit.« Kate stieg in ihr kleines, rotes Auto und raste die Schotterstraße hinunter, dass es in der windstillen Luft hinter ihr nur so staubte.

Cathy blieb noch einen Moment stehen, genoss die Ruhe und den Sonnenuntergang. Schwarze Krähen krächzten gegen die Konkurrenz der Elstern in der Nähe an, und Sam trabte am Zaun des nahe gelegenen Pferchs entlang, wo er eine Witterung aufgenommen hatte. Es war ein perfekter Nachmittag.

Kapitel 43

Ich bin so nervös, ich könnte kotzen«, sagte Kate, hielt sich den Bauch und wirkte leicht grün um die Nase.

»Aber bitte nicht in meine Richtung«, sagte Grant, der einen Kopf größer war als Kate.

Sie gingen auf das Gelände hinter dem Pub zu, wo der Scherwettkampf stattfinden sollte. Cathy hatte die jungen Leute in Dougs neuem Pick-up mit doppelter Fahrgastzelle gefahren. Seit sie Jarred auf dem Weg eingesammelt hatten, hatte Cathy keinen Moment mehr Ruhe gehabt. Trotzdem war das aufgeregte Geplapper unterhaltsam gewesen.

»Donnerwetter, da hatten eine Menge Typen dieselbe Idee wie wir. Wer ist heute Abend der Erste?«, erkundigte sich Jarred, als er nervös sein Scherhemd in den Hosenbund steckte.

»Du«, antwortete Kate, als Jarred sein Hemd wieder herauszog.

»Mist, mir schlottern die Knie!« Grant steckte die Hände in die Taschen und sah sich mit großen Augen um.

Cathy lächelte. Sie wusste, wie sie sich fühlten. »Kommt, Leute! Suchen wir einen Platz für eure Sachen.«

Sie folgten Cathy wie kleine Lämmer ihrer Mutter und stellten ihre Ausrüstung ab. Das Areal hinter dem Pub war eine ausgedehnte Rasenfläche, auf der am hinteren Rand das Scherpodest und die mobilen Pferche aufgebaut waren.

Cathy und Kate griffen sich Stühle, während sich die Jungen auf den Rasen setzten.

»Ich bin froh, dass ihr euch diese Woche alle im Scheren üben konntet. Wir wissen noch nicht wirklich, wie der Wettbewerb vonstattengehen soll.«

»Irgendwelche weisen Ratschläge für uns, CJ?«, fragte Kate.

»Nein. Betet, dass ihr einen Scooter kriegt«, lachte sie.

»Was ist ein Scooter?«, wollte Grant wissen.

»Ein schnelles Schaf, eines, das leicht zu scheren ist«, antwortete Kate.

»Ihr habt heute Glück, Leute – es wird auch ein Halbfinale ausgetragen. Normalerweise gibt's die nur bei richtig großen Veranstaltungen, aber ich schätze, die Unternehmen, die das organisiert haben, wollen euch eine zweite Chance geben. Ich hoffe, ihr macht das alle gut.«

Cathy zog ihre Jacke enger um sich, nicht weil es kalt war, sondern um ihre Nerven zu beruhigen. War einer ihrer Schüler heute Abend erfolgreich, war das gut für das Geschäft. Und wenn sie dabei noch gut waren, fiel das auf sie zurück. Hoffentlich täuschte sie sich nicht in ihnen.

»Die erste Ausscheidung fängt an. Mann, der Typ sieht aus wie fünfzehn«, sagte Grant und deutete auf einen kleinen, mageren Jungen am Ende des Scherpodests.

»Wenn überhaupt!«, seufzte Jarred.

»Ich bin das einzige Mädchen heute Abend«, flüsterte Kate Cathy zu. Die normalerweise so unbeirrt fröhliche Kate wirkte jetzt sehr ernst.

»Keine Sorge. Du bist unsere Geheimwaffe, und du wirst es ihnen zeigen. Keine Selbstzweifel, Kate. Du weißt, was du kannst.«

»Danke, CJ.«

»Hey, den kenne ich.« Jarred deutete auf einen jungen Mann am zweiten Scherstand.

»Himmel, denn kennen wir doch alle«, sagte Grant.

Als Mason den Kopf hob, war der arrogante Blick unverkennbar.

»Na, großartig«, seufzte Kate.

»Hey, Leute!«, forderte Cathy ihre Aufmerksamkeit. »Das ist gut. Beobachtet ihn aufmerksam, lernt, wie man's nicht macht, und dann macht ihn fertig. Verstanden?«

Drei grinsende Gesichter waren die Antwort. Cathy beobachtete Mason so genau wie möglich. Seine Technik war schlampig, und seine Fußarbeit stimmte nicht. Ihre Schüler würden ihn mit Leichtigkeit aus dem Rennen werfen. Aber Mason gewann seine Runde und erreichte damit das Halbfinale.

»Ich bin als Nächster dran«, sagte Jarred, zog seine Jacke aus und nahm seine Ausrüstung.

»Viel Glück«, wünschten sie ihm im Chor, als er auf das Podest zuging.

Alle klatschten frenetisch, und Grant pfiff laut, als Jarred seine Runde problemlos gewann.

Kate war die Nächste, und Cathy machte sich Sorgen wegen ihrer Nervosität. Diese wurde deutlich, als sie ihr erstes Schaf viel zu langsam schor und am Anfang mit dem Handstück nicht zurechtkam, aber beim zweiten Tier hatte sie sich warmgelaufen und schafftes es ebenfalls mit Leichtigkeit ins Semifinale.

Nach dem fünften Ausscheidungskampf hatte Cathy alle drei Schüler ins Halbfinale gebracht.

»Ich bin begeistert von euch. Du warst einfach großartig

da draußen, Kate, stell dir bloß vor, was du ohne den zittrigen Anfang erreichen kannst!«

»Ich weiß. Beim nächsten Mal passiert mir das nicht mehr.«

Grant kam von der Bar zurück und hatte für jeden ein Bier besorgt.

»Nur eines, ich muss schließlich zurückfahren«, sagte Cathy, froh über die Ausrede. Sie hatte noch immer niemandem etwas von ihrer Schwangerschaft erzählt – mit Ausnahme natürlich von Dot, Irene und Paul. Zum Glück war es Winter, und die Scherhemden wurden locker über der Hose getragen.

Auf einer Tafel neben den Kampfrichtern waren die Zeiten der Wettkampfteilnehmer aufgelistet. Die ersten vier sollten anschließend das Finale bestreiten. Kate machte kein Hehl daraus, wie sehr sie es genoss, Jarred um Längen geschlagen zu haben.

»Habe mir nur Luft nach oben fürs Finale gelassen«, lautete Jarreds Kommentar.

»Du kannst dich rausreden, wie du willst, Jarred. Du bist von einer Frau geschlagen worden.« Grant sah Kate lächelnd an. »Was soll ich da sagen? Ich habe diesen Schwachkopf in meiner Ausscheidungsrunde.«

Nach wenigen Minuten stand Grant zur ersten Semifinalrunde erneut auf dem Podest. Die Glocke ertönte, und sie legten los. Grant legte ein rasantes Tempo vor und schor um Längen sauberer als Mase, was Cathy sicher werden ließ, dass er es ohne Mühe in die letzte Runde schaffen würde, doch dann passierte das Unglück. Grant wurde disqualifiziert.

»Warum, zum Teufel, haben sie dich disqualifiziert?«,

fragte Kate, als Grant wütend sein Gerät zu Boden warf und sich auf seinen Stuhl plumpsen ließ.

»Ich habe einen Bock erwischt und seinen Schlauch eingeschnitten. Da bist du sofort raus.«

»Oh! Wie kam denn das?«, wollte Kate wissen.

»Könnte wetten, dass Mase was damit zu tun hat. Als ich mir meine Schafe angesehen habe, war ich hundertprozentig sicher, dass es nur Mutterschafe waren.« Grant war vor Wut ganz rot im Gesicht. »Als ich in die Bauchwolle rein bin und in den Penis reingeschnitten habe, habe ich gehört, wie Mase gesagt hat: ›Shit happens, Kumpel!‹ Schätze, er hat das Mistvieh in meinen Pferch gesteckt. Dieser Scheißkerl!«

»Können wir nicht Beschwerde einlegen?«, fragte Jarred.

Cathy schüttelte den Kopf. »Keine Chance. Ich habe gerade einen der Wettkampfrichter erkannt. Es ist Buck Wiletton. Ein harter Knochen, der keine Kompromisse kennt und zufällig denselben Nachnamen hat wie Mason.«

»Jetzt, wo du das sagst, fällt mir die Ähnlichkeit der beiden auf. Also, was machen wir jetzt?«

»Nichts. Grant hat seine Lektion bei diesem Wettkampf gelernt. Immer auf der Hut sein. Jetzt kommt es auf euch beide an«, sagte Cathy nach einem raschen Blick auf die Tafel, die ihr zeigte, dass Kate und Jarred es ins Finale geschafft hatten.

Es war mittlerweile dunkel geworden, und der Veranstalter hatte das Flutlicht über der Rasenfläche eingeschaltet. Cathy hatte erneut mit den Nerven zu kämpfen, nachdem ihre Schüler das Finale erreicht hatten, und auf einen Drink zur Beruhigung musste sie verzichten. Stattdessen schüttete sie wie eine Verdurstende Zitronenlimonade in sich hinein. Vermutlich würde sie später auf der Heimfahrt noch immer unter Strom stehen, während die anderen stockbesoffen waren.

»Glaubst du, sie können gewinnen?«, fragte Grant, als Kate und Jarred auf das Podium stiegen. »Ich bin sicher, die Entscheidung fällt zwischen den beiden.«

»Ja, richtig. Es wäre voreingenommen von mir, wenn ich mir Kate als Siegerin wünsche, weil sie eine Frau ist, aber wie's auch ausgeht, ich bin echt stolz, wie ihr euch heute Abend geschlagen habt.«

Sie zuckten zusammen, als die Glocke ertönte und die Anfänger zu scheren begannen. Mason schor wie ein Berserker, stieß sein Handstück mit rasanter Geschwindigkeit durch die Schafwolle. Er ging in Führung, dicht gefolgt von Kate und Jarred, die elegant und mit rhythmischen Bewegungen zu Werke gingen.

»Gott, ich kann kaum hinsehen«, sagte Grant mit zuckenden Beinen.

Cathy merkte, dass ihre Beine ebenso unruhig auf und ab wippten. Sie beobachteten, wie Mason sein letztes Schaf herauszog, gefolgt von Jarred und Kate. Der vierte Teilnehmer war erst bei seinem vorletzten Schaf angelangt.

»Shit, Mason gewinnt«, zischte Grant.

»Zuerst müssen noch die Punktzahlen ermittelt werden«, sagte Cathy.

Klick! Masons Handstück wurde als erstes ausgestellt. Jarreds folgte sechs Sekunden später und Kates zwei Sekunden danach. Cathy seufzte. Sie fragte sich, ob sich Kate, deren Scherplatz neben Mase lag, erneut aus dem Konzept hatte bringen lassen. Sie war nicht mehr so flink gewesen wie im Halbfinale.

Kate und Jarred kamen zu ihnen an den Tisch zurück,

während sie auf die Verkündung der Punktzahlen durch die Wettkampfrichter warteten. »Ich denke, Jarred müsste gewonnen haben«, sagte Kate. »Mases Schafe sehen aus, als habe sie jemand mit einem roten Filzstift tätowiert. Naja, jetzt können wir was trinken. Wer will ein Bier?«

Die beiden Jungen gaben ihre Bestellungen auf, und Kate machte sich auf den Weg zur Theke. Auch wenn sie klein gewachsen war, hatte sie weibliche Rundungen, die ein Scherhemd vorteilhaft zur Geltung brachte. Cathy war sicher, dass Grant das längst erkannt hatte. Sie genoss es, dass alle ihre Hemden der Rosevale Shearing School über die Wettkampftrikots gezogen hatten.

Während Kate an der Theke stand, kam eine stattliche Dame auf Cathy zu. Sie war die Frau eines Scherers und sagte ihr, wie schlimm sie es fand, dass Grant disqualifiziert worden war.

»Ich frage mich ehrlich, ob die Wilettons wieder mal in ihre alte Trickkiste gegriffen haben«, erklärte sie. »Und dann wollte ich mich erkundigen, wer diese Scherschule leitet.«

»Das bin ich«, sagte Cathy stolz. »Die drei sind meine ersten Schüler.«

Die Frau hatte ihre Tochter dabei, und Cathy schätzte das Mädchen auf ungefähr zehn Jahre. Sie war groß wie die Mutter und hatte deren glattes, blondes Haar. »Mein Mann ist Scherer und findet, dass ihr eine tolle Technik habt. Er hat kaum Zeit, unseren Sohn zu unterrichten, und Trent möchte es unbedingt versuchen. Er ist erst sechszehn, aber kräftig und fit. Kann ich mit meinem Mann darüber sprechen und dich später anrufen – für genauere Informationen?«

»Natürlich.« Cathy schrieb ihr die Telefonnummer auf und nahm sich vor, Visitenkarten drucken zu lassen.

»Das Geschäft floriert heute Abend, was Boss?« Grant grinste.

»Ja, das habe ich euch zu verdanken.« Cathy lachte. »Oh, der Gewinner wird ausgerufen. Kate, beeil dich!« Cathy winkte Kate aufgeregt zu, die mit drei Flaschen Bier in den Händen auf sie zukam. Sie knallte sie auf den Tisch und folgte Jarred auf das Podium.

Mason stand bereits mit siegesgewisser Miene oben. Cathy konnte nur hoffen, dass sein Vater das Ergebnis nicht manipuliert hatte.

Die Antwort erhielt sie postwendend, als die Jury Jarred als Sieger ausrief. Cathy und Grant sprangen von ihren Stühlen und jubelten laut.

Jarred nahm das Mikrofon. »Ähm … ich möchte den Sponsoren für heute Abend danken. Es ist toll, dass sie eine Veranstaltung für uns Anfänger auf die Beine gestellt haben. Und ein großes Dankeschön an CJ Wishart, die mir das Scheren in der Rosevale Shearing School beigebracht hat. Du bist einfach die Größte, CJ! Danke!«

»Erinnere mich, dass ich Jarred noch ein paar Biere spendiere«, flüsterte Cathy Grant ins Ohr.

Anschließend ging der zweite Platz an Kate. Nachdem sie ihren Preis in Empfang genommen hatte, stellte sie sich auf die andere Seite neben Jarred, in gebührender Entfernung von Mase – verständlicherweise, denn sein Gesicht war dunkelrot vor Wut geworden. Er landete letztendlich auf dem vierten Platz.

»Mann, der muss seine Schafe ja massakriert und verdammt unsauber gearbeitet haben, um Vierter zu werden.

Das sollte ihm eine Lehre sein dafür, dass er deiner Schule den Rücken gekehrt hat, CJ.« Grant lachte.

Drei Stunden später, als Cathy ihre Schüler zum Pick-up trieb, lachten sie noch immer darüber. Mittlerweile litt ihre Aussprache unter dem Alkohol, und sie redeten reichlich viel Unsinn. Cathy hatte noch eine dreistündige Autofahrt vor sich. Sie sah in den Rückspiegel und beobachtete, wie sich Kate und Grant stürmisch küssten. Sie unterdrückte ein Kichern und drehte die Musik lauter. Dann wanderte ihr Blick zu Jarred, sie wollte etwas zu ihm sagen, doch er hatte den Kopf gegen das Fenster gelehnt, die Bierflasche noch zwischen den Knien und sein Preisgeld in der Brusttasche.

Sie lächelte still vor sich hin und starrte angestrengt in die dunkle Nacht hinaus, immer auf der Hut vor Kängurus. Sie kurbelte ihr Fenster herunter und ließ etwas frische Nachtluft herein. Es roch nach Regen, und die kühle Brise erfrischte ihre Sinne für die zweite Hälfte der Heimfahrt. Bald würde sie Chris beim Einzug helfen. Er war auf der Suche nach einer eigenen Wohnung gewesen, um Irene und Paul nicht länger zu belästigen. Da er in der Stadt nichts Entsprechendes gefunden hatte, hatte Cathy die Idee gehabt, ihm einen Teil des Hauses zu überlassen. Es war riesig und für sie allein einfach zu groß. Darüber hinaus sollte Chris mietfrei wohnen können, solange er ihr auf der Farm zur Hand ging. Damit war beiden Seiten geholfen. Chris hatte den Vorschlag begeistert angenommen und sollte nun am folgenden Tag bei Cathy einziehen. Cathy merkte, wie sehr sie sich darauf freute, in Zukunft nicht mehr allein zu sein.

Cathy hielt den Draht stramm am Eckpfeiler des Zauns, neben dem Joe stand, die Finger klamm vor Kälte. »Chris, reichst du mir mal die Zange, bitte?«

Chris beugte sich über die Seitenwand der Ladefläche des Pick-ups, den Reißverschluss seiner schwarzen Jacke bis unters Kinn geschlossen. Er kramte in dem roten Werkzeugkasten und hielt eine Zange hoch.

»Nein, ich brauche die mit den schwarzen Griffen.«

»Kann ich sonst noch irgendwie helfen?«, fragte Chris und zog seine graue Mütze tiefer über die Ohren. »Verdammt, ist das kalt. Warum sitze ich jetzt nicht im Traktor im Warmen? Der Traktor hat mir gefallen. Fahren kann ich.«

»Ja, Säen ist die beste Arbeit. Es geht doch nichts über den Geruch frischer Erde, was?«

»Als du mir davon erzählt hast, hatte ich keine Ahnung, dass einen das richtig packen kann, aber es war so. Merke mich für die nächste Aussaat schon mal vor.«

»Vorsicht! Könnte sein, dass ich genau das auch tue«, lachte Joe und zog einen Stahlpfosten von der Ladefläche des Pick-ups. Cathy lächelte bei der Erinnerung an den Abend, an dem Chris mit ihr auf dem Traktor gefahren war. Sie hatten sich die ganze Zeit unterhalten. Joe hatte zwar den Großteil der Aussaat persönlich vorgenommen, aber Chris und Cathy hatten an den Wochenenden mitgeholfen. Dazu hatte sie Chris das Traktorfahren und die Bedienung der Sämaschine beigebracht.

»Chris, du könntest die alte Drahtrolle aus dem Weg räumen«, sagte Joe.

»Wird gemacht.«

Damit trug Chris den rostigen Draht fort, und Joe beobachtete Cathy, die mit der Zange hantierte.

»Er wird allmählich. Wir machen aus ihm noch einen richtigen Bauernburschen, was?«, sagte Joe amüsiert.

»Ja. Es ist echt nett von ihm, uns zu helfen. Gibt nicht viele, die für die Landarbeit was übrig haben«, fügte Cathy hinzu.

»Hey«, warf Chris zwischen zwei keuchenden Atemzügen ein, als er die Drahtrolle aus dem Weg hievte. »Ist doch das Mindeste, was ich für die kostenlose Wohnung tun kann.«

»Dann seid ihr euch noch nicht an die Gurgel gegangen?«, fragte Joe, hielt inne und zündete sich eine Zigarette an.

»Mann, Joe! Ich bin doch erst vor einer Woche eingezogen«, konterte Chris gereizt. »Aber ich vermisse Pauls Kochkünste! Cathy kann ihm nicht das Wasser reichen«, flachste er.

»He, was fällt dir ein!« Cathy stemmte die Hände in die Hüften. »Dabei räume ich schon dauernd hinter ihm her!«

»Oha! Zumindest hinterlasse ich keinen unaufgeräumten Frühstückstisch, bevor ich zur Arbeit gehe!«

»Also wirklich!«

Joe kratzte sich am Kopf. »Dann kommt ihr miteinander aus?«

Chris und Cathy lachten. »Kann man sagen«, stimmten beide zu.

»Ich muss zugeben, dass ich gern Gesellschaft habe«, sagte sie.

»Oh, Mann! Sag die Wahrheit! Du brauchst nur jemanden, der hinter dir herräumt.« Chris stopfte seine dunklen Haare unter die Mütze.« Seine grünen Augen suchten amüsiert ihren Blick.

»Also, vielleicht bin ich ein bisschen ...«

»Und wahrscheinlich brauchst du mich, um dein Geld anzulegen, jetzt wo deine Scherschule boomt, was? Meine Buchhalterfirma ist ausschließlich mit dir beschäftigt«, witzelte er. »Man bedenke nur, dass deine beiden Schüler den ersten und den zweiten Platz beim Wettbewerb gemacht haben. Die ganze Stadt redet über nichts anderes«, schloss Chris.

Cathy fühlte, wie ihr die Röte ins Gesicht stieg. »Ja, unsere Schülerzahl ist definitiv gestiegen. Ich musste drei Gruppen mehr aufnehmen.«

Chris schüttelte den Kopf. »Du solltest langsamer treten und nicht noch Gas geben in deinem Zustand. Wie wär's mal mit ein bisschen Ruhe? Du bist doch fast schon im sechsten Monat, oder?«

»Na und? Ich bin schwanger, Chris. Das ist keine Krankheit, und ich bin deshalb nicht bettlägerig«, entgegnete sie lachend.

Joe trat seine Zigarettenkippe aus. »Kommt, ihr beiden. Ihr seid schlimmer als Kinder. Wenn wir so weitermachen, werden wir mit dem Zaun nicht fertig.«

Chris zog eine Grimasse, und Cathy verkniff sich ein Lachen.

»Also gut. Bringen wir's hinter uns, damit wir nach Hause fahren und den Kamin anzünden können«, sagte Cathy und rieb sich die Hände.

Kapitel 44

Lindsay, Angela kommt! Dein Besuch!«, rief James übertrieben überschwänglich. Er stand im Wohnzimmer und spähte durch den dicken, kaffeebraunen Vorhang durchs Fenster.

Lindsay stürzte sich auf seinen Bruder. James wehrte sich, und sie wälzten sich auf dem beigefarbenen Wollteppich, ächzten und keuchten wie Kinder. Lindsay drückte James zu Boden, den Arm um seinen Rücken gelegt.

»Mum, Mum, Lindsay ärgert mich!«, kreischte James.

Lindsay lachte. »Mummy kann dich diesmal nicht retten.« Mit einem letzten Stoß gab er James frei und stand auf. Aber James hatte das letzte Wort – Blut rann aus Lindsays Mundwinkel, wo James' Ellbogen ihn getroffen und verletzt hatte.

»Ein Glück, dass wir den beiden nicht mehr auf der Pelle hocken«, seufzte Lindsay.

Er hatte James vorgeschlagen, das alte Farmhaus zu renovieren, in dem ihre Großeltern gelebt hatten und das in der Nachbarschaft der Arbeitsschuppen lag. Überraschenderweise war ihr Vater sofort einverstanden gewesen. Er hatte so etwas wie sie seien »Elefanten im Porzellanladen« gemurmelt, und er und Jill hätten »etwas Ruhe und Frieden nötig«. Auf diese Weise waren sie zwischen Aussaat, Traktorfahren und Spritzmittelausbringen damit beschäftigt gewesen, das Haus herzurichten, und Lindsay hatte es genossen. In der vergangenen Woche waren sie eingezogen und hatten eine Einweihungsparty gegeben. Zu Lindsays Leidwesen hatte James Angela eingeladen, nur um ihn zu ärgern, und Angela hatte sich betrunken und Lindsay den ganzen Abend lang verfolgt. Er hatte seit Beginn der Therapie bei Margaret keinen Alkohol mehr angerührt, und nüchtern zu bleiben, während alle anderen sturzbetrunken waren, hatte wenig Spaß gemacht. Besonders schlimm war es daher, dass Angela schon wieder auftauchte.

»Was ist? Willst du Angela nicht begrüßen?«, piesackte James ihn.

Lindsay stieß James den Zeigefinger in die Brust. »Nein, das übernimmst du. Ich verarzte inzwischen meine Lippe, was eine Weile dauern wird, also kümmere dich lieber selbst um sie.« Damit verschwand Lindsay im Badezimmer am Ende des Korridors. Er war stolz auf die harte Arbeit, die James und er geleistet hatten, um das alte Haus bewohnbar zu machen. Er liebte die hohen Decken und die schönen alten Riemenböden. Es würde einmal das perfekte Heim werden, wenn James eine Familie gründete. Lindsay hatte nicht vor, noch lange auf der Farm zu bleiben, obwohl er gerade die glücklichste Zeit erlebte, die er je hier verbracht hatte.

Er hatte sich inzwischen mit unterschiedlichen Schafsrassen wie den Poll Dorsets und britischen Züchtungen wie Texel und Border Leicesters befasst. Es hatte ihn selbst überrascht, wie spannend seine Recherchen gewesen waren, und was er dabei gelernt hatte, konnte sich beim Kauf von Schafsböcken für die zukünftige Herde von unschätzbarem Wert erweisen. Er war guter Dinge – und das, obwohl er seit einer Woche die Medikamente abgesetzt hatte. Gerade darüber war er besonders glücklich.

Lindsay sah in den Spiegel und tupfte seine Lippe ab. Es war nicht wirklich schlimm. Er hörte Angelas Stimme, die durch den Korridor hallte, und zuckte unwillkürlich zusammen.

Auch James interessierte sich nicht für Angela – sein Bruder ging mit einem Mädchen aus, das er bei einer Schafsauktion kennengelernt hatte. Normalerweise hätte James keinen zweiten Blick riskiert, denn er bevorzugte Mädchen, die sich wie Mädchen kleideten, aber sie hatten rein zufällig hinter ihr gestanden, und er hatte sofort ihre langen Beine und den knackigen Hintern registriert, die in einer Jeans steckten. Schließlich hatte sie ihren Hut abgenommen, und eine rote Lockenpracht hatte sich wellenartig über ihre Schultern ausgebreitet. Als sie sich dann nach der Auktion umgedreht und dem Ausgang zugewandt hatte, hatten die beiden in unglaubliche, strahlend blaue Augen gesehen. James hatte verräterisch scharf die Luft eingesogen. Es war um ihn geschehen gewesen.

Lindsay hatte den ersten Schritt getan. »Hallo! Bist du zum ersten Mal hier?«

Sie schätzten sie auf Anfang zwanzig, und sie hatte mit einem umwerfenden Julia-Roberts-Lächeln geantwortet: »Ja, ich bin erst vor ein paar Monaten hergezogen, um bei meinem Onkel zu arbeiten. Ich bin Bianca.« Dann hatte sie ihre Hand ausgestreckt. Und das war es gewesen. Sie hatten sie noch ein paarmal getroffen, bevor James sie eingeladen hatte, mit ihm auszugehen, und inzwischen waren sie unzertrennlich. Lindsay mochte Bianca. Sie war Cathy in ihrer ungekünstelten, zupackenden Art sehr ähnlich. Er freute sich sehr für James. Ihre Mutter dagegen war nicht begeistert. »Eine Farmarbeiterin als Freundin!«, hatte ihr dünnlippiger Kommentar gelautet. Aber das hatte James nur noch glücklicher gemacht.

Lindsay hörte, wie die Haustür zuschlug, und James steckte den Kopf durch die Badezimmertür.

»Die Luft ist rein. Ich habe ihr gesagt, du hättest die Syphilis!«

James lachte, und Lindsay warf seine Zahnbürste nach ihm. Das Schlimme war, dass James ihr wahrscheinlich genau das gesagt hatte.

»Ich jetzt! Ich jetzt!«, quietschte Tara und versuchte Bonnie wegzuschubsen.

Beide Mädchen legten ihre kleinen Hände und Ohren an Cathys gewölbten Schwangerschaftsbauch, um die Bewegungen des Babys zu hören und zu fühlen.

Bonnie wandte sich mit großen Augen an Tess: »Ich glaube, es hat mit dem Fuß in meine Richtung getreten.«

Tess strich Bonnie zärtlich über die Wange. »Du bist auch einmal in meinem Bauch gewesen. Ich dachte, du wirst ein Junge, weil du da drinnen immer Fußball gespielt hast.«

»Wirklich?«

Cathy lehnte sich in dem Sessel in Burts Wohnzimmer zurück. Das Haus war für sie noch immer Burts Haus, und das würde wohl auch so bleiben. Die Mädchen traten zurück, und Cathy hob ihren braunen Wollpullover hoch und zeigte ihren Bauch.

»Schaut mal, was er aus meinem Bauchnabel gemacht hat!«

»Und dabei bist du erst im sechsten Monat. Warte nur, bis du im neunten bist!« Tess lachte. »Du glaubst also, dass es ein Junge wird?«

»Oh, keine Ahnung. Es ist nur einfacher, von ›ihm‹ zu reden.«

»Wie wär's, ihr beiden, wenn ihr euch jeder einen Schokokeks schnappt und zum Spielen rausgeht?«, schlug Tess vor, und die Mädchen verließen mit ihren Süßigkeiten aufgeregt das Haus.

Cathy band ihr Haar zu einem Pferdeschwanz hoch. »Ich glaube, ich muss mir die Haare schneiden lassen. Sagt man nicht, dass Mütter nicht einmal mehr Zeit haben, sich zu kratzen?«

Tess lachte. »So schlimm ist es auch wieder nicht. Außerdem geht's dir doch blendend, mit deiner Mutter, Irene und Chris, die dir zur Seite stehen. Aber wie ist es bei der Arbeit?«

Cathy stöhnte. »Es ist verdammt schwierig, mit dem dicken Bauch zu scheren. Meine letzte Schülergruppe hat mich für irre gehalten, und der nächste Schwung kommt schon in zwei Wochen.«

»Warum rufst du nicht Lindsay an und fragst ihn, ob er den Job möchte? Dann könnte er bei der Geburt dabei sein.«

Cathy runzelte die Stirn und versuchte, beim Klang seines Namens gelassen zu bleiben. Doug und Tess wollten unbedingt, dass sie Lindsay einweihte. Die beiden belogen ihn nur ungern. Cathy gefiel es zwar auch nicht, aber sie hatte gehofft, dass er mittlerweile längst zurückgekehrt sein würde. Sie machte sich um ihn Sorgen, aber Doug versicherte ihr, dass es ihm gut gehe.

»Nein, das kann ich nicht. Vielleicht hat er längst eine andere.«

Tess lachte. »Das bezweifle ich.«

Chris stellte die Einkaufstasche auf den Küchentisch und kam zu ihnen ins Wohnzimmer. »Hallo, CJ, hast du gewusst, dass wir zwei niedliche Gartenzwerge draußen auf dem Rasen haben?«

»Mm, du kannst sie für ein paar Tage behalten, wenn du willst«, sagte Tess. »Ich bin gespannt, wie niedlich du sie dann noch findest.«

Chris warf einen Seitenblick auf Tess und zog eine Grimasse. Er kam geradewegs aus dem Büro. Seine Wirtschaftsprüfungsfirma boomte, und er versuchte sich zusätzlich in der Finanzbranche. Chris sah in Anzughose und weißem Oberhemd schick aus, aber seit er bei Cathy eingezogen war, machte er sich durchaus auch die Hände schmutzig. Er hatte zugegeben, auch gern mit Schafen zu arbeiten, und an den Wochenenden spielte er den Hausmann oder half Joe bei Bedarf auf der Farm.

»Und? Was hast du uns zum Abendessen mitgebracht?«, fragte Cathy und betrachtete die Einkaufstüten.

»Also, da sind ein paar saftige Steaks drin, die du für mich braten wirst – so wie ich sie liebe, und gemischter Salat. Wann kannst du zu kochen anfangen?«, fragte Chris frech.

»Nachdem du mir meinen müden Rücken massiert hast«, erwiderte Cathy lachend.

Chris verdrehte die Augen, und jetzt lachte auch Tess. »Du hast keine Ahnung, was dir noch bevorsteht. In ein paar Monaten jammert sie dir die Ohren voll. Ich würde mir ein paar Fangopackungen zulegen«, schlug sie vor.

»Keine schlechte Idee«, sagte Chris, bevor er in sein Zimmer ging, um sich umzuziehen.

Tess beugte sich in ihrem Sessel vor. »Wie geht's mit Chris?«

»Er ist Gold wert. Es war wirklich die beste Idee, ihn zu überreden, bei mir einzuziehen. Er ist der ideale Mitbewohner.«

»Hat er schon eine Freundin gefunden?«

Cathy zog eine Grimasse und suchte sich eine bequemere Sitzposition. »Nö. Schätze, er fühlt sich mit mir und Irene voll ausgelastet. Neulich abends allerdings ist er mit einer Frau ausgegangen.«

Chris kehrte in Sporthose und rotem T-Shirt von Quicksilver ins Wohnzimmer zurück. Er trug seine komischen Hausschuhe, über die sich Cathy so lange lustig gemacht hatte, bis er ihr dasselbe Paar zum Geburtstag geschenkt hatte. Jetzt trug sie es konsequent jeden Abend.

»Wer war das Mädchen, mit dem du vorgestern ausgegangen bist?«, fragte sie.

Chris verdrehte die Augen, als er merkte, dass er ausgefragt wurde. »Sie heißt Beth und arbeitet bei der Bank.«

»Oh, Beth Landard. Sie ist entzückend. Ich kenne ihre Eltern gut.« Tess kannte jeden in Lake Moore.

Cathy sah zu Tess hinüber. »Ist sie gut genug für Chris?«

Chris hob die Arme. »Ich bin nur einmal mit ihr essen gewesen. Und jetzt bin ich dann mal weg.« Damit stapfte er aus dem Zimmer und in Richtung Waschküche, um die Waschmaschine anzustellen.

»Ja, sie ist wirklich zauberhaft. Chris soll sie mal nach Hause zum Essen einladen, dann kannst du sie kennenlernen.«

»Ja, ich weiß. Ich war bisher nur viel zu beschäftigt für solche Scherze. Chris erledigt die Einkäufe nach dem Büro.«

»Ich kann nicht glauben, dass du noch scherst. Warum tust du dir das an?«

Cathy seufzte und strich abwesend über ihren Bauch. »Weil es noch geht und ich vormachen muss, was ich predige. Und wenn das Baby erst da ist, kann ich nur noch sporadisch arbeiten. Vermutlich muss ich mich darauf beschränken, Joe auf der Farm zu helfen, bis der nächste Lehrgang in der Scherschule anfängt.«

»Dot hat gesagt, dass du wochenlang ausgebucht bist.«

»Ja, stimmt. Da es nur diese eine Schule in unserem Staat gibt, läuft es rund. Habe ich dir schon erzählt, dass wir im August auf den Dowerin Field Day gehen?« Tess nickte. »Tja, sollte ein Heidenspaß werden. Vorausgesetzt ich kann dann überhaupt noch laufen.«

Tess stand auf und zog ihr blaues Shirt über die Jeans. »Komm schon. Ich möchte unbedingt das Kinderzimmer sehen.« Sie streckte die Hand aus, um Cathy aus dem Sessel zu helfen.

Gemeinsam gingen sie zum Zimmer am Ende des breiten Korridors. »Ich habe vergangenes Wochenende den letzten Anstrich gemacht, und Chris hat ein neues Fliegennetz über der Wiege befestigt.«

Die frisch angestrichene Holzwiege, in der schon Cathy als Baby gelegen hatte, stand in der Ecke. Es war eine der alten Wiegen mit einem Himmel, um Fliegen und Insekten fernzuhalten.

»Oh, CJ! Die ist ja traumhaft. Das sanfte Gelb gefällt mir. Wie bei kleinen Küken. Du kannst auch meinen alten

Schaukelstuhl haben. Mitten in der Nacht ist der eine gute Hilfe. Ich sage Doug, dass er ihn rausholt und dir bringt.«

»Danke, Tess. Das wäre wunderbar.« Cathy griff nach einem winzigen weißen Strampelanzug und hielt ihn sich vor den Bauch. »Ich kann noch immer nicht glauben, dass ich bald ein Baby haben werde. Und der Gedanke, wie klein er sein wird ….«

Tess lachte. »Ja, du kannst nur hoffen, dass er wirklich klein ist.«

Cathy runzelte die Stirn. »Mann, herzlichen Dank, Tess. Ich konnte es noch nicht einmal über mich bringen, mir ein Video von einer Geburt anzusehen. Ich habe beschlossen, erst daran zu denken, wenn es so weit ist.«

»Ja, so habe ich es auch gehalten. Kein Grund, sich verrückt zu machen, wenn Frauen überall tagtäglich Kinder kriegen. Irgendwann bringst du es hinter dich, auch wenn du vorher glaubst, es sei unmöglich. Komm schon. Ich setze noch mal Teewasser auf. Dabei kannst du mir erzählen, was du für das Baby schon hast und was du noch brauchst.«

»Danke, Tess. Du bist ein Schatz.« Cathy blieb kurz zurück und ließ den Blick durch das kleine, gelb getünchte Zimmer schweifen. Sie war plötzlich aufgeregt. Bald würde sie ihr Baby in den Armen halten.

Sie fühlte eine Hand auf ihrem Rücken. »Hey, du! Träumst du wieder?«

Sie sah in Chris' grüne Augen. Er war immer für sie da, hatte wieder Freude in ihr Leben gebracht, und sie konnte ihm nicht genug dafür danken. Chris hob die Hand und streichelte ihre Wange, neigte sich näher zu ihr. Wollte er sie küssen? Sie bekam es mit der Angst zu tun, doch bevor sie wusste, wie ihr geschah, spürte sie seine Lippen auf ihrer

Stirn. Sie seufzte vor Erleichterung und hatte den Verdacht, dass er es gehört hatte.

»C J, du weißt, dass ich immer für dich da bin.« Etwas in seinem Blick sagte, dass er gekränkt war, aber dann blinzelte er, und es war verschwunden. Er zwinkerte ihr zu und ging aus dem Zimmer.

Ihr Herz schlug heftig in ihrer Brust. Wartete er auf sie? Sie ahnte schon eine Weile, dass er sich in sie verliebt haben könnte, hatte sich jedoch geweigert, die Zeichen zu erkennen. Sie hoffte noch immer auf Lindsays Rückkehr. Sie mochte Chris sehr. Er war ein liebenswerter Mann, aber Lindsay hatte sie für jeden anderen Mann verdorben, so als habe er die Hälfte ihres Herzens mit sich genommen. Chris war wie der Bruder für sie, den sie nie gehabt hatte. Nur die Zeit würde zeigen, ob sie ihn je als etwas anderes sehen konnte.

Kapitel 45

»Ich weiß nicht, weshalb ich mich von euch habe überreden lassen. Ich sehe aus wie ein Michelin-Männchen.« Cathy rieb sich den Bauch durch das weiße Schwangerschaftsshirt, das ihre Mutter ihr besorgt hatte.

»Blödsinn. Du siehst zauberhaft aus. Aber wir brauchen den hier vielleicht, falls es bei dir früher losgeht.« Chris deutete auf eine schwarze Schubkarre mit massivem Vorderrad.

»Chris!«, kreischte Cathy entsetzt.

Irene und Paul lachten. »Mein Gott, ich habe das Gefühl, mit zwei Kleinkindern unterwegs zu sein. Ihr beide kabbelt euch ununterbrochen, seit wir hier sind!«, sagte Irene, aber in ihren Augen sah man nichts als Liebe für die beiden. Sie drängten sich durch die Menschenmassen auf dem Dowerin Field Day, der großen Landwirtschaftsausstellung, verließen die Ausstellungshallen für landwirtschaftliche Geräte und gingen in den allgemeinen Ausstellungsbereich für Familien.

Chris legte seinen Arm um Cathy und rieb seine Fingerknöchel über ihren Scheitel. »Aber Mum, sie ist so biestig!«, jammerte Chris spielerisch.

Cathy boxte ihm den Ellbogen in die Rippen, und als er zurückschlagen wollte, hob sie die Hände. »Keine Chance! Schwangere Frau!«

»Hört jetzt endlich auf, ihr beiden, sonst gibt es kein Eis und auch keine Zuckerwatte«, flachste Paul.

Chris und Cathy schnitten ihm beleidigte Grimassen.

»Ich habe doch nur Spaß gemacht«, sagte Cathy. »Ich bin froh, dass wir hier sind. Ich genieße es, auch wenn mein Rücken wehtut und mein Bauch auf dem Boden schleift!«

Chris verdrehte die Augen. »Ah, nicht schon wieder! Die fette Lady drückt auf die Tränendrüsen. Hör auf zu jammern – du bist doch selbst schuld.«

Es war ein herrlicher, warmer Tag, ein Vorbote des Frühlings, und Cathy war so glücklich, dass sie zu schweben glaubte. Sie genoss jede Minute mit Irene, Paul und Chris. Sie waren wie eine große Familie, und Irenes und Pauls Begeisterung über diese Konstellation war ebenfalls nicht zu übersehen. Für Cathy und Chris war es der erste Besuch auf den Dowerin Field Days, und beide waren über die Größe der Veranstaltung erstaunt. Sie waren bereits seit einem halben Tag auf dem Gelände unterwegs und hatten nicht einmal die Hälfte der Ausstellung gesehen. Und diese Menschenmassen! Cathy hatte die Toilette für Behinderte benutzen müssen, da sie in die normalen Dixi-Klos mit ihrem Schwangerschaftsbauch nicht hineinpasste.

Sie erreichten die riesige Halle mit den allgemeinen Ausstellern und schlenderten ziellos umher. Sie entdeckten einen Stand mit Chili-Oliven zum Probieren, und Cathy kaufte ein Glas für ihre Mum. Es war ein gutes Gefühl, eigenes Geld zu besitzen und aus einer Laune heraus etwas kaufen zu können.

Cathy ging ein paar Stände weiter in Richtung eines Händlers, der Möbel verkaufte. Dabei kam sie an einem Rasenstück vorbei, auf dem einige Männer Australian Football übten, indem sie gegen Bälle traten, die an langen Gummibändern hingen.

Einer der Männer hatte den Ball gerade gefangen, bevor er an dem Gummiband wieder zurückschnellte. Der Mann erinnerte sie an Lindsay – nein, es war Lindsay! Größe, Figur, blondes Haar, bis hin zu den Narben an seinem rechten Arm stimmte alles. Mein Gott, sah er gut aus! Seine schlanken Beine und der knackige Hintern steckten in Jeansshorts. Sie spielte mit dem Gedanken, Hallo zu sagen, aber ihre Hand wanderte stattdessen zu ihrem Bauch. Genau den konnte und wollte sie ihm im Augenblick nicht erklären. Cathy verbarg ihr Gesicht hastig hinter einem Hutständer, von wo aus sie ihn noch immer beobachten konnte. Ein seltsames Kribbeln befiel sie, Lindsays Anblick verursachte ihr nach so langer Zeit Gänsehaut.

Eine junge Frau trat hinter Lindsay, schlang die Arme um seine Taille und küsste ihn in den Nacken. Sie war auf ungewöhnlich hohen Absätzen besonders groß, ihr langes, braunes Haar fiel ihr über den Rücken, und sie sah wie das Modell aus einem Werbespot für Haarshampoos aus. Das Kleid war von teurer Machart und hatte vermutlich mehr gekostet, als Cathy in einer Woche bei der Schafschur verdiente – jedenfalls war es definitiv nicht mit den Modellen von Target zu vergleichen, wo sich Cathy einkleidete.

Ihr wurde schwindelig, sie taumelte rückwärts und stieß mit einer anderen Frau zusammen. »Sorry«, murmelte sie.

Zum Glück kam Irene. »Hey, du siehst gar nicht gut aus.«

Cathy brachte kein Wort heraus. Sie war am Boden zerstört und zu erregt, um sich Irene anzuvertrauen.

»Entschuldigen Sie, können wir uns kurz Ihren Stuhl ausleihen? Sie muss sich setzen.« Sie wurden umgehend zu einer Reihe von Stühlen geschoben, wo Cathy erleichtert Platz nahm.

»Wie fühlst du dich? Soll ich Hilfe holen?«

Cathy schüttelte nur den Kopf. Sie hatte das Gefühl, sich im freien Fall zu befinden, unkontrolliert ins Bodenlose zu kreiseln. Sie kam sich sehr naiv vor. Sie hatte immer an Lindsays Rückkehr geglaubt. Hatte an seine Liebe geglaubt. Aber jetzt – Himmel, jetzt war sie tatsächlich allein. Und in diesem Moment traf sie die Erkenntnis mit voller Wucht: Sie würde dieses Baby allein großziehen müssen. Eine alleinerziehende Mutter mit all ihren beruflichen und finanziellen Verpflichtungen – war das überhaupt möglich?

Irene reichte ihr eine Flasche Wasser, und Cathy nahm einen Schluck zur Beruhigung, während in ihrem Kopf alles durcheinanderging.

»Geht es dir wirklich besser? Du bist leichenblass!«

Irenes besorgte Stimme riss sie aus ihrem Selbstmitleid. »Ja, natürlich. Ist vielleicht die Hitze und die viele Lauferei!«

Sie hievte ihren schweren Körper aus dem Stuhl und versuchte, Gefühle wie Kränkung, Angst und Betroffenheit auszublenden. Ihre Träume, ihre Pläne waren mit einem Wimpernschlag vernichtet.

Irene nahm ihre Hand. »Komm! Ich glaube, wir bringen dich jetzt lieber nach Hause.«

»Hallo, da seid ihr ja«, sagte Paul, als Chris gerade zu Cathy trat und ihr sanft den Rücken massierte. Seine Fürsorge brachte die Tränen zum Überlaufen. Die Emotionen brachen über ihr zusammen, und sie hatte das Bedürfnis, sich auszuweinen.

»Sie hatte einen leichten Schwindelanfall«, sagte Irene.

Augenblicklich wandten sich ihr beide Männer wie väterliche Beschützer zu.

»Ich finde, wir sollten nach Hause fahren«, sagte Irene noch einmal.

Cathy schniefte und hielt die Tränen zurück. »Mir geht es gut, ehrlich.«

»Ich bin dafür, dass wir nach Hause fahren«, sagte Chris, legte den Arm um sie und zog sie an sich. Sie lehnte den Kopf an seine Schulter und seufzte.

Paul nickte. »Gute Idee. Ich habe genug gesehen.«

Sie verließen die Ausstellungshalle in Richtung Parkplatz. Die ganze Zeit über hatte Chris den Arm um Cathy gelegt, hielt sie aufrecht. Er war wirklich ein fürsorglicher Mensch und wäre ein wunderbarer Vater. Chris war verlässlich, liebevoll und amüsant. Vielleicht war es tatsächlich Zeit, mit der Vergangenheit abzuschließen. Zumindest Chris wollte sie.

Kapitel 46

»Verzeihung, CJ, aber mache ich das richtig?«
Cathy ließ Rob allein und ging zu Jeremy und beobachtete, wie er sein Handstück führte. »Du musst den vorderen Fuß hinter der Schulter des Schafs lassen und seinen Kopf in deinen Schoß drücken. Halte beim ersten Scherzug über die Brust das Tier fest zwischen deinen Beinen.«

Jeremy versuchte seinen Fuß in die gewünschte Stellung zu bringen, machte jedoch erneut alles verkehrt. Als er zu ihr aufsah, lag ein vollkommen verwirrter Ausdruck in seinem langen, schmalen Gesicht, das zu seiner hageren Figur passte. *Mist!* Alle anderen machten Fortschritte, aber Jeremy kriegte einfach die Kurve nicht. Er war nie zuvor in einem Scherstall gewesen, hatte daher nie gesehen, wie ein Schaf geschoren wurde. Und Cathy hatte zuvor keinen so vollkommenen Anfänger als Schüler gehabt, und der Unterricht entpuppte sich als Knochenarbeit. Sie hielt es daher für das Beste, ihm zu demonstrieren, was sie meinte.

»Josh, kann ich mal kurz übernehmen?«, fragte sie den Jungen auf dem Scherplatz neben Jeremy, der gerade bei seinem Schaf die letzten Züge schor.

Josh zuckte die Schultern. Schwarzes Haar quoll aus dem Ausschnitt seines Unterhemds.

»Danke.« Cathy zog ein Schaf heraus und drückte es gegen ihren gewölbten Bauch. Im Nu war sie beim Gesicht und der letzten Schulter angelangt, der Abschnitt, an dem Jeremy stecken geblieben war, und hielt inne, um ihn anzusehen.

Beide, Josh und Jeremy, hatten ein Grinsen im Gesicht.

»Was gibt's?«

Josh lachte. »So was kriegt man nicht oft zu sehen, Boss. So schnell, wie du scheren kannst mit deinem … naja … dicken Bauch.«

»Ah, du bist nicht auf dem Laufenden. Ich habe viele Kerle gesehen, die mit noch dickeren Bäuchen scheren, als ich ihn habe.«

Josh kratzte sich am Kopf. »Ja, da hast du natürlich recht. Vielleicht hätte ich sagen müssen, dass ich noch nie eine Schwangere scheren gesehen habe. Solltest du dich nicht schonen?«

»Würde ich ja gern, Josh, aber ich kann keinen Scherer finden, der für mich einspringt, also müsst ihr schon mit mir vorliebnehmen.«

»Für uns kein Problem, CJ. Du bist ein viel netterer Anblick«, lachte Jeremy.

»Also mir wär's lieber, du würdest dich mehr für dein Schaf interessieren. Jetzt schau mal genau hin, wie ich meine Füße stelle.« Sie machte langsame Bewegungen und hoffte, dass Jeremy alles verinnerlichte. Das Letzte, was sie wollte, war, dass Jeremy wiederkommen musste, aber so wie er sich anstellte, waren zwei Wochen einfach zu kurz für ihn.

»So, und jetzt machst du bei deinem Schaf weiter«, keuchte sie atemlos, als ihr das Blut ins Gesicht schoss. Es wurde täglich schwieriger. Die Rückenschmerzen würden sie am Abend umbringen, ihre Knöchel schwollen bereits an, und sie musste die Tiere für den Folgetag noch in die Pferche treiben. Mit Irene konnte sie nicht rechnen, denn die lag mit Grippe im Bett. Cathy war auf sich gestellt. Im Scherschuppen herrschte das Chaos. Die Vliese türmten sich, und Wollflusen bedeckten den Fußboden. Sie hatte keine Zeit aufzukehren. Sie schaffte es ja kaum, die Verunreinigungen aus den Vliesen zu entfernen und sie zu klassieren. Schweiß rann über ihren Rücken, als sie sich aufrichtete, nachdem sie das Schaf über die Rampe in den Wartepferch geschoben hatte. Ihr XXL-Top spannte über Bauch und Brust, die, wie sie hätte schwören können, täglich größer wurde und gegen den Baumwollstoff scheuerte.

»Schaf – ho«, rief Kevin vom letzten Scherplatz.

Cathy stemmte die Hände in die Hüften. »Kevin, das musst du jetzt schon selbst erledigen. Ich bin zu beschäftigt, Junge«, brüllte sie zurück, bevor sie vorsichtig vom Podest kletterte, um das Vlies aufzunehmen, das sie gerade abgeschoren hatte.

Eine halbe Stunde später machten die Jungs Schluss und liefen auf ein Bier ins Haus, während sie die Schafe einpferchte. Sie schlug eines der Tore zu und klemmte sich dabei den Finger ein. Tränen schossen ihr in die Augen, während sie den Schmerz zu lindern versuchte, indem sie die Hand schüttelte.

»Brauchst du Hilfe?«

Beim Klang der bekannten Stimme fuhr sie herum. »Hallo, du.« Sie versuchte ein Lächeln, als sie zwischen den Pferchen hindurch auf ihn zuging.

»Dachte, du könntest heute vielleicht Hilfe brauchen.«

»Kann man wohl sagen. Ist schließlich nicht zu übersehen, was?« Sie zeigte auf das Chaos im Scherschuppen, den sie trotz allem noch immer wunderschön fand. Die Nachmittagssonne fiel wie Laserstrahlen durch die Löcher in den Wänden. Die Schüler hatten sich mittlerweile angewöhnt, nach Ende eines Lehrganges ihre Namen mit Farbsprühdosen an den Wänden zu verewigen. Cathy gefiel das. Die roten, blauen und grünen Namenszüge unter jedem Datum verliehen dem Scherstall eine besondere Note – und ergaben in ihrer Gesamtheit auf diese Art ein Jahrbuch der Schule. Sie wusste nicht, was geschehen würde, wenn ihnen der Platz an den Wänden ausging. Sollten sie dann an der Außenseite weitermachen? Im Scherstall herrschte Stille. Es war die schönste Zeit für sie, wenn die Geräte, die Wollpresse und der CD-Player abgeschaltet waren. Selbst mit dem Klappern loser Blechteile im Wind, dem Scharren der Hufe und einem gelegentlichen Blöken herrschte eine ausgesprochen friedliche Atmosphäre.

Chris streckte die Arme nach ihr aus, um sie vom Podest zu heben. Er tat dies mit Leichtigkeit, und sie bewunderte sein grünes Maori-Amulett, das an einer Kette um seinen Hals hing. Chris ließ die Arme um sie gelegt, und sie bewegte sich nicht.

»Du siehst fix und fertig aus.«

»Bin ich auch. Ich drehe allmählich durch. Die Arbeit wird nicht weniger und dieser Brocken nicht leichter, den ich mit mir herumschleppe.« Der Tag der Geburt näherte sich im Eiltempo, und Cathy bekam es mit der Angst zu tun. Mit der Angst, alles allein durchstehen zu müssen. Sie fühlte, wie erneut Tränen in ihren Augen brannten, und verfluchte ihre Hormone, ihren schmerzenden Körper und den müden Geist.

»Ach, CJ. Du arbeitest zu hart. Warum lässt du dir nicht

mehr helfen?« Chris strich ihr über die Wange und wischte die Träne fort, die dort herabrann.

»Ich weiß auch nicht«, seufzte sie und ließ den Kopf hängen.

Chris hob sanft ihr Kinn. »Du bist einfach zu dickköpfig und stolz, genau wie Burt. Aber gerade das macht dich so bewundernswert.«

Sie strahlte bei seinem Lob und verlor sich unwillkürlich in seinen liebevollen Augen. Chris mochte sie wirklich.

Sein Mund näherte sich ihren Lippen, streifte sie zuerst nur sanft, und als sie nicht zurückwich, nahm er sie ganz in Besitz. Sie fühlte seine Wärme und schlang die Arme um seinen Hals, spürte sein weiches Haar. Er kam näher und berührte mit seinem Körper ihren Bauch.

Chris hielt ihr Gesicht in seinen Händen. Sie waren nicht rau wie Lindsays Hände, und sie vermisste die Schrunden. Chris roch wie ein neuer Büroteppich und nach Leinen, und ihr Herz sehnte sich nach dem Geruch von Lanolin und Lindsays Deodorant. Ihr fehlte seine Art, sie zu necken und sie Calamity zu nennen, die Art, wie er sie in den Armen hielt, sodass ihr Kopf perfekt an seinem Hals ruhte.

Chris trat zurück. »Was ist los?« Mit dem Daumen wischte er die frischen Tränen von ihren Wangen, Tränen, die sie nicht einmal bemerkt hatte.

Hastig wischte sie sie ab. »Entschuldige. Bitte entschuldige. Ich kann nicht.« Die Kränkung und Verwirrung in seinem Blick trieben ihr die Tränen nur noch schneller in die Augen. »Du bist wundervoll, Chris. Aber ich bin noch nicht so weit.«

»Lindsay?«

Sie nickte. »Ich liebe ihn immer noch, und ich kann dich

nicht bitten zu warten, bis ich ihn überwunden habe. Das ist dir gegenüber nicht fair.«

Chris fuhr sich mit den Fingern durchs Haar und trat einen Schritt zurück. »Glaubst du, du kannst ihn je vergessen?«

»Vielleicht eines Tages. Ich weiß es nicht. Aber ich tue dir weh, das sehe ich, und das möchte ich nicht. Können wir nicht einfach Freunde bleiben – bitte?«

Er nickte, aber sie konnte sehen, wie verletzt er war. Ihr wurde klar, dass seine Gefühle für sie ernster waren, als sie je angenommen hatte.

»Ich glaube, ich ziehe wieder in die Stadt. Man hat mir eine Wohnung in Aussicht gestellt, die in der Nähe des Büros liegt, und ich kann mir damit die lange Fahrerei und das Versteckspiel mit den Kängurus sparen.«

Ihr Mut sank. Er versuchte, einen leichten Ton anzuschlagen, aber sie begriff, dass er ihre Nähe nicht mehr ertragen konnte.

Er räusperte sich. »Komm! Ich helfe dir, den Scherstall für morgen aufzuräumen.«

Sie sah zu, wie er einen Besen holte und damit begann, die Wolle auf einen Haufen zu kehren – mit hängenden Schultern und vornübergebeugt. Cathy kam sich furchtbar mies vor. Chris hatte Besseres verdient.

War sie dazu verdammt, sich den Rest ihres Lebens nach Lindsay zu verzehren, der sie gar nicht mehr haben wollte?

Kapitel 47

Lindsay saß auf der neuen Terrasse auf einer Holzbank, eine Tasse Kaffee in der Hand. Die Morgensonne schien warm auf seine nackten Beine, und er sah den Arbeitshunden zu, die faul übereinanderlagen. Heitere Gelassenheit überall.

Eine Minute später wurde er durch James gestört, der in seinem neuen viertürigen Holden Pick-up hupend die Auffahrt heraufraste und das Fahrzeug seitwärts schlingernd zum Stehen brachte. Lindsay fragte sich, ob er Streit mit Bianca gehabt hatte – immerhin war sie eine temperamentvolle Rothaarige.

»Hey, Bruderherz!«, rief James.

Er sprang mit einem breiten Grinsen und einer Zeitung in der Hand aus dem Wagen. Lindsay verwarf augenblicklich die Vermutung, dass sich James mit Bianca gestritten hatte.

»Was ist denn mit dir los?«, fragte Lindsay, als sich James neben ihm auf die Bank fallen ließ.

»Du wirst mir die Füße küssen, Slick. Bianca hat die Zeitung gelesen und dabei die Annonce entdeckt. Schätze, das ist genau das Richtige für dich, Bruder. Hier, ich lese es dir vor: ›Scherschule sucht erstklassigen Scherer mit ausgezeichneter Technik und pädagogischer Begabung. Teilzeitjob oder Vollzeitjob in Kombination mit Farmarbeit. Bitte rufen Sie bla, bla, bla, für weitere Informationen an.‹ Also, was denkst du? Ist doch perfekt.«

Lindsay nahm James die Zeitung aus der Hand und las die Annonce noch einmal. »Klingt recht gut. Danke, Kumpel«, sagte Lindsay, bevor er die Zeitung zu James zurückwarf.

»Was soll das?«, sagte James.

»Ich habe in letzter Zeit einiges gelernt. Und daran ist Dad nicht ganz unschuldig. Mir ist klar geworden, dass ich auch außerhalb eines Scherstalls existieren kann. Das Leben geht weiter. Einen neuen Zuchtplan für die Farm auszuarbeiten hat mir mehr Spaß gemacht, als ich es mir je hätte vorstellen können. Ich kann auch hier glücklich sein. Dad und ich kommen viel besser miteinander aus, und es ist großartig, mit dir zu arbeiten …«

»Höre ich da ein Aber?«

Lindsay nickte. »Aber mir ist auch klar geworden, dass ich nicht ohne CJ leben kann. Ohne sie ist mein Leben nicht lebenswert. Es fügt sich jetzt alles zusammen, James. Ich weiß nicht, ob es die Medikamente waren, die Gespräche mit Margaret, die Aussprache mit Dad oder vielleicht die Kombination von allem, aber ich bin wieder der Alte, ich habe eine Perspektive.«

James lächelte und nickte. »Stimmt, du bist definitiv nicht mehr der Kerl, der in Depressionen versinkt. Ich muss zugeben, dass du mir 'ne Zeit lang Sorgen gemacht hast.«

Lindsay zog die Augenbrauen hoch. »Schätze, ich habe allen Sorgen gemacht, sogar mir selbst.« Er sah James direkt in die Augen. »Ich liebe sie immer noch. Ich will nicht ohne sie leben.«

James lachte und schlug mit der Zeitung zu. »Das sehe

ich. Bin ja nicht blind. Was also hält dich davon ab, dir das Mädchen zu holen?«

»Keine Ahnung. Was, wenn sie mich nicht mehr will? James, es ist lange her, seit ich sie das letzte Mal gesehen habe.«

»Na und? Woher willst du es wissen, wenn du's nicht versuchst? Du wirst dich echt anstrengen müssen, um ihr Vertrauen wiederzugewinnen und ihr klarzumachen, dass du sie noch liebst. Verstehst du, was ich meine?«

»Ich glaube schon.« Lindsay wusste, dass es mehr bedurfte als nur ein »Ich liebe dich«, damit sie wieder in seine Arme sank, wo sie hingehörte. »Ich fahre morgen zu ihr.«

»Ruf mich an, und sag mir, wie's gelaufen ist, okay?«

Lindsay versprach es, und sie saßen still nebeneinander, hörten die Kakadus in den nahen Eukalyptusbäumen kreischen, während die Sonne höher in den blassblauen Himmel stieg.

Am nächsten Morgen packte Lindsay seine Reisetasche. Was auch geschah, er konnte immer bei Doug und Tess unterkommen. Eine Aussprache mit den beiden war längst überfällig.

Er machte sich auf die dreistündige Fahrt, und bald wanderten seine Gedanken zurück zu der Zeit mit CJ. Er fragte sich, wie sich Lake Moore verändert haben mochte, seit er es verlassen hatte. Das war mittlerweile über ein Jahr her. Er wusste, dass Burt CJ Land hinterlassen hatte – Doug hatte ihm das erzählt, als er ihn kurz nach Burts Beerdigung angerufen und sich erkundigt hatte, wie CJ das alles verkraftete. Nur hatte sich auch sonst etwas verändert?

Je näher er Lake Moore kam, desto nervöser wurde er.

Insgeheim hoffte er, dass sie ihn mit offenen Armen empfangen würde, aber er hatte ihr sehr wehgetan und bezweifelte, dass es so leicht werden würde. Er bereitete sich auf Wut und Zurückweisung vor. Oder schlimmer – vielleicht liebte sie mittlerweile einen anderen.

Bald darauf fuhr er die Hauptstraße von Lake Moore entlang. Es war noch früh, und er beschloss, sich im Supermarkt einen Eiskaffee und die Tageszeitung zu holen.

Obwohl es fast schon September war, waren die frostigen Morgenstunden zu kalt für Shorts. Seine Stiefel knirschten, als er das klimatisierte Einkaufszentrum durch die automatische Türe betrat und die Sonnenbrille ins Haar schob. Er ging zu den Kühlregalen und griff sich seinen Lieblingseiskaffee. Als er das Regal umrundete, stieß er mit einem Mann zusammen und ließ dabei seinen Kaffee fallen.

»Sorry«, entschuldigten sich beide im Chor.

»Danke«, sagte Lindsay, als ihm der andere seine Flasche reichte. Er erkannte das Gesicht. »Chris, stimmt's?«

»Ja. Wie geht's dir, Lindsay?« Chris streckte ihm die Hand entgegen. Er war freundlich, machte jedoch ein Gesicht wie sieben Tage Regenwetter.

»Besuchst du Irene?«

»Nein, ich lebe mittlerweile hier. Habe ein eigenes Büro in der Stadt.«

»Oh, verstehe. Großartig.«

»Willst du zu CJ?«, fragte Chris vorsichtig.

Lindsay musste beim Klang ihres Namens unwillkürlich lächeln. Euphorie stieg in ihm auf. »Ja, natürlich. Hast du sie in letzter Zeit mal getroffen?«

Chris wirkte niedergeschlagen. »Schon ein, zwei Wochen nicht mehr.«

»Nehme an, sie hat viel zu tun, was?«

Chris seufzte. »Du findest sie draußen auf Burts alter Farm, im Scherschuppen.«

»Oh, okay! Danke für die Info.«

»Keine Ursache. Man sieht sich.«

Lindsay ging beschwingt zur Kasse. Er würde sie bald wiedersehen. Er wusste nicht, ob er vor Freude singen oder vor Angst schreien sollte.

Kapitel 48

Lindsay bog in die Schotterstraße zum alten Farmhaus von Rosevale ein. Die Morgenluft war warm und der Himmel mit rosafarbenen und blauen Wolkenschlieren überzogen, die in der aufgehenden Sonne erglühten. Er roch den Frühling. Die leichte Brise brachte den Duft der blühenden Eukalyptusbäume mit sich.

Als das Haus in Sicht kam, begannen seine Lider zu zucken, die Brust wurde ihm eng, und sein Atem ging stoßweise. Er war aufgeregt und nervös angesichts des Ortes, an dem er seine Zeit mit CJ verbracht hatte.

Das Haus war frisch gestrichen, und als er daran vorbeifuhr, entdeckte er die große Pergola, die an der Rückseite entstanden war. Wow! Sie hatte einige Arbeit in das Haus gesteckt. Dahinter parkten mehrere Autos und ungefähr vier Pick-ups. Die mussten der Schercrew gehören. Aufgeregt fuhr er zum Scherstall und ging sofort hinein. Dabei fiel ihm auf, dass dieser inzwischen statt über sechs über acht Scherstände verfügte. Statt der Mitglieder seines alten Teams arbeiteten dort Unbekannte – einige davon kaum achtzehn Jahre alt. Etwas stimmte nicht. Wo waren all die Rousies? Er sah Irene allein am Wolltisch und Dot, die mit dem Bodenschaber arbeitete. Er ging auf Irene zu.

»Lindsay? Was machst du denn hier?«, fragte Irene. Die beiden Frauen starrten ihn entgeistert an.

»Hallo, Irene. Dot, wie geht es dir?« Sie antwortete nicht. »Wo ist CJ?«

Zwei Augenpaare schweiften zur Rückseite des Scherstalls, wo die Pferche lagen. Lindsay ging beklommen zum Scherpodest und rief ihren Namen.

Cathy schob ein Mutterschaf mit dem Fuß durch die schmale Öffnung in den Pferch und wandte beim Klang ihres Namens den Kopf. Jeremy musste etwas vergessen haben. Dieser Idiot! Sie hoffte, dass er am letzten Tag noch Fortschritte machte.

»Calamity!«

Sie richtete sich verwirrt auf und ging zu Jeremys Scherplatz zurück. Als sie näher kam, sah sie Lindsay unten vor dem Podest stehen.

»Was machst du denn hier?«, fragte sie atemlos und versteckte sich hastig hinter der Trennwand zu den Pferchen. Ihre Hände hielten den oberen Rand umklammert. War er gekommen, um ihr zu sagen, sie solle ihn vergessen, dass er sie endgültig hinter sich lassen wollte?

»Ich wollte dich sehen«, sagte er über den Krach im Scherstall hinweg.

»Ja? Und?«

Lindsay sah sich um, und Irene und Dot wandten sich hastig wieder ihrer Arbeit zu. »Können wir vielleicht draußen reden?«

Cathy wollte unter keinen Umständen die Deckung hinter der Trennwand aufgeben. Sie hatte die perfekte Höhe, um ihren Schwangerschaftsbauch zu verbergen. »Nein, sorry. Zu viel zu tun. Du musst schon hier mit mir reden.« Bei all den Menschen um sie herum waren die Chancen größer, nicht in Tränen auszubrechen. Sie war ziemlich tough gewesen, bevor ihre Hormone beschlossen hatten, eine Party zu feiern, ohne sie dazu einzuladen.

Lindsay sprang mit Leichtigkeit auf das Podest. Er blieb neben Jeremy stehen und sah ihm einen Augenblick lang zu. »Hey, Junge, wenn du deine freie Hand hier auf die Schulter legst, um das Vorderbein zu strecken, wird's leichter.« Lindsay beugte sich herab und zeige Jeremy, wie er das gemeint hatte. Er bat Jeremy um sein Handstück und demonstrierte mit erklärenden Worten, was er tat. Dann gab er das Handstück zurück und beobachtete ihn einen Moment. »Siehst du? Geht schon sehr viel besser.«

Cathy drückte sich so dicht wie möglich an die Trennwand und beugte sich leicht vornüber. Sie konnte es kaum glauben, dass Lindsay in wenigen Minuten das rübergebracht hatte, was sie seit zwei Wochen predigte. Er war einfach großartig.

»Also?«, fragte sie. Sein Duft erreichte sie, und ihr Körper reagierte instinktiv. Sie genoss die Gefühle, die sie erfassten.

»Hm, also ich bin wegen dir zurückgekommen – falls du mich noch willst.«

»Wie bitte?« Cathy kriegte den Mund kaum zu.

Jeremy schor sein Schaf zu Ende und stoppte den Motor, was zur Folge hatte, dass Lindsays Stimme durch den gesamten Scherstall hallte. »Ich liebe dich, und ich möchte bei dir bleiben, wenn du mich noch willst.«

In diesem Augenblick hätte man eine Stecknadel fallen hören können. Alle hielten still und taten so, als würden sie ihre Schermesser ölen.

Cathy seufzte. »Okay, Leute. Haut ab und macht vorzeitig Pause.«

Alle drehten sich mit breitem Grinsen zu ihr um. Josh zwinkerte ihr zu, und Jeremy sagte: »Viel Glück, Boss!« Dann verließen alle den Scherstall. Dot und Irene folgten ihnen, aber Cathy war sicher, dass sie in der Nähe bleiben würden.

»Boss?«, fragte Lindsay.

Cathy sah, wie sein Blick auf ihrer Brust ruhte. Ihre Brüste waren gewachsen und wölbten sich über dem Ausschnitt ihres Scherhemds. Sie fragte sich, ob er Schlüsse daraus zog. »Ja«, sagte sie.

»Wieso stellst du junges Gemüse ein, das nicht scheren kann? Der Bursche hier ist wirklich schlecht«, sagte Lindsay und deutete auf Jeremys Schurplatz.

»Konnte mir denken, dass dir das auffallen würde, und zu deiner Information, Jeremy macht sich recht gut dafür, dass er vorher nie einen Scherschuppen von innen gesehen hat. Für die zwei Wochen Training ist er gar nicht mal übel. Und noch besser, nachdem du ihm geholfen hast. Übrigens, danke.«

Seine Augen wurden groß. »Training? Du?«

»Richtig. Hast du das Schild draußen nicht gelesen?«

Er schüttelte den Kopf und wirkte völlig verwirrt.

»Willkommen in der Rosvale Scherschule.« Cathy beobachtete genussvoll, wie er mit offenem Mund vor ihr stand, und streckte die Hand nach seinem Kinn aus. Die Berührung löste einen kribbelnden Schauer auf ihrer Haut aus. »Ziemlich gut, was?«

»Mein Gott – du? Das ist deine Schule? Du hast wirklich eine aufgemacht?«

Es gefiel ihr, ihn so sprachlos zu sehen. »Hab ich. Natürlich nur dank einer ganzen Menge von Menschen – und vor allem dank Burt. Ja, sie gehört mir. Ich bin überrascht, dass du nicht längst davon gehört hast. Wir haben inzwischen einen ziemlich guten Ruf.« Sie lachte.

»Ich bin einfach perplex.« Er fuhr sich mit der Hand über das Gesicht. »Aber kommen wir zu dem, was ich vorher gesagt habe. Ich liebe dich, Calamity. Ich habe nie aufgehört, dich zu lieben. Es ist mir egal, wenn ich nie wieder einen Scherstall betreten kann. Ohne den kann ich leben. Aber ich kann nicht ohne dich leben. Fühlst du … Ich meine, hast du noch Gefühle für mich?«

Sie entdeckte die Unsicherheit in seinen Augen und schluckte den Kloß herunter, der ihr im Hals steckte. Ihre Brust hob sich, als sie tief Luft holte. »Ich habe versucht zu vergessen. Ich dachte, du hättest es getan. Ich habe dich in Dowerin mit dem schönen Mädchen gesehen und gedacht …«

»Sie ist nicht meine Freundin«, sagte Lindsay. »Du hättest wissen müssen, dass sie nicht mein Typ ist, CJ.« Er starrte auf seine Schuhspitzen. »Hast du … jemand anderen gefunden?«

Cathy nahm sich Zeit mit der Antwort. Konnte nicht schaden, ihn ein paar Sekunden zappeln zu lassen. »Ich hab's versucht. Aber er ist nicht wie du gewesen.«

Lindsay hob den Kopf und fragte leise: »Fühlst du …?«

Cathy sah lächelnd auf und in seine blauen Augen, die sie so gut kannte, und hatte das Gefühl, endlich zu Hause angekommen zu sein. »Ja, ich liebe dich immer noch.« Bevor sie den Satz ausgesprochen hatte, beugte er sich über die Trennwand und erstickte ihre Worte mit seinen Lippen. Hungrig erwiderte sie seinen Kuss mit der Leidenschaft, die sich im ganzen vergangenen Jahr in ihr aufgestaut hatte. Er zog sie durch die Schwingtüre näher zu sich heran, ohne von ihren Lippen zu lassen, und Cathy konnte nicht widerstehen. Sie war im siebten Himmel. Lindsay nahm sie in die Arme und trat dann verdutzt einen Schritt zurück.

»Was, zum …? Wer …?« Lindsay wusste nicht, was er denken sollte.

Sie nahm seine Hand, seine raue, schwielige Arbeiterhand, legte sie auf ihren Bauch und hielt sie dort fest. »Tut mir leid, dass du es auf diese Art und Weise erfahren musst, und vor allem so spät, aber du wirst Vater.« Sie hoffte, ihm damit keinen allzu großen Schreck einzujagen. »Kommst du damit klar?«

Lindsay zuckte zusammen. »Wow! Es bewegt sich.«

»Tja, das Wiedersehen mit dir hat mich ziemlich aufgeregt.«

»Junge oder Mädchen?«, fragte Lindsay.

Cathy fuhr ihm mit den Fingern durchs Haar und zog ihn näher zu sich, um ihn zärtlich zu küssen. »Bin nicht sicher.«

Lindsay schlang die Arme fest um sie und küsste sie auf die Stirn. »Oh, mein Gott!«

»Kommst du damit klar?«, wiederholte sie.

Er holte tief Luft und schmiegte sein Gesicht in ihren Nacken. »Mit dir an meiner Seite kann mich nichts mehr umhauen«, flüsterte er in ihr Haar.

Und sie glaubte ihm, denn er glaubte es so fest. Sie hörte es an seiner Stimme. Allein ihn in diesem Scherstall zu sehen, wo er wirkte, als gehöre er dazu, zeigte ihr, dass er ein neuer Mensch war, der sich durch nichts mehr unterkriegen lassen würde.

»Ich schätze, der Tag heute war für uns beide eine Überraschung.« Sie küsste ihn sehnsüchtig. »Komm! Schicken wir die Leute fort und fahren zu Burts Haus.«

»Burts Haus?«, fragte er.

»Ja. Ist eine lange Geschichte, aber wir haben viel Zeit.«

»Der Satz gefällt mir«, sagte Lindsay und drückte ihre Hand. Er half ihr vom Podest, und sie gingen hinaus und der Nachmittagssonne entgegen.

Kapitel 49

Das morgendliche Sonnenlicht schimmerte durch die Eukalyptusbäume, und eine sanfte Brise brachte Wärme und den Duft der Akazien mit sich. Gelbe Margeritenblüten überzogen die Erde wie ein Teppich. Ein schmales Rinnsaal, Überbleibsel der Regenfälle der letzten Tage, schlängelte sich hindurch. Cathy stand schweigend am Rand der schmalen Schlucht. Bis auf ein paar Krähen in der Nähe und Kelly, die in Dots Armen leise gurrte, war kein Laut zu hören. Cathy bewunderte das in blassrosa Decken gehüllte Bündel. Kelly war ein Wunder – winzig, aber mit langen Fingern, die fest zupacken konnten. Kleine blonde Löckchen umrahmten ihr Porzellangesicht, und sie hatte Augen von einem ungewöhnlichen Dunkelblau. Angeblich waren dies ihre Augen, behauptete zumindest Lindsay. Cathy war anderer Meinung. Sie fand, dass Kelly wie Lindsay aussah, vor allem wie Lindsay als Baby.

Eines allerdings hatten alle drei gemeinsam: die Liebe zum Scherstall. Ob es die Geräusche, die geschäftigen Menschen oder vielleicht sogar die Gerüche waren, konnte Cathy nicht beurteilen, doch Kelly war im Scherstall immer besonders zufrieden.

Cathy streckte die Hand aus und berührte die Wange ihres Babys. Kellys winzige Händchen klammerten sich an ihr Handgelenk, als wolle sie die Mutter nicht mehr loslassen. Cathy lächelte unwillkürlich, und ihr Herz tat einen Sprung. Sie wand ihren Arm sanft aus Kellys Griff und fand Lindsays Hand. Er zwinkerte ihr zu, aber es war mehr als eine scherzhafte Geste. Sie sagte ihr »Ich liebe dich«, »Ich bin für dich da« und vor allem »Ich enttäusche dich nie wieder«. Cathy wusste, dass er die Depressionen überwunden hatte. Er hatte Hilfe in Anspruch genommen und sie besiegt. Eine Schande, dass ihrem Vater das versagt geblieben war.

Joe stand neben Lindsay und Ross bei Dot. Sie alle hatten sich an diesem herrlichen Tag zusammengefunden, um Burts Asche auszustreuen, wie er es gewünscht hatte. Cathy drückte die Urne noch fester an sich. Sie konnte kaum glauben, dass seit Burts Tod fast ein Jahr vergangen war. So vieles hatte sich geändert. Lindsay hatte die Scherschule übernommen und seine erste Klasse mit Leichtigkeit auf den Weg gebracht. Die Schüler fanden schnell Gefallen an seinem unkomplizierten Wesen, und Cathy sah ihm im Scherstall besonders gern zu. Ihr kleines Mädchen nahm sie sehr in Anspruch, aber sie verbrachte so viel Zeit wie möglich beim Unterrichten und mit Lindsay. War die Schule geschlossen, war Lindsay auf der Farm beschäftigt, und zusammen mit Joe züchteten sie nun hochwertige Schafe.

Manchmal überraschte es sie, wie zupackend und lebensbejahend Lindsay im Vergleich zu dem Mann war, der sie vor all den Monaten verlassen hatte. Sie liebte es, wie er sich auf die Farmarbeit stürzte. Er bezahlte dafür in manchen Nächten, wenn sein Arm wieder schmerzte. Und wenn er deshalb nicht schlafen konnte, ertappte Cathy ihn dabei, wie er in Kellys Zimmer saß oder sie vor der nächsten Stillzeit beruhigte. Lindsay hatte sich daran gewöhnt, dass er einige Dinge nicht tun konnte, und er fand clevere Methoden, diese zu umgehen.

Cathy hörte ein Auto näher kommen und sah, wie Irene, Paul und Chris ausstiegen. Chris ging mittlerweile seit einem Monat mit Beth aus. Lange war er ihr aus dem Weg gegangen, doch je näher sich er und Beth kamen, desto leichter fiel es ihm, wieder Teil von Cathys Leben zu werden. Sie vermisste ihr fröhliches Geplänkel und seine Fürsorglichkeit.

Irene legte die Hand auf Cathys Schulter. »Tut mir leid, dass wir spät dran sind. Wir mussten das hier noch abholen.«

Paul hielt eine Plakette hoch, die sie hatten anfertigen lassen. Darauf war zu lesen:

Burt Kelly, 1925–2011
Er lebt weiter in diesem Land und in den Menschen,
die ihn geliebt haben.

»Oh, Leute! Das ist wunderschön.«

»Wir dachten, man könnte eine Gartenbank organisieren und die Plakette daran befestigen.«

Cathy umarmte alle drei und wischte sich Tränen aus den Augen.

Dot übergab Kelly an eine freudig wartende Irene. »Das ist etwas ganz besonderes«, sagte Dot und drückte die Hand ihrer Tochter.

Ihre wundervolle Mutter war neuerdings sehr beschäftigt. Sie liebte ihr kleines Haus, war in der Gemeinde sehr präsent, organisierte Essen auf Rädern und Spendenaktionen für das Rote Kreuz. Sie sprach viel von einem Mann namens William, der in ihrer Nähe wohnte, und Cathy hoffte, dass sie gut füreinander waren.

Noch am Morgen hatte Dot ein Buch mitgebracht, das Cathys liebstes Kinderbuch gewesen war: *Mia and Grizzly the Bear*. Cathy dachte dabei ein wenig an ihren Vater und dass er es ihr vorgelesen hatte. Seit es Kelly gab, dachte sie häufig an ihn und dass es ihm versagt geblieben war, sein Enkelkind kennenzulernen. Eines Tages wollte sie Kelly von ihm erzählen, von dem guten Vater, der er einst gewesen war. Was aus ihm am Ende geworden war, würde sie verschweigen. Und sie würde ihr von Burt Kelly erzählen, der sozusagen ihr Namensvetter war. Sie würde ihr von Burts komischen Sprüchen und seiner Liebe zu Australien und seinem Hund namens Scabs erzählen. Sie blickte auf das schmale Kreuz neben dem Baum, wo Joe einige Monate zuvor Scabs begraben hatte. Es erschien nur logisch, dass die beiden nun wieder vereint waren.

Lindsay streichelte ihren Arm und flüsterte: »Ich glaube, es ist Zeit.«

Sie nickte und trat vor. Sie öffnete den Deckel, und die Brise frischte auf und trug Burts Asche hoch in die Luft und wehte sie über das Meer aus gelben Margeriten. »Burt, wir werden dich nie vergessen.«

Eine Träne rann über Cathys Wange, und sie fühlte eine Hand zärtlich über ihre Schulter streichen. Sie wandte den Kopf, aber niemand war zu sehen. In diesem Moment wusste sie, dass Burt an ihrer Seite war, über sie wachte, so wie er es immer versprochen hatte.

Danksagung

Ein großes Dankeschön geht an meine wunderbaren Cousinen und Cousins Julene und Jason Cronin und Meagan und Nigel Morrison. Es ist eine Freude, so eine tolle Familie zu haben – vor allem wenn sie auch noch deine Arbeiten lesen und als Ideengeber fungieren. Ich bin froh, dass ihr Mädels Farmer/Scherer geheiratet habt! Ich liebe euch alle!

Mein Dank geht auch an Peter, Kelly und Darren, die so viele meiner Fragen zur Schafschur beantwortet haben, und an Nigel Read, der mit mir den Scherwettbewerb bei der Woolorama durchgesprochen hat – nur wenige Minuten, bevor er selbst zum Wettkampf antreten musste.

Dank auch an Nyssa, dafür, dass sie Wunder auf meiner Website bewirkt hat, und auch für alles andere, und an Fleur – ich fühle mich nur deshalb nicht so einsam beim Schreiben, weil ich dich nur wenige Häuser weiter weiß.

Ich danke ebenfalls Bec und Andrea (vom RWA), die die ersten Kapitel meines Buchs kritisch begutachtet haben und wussten, dass es so weit kommen würde.

Dank an meinen Verleger, Ali Watts – es war wie immer eine Freude, mit dir zusammenzuarbeiten, an Jo Rosenberg fürs Korrekturlesen und an das wunderbare Team von Penguin, das fabelhafte Arbeit leistet.

Dank an meine Agentin, Lyn Tranter, und an Lata Burton für ihre Fotos.

Eine dicke Umarmung an meine unglaubliche Tante Lorna, mit deren Gedichten ich aufgewachsen bin.

Tante Ida, dir danke ich schon im Voraus, denn ich kenne dich in deiner Eigenschaft als außergewöhnliche Buchhändlerin.

Danke auch an Margaret Cole, deren Dienststelle für Familienberatung und Betreuung in ländlichen Gemeinden so dringend gebraucht wird.

Ich danke den besten Eltern, die man sich wünschen kann: Mum und Dad, ich liebe euch sehr. Ihr tut so viel für uns, und wir sind unendlich dankbar.

Aber vor allem danke ich meiner eigenen kleinen Familie. Meinem Mann Darryl – du bist der Beste! Danke für alles, was du tust, du bist großartig. Meinen Kindern Mac und Blake, die einfach nicht aufhören wollen zu wachsen, ich liebe euch. Danke, dass ihr zu verstehen versucht, dass eure Mutter arbeitet, wenn sie am Computer sitzt.

Mein Dank geht auch an alle, die geholfen haben, im Großen wie im Kleinen, und ein großes Dankeschön an meine Fans: Eure großartigen Kommentare geben mir den Mut weiterzumachen.